Viveca Sten

Eiskalte Augenblicke

Viveca Sten

Eiskalte Augenblicke

Kurze Krimis aus Sandhamn

Aus dem Schwedischen
von Dagmar Lendt

Kiepenheuer & Witsch

Aus Verantwortung für die Umwelt hat sich der *Verlag Kiepenheuer & Witsch* zu einer nachhaltigen Buchproduktion verpflichtet. Der bewusste Umgang mit unseren Ressourcen, der Schutz unseres Klimas und der Natur gehören zu unseren obersten Unternehmenszielen.

Gemeinsam mit unseren Partnern und Lieferanten setzen wir uns für eine klimaneutrale Buchproduktion ein, die den Erwerb von Klimazertifikaten zur Kompensation des CO_2-Ausstoßes einschließt.

Weitere Informationen finden Sie unter:
www.klimaneutralerverlag.de

FSC
www.fsc.org
MIX
Papier aus verantwortungsvollen Quellen
FSC® C083411

Verlag Kiepenheuer & Witsch, FSC® N001512

1. Auflage 2020

Titel der Originalausgabe: Iskalla ögonblick

First published by Forum, Sweden
Published by arrangement with Nordin Agency AB, Sweden

Aus dem Schwedischen von Dagmar Lendt

Covergestaltung: Rudolf Linn, Köln
Covermotiv: © Alamy Stock Foto
Gesetzt aus der Minion und der Gill Sans
Satz: Buch-Werkstatt GmbH, Bad Aibling
Druck und Bindung: CPI books GmbH, Leck
ISBN 978-3-462-05350-0

Für Anette, für dein großes Herz

KROK
LÖK-
HOLMEN
TELEGRAF-
HOLMEN
Västerudd
Kvarnberget
Fläskberget
Kyrkogården
Missionshuset
Dansberget
Skärkarlshamn
SANDHAMN
(SANDÖN)
Trouvi

BJÖRKÖ
KORSÖ
N
V
Ö
S
0
500 M

Vindö
Värmdö
Stavsnäs
Stavsnäs
vinterhamn
Runmarö
Ingarö
Nämdö
STOCKHOLM
Stavsnäs
Sandhamn

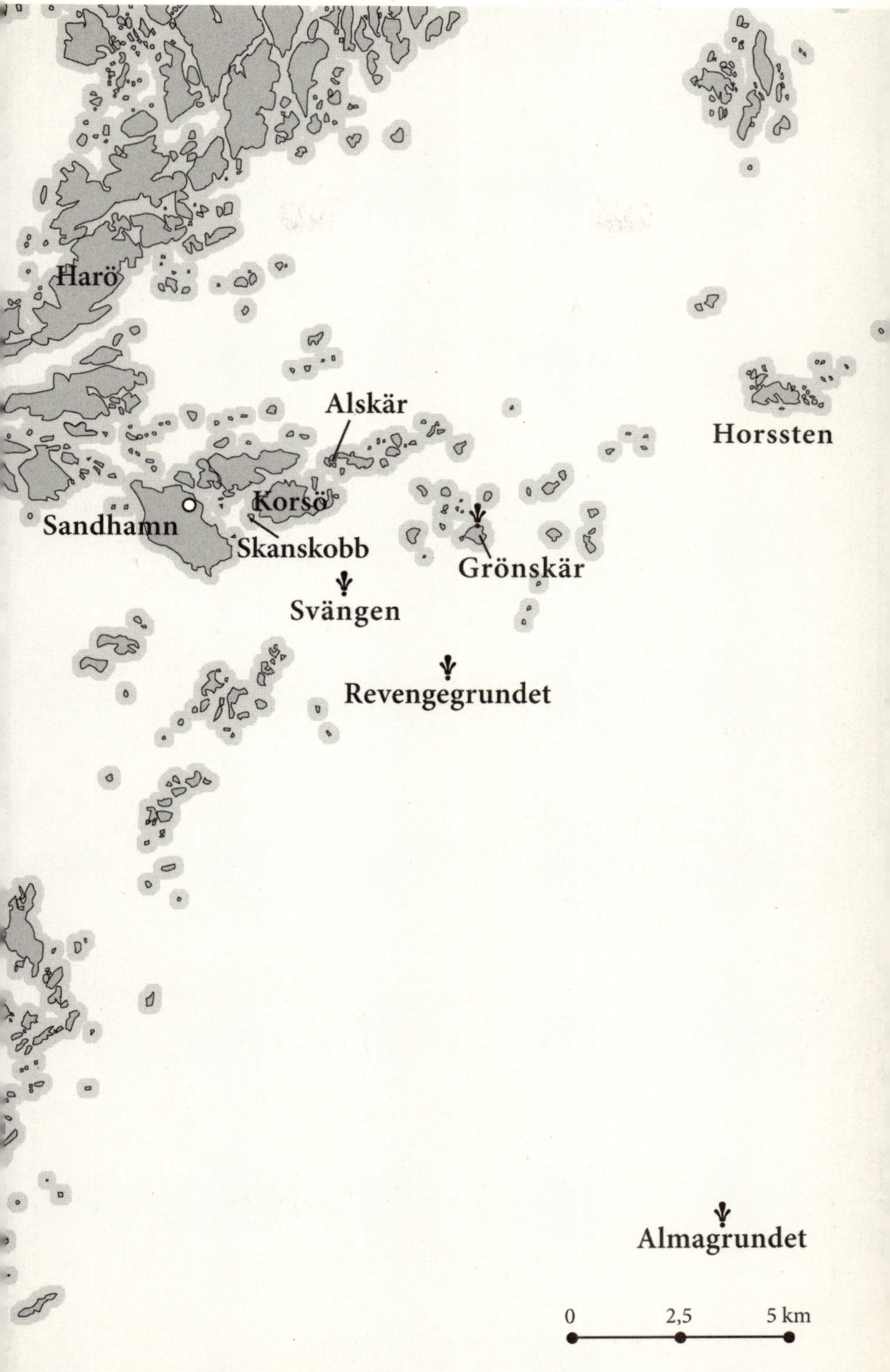
Harö
Alskär
Horssten
Korsö
Sandhamn
Skanskobb
Grönskär
Svängen
Revengegrundet
Almagrundet
0
2,5
5 km

1981

Die Konfirmation

Montag, erste Woche

Nora Cedergren lief mit »Tainted Love« von Soft Cell in den Ohren die Treppe zur Sandhamnskapelle hinauf. Sie war spät dran, aber die Türen waren noch offen.

Sie nahm die gelben Kopfhörer des Walkmans ab, schlüpfte rasch hinein und hoffte, dass sie nicht die Letzte war. Wie üblich hatte sie sich in einem Buch festgelesen und die Zeit vergessen. Als ihre Mutter sie erinnert hatte, war es schon fünf vor zehn gewesen, und in der Einladung hatte gestanden, dass es um Punkt zehn losgehen sollte.

In der kleinen Kapelle aus den Dreißigerjahren war es wie in einer Sauna. Die Luft stand, obwohl es noch so früh am Tag war, und die schönen Bleiglasfenster konnten die Sonnenstrahlen nicht abhalten.

Nach einer Weile gewöhnten sich die Augen an die Dunkelheit. Die ersten Bankreihen waren voll besetzt mit anderen zukünftigen Konfirmanden, denen es offenbar besser gelungen war, pünktlich zu sein.

Der Pfarrer, Roland Samuelsson, stand am Altar und winkte sie nach vorn. Alle Köpfe drehten sich zu ihr um. Nora war außer Atem und verschwitzt, und jetzt errötete sie so heftig, dass ihr unter dem langen rotblonden Pferdeschwanz ganz heiß wurde.

»Willkommen«, sagte er freundlich. »Dann sind alle da. Denn du bist wohl Nora?«

Ein junger Mann von vielleicht achtzehn oder neunzehn stand neben Roland. Als er sie anlächelte, errötete Nora noch mehr. Sie setzte sich vorsichtig in die dritte Reihe und versuchte, sich unsichtbar zu machen.

Nora betrachtete die anderen Teilnehmer heimlich, während Roland erklärte, wie der Konfirmandenunterricht ablaufen würde. Sie waren zu zwölft, Nora kannte die meisten von Sandhamn, wo sie jeden Sommer verbrachte, seit sie ein kleines Kind war.

Stefan Wilton saß ganz vorn, zusammen mit seiner Freundin, Mia Larsson. Mia wohnte auch auf dem Kvarnberget, nur ein paar Häuser von Nora entfernt, aber sie würden nie im Leben Freundinnen werden, obwohl sie sich jeden Sommer sahen.

Anders und Micke in der zweiten Bank waren aus der Ferienhaussiedlung Trouville an der Ostseite der Insel, genau wie zwei Mädchen, von denen sie glaubte, dass sie Anna und Susanne hießen.

Den Typen neben ihr mit den blonden Wuschelhaaren hatte sie noch nie gesehen. Auch nicht die beiden Mädchen in der Bank vor ihr, oder den mageren Jungen mit dem Gesicht voller roter Pickel, der in der ersten Bank ganz am Rand saß.

Als hätte er gemerkt, dass sie ihn anstarrte, drehte er sich um und erwiderte ihren Blick.

Nora sah hastig weg und versuchte so zu tun, als sei nichts. Sie bereute schon, dass sie dem Drängen ihrer Mutter nachgegeben hatte, sich auf Sandhamn konfirmieren zu lassen. Sie hatte nicht die geringste Lust, mehrere Wochen mit der Bibel und langweiligen Religionsdiskussionen zu verbringen. Schon gar nicht mit diesen Leuten in der ersten Reihe, denen sie ansonsten nach Möglichkeit aus dem Weg ging.

Aber Mama hatte nicht aufgehört zu nerven, und Papa hatte sich wie üblich rausgehalten.

Nora wusste genau, warum Mama darauf bestanden hatte, dass sie sich auf Sandhamn konfirmieren ließ. Sie hatte jetzt noch im Ohr, wie sie Papa die Sache erklärt hatte:

»Es wäre eine so gute Möglichkeit für Nora, Freunde zu finden, anstatt dauernd die Nase in ein Buch zu stecken. Nora muss mehr rauskommen, vor allem, weil sie keine Geschwister hat.«

Bei Letzterem pflegte Mama zu seufzen und Papa vorwurfsvoll anzusehen, als wäre es seine Schuld, dass es nicht mehr Kinder in der Familie gab.

Roland hatte aufgehört zu reden und ließ den Blick über die Gruppe wandern. Nora setzte sich aufrechter hin.

»Das hier ist Petter«, sagte Roland und zeigte auf den Typen, der Nora angelächelt hatte. »Er wird auch dabei sein, genau wie unsere Diakonin Eva-Marie.«

Eine Frau in den Vierzigern erhob sich von einer der Bänke. Sie hatte kurzes braunes Haar mit einer frischen Dauerwelle, so lockig, dass es aussah wie ein Helm auf ihrem Kopf. Ein großgeblümtes Wickelkleid wogte um ihre breiten Hüften.

Eva-Marie blickte in die Runde.

»Ich freue mich darauf, euch alle kennenzulernen«, sagte sie freundlich und setzte sich wieder.

»Möchtest du auch was sagen?« Roland gab Petter einen aufmunternden Knuff.

Petter hob zögernd die Hand zum Gruß.

»Hallo.«

Er war schlank, mit sehr hellem, buschigem Haar und verschossenen Kakishorts. Er wirkte nicht besonders religiös, aber an seinem Halskettchen glänzte ein silbernes Kreuz.

Nora fragte sich, ob er ebenso schüchtern war wie sie. Sie dachte daran, wie er sie angelächelt hatte, und ihr wurde warm ums Herz.

»Also gut«, sagte Roland. »Gibt es noch Fragen von eurer Seite, bevor wir für heute Schluss machen?«

Er wartete ein paar Sekunden und fuhr dann fort:

»Dann treffen wir uns morgen früh um neun am Südstrand.

Vergesst nicht, euch ein Lunchpaket mitzubringen, wir werden den ganzen Tag dort sein.«

Nora sprang auf und war als Erste zur Tür hinaus.

Hinter sich hörte sie, wie Stefan einen Kommentar losließ, und das Lachen, das daraufhin einsetzte. Unwillkürlich fragte sie sich, ob das wohl ihr galt.

Dienstag

Nora stellte ihr Fahrrad an einer kleinen Kiefer ab und ging auf Roland zu, der schon auf einer Wolldecke am Strand saß. Wenigstens war sie heute nicht die Letzte.

Der Strand war fast leer, die Touristen bevorzugten die beliebten flachgründigen Strände von Trouville an der Ostseite, wo der Sand feiner war und es weniger Steine gab.

Es war unheimlich warm. Nora schwitzte schon und hoffte, dass sie keine Schweißflecken unter den Achseln hatte. Im Radio hatten sie am Morgen davon gesprochen, dass es die ganze Woche lang um die dreißig Grad heiß sein sollte.

Roland winkte ihr mit einem Blätterstapel in der Hand zu. Fünf Minuten später, als alle da waren, erklärte er, das sei der heutige Text, den sie lesen und anschließend in Vierergruppen diskutieren sollten.

Nora blickte sich um.

Diejenigen, die sie von früher kannte, hatten schon Gruppen gebildet, ohne sie zu fragen, ob sie bei ihnen mitmachen wollte. Sie zögerte und setzte sich dann zu den drei Neuen. Die Mädchen hießen Lisa und Annika. Der große Blonde stellte sich als Thomas Andreasson vor. Ein dicker Pickel leuchtete mitten auf seiner Stirn.

»Bitte lest den Text zuerst für euch selbst«, sagte Roland, »und denkt eine Weile über den Inhalt nach. Anschließend diskutiert darüber in eurer jeweiligen Gruppe. Denkt dran, dass ihr alles sagen könnt, was ihr wollt, es gibt kein Richtig oder Falsch.«

Nora las sich die fünf Seiten rasch durch. Es ging darin um den Apostel Paulus, um seine inneren Zweifel und das Gefühl, nach Jesu Tod am Kreuz einsam und verlassen zu sein. Auf der letzten Seite waren Fragen aufgelistet, die von dem Gefühl handelten, hilflos und im Stich gelassen zu sein und nirgendwo dazuzugehören.

Nora legte die Blätter weg.

Sie wusste genau, wie es sich anfühlte, allein zu sein, aber sie hatte keine Lust, darüber zu reden, schon gar nicht mit Leuten, die sie kaum kannte.

Sie schämte sich, dass sie fast keine Freunde auf der Insel hatte. Es gab eine Clique von Gleichaltrigen, die immer zusammen herumhing, aber sie war nicht cool genug für Leute wie Stefan und Mia.

Sie starrte auf den Text und fragte sich, wann sie wieder nach Hause durften. Es war doch wohl nicht geplant, dass sie den ganzen Tag hier rumsitzen und über Paulus reden sollten? Sie konnte sich nicht erinnern, wann das hier zu Ende sein sollte, aber sie wollte am liebsten jetzt schon gehen. Sosehr sie auch überlegte, ihr fiel nichts ein, was sie über Paulus' Ängste und Überlegungen sagen könnte.

Die anderen schienen immer noch in den Text versunken zu sein. Nora zögerte einen Moment, legte sich aber dann in den Sand und schloss die Augen. Es war so heiß. Am liebsten wäre sie kurz mal ins Wasser gegangen, aber dann wäre Roland bestimmt sauer und würde vielleicht denken, sie sei nicht richtig bei der Sache.

Die Sonne brannte herab, hinter den Augenlidern wurde es wüstengelb. Ein paar Möwen schrien über ihr, und sie überlegte schläfrig, ob auch Vögel bei der Hitze schwitzten. Sie wäre beinahe eingedöst, setzte sich aber rasch auf, als sie Rolands Stimme dicht neben sich hörte.

»Alles klar bei dir?«

Roland ließ sich mit gekreuzten Beinen im Sand nieder.

Wie alt mochte er sein? Nicht sehr viel älter, vielleicht fünfundzwanzig, kaum mehr. Ziemlich jung für einen Pfarrer. Ein Stück weiter weg hatte Petter sich zu Stefan und Mia gesetzt. Nora wünschte, er wäre stattdessen zu ihnen gekommen. Eva-Marie war bei der dritten Gruppe.

Thomas hatte den Kopf immer noch über die Papiere gebeugt. Seine Füße waren riesig, wie Boote. Sie passten überhaupt nicht zu dem dünnen Körper, obwohl er ziemlich groß war. Er wohnte auf Harö, hatte er vorhin erzählt, als sie sich in der Runde vorstellen mussten.

»Was meinst du, Thomas?«, fragte Roland. »Wie hat Paulus sich gefühlt, als er in der Nacht um Rat und Unterstützung bat?«

»Es ging ihm wohl ziemlich dreckig«, sagte Thomas und strich sich die blonden Haare aus der Stirn. »Er war bestimmt auch traurig, weil Jesus nicht mehr da war. Sie waren ja Kumpel, er nannte Jesus seinen besten Freund.«

Er hörte sich an wie ein Streber, der sich beim Pfarrer lieb Kind machen wollte, aber Roland nickte nur.

»Da ist eine Menge dran«, sagte er.

»Sie waren keine Kumpel«, sagte Nora. »Jesus war sein Lehrer.«

Sie bereute es sofort. Warum hatte sie das gesagt? Die Worte waren ihr einfach so herausgerutscht, noch bevor sie zu Ende gedacht hatte.

Thomas' Blick sorgte dafür, dass sie sich noch blöder vorkam.

Aber Roland lachte nur und legte ihr den Arm um die Schultern.

»Da könntest du recht haben. Aber jeder hat ein anderes Verhältnis zum Herrn. Es gibt kein Richtig oder Falsch. Wie ist das bei dir, Nora? Fühlst du dich auch manchmal einsam und traurig? Erkennst du irgendwas in Paulus' Bericht wieder?«

Rolands Arm war schwer und ein bisschen verschwitzt. Er

kam ihr viel zu nah, aber sie wusste nicht, wie sie seinen Arm vor aller Augen loswerden sollte, ohne noch zickiger zu wirken.

»Kann sein«, murmelte sie leise.

»Möchtest du uns davon erzählen?«

»Ich weiß nicht …«

Die Sonne brannte plötzlich noch viel heißer.

»Ich verstehe. Manchmal ist es nicht so einfach, über solche Sachen zu reden.«

Roland hörte sich an, als könnte er ihre Gedanken lesen.

Das machte alles noch schlimmer und weckte wieder das Gefühl, eine Versagerin zu sein. Die Scham, wenn keiner nach ihr fragte, obwohl Sandhamn voller junger Leute in Noras Alter war, wie ihre Mutter immer sagte. Dauernd lag sie ihr in den Ohren, sie müsse mehr aus sich herausgehen. Selbst die Initiative ergreifen. Fröhlicher sein.

»Es ist nicht schwer, neue Freunde zu finden. Man muss sich nur Mühe geben, muss sich selbst anbieten.«

Wie oft hatte sie das nicht schon gehört?

Aber sie war nicht wie ihre Mutter, die kontaktfreudig war und beim Bäcker gerne ein bisschen länger stehen blieb, um sich mit allen möglichen Leuten zu unterhalten. Nora wurde still und scheu, wenn sie mit neuen Menschen zusammentraf. Obwohl sie sich so sehr wünschte, locker und witzig zu sein, eine interessante Person, mit der die Leute gerne zusammen waren, verschlug es ihr die Sprache. Ihr fiel nie eine coole oder schlagfertige Bemerkung ein, sosehr sie es auch versuchte. Stattdessen saß sie meistens da und schwieg. Und schämte sich.

Kein Wunder, dass Stefan und Mia hinter ihrem Rücken über sie lachten.

Während Nora noch krampfhaft nach einer klugen Bemerkung suchte, beugte Annika sich vor und sah Roland mit ernstem Blick an.

»Als meine Eltern sich scheiden ließen, das war schlimm«,

sagte sie. »Meine Mutter hat fast nur geheult, und dann hat mein Vater wieder geheiratet und noch ein Kind bekommen, und von da an drehte sich alles um das Baby.«

Roland nahm den Arm von Noras Schultern und wandte sich Annika zu.

»Danke, dass du uns an deiner Erinnerung teilhaben lässt. Das ist schön und mutig. Was hast du damals getan, um nicht allzu traurig zu sein?«

Annika erzählte weiter von ihrem Vater. Nora war erleichtert, nicht mehr im Zentrum der Aufmerksamkeit zu stehen, wusste aber, dass sie wieder mal versagt hatte.

Auf dem Heimweg vom Strand kam Nora an der Brand'schen Villa vorbei. Sie lag nur fünfzig Meter von ihrem Zuhause entfernt. Tante Signe war im Garten.

»Wie war's bei eurem Konfirmandenausflug?«, rief sie, als Nora vom Rad stieg. Signe hatte eine rote Strauchschere in der Hand und war dabei, die riesige Kletterrose zu beschneiden, die an der Südwand wuchs. Der Strauch war viele Jahre zuvor von ihrem Vater Alarik gepflanzt worden. Hunderte von rosa Blüten und Knospen saßen auf den peitschenartigen Zweigen.

Nora zog eine Grimasse, die Signe gleich richtig deutete.

»Nicht so gut?«

Sie stellte den Korb mit den abgeschnittenen, verblühten Rosen ab und zog die abgenutzten Gartenhandschuhe aus.

»Willst du reinkommen und ein bisschen reden?« Signe lächelte und öffnete die Gartenpforte. »Ich habe frische Himbeerhöhlen gebacken, sie stehen in der Küche. Bei der Hitze kann man Saft und Kekse gut vertragen.«

Nora zögerte, stellte dann aber das Rad am Zaun ab. Sie wollte lieber noch eine Weile hierbleiben, anstatt nach Hause zu gehen. Ihre Mutter würde sie noch früh genug mit viel zu vielen Fragen löchern.

In der Küche duftete es herrlich. Mehrere Bleche mit frischem Gebäck standen auf der Anrichte. Signe stellte zwei Gläser Saft und einen Teller Kekse auf ein Tablett und ging in den Wintergarten voraus, der zum Wasser und zur Hafeneinfahrt von Sandhamn hinaus lag. Nora folgte ihr und setzte sich in einen der Korbsessel.

»An der Aussicht kann man sich nie sattsehen, was?«

Nora blickte auf den Sund, der sich vor ihr ausbreitete. Das Wasser glitzerte so stark in der Sonne, dass die Felsen und Schären frei darin zu schwimmen schienen. Eine weiße Waxholmfähre war gerade auf dem Weg durch den Sund und tutete, um ihre Ankunft anzukündigen.

»Es ist schön«, murmelte sie.

Tante Signe hielt ihr den Keksteller hin.

»Greif zu. War es wirklich so schlimm?«

Nora steckte sich einen Himbeerkeks in den Mund, ohne zu antworten.

»Ich finde, der neue Pfarrer wirkt richtig nett«, fuhr Signe fort. »Ein bisschen jung vielleicht, aber für euch Konfirmanden gerade richtig. Ein alter Knochen wäre bestimmt nicht so cool gewesen.«

»Er ist okay«, murmelte Nora.

Signe tätschelte ihre Hand.

»Du bist bestimmt nicht die Einzige, die sich unsicher fühlt.«

Das glaubte Nora nun nicht.

Annika und Lisa kannten sich schon, sie waren beide von Eknö. Die aus Sandhamn waren nicht an ihrer Gesellschaft interessiert. Und dieser Thomas von Harö schien ein eingebildeter Schleimer zu sein.

Tante Signe beugte sich vor und strich ihr übers Haar.

»Das wird bestimmt besser, wenn ihr euch erst kennengelernt habt. Am Anfang ist es immer ein bisschen zäh.«

Nora wusste, dass sie sich irrte.

Nora ging in die Diele und nahm ihre Jacke von der Garderobe. Es war noch hell draußen, obwohl es schon fast zehn Uhr abends war. Sie hatte keine Lust, noch länger mit den Eltern vor der Glotze zu hocken. Außerdem war drinnen immer noch die reinste Sauna. Laut Wetterbericht würde sich die Hitze eine Weile halten.

»Wo willst du hin?«, rief ihre Mutter aus dem Wohnzimmer, wo der Fernseher lief. Sie hatten gerade vor Brandgefahr in weiten Teilen des Landes gewarnt.

»Ich geh nur noch ein bisschen spazieren.«

»Mit wem denn?«

Nora hörte die Hoffnung in ihrer Stimme.

»Mit niemandem.«

Bevor noch mehr Fragen kommen konnten, schlüpfte sie aus der Tür. Sie ging hinunter zum Kiosk am Dampfschiffkai, der bald schließen würde. Dort gab es Lakritzpfeifen für eine Krone das Stück, und sie wollte sich drei davon holen, oder vielleicht fünf.

Nach dem Tag heute hatte sie sich das verdient.

Sie erreichte den Hafen. Zu spät bemerkte sie die Gruppe von Jugendlichen, die sich vor dem Kiosk versammelt hatte. Ganz vorn stand Stefan, den Arm um Mias Schulter gelegt. Mia nahm einen Zug aus einer Zigarette, die sie an Stefan weitergab, bevor sie den Rauch langsam zu einem missglückten Rauchring ausblies.

Sollte sie umkehren und zurückgehen?

Sie hatten sie sicher schon entdeckt; es würde bescheuert aussehen, wenn sie jetzt ohne Erklärung in eine andere Richtung ginge. Ihre Gedanken rasten. Wenn sie die Leute ignorierte, würden sie sie für hochnäsig halten, aber wenn sie hinging und Hallo sagte und keiner zurückgrüßte, würde sie sich wie eine dumme Pute vorkommen.

Sie verstand nicht, was Stefan gegen sie hatte, aber sie wusste, dass er keine Gelegenheit ausließ, etwas Gemeines über sie zu sagen.

Ihre Füße bewegten sich immer langsamer.

Unerwartet wurde sie von Roland gerettet, der aus der anderen Richtung auf sie zukam. Er hatte immer noch seine knielangen Shorts und die dünne dunkelblaue Segeljacke an, aber nicht mehr den weißen Priesterkragen, wie noch vor ein paar Stunden am Strand.

»Hallo, Nora«, grüßte er freundlich, aber viel zu laut. »Na, so allein unterwegs bei dem schönen Abend?«

Nora vergrub die Hände in den Taschen. War es so deutlich, dass sie niemanden hatte?

Unwillkürlich warf sie einen schnellen Blick zum Kiosk und hoffte, dass die da drüben nichts mitbekommen hatten.

»Jaaa«, murmelte sie.

»Ist das nicht ein toller Abend? Und die Hitzewelle, was? Das hat man hier draußen im Schärengarten auch nicht alle Tage. Hast du die ganzen Plakate mit den Brandwarnungen gesehen?«

Roland lächelte breit.

»Du hast ein bisschen verloren auf mich gewirkt, als wir heute diskutiert haben«, sagte er. »Wenn du irgendwas auf dem Herzen hast, kannst du jederzeit zu mir kommen, das weißt du hoffentlich. Dafür sind wir Pfarrer da.«

Nora starrte auf ihre Füße.

Roland schien richtig erfreut zu sein, sie zu sehen, und sie hatte so ein Gefühl, dass er gerne noch eine Weile mit ihr plaudern wollte. Bei dem Gedanken bekam sie schweißnasse Hände. Was sollte sie sagen? Ihr fiel kein einziges Thema ein, das ihn interessieren könnte.

Doch Rolands Lächeln verschwand, er wandte den Blick von ihr ab und richtete die Augen auf irgendetwas hinter ihr.

»Dann bis morgen«, sagte er kurz.

Ohne eine Antwort abzuwarten, ging er mit schnellen Schritten Richtung Värdshuset.

Nora war für einen Moment verwirrt. Sie drehte sich um und ging in die andere Richtung, weg vom Kiosk. Gerade als sie in die schmale Gasse beim Strindbergsgården einbiegen wollte, hörte sie aufgebrachte Stimmen, die die Stille zerrissen.

Sie schienen aus dem Hafen zu kommen.

»Das geht dich einen Scheißdreck an!«

War das Roland, der da brüllte?

»Reiß dich bloß zusammen, verstanden?«, fuhr der Mann fort. »Sonst wird dir das verdammt leidtun!«

Nora drehte sich um. Sie konnte niemanden in der Nähe entdecken, und sie war sich unsicher, ob das wirklich Roland gewesen war. Aber es war schon komisch, dass er einfach so gegangen war.

Drüben am Dampfschiffkai war der Kiosk jetzt dicht. Stefan und seine Gang waren nirgends zu sehen.

Alles war still.

Thomas schaltete die Nachttischlampe wieder ein, kaum dass seine Mutter die Schlafzimmertür geschlossen hatte. Wieso sie darauf bestand, dass er schon um elf das Licht ausmachen musste, war ihm ein Rätsel, genau wie die Tatsache, dass er zur selben Zeit ins Bett musste wie sein kleiner Bruder, der im Bett gegenüber lag und schon eingeschlafen war. Aber Thomas wusste, dass es keinen Zweck hatte zu protestieren. Es war einfacher, das Licht auszumachen und danach wieder einzuschalten.

Der Unterricht morgen begann um neun, es würde reichen, wenn er eine halbe Stunde vorher von Harö losfuhr. Er war es gewohnt, mit dem kleinen Außenborder zu fahren, und sein Vater traute ihm zu, dass er auf eigene Faust zwischen den Inseln hin- und herfuhr. Das hatte er schon im letzten Sommer machen dürfen.

Er streckte sich nach der Schublade mit den Comics und fischte einen alten Fantomas heraus. Aber seine Gedanken wanderten zurück zum heutigen Tag am Strand. Sie hatten sich bis zum Mittag mit Paulus beschäftigt. Hatten die verschiedenen Fragen durchgearbeitet, die zum Text gehörten.

Das war interessant gewesen, und Thomas hatte es gut gefallen, darüber zu diskutieren. Es war spannend, Roland zuzuhören, der neue Interpretationen vorgeschlagen hatte.

Thomas hatte sich auf den Konfirmandenunterricht gefreut, vor allem, weil es auf Harö nicht viele Jugendliche in seinem Alter gab. Die ganze Zeit nur mit seinem Bruder zusammen zu sein wurde auch irgendwann langweilig.

Aber die Konfirmandengruppe war eine ziemliche Enttäuschung. Er war der Einzige, der von Harö kam, und die Clique aus Sandhamn war seit Langem befreundet. Sie schienen kein Interesse daran zu haben, neue Leute kennenzulernen.

Thomas legte sich auf den Rücken und starrte an die Decke, wo die weiße Farbe an einer Stelle einen langen Riss aufwies.

Die Mädchen von Eknö, Annika und Lisa, schienen ganz in Ordnung zu sein, nur diese Nora war irgendwie komisch. Erst hatte sie kaum mit dem Rest der Gruppe gesprochen und sich aufgeführt, als hätte sie es mit einem Haufen Idioten zu tun. Und dann, als sie miteinander diskutieren sollten, hatte sie sich einfach in den Sand gelegt und sich gesonnt.

Und außerdem war sie ihm vor allen anderen über den Mund gefahren. Als wäre er ein kompletter Idiot.

Thomas hoffte, dass Roland die Gruppen so schnell wie möglich neu zusammenstellte. Er hatte keine Lust, bis zur Konfirmation jeden Tag mit dieser Nora zusammenzuhocken.

Roland klatschte in die Hände, zum Zeichen, dass es Zeit war, mit der Diskussion zum Ende zu kommen. Die Sonne hatte ganze Arbeit geleistet, er war schon ordentlich rot um die Nase.

»Ich finde, wir machen jetzt Mittagspause«, rief er. »Was meint ihr? Habt ihr schon Hunger?«

Sie saßen am Strand von Fläskberget. Sie hatten ihre Decken unterhalb der grauen Klippe ausgebreitet, die den Strand begrenzte, und den ganzen Vormittag in kleinen Gruppen gearbeitet. Nora hatte mit Micke und Sara Selander zusammengesessen, einer zierlichen Blonden, die in den Pausen die ganze Zeit mit Mia und Stefan herumgackerte. Auch der arme Martin, der jeden Tag mehr Pickel zu haben schien, war der Gruppe zugeteilt worden.

Die Stimmung war nicht mehr ganz so angestrengt wie am Anfang der Woche. Micke war sogar Noras Meinung gewesen, als sie über das Recht, an Gott zu zweifeln, diskutiert hatten.

Aber Nora fiel es schwer, sich zu konzentrieren. Das Einzige, woran sie denken konnte, war, dass Petter neben ihr saß und ihr sein Geruch in die Nase stieg.

Es war immer noch ziemlich wenig los am Strand. Am anderen Ende lagen ein paar Mütter, die sich sonnten und dabei eine Zigarette nach der anderen qualmten. Eine Gruppe Vierjähriger spielte mit bunten Eimerchen und Schippen im Sand.

Hinter ihnen döste Sandhamns Friedhof im Schatten der hohen Kiefern.

»Eine Kleinigkeit zu essen, wär jetzt nicht verkehrt«, sagte Petter und nickte Nora zu. »Das war eine gute Diskussion, finde ich.«

Er klopfte ihr auf die Schulter.

»Du hast eine Menge kluger Ansichten, Nora. Man merkt, dass du ziemlich viel nachdenkst. Macht Spaß, dir zuzuhören.«

Nora wurde ganz heiß, als sein Knie ihres berührte.

»Danke«, murmelte sie und stand auf, um ihr Lunchpaket zu holen, das im Fahrradkorb lag.

Als sie sich dem Wäldchen näherte, merkte sie, dass Stefan ihr folgte, und ihr ging auf, dass ihre Räder nebeneinander unter der alten Erle standen.

Nora blickte über die Schulter zurück, aber Stefan schien in Gedanken versunken zu sein.

Trotzdem hatte sie ein mulmiges Gefühl im Magen.

Rasch langte sie im Korb nach der Lunchbox, als Stefan plötzlich voll in sie hineinrannte, sodass das Rad umkippte.

An Stefans Gesicht ließ sich nichts ablesen, aber er machte keine Anstalten, ihr beim Aufheben des Rades zu helfen.

Nora wollte keine große Sache daraus machen. Sie bückte sich und packte den Lenker. Aber gerade als sie das Rad wieder hinstellte, beugte Stefan sich zu ihr und flüsterte ihr ins Ohr:

»Läuft's nicht gut für dich, kleine Snora?«

Mit einem zufriedenen Grinsen auf den Lippen drehte Stefan sich um und ging zurück zur Gruppe.

Nora stand da wie gelähmt.

Obwohl es schon so viele Jahre her war, dass die anderen Kinder in der Schwimmschule ihr im Chor »Nora-Snora« hinterhergerufen hatten, tat es noch genauso weh.

Snora, Rotznase. Es war so eklig.

Sie schämte sich. Und danach schämte sie sich, weil sie es sich immer noch so zu Herzen nahm.

Donnerstag

Als Nora aufwachte, war es noch heißer als gestern. Das Thermometer vor dem Fenster zeigte fünfundzwanzig Grad, obwohl es erst acht Uhr war.

Sie wünschte, sie könnte den Unterricht schwänzen, aber sie wusste, dass sie ihrer Mutter das nie erklären könnte. Also zog sie sich an und ging hinunter, um zu frühstücken. Als sie in die Diele kam, roch es irgendwie komisch, stechend, wie Brandgeruch. Nora rümpfte die Nase.

Woher kam das?

Die alten Gummistiefel ihres Vaters standen neben der Haustür, sie waren völlig verrußt und stanken, genau wie seine Jacke, die hingeworfen auf dem Dielenboden lag. Er war Mitglied bei der freiwilligen Feuerwehr der Insel, es musste in der Nacht irgendwo gebrannt haben.

Hoffentlich war nichts Schlimmes passiert.

Nora berührte die Jacke vorsichtig, sie hatte kleine Glutlöcher an einem Ärmel, anscheinend war es ein größeres Feuer gewesen.

Sie öffnete die Tür zur Küche, wo ihre Mutter schon im Morgenrock am Esstisch saß und Kaffee trank.

»Warum stinken Papas Sachen so nach Rauch?«, fragte sie.

»Auf dem Östlichen Sandfeld hat es heute Nacht gebrannt.«

»Wieso das denn?«

»Liebes, woher soll ich das wissen?« Mama runzelte die Stirn. »Wahrscheinlich hat jemand eine brennende Zigarettenkippe weggeworfen, ohne nachzudenken. Bei der Hitze brennt doch alles wie Zunder.«

Nora öffnete den Kühlschrank und nahm Butter und Käse für ein Butterbrot heraus. Dann griff sie nach dem Tetrapak O'boy und goss sich ein großes Glas Kakao ein.

»Um drei kam der Anruf, und Papa war erst nach fünf wieder zu Hause«, fuhr Mama fort. »Er schläft noch. Du kannst dir nicht vorstellen, wie sein Zeug gestunken hat, ich habe alles auf den Balkon geworfen. Aber das Schlafzimmer riecht jetzt noch danach.«

Du hast die Jacke vergessen, dachte Nora, aber sie ahnte, dass ihre Mutter auch nicht viel Schlaf bekommen hatte. Sie hatte dunkle Ringe unter den Augen und gähnte, ohne sich die Hand vor den Mund zu halten, was sie Nora sonst immer einschärfte.

Ihre Mutter nahm einen großen Schluck Kaffee.

»Zum Glück konnten sie das Feuer löschen, bevor es sich weiter ausbreitete«, sagte sie. »Die Nilssons hatten es entdeckt, du weißt, das ältere Paar, das in dem grauen Holzhaus wohnt. Ihr Hund hatte mitten in der Nacht angefangen, wie verrückt zu bellen, und August geweckt, sodass er Alarm schlagen konnte.«

Sie schüttelte sich unwillkürlich.

»Du und deine Freunde, ihr müsst aufpassen bei dieser Hitze. Wenn ihr einen Erwachsenen rauchen seht, meine ich. Eine Zigarettenkippe wird schnell mal achtlos weggeworfen, das habe ich schon so oft gesehen.«

Noras Eltern rauchten beide nicht, obwohl mehrere ihrer Freunde gerne mal eine Zigarette in der Hand hatten. Nora wusste, dass ihre Mutter sich vermutlich nicht vorstellen konnte, dass die meisten in der Konfirmandengruppe rauchten.

Die Zeit drängte, Nora schlang den letzten Bissen hinunter und trank das Glas Kakao im Stehen aus. Sie schwitzte jetzt schon.

Ihre Mutter zeigte auf ein Päckchen in Alufolie, das zusammen mit einer Banane auf der Anrichte lag.

»Vergiss dein Pausenbrot nicht. Ich habe dir ein paar Schnitten mit Ei und Kaviar gemacht, die werden dir schmecken.«

»Was würde passieren, wenn es im Dorf anfängt zu brennen?« Nora konnte sich die Frage nicht verkneifen.

»Wie meinst du das?«

»Wenn eins der Häuser Feuer fängt. Oder mehrere. Die stehen hier alle so dicht, und es gibt wohl nur ein Löschauto?«

»Ach herrje, wieso fragst du das?«, sagte ihre Mutter und breitete die Arme aus. »Denk doch so was nicht.«

»Aber was würde man dann tun?«, beharrte Nora.

»Ich vermute, sie würden Hilfe vom Festland anfordern, oder

von den anderen Inseln. In Stavsnäs gibt es eine Feuerwehr, die ausrücken könnte.«

Von Stavsnäs brauchte man mindestens zwanzig Minuten, sogar mit einem Schnellboot.

»Glaubst du wirklich, die würden es rechtzeitig schaffen?«, fragte Nora und griff nach ihrem Lunchpaket. »Bevor das ganze Dorf abgebrannt ist?«

Nora fühlte sich erhitzt und klebrig, als sie zu der Scheune kam, wo der Unterricht stattfand, wenn sie nicht draußen waren. Sie trat sich die sandigen Schuhe auf der Fußmatte ab, bevor sie hineinging.

Der Raum war sparsam mit rechteckigen Tischen und einigen Stühlen ausgestattet. An der einen Querwand stand eine abgenutzte Polstergruppe, die mit verblichenem geblümtem Stoff bezogen war. Die meisten Sachen waren Spenden und hatten schon bessere Tage gesehen.

Ausnahmsweise war Nora als Erste aus ihrer Konfirmandengruppe da. Sie erschrak, als sie Petter entdeckte, der an einem der Tische saß und die Texte des Tages auf unterschiedliche Stapel verteilte. Sein roter Pullover hing über dem Stuhlrücken.

Sie hoffte, dass er nicht bemerkte, wie verschwitzt sie war, und wischte sich rasch mit dem Handrücken über die Stirn.

Durch die drückende Hitze lockte sich Petters blondes Haar im Nacken. Es sah aus wie Engelshaar, und unwillkürlich fragte sie sich, ob es wohl genauso weich war.

»Hast du von dem Feuer gehört?«, fragte sie vorsichtig. »Dem von heute Nacht. Mein Vater hat geholfen, es zu löschen.«

Petter sah sie ernst an.

»Hoffentlich ist niemand zu Schaden gekommen.«

»Ich glaube nicht«, sagte Nora.

»Es ist immer schrecklich, wenn zwischen den Holzhäusern ein Feuer ausbricht, besonders wenn sie so alt sind wie das hier.«

Nora wollte den Gedanken verdrängen und warf einen Blick auf Petters Papiere.

»Was machen wir heute?«, fragte sie.

»Hm, wollen mal sehen.« Petter blätterte in seinen Unterlagen. »Heute sprechen wir über individuelle Lebensentscheidungen und wie sie sich auf dich und deine Umgebung auswirken.«

Sie musste ihn verständnislos angesehen haben, denn er fügte schnell hinzu:

»Es geht um Judas, warum er getan hat, was er tat, als er Jesus verraten und im Stich gelassen hat.«

»Er hat Geld dafür bekommen«, sagte Nora.

»Na ja«, sagte Petter lächelnd. »Es ist nicht alles so schwarz oder weiß, wie man manchmal denkt. Aber genau darüber werden wir sprechen. Wie es manchmal so kommt und warum. Was es für ein Gefühl ist, wenn ein Freund einen schlecht behandelt oder hintergeht.«

Nora nickte.

»Und danach machen wir einen Ausflug zusammen. Heute Nachmittag wollen wir Kajak fahren. Ich werde euch alles beibringen, was ich übers Paddeln weiß.«

Er hörte sich an wie Balu der Bär aus dem *Dschungelbuch*. Und er schnitt eine ironische Grimasse, als es ihm auffiel. Nora fand es eher niedlich.

»Paddelst du oft?«, fragte sie.

Sie selbst paddelte gerne. Ihr Vater hatte ein Kajak, mit dem sie manchmal rausfuhren, und sie genoss es, mit ihm allein zu sein, ohne die ständigen Ermahnungen ihrer Mutter.

Petter machte den Rücken ein bisschen gerader.

»Ich bin ausgebildeter Trainer. Wenn wir hier fertig sind, werde ich ein Kajaklager leiten.«

Er zeigte auf die Texte vor ihm auf dem Tisch.

»Wenn ihr mit dem hier durch seid, wird es euch guttun, aufs Wasser rauszufahren. Den Kopf freizubekommen. Wir können uns ja nicht immer nur mit tiefen religiösen Diskussionen befassen. Gott kann auch Spaß machen.«

Nora hätte sich gerne noch weiter mit Petter unter vier Augen unterhalten. Er war immer so nett und rücksichtsvoll und kam ihr gar nicht viel älter vor als sie. Aber die Tür ging auf und Stefan und Mia kamen herein. Stefan hatte sich seinen Rucksack lässig über eine Schulter gehängt und trug eine Piloten-Sonnenbrille. Seine Augen waren hinter den verspiegelten Gläsern nicht zu erkennen.

Nora erstarrte.

Es hatte ihm gestern nicht gereicht, ihr Fahrrad umzuwerfen. Kurz vor Schluss hatte er noch irgendwas Gemeines über sie gesagt. Sie hatte nicht alles mitbekommen, aber Mia hatte gelacht. Da war Micke tatsächlich dazwischengegangen und hatte gesagt: »Hört auf!«

Nora war aufs Rad gestiegen und mit brennenden Tränen in den Augen abgehauen, so schnell sie konnte.

Jetzt beachtete Stefan sie überhaupt nicht, sondern setzte sich an einen der anderen Tische. Er warf Petter ein »Hi!« zu und redete weiter mit Mia, als wäre Nora nicht anwesend.

Anscheinend unterhielten sie sich über das Feuer letzte Nacht, Nora hörte, wie sie vom Sandfeld sprachen.

Petter runzelte die Stirn.

»Mögt ihr zwei euch nicht?«, fragte er so leise, dass nur Nora es hören konnte. »Kommt mir so vor, als wären hier plötzlich *bad vibes* im Raum.«

Nora biss sich auf die Lippe. Wie sollte sie ihm erklären, dass Stefan und seine Gang schon immer auf ihr herumgehackt hatten? Sie wäre lieber gestorben, als Petter zu verraten, wie Stefan sie hinter ihrem Rücken nannte.

Statt einer Antwort zuckte sie nur mit den Schultern.

»Sieh es mal so«, sagte Petter. »Die Welt ist voller Idioten, und es ist immer besser, keiner von ihnen zu sein.«

Er grinste plötzlich.

Wenn er lächelte, war er noch süßer. Nora konnte nicht anders, als zurückzulächeln. Petter war wirklich total nett.

Die Kajaks lagen hoch auf den Sand gezogen hinter der Sportboottankstelle, als sie gegen ein Uhr dort ankamen. Eine bunte Reihe von Bootsrümpfen, die auf sie wartete. Es war fast windstill und das Meer spiegelglatt. Perfekt für einen Paddelausflug.

Die Liegeplätze vor dem großen Klubhaus der Königlich Schwedischen Segelgesellschaft KSSS waren fast leer. Die Betriebsferien in der Industrie waren noch nicht angebrochen, aber am Wochenende würde es hier von Freizeitseglern wimmeln, vor allem, wenn das herrliche Wetter sich hielt. Dann würde die Warteschlange vor der Bäckerei kein Ende nehmen, und die Waxholmfähren würden Horden von Touristen abladen.

Aber bis dahin war es im Hafen friedlich.

Nach einer frühen Mittagspause hatte Petter ihnen die Grundlagen des Paddelns erklärt. Jetzt war es Zeit für einen ersten Versuch. Sie würden keine lange Tour machen, nur ein bisschen üben, hatte er erklärt.

Roland und Petter waren beide erfahrene Paddler, und man merkte ihnen ihre Begeisterung an.

Als alle da waren, reckte Roland einen Arm hoch.

»Jetzt hört mal auf zu schnattern«, sagte er. »Wie viele von euch sind schon gepaddelt?«

Nora zögerte, hob aber die Hand. Martin und noch drei andere meldeten sich ebenfalls.

»Okay«, sagte Roland. »Dann müssen wir versuchen, euch so aufzuteilen, dass nicht alle Amateure im selben Boot sitzen.«

Er lachte selbst über seinen Scherz.

»Versucht euch so gut es geht zu verteilen, damit wir loskönnen. Petter hat euch erklärt, wie's geht, oder?«

Petter lächelte in die Runde. Nora sah ihm an, dass er auch darauf brannte, endlich abzulegen.

»Dann los«, sagte er. »Immer zwei Leute in ein Kajak, wie Roland gesagt hat. Wer als Letzter übrig bleibt, ist selbst schuld.«

Nora zögerte, dann ging sie zu dem roten Kajak, das ihr am nächsten lag, und bereitete es vor. Wenn sie beschäftigt wirkte, brauchte sie vielleicht keinen der anderen zu fragen, ob sie zusammen fahren wollten.

»Thomas«, sagte Roland hinter ihr. »Du könntest mit Nora zusammen paddeln. Sie scheint zu wissen, wie es geht, also brauchst du nur alles genauso zu machen wie sie. Du hast es schnell raus, das verspreche ich dir.«

Nora warf verstohlen einen Blick über die Schulter.

Thomas schien nicht begeistert von Rolands Vorschlag zu sein. Aber er protestierte nicht, sondern half ihr dabei, das Kajak ins Wasser zu schieben. Der Rumpf war schwerer als man vermutete.

Ein paar Meter weiter knallte es ordentlich.

»Pass doch auf, verdammt noch mal!«

Nora zuckte zusammen, ließ den Rand ihres Bootes los und blickte sich um. Roland hüpfte auf einem Bein von Micke weg, der ihm das Kajak wohl auf den Fuß hatte fallen lassen.

»Du hättest mir die Zehen brechen können«, schimpfte Roland und rieb sich den Fuß. »Wie blöd bist du eigentlich, sag mal?«

Er war knallrot im Gesicht, Nora hatte ihn noch nie so wütend gesehen. Die Konfirmandengruppe stand ganz still, und Micke wirkte so erschrocken, dass er Nora leidtat.

»Das wollte ich nicht«, murmelte er.

Keiner rührte sich.

Petter setzte sein Kajak ab und ging zu Roland. Er sagte leise etwas zu ihm, was man nicht verstehen konnte.

Die Sekunden verstrichen. Roland presste die Fingerknöchel an den Mund und schien sich schließlich wieder unter Kontrolle zu haben. Seine Gesichtsfarbe normalisierte sich, er setzte den Fuß ab und schien ihn belasten zu können.

»Schon gut. Lasst uns die Kajaks zu Wasser bringen«, sagte er und klang wie immer.

Er legte seine Hand auf Mickes Schulter.

»Ich wollte dich nicht so anfahren. Du hast mir nur einen Riesenschrecken eingejagt, und es tut echt verdammt weh.«

Roland lächelte in die Runde.

»Jetzt beeilt euch, damit wir mal loskönnen.«

Die Sonne brach durch, und das Wasser glitzerte blau. Ein großes weißes Segelboot legte an der Bootstankstelle an, und einer der Tankwarte warf dem Skipper ein Tau zu. Der Segler winkte dankbar.

»Jetzt machen wir uns einen schönen Nachmittag«, sagte Roland. »Wir paddeln nach Kroksö, das liegt gegenüber der Militärbasis auf Korsö, falls jemand es nicht kennt. Klingt das nicht nach einem lustigen Ausflug?«

Nora biss sich nachdenklich in die Wange. Wenn Roland so normal war wie jetzt, dann war er echt in Ordnung, ein Erwachsener, der trotzdem zu verstehen schien, wie es war, ein Teenager zu sein. Aber sein Ausbruch vorhin hatte sie erschreckt. Wie konnte sich jemand von einer Sekunde auf die nächste so verändern?

Keiner von Noras Eltern hatte sich jemals zu einem solchen Ausbruch hinreißen lassen. Sie kabbelten sich zwar öfter mal, aber sie konnte sich nicht erinnern, dass ihre Mutter und ihr Vater sich je angeschrien hätten.

Ein paar Meter vor ihr war Martin dabei, sein Kajak ins Wasser zu schieben. Da fiel ihm etwas aus der Tasche. Es sah aus wie eine Streichholzschachtel.

»Du hast was verloren«, rief Nora, aber Martin hörte nicht, und als sie wieder aufblickte, war er schon auf dem Wasser.

»Auf geht's.«

Petter winkte allen, ihm zu folgen. Er hatte sein eigenes Boot zu Wasser gebracht und paddelte zwischen den schmalen Anlegern hinaus.

Nora griff nach einem der beiden Paddel und gab es Thomas. Sie zeigte ihm, wie er es halten sollte, damit es sicher in den Händen lag, und schob das Kajak ins Wasser.

»Dann los«, sagte sie und kletterte vorsichtig hinein.

Thomas setzte sich hinter Nora. Sein übliches Pech. Warum musste Roland ausgerechnet ihn für ihr Kajak einteilen?

Er wog das Paddel in der Hand und spürte das Gewicht der schmalen Stange zwischen den orangefarbenen Schaufeln. Versuchsweise machte er ein paar Schläge oberhalb des Bootsrandes. Er wollte es ebenso selbstverständlich ins Wasser tauchen, wie Nora es tat, zögerte aber trotzdem mit dem Paddel halb in der Luft.

Es gehe darum, den Rhythmus zu finden, hatte Nora oberlehrerhaft erklärt, während sie aus dem Hafen glitten. In einem gleichmäßigen Takt zu paddeln, der die Fähigkeit des Kajaks nutzte, durchs Wasser zu gleiten. Das Kajak wolle von sich aus vorwärts, er brauche nicht mehr zu tun, als es dabei zu unterstützen.

Thomas schielte zu Nora, die mit geübten Bewegungen paddelte, links-rechts, links-rechts, während der Oberkörper sich von einer Seite zur anderen drehte. Es sah total natürlich aus.

Ohne dass er richtig begriff, wie es vor sich gegangen war, hatten sie Petter beinahe eingeholt und die meisten anderen aus ihrer Gruppe hinter sich gelassen.

Thomas versuchte, es genauso zu machen. Aber das Paddel tauchte verkehrt ins Wasser ein, und auf einmal standen sie.

»Was machst du?«, fauchte Nora über die Schulter.

»Tut mir leid. Das war falsch.«

Nora drehte sich um.

»Bist du noch nie gepaddelt?«, fragte sie und klang noch wütender.

»Nein.«

»Petter hat doch erklärt, wie es geht. Hast du nicht zugehört?«

Thomas hätte am liebsten geantwortet, sie solle die Klappe halten, aber er schwieg. Warum musste sie die ganze Zeit so sauer sein? Er hatte ihr nichts getan. Es war nicht seine Idee gewesen, das Kajak mit ihr zu teilen.

Nora drehte sich wieder zu ihm um.

»Am Anfang ist es nicht so einfach«, sagte sie nun freundlicher. »Mein Vater hat es mir beigebracht, als ich klein war, aber ich habe auch Fehler gemacht, bis ich den Bogen raushatte.«

Sie hob ihr Paddel an.

»Halte es so und schieb das Wasser weg, wenn du es eintauchst. Schräg von vorn, sodass du der Bewegung des Kajaks folgst. Das Paddel muss sich hineinschleichen, damit es nicht bremst.«

Thomas schluckte seinen Ärger hinunter und versuchte, es genauso zu machen.

Nora beobachtete ihn, dann zeigte sie ihm die Bewegung noch einmal und wartete, während er es probierte.

Das Kajak begann, geschmeidig durchs Wasser zu gleiten. Der Rumpf durchschnitt die blanke Wasseroberfläche ganz leicht. Thomas musste unwillkürlich lächeln. Das war echt toll. Das Wasser war ganz nah, nur eine Handbreit von seinem Körper entfernt. Und trotzdem saß er völlig trocken in dem Kajak, mit einem neuen Gefühl von Unverwundbarkeit.

Es erinnerte an Schlittschuhlaufen über klares Eis, wenn der Schärengarten zugefroren war. Dasselbe Gefühl, leicht wie Luft zu sein, wenn er mit schnellen Schritten über die blanke Fläche glitt. Wenn alles, was zählte, die vorwärtsgerichtete Bewegung zwischen den verschneiten Schären war.

Dann fühlte er sich wie der einzige Mensch auf der Welt.

Das Kajak glitt ganz schön schnell durchs Wasser. Es war vollkommen still um sie herum, keine Motoren, die so laut dröhnten, dass man kaum sein eigenes Wort verstand, und keine Wellen, die die Boote auf und ab schaukeln ließen.

Nora hatte sich wieder umgedreht.

»Macht Spaß, oder?«, sagte sie, als hätte sie seine Gedanken gelesen.

»Ja. Doch.«

»Morgens ist es noch besser«, sagte sie mit einem echten Lächeln, das Thomas noch nie an ihr gesehen hatte.

Wenn der mürrische Gesichtsausdruck verschwand, sah sie völlig anders aus.

Thomas machte ein paar weitere Schläge mit dem Paddel. Das Kajak antwortete gehorsam und glitt mühelos vorwärts.

»Das ist richtig cool«, gab er zu.

Sein Lieblingssport war Handball. Er trainierte mehrmals in der Woche mit seiner Mannschaft und liebte die Schnelligkeit des Spiels, aber jetzt merkte er, wie ihn die Faszination des Neuen gefangen nahm.

Ob Kajaks wohl teuer waren? Konnte er seine Eltern überreden, ihm ein eigenes zu kaufen? Vielleicht konnte er das meiste selbst zusammensparen, wenn er nächsten Sommer einen Ferienjob fand? Gedankenversunken bekam er kaum mit, dass sie schon eine ganz schöne Strecke geschafft hatten.

Sie umrundeten Prickgrundet und kamen an Skanskobb vorbei, der kleinen Insel, wo meistens der Zieleinlauf der diversen Segelrennen des KSSS stattfand. Dann öffnete sich vor ihnen der Korsö-Kanal mit Kroksö auf der linken und Korsö auf der rechten Seite.

Mehrere graue Militärboote lagen am Kai von Korsö vertäut, und auf den Anlegern bewegten sich zielstrebig Soldaten in grünen Tarnanzügen.

Petter paddelte zusammen mit Annika an der Spitze, achtete aber darauf, nicht zu schnell zu werden, damit niemand zurückblieb. Roland bildete zusammen mit Lisa das Schlusslicht.

Thomas merkte, wie seine Arme langsam müde wurden, trotz des Handballtrainings. Ihm taten Muskeln weh, von denen er nicht geahnt hatte, dass er sie besaß.

Aber bereits jetzt wusste er, dass er sich in etwas Neues verliebt hatte.

Roland stand breitbeinig da und musterte den Himmel. Das Wetter war umgeschlagen. Blaugraue Wolken zogen sich zusammen, es sah nach Gewitter aus.

»Wo kommt das her?«, sagte er halblaut zu Petter, der damit beschäftigt war, die Reste des Picknicks einzusammeln und die Decken auszuschütteln.

Nora stapelte Becher zusammen und legte die Thermoskannen in die Tasche. Die Unruhe des Pfarrers veranlasste sie, einen Blick zu Petter zu werfen.

»Keine Ahnung«, erwiderte Petter und faltete die letzte Decke zusammen. »Die Vorhersage für den Nachmittag war gut. Der Wetterbericht hat nichts von Regen gesagt.«

»Wir sollten zusehen, dass wir zurück sind, bevor das Unwetter hier ist«, sagte Roland. »Ich will nicht mit einer Gruppe Anfänger bei Gewitter draußen auf dem Meer sein.«

Er legte die Hände wie einen Trichter an den Mund.

»Beeilt euch, Leute. Wir müssen los.«

Die Kajaks lagen hochgezogen auf ein paar flachen Steinen in der Sonne. Sie hatten in der seichten Bucht zwischen Kroksö und Björkö Pause gemacht, um zu picknicken. Bis auf ein Segelboot, einer blauen Ballad, die weiter hinten in der Bucht ankerte, waren sie allein.

Nora zog sich einen zweiten Pullover über, bevor sie zu ihrem Kajak ging. Es war windig geworden, und Petter wirkte gestresst.

Er hatte wohl bei der ersten Paddeltour mit der ganzen Gruppe nicht mit schlechtem Wetter gerechnet.

Aber ihnen blieb kaum eine Wahl. Es gab keine andere Möglichkeit, nach Sandhamn zurückzukommen. Eine Fährverbindung nach Kroksö gab es nicht, die Insel war mehr oder weniger unbewohnt, und sie konnten wohl kaum die Militärboote auf Korsö bitten, sie nach Hause zu bringen.

»Legt bitte alle eure Rettungswesten an«, rief Petter.

Er blieb einen Moment stehen.

»Falls sich jemand unsicher fühlt und lieber in meinem Kajak mitfahren will, kann er oder sie mit Annika tauschen«, sagte er und sah Annika an. »Du würdest auch allein zurechtkommen, oder? Auf dem Hinweg hast du deine Sache richtig gut gemacht.«

Thomas war gekommen und half Nora, das Kajak ins Wasser zu schieben. Sie fragte sich, ob er sich wohl auf Petters Angebot melden würde, nur um nicht mit ihr zusammen nach Sandhamn zurückfahren zu müssen. Während der Kaffeepause hatten sie kein Wort miteinander gesprochen, er hatte sich zu Micke, Lisa und Annika gesetzt, und sie war in Petters Nähe geblieben. Eigentlich hatte sie auf eine Gelegenheit gewartet, sich bei ihm zu entschuldigen, weil sie ihn am Anfang der Tour so wütend angeblafft hatte. Es war ja nicht Thomas' Schuld, dass er noch nie vorher gepaddelt war, aber sie war von der ganzen Situation so gestresst gewesen, dass ihr einfach die Nerven durchgegangen waren.

Thomas hatte nicht mal in ihre Richtung geschaut. Stattdessen hatte er sich mit den anderen unterhalten, als wären sie seit ewigen Zeiten befreundet und würden sich nicht erst seit ein paar Tagen kennen. Annika hatte ihre langen blonden Haare zurückgeworfen und laut gelacht, als Thomas irgendwas erzählte. Lisa hatte mit dem Mund voller Zimtschnecken gekichert.

Er wirkte viel fröhlicher in Gegenwart der anderen, als er bei ihr im Kajak gewesen war. Wie üblich hatte sie alles kaputt gemacht.

»Falls jemand sich unsicher fühlt, kann er oder sie bei mir mitfahren«, wiederholte Petter. »Und denkt dran, als Gruppe zusammenzubleiben, bis wir zurück sind. Wir wollen nicht, dass irgendwer hinterhertrödelt.«

Als niemand antwortete, rückte er seine Rettungsweste zurecht und begann, sein Kajak ins Wasser zu schieben.

»Ach, übrigens«, sagte er und wandte sich an Nora. »Könntest du am Schluss der Gruppe paddeln und darauf achten, dass niemand zurückbleibt? Du hast es echt drauf, das ging wirklich super auf dem Hinweg.«

»Klar.«

Nora wandte sich ab, damit er nicht sah, wie sehr sie sich freute. Petter fand, dass sie gut war.

Nora und Thomas waren die Vorletzten in der Gruppe. Die dunklen Wolken über ihnen lösten sich langsam auf, und der Himmel war viel heller geworden, aber Petter trieb sie trotzdem zur Eile an. Es ging auf vier Uhr zu, um die Zeit machten sie normalerweise Schluss.

Sie paddelten konzentriert und waren gerade am Prickgrundet vorbei, als Nora das Motorboot entdeckte. Eine große Nimbus hatte von der Bootstankstelle am KSSS abgelegt und steuerte auf ihre Gruppe zu.

Es fuhr viel zu schnell.

Nora musste die Augen zusammenkneifen, um in dem kräftigen Gegenlicht etwas zu erkennen. Wie es aussah, unterhielt sich der Bootsführer mit jemandem. Er gestikulierte mit einer Hand, während er mit der anderen das Steuer hielt.

Bemerkte er die Paddler nicht?

Nora warf einen schnellen Blick auf die Gruppe, die vor ihr fuhr.

Zwischen den vorderen vier Kajaks und den hinteren drei hatte sich eine Lücke aufgetan. Petters Gruppe war schon ein ganzes Stück voraus, aber er schien das Motorboot nicht zu bemerken.

Vor Nora paddelten Micke und Lisa, hinter ihr Roland und Martin.

Wenn das Motorboot seinen Kurs beibehielt, würde es Micke und Lisa über den Haufen fahren.

Alles ging rasend schnell.

Micke, der vorne saß, schien nicht zu begreifen, dass das Motorboot direkt auf ihn zukam. Er hatte den Kopf gesenkt, tief auf die Paddelschläge konzentriert, und sein Rücken versperrte Lisa die Sicht.

Nora erwachte aus ihrer Starre.

»Aufpassen!«, schrie sie Thomas zu und versuchte auszuweichen, damit sie dem Motorboot nicht auch in die Quere kamen.

Thomas begriff sofort.

»Micke!«, brüllte er so laut er konnte, und Nora fiel ein.

»Passt auf!«, schrie sie. »Das Motorboot! Ihr müsst weg!«

Sie bekam keinen Augenkontakt zu Micke und Lisa, und die beiden schienen die Warnungen nicht zu hören.

Thomas ließ sein Paddel los und legte die Hände wie einen Trichter an den Mund.

»Micke! Das Motorboot!«, brüllte er, und endlich reagierten Micke und Lisa.

Nora spürte die Angst in den Augen der beiden mehr, als sie sie sah.

Jetzt hatten auch Petter und die anderen die Gefahr bemerkt. Sie schrien wild von ihren Kajaks aus, aber sie waren viel zu weit weg, um eingreifen zu können.

Das Motorboot fuhr noch genauso schnell wie vorher. Es war jetzt so nah, dass es sich wie eine Finnlandfähre vor den niedrigen Kajaks auftürmte.

Der weiße Rumpf war erschreckend groß.

»Springt!«, schrie Thomas, aber Micke und Lisa saßen wie angewachsen in ihrem Kajak.

Lisas Lippen zuckten, aber sie machte keine Anstalten, sich zu bewegen.

Der Motorlärm war ohrenbetäubend. Alle schrien hysterisch, aber man verstand kein Wort. Es dröhnte in Noras Ohren. Sie hätte am liebsten die Augen zugemacht, aber sie konnte den Blick nicht von der Szene vor ihr abwenden.

Gerade als sie sicher war, dass das Motorboot das Kajak in zwei Teile zerschneiden würde, bog es ab. Die Motoren heulten auf, dann hatte es den Kurs geändert und steuerte mehr in Richtung Süden.

Das Boot glitt an dem kleinen Kajak vorbei, ohne es zu berühren, und verschwand brüllend aufs offene Meer hinaus.

Nora umklammerte die Paddelstange. Sie waren noch mal davongekommen, trotz allem.

Da kam die Woge. Die großen Wellen, die das Motorboot aufgewühlt hatte, warfen sich auf sie.

»Scheiße, Scheiße, Scheiße!«, schrie Thomas.

Das Kajak mit Micke und Lisa kenterte vor ihren Augen, aber Nora konnte nichts tun, um ihnen zu helfen. Sie hatte alle Hände voll zu tun, ihr eigenes Kajak auf dem Kiel zu halten.

Sie versuchte, die Wellen so gut es ging mit dem Paddel zu parieren, aber sie wurden wild hin und her geworfen. Die Welt stand kopf. Das Kajak ließ sich nicht kontrollieren, weil eine Welle nach der anderen über ihnen zusammenbrach.

Es schien kein Ende zu nehmen, sie wurden von Wassermassen überspült, bis Nora sicher war, dass sie ertrinken würden.

Gerade als sie glaubte, jetzt müssten sie endgültig untergehen, richtete sich der Rumpf auf. Plötzlich saßen sie wieder senkrecht, klatschnass, aber ohne gekentert zu sein.

Alles wurde still. Dann hörte sie Lisas Schrei.

Thomas hatte sein Paddel verloren, als die Wellen sie herumwirbelten. Er hatte Salzwasser in den Augen und konnte nichts sehen, er spürte nur, dass sie wieder auf dem Kiel lagen.

Als er wieder etwas erkennen konnte, sah er Micke leblos im Meer treiben. Die orangefarbene Rettungsweste hielt den Körper an der Oberfläche, aber er lag auf dem Bauch, und sein Gesicht war unter Wasser. Lisa klammerte sich an den Rumpf des Kajaks und schrie um Hilfe, mit einer gellenden Stimme, wie er sie noch nie gehört hatte.

Ihr eigenes Kajak war ein ganzes Stück abgetrieben und befand sich östlich vom Prickgrundet, aber sie waren trotzdem noch am nächsten dran. Die kräftigen Schwallwogen hatten die anderen Kajaks in die entgegengesetzte Richtung getrieben.

Nora hatte ihr Paddel bereits eingetaucht und begonnen, sich mit rasend schnellen Schlägen zu Micke vorzuarbeiten.

Thomas handelte instinktiv. Er schnürte die völlig durchweichten Turnschuhe auf und zog den nassen Pullover aus. Er hatte einen dicken Kloß im Hals, der nicht weggehen wollte, aber für Zweifel blieb jetzt keine Zeit.

Sie hatten das umgestürzte Kajak beinahe erreicht.

»Ich springe rein«, sagte Thomas.

»Pass auf, dass du uns nicht zum Kentern bringst.«

Diesmal war kein Ärger in Noras Stimme, nur Angst.

Sie beugte sich nach links, so weit sie konnte, damit Thomas über die rechte Seite ins Wasser gleiten konnte, ohne dass sie kenterten. Trotzdem tauchte das Kajak kurz unter die Oberfläche, bis Thomas draußen war und es sich wieder aufrichtete.

Das Wasser war erschreckend kalt, obwohl er ja schon triefnass war. Thomas keuchte auf, dann kraulte er mit kräftigen Schwimmzügen auf Micke zu.

»Hilf mir!«, schrie Lisa, als er das Boot erreichte, aber er schwamm weiter zu Micke.

Lisa konnte sich am Rumpf festhalten, Micke dagegen rührte sich nicht.

Thomas erwischte Micke am Kopf und versuchte, den Körper umzudrehen. Lebte er? Ja, Micke atmete, aber er hatte eine große, blutende Wunde an der Stirn und war bewusstlos.

Er war so schwer und klobig, dass es war, als hantierte man mit einem Sandsack. Thomas hatte keine Ahnung, wie er es schaffen sollte, ihn ohne Hilfe zur nächsten Insel zu schleppen. Micke war größer als er, und viel kräftiger.

Plötzlich war Nora mit dem Kajak neben ihm.

»Kannst du ihn hochstemmen?«, rief sie.

Thomas bekam den schlaffen Körper nicht einmal halb über die Bordwand. Das Kajak schaukelte gefährlich, und Thomas sank zurück ins Wasser.

»Es geht nicht«, sagte Nora mit Panik in der Stimme. »Das Kajak wird kentern, wenn du es noch mal versuchst.«

Sie zögerte eine Sekunde, dann legte sie das Paddel weg und ließ sich ins Wasser gleiten, zum Glück ohne dass das Boot kenterte.

Sie schwamm an die andere Seite von Micke und nahm seinen Arm.

»Prickgrundet«, keuchte sie und zeigte auf die Klippe mit dem kleinen Leuchtfeuer, die etwa hundert Meter entfernt lag.

Thomas nickte und legte sich auf den Rücken. Er hielt Mickes Kopf mit beiden Händen, sodass Mund und Nase über der Wasserlinie lagen. Nora schwamm neben dem Körper und schob.

Es war, als würde man einen Betonblock bugsieren, aber irgendwie schafften sie es, Prickgrundet zu erreichen. Die graue Klippe fiel flach ab, und gemeinsam zogen sie Micke aus dem Wasser, bis er auf dem Trockenen lag.

»Atmet er?«, keuchte Nora.

Sie triefte, als sie sich über Mickes bleiches Gesicht beugte und versuchte, auf Atemzüge zu lauschen. Das Wasser tropfte auf seinen vollgesogenen Pullover, verschwand aber sofort in dem nassen Zeug.

»Müssen wir Mund-zu-Mund-Beatmung machen? Weißt du, wie das geht?«

In dem Moment hustete Micke.

Er rollte sich auf die Seite und erbrach grün-graues Meerwasser. Dann schlug er die Augen auf und blickte sich verwirrt um.

»Was ist passiert?«, flüsterte er.

Eine Welle der Erleichterung durchspülte Thomas, und er merkte, wie kaputt er war. Er legte sich neben Micke und schloss die Augen vor Erschöpfung.

»Seht mal!«, hörte er Nora rufen. »Da kommt jemand.«

Nora saß zusammengekauert auf der Veranda mit einer Tasse Tee und einer Decke über den Knien, als es an der Haustür klopfte. Ihre Mutter öffnete, und Nora hörte die besorgte Stimme von Tante Signe.

»Wie geht's dem Mädchen?«

Schnelle Schritte waren zu hören, dann tauchte Tante Signe in der Tür auf.

»Grundgütiger, was für ein Unglück. Wie geht es dir?«

Nora brachte ein Lächeln zustande.

»Ich bin okay.«

»Ich habe von deiner Mutter gehört, dass du eine richtige Heldin bist, du und dieser Junge von Harö. Ihr habt euren Kameraden vor dem Ertrinken gerettet. Was für eine Leistung!«

Signe klatschte so heftig in die Hände, dass Nora rot wurde. Sie verdiente so viel Lob gar nicht. Sie zupfte an einer Geranie auf der Fensterbank, bis sich das Blatt löste und zu Boden fiel.

Signe ließ sich im Korbsessel ihr gegenüber nieder und hielt ihr einen geflochtenen Brotkorb hin.

»Hier, ich hab dir ein paar Himbeerhöhlen mitgebracht. Die magst du doch so gern.«

Nora nahm einen Keks mit extraviel Himbeermarmelade in der Mitte.

»Was für eine Aufregung«, seufzte Signe. »Ich habe gehört, dass das Motorboot einfach verschwunden ist, ohne euch zu helfen. Die Leute haben keinen Anstand mehr heutzutage. Das war bestimmt einer dieser Schnösel vom KSSS. Von denen gibt es viel zu viele. So was wie Rücksichtnahme kennen die nicht.«

Sie schnaubte empört, nahm einen Keks und kaute nachdenklich.

»Wie fühlst du dich? Ich meine, wirklich?«

Nora musste überlegen.

Sie war erschüttert und geschockt und ziemlich zittrig auf den Beinen. Wenn sie die Augen schloss, sah sie wieder Micke vor sich, wie sein lebloser Körper mit dem Gesicht nach unten im Wasser trieb. Bei der Erinnerung daran stiegen ihr die Tränen in die Augen. Aber sie war zum Glück unverletzt.

»Deine Mutter sagt, dass die Soldaten euch geholfen haben«, sagte Signe lächelnd. »Das war doch nett.«

Schon nach wenigen Minuten waren eine Menge Boote zu Hilfe gekommen. Ein großes Patrouillenboot hatte von Korsö abgelegt, wo ein paar Soldaten den Vorfall beobachtet und sofort alles in Bewegung gesetzt hatten. Ruhig und effektiv hatten sie dafür gesorgt, dass alle Kajaks geborgen und die Jugendlichen mit ihren Betreuern zurück nach Sandhamn gebracht wurden.

Dann war das Arztboot gekommen und hatte Micke und Lisa mitgenommen, aber Nora wusste nicht, wie es ihnen ging. Nur, dass Micke nicht schwer verletzt war. Er war einer derjenigen in der Gruppe, die sie am liebsten mochte. Lisa auch, sie sagte nie ein böses Wort.

»Mir geht es gut, wirklich«, sagte sie. »Ich habe ja nur geholfen.«

Thomas war derjenige, der ins Wasser gesprungen war und

sich um Micke gekümmert hatte. Sie war sich nicht sicher, ob sie auch gesprungen wäre, wenn er es nicht zuerst getan hätte.

Er war der wirkliche Held.

Als Nora mit ihren Eltern zur Scheune kam, war der Raum schon voll von Eltern und Konfirmanden. Jemand hatte ein paar Extrastühle an die Tische gestellt, und ganz vorne im Saal stand Roland und unterhielt sich leise mit Petter und Eva-Marie.

Rolands Priesterkragen saß ein klein wenig schief unter dem Pullover, und seine Haare waren zerzaust.

»Herzlich willkommen«, sagte Roland, als sich alle hingesetzt hatten und die Gespräche verstummt waren.

Er war blass unter der Sonnenbräune.

»Ich weiß, dass ihr besorgt seid und euch fragt, was bei dem Ausflug heute eigentlich passiert ist, aber zunächst einmal möchte ich sagen, dass ich vorhin mit Mickes Eltern gesprochen habe. Er ist ärztlich versorgt worden, und es geht ihm den Umständen entsprechend gut.«

Erleichtertes Gemurmel. Mama nahm Noras Hand und drückte sie.

»Micke hat eine leichte Gehirnerschütterung«, fuhr Roland fort, »schlimmer ist es zum Glück nicht. Er ist mit dem Kopf gegen das Kajak geschlagen, als es kenterte, und hat eine böse Platzwunde. Aber die Wunde wurde im Krankenhaus genäht, und inzwischen ist Micke wieder zu Hause. Seine Eltern rechnen damit, am Wochenende zurück auf Sandhamn zu sein, sodass Micke weiter am Konfirmandenunterricht teilnehmen kann.«

Roland wippte leicht auf den Zehen, während er sprach.

»Lisa geht es auch gut. Sie hat natürlich einen Schock, aber sie ist zu Hause und ruht sich aus. Ich habe gerade vorhin mit ihrer Mutter gesprochen.«

»Was haben wir für ein Glück gehabt«, flüsterte Mama ihr zu.

»Das hätte so schlimm ausgehen können, ich mag gar nicht daran denken.«

Aber das tust du doch, dachte Nora, schließlich redest du ja darüber.

Es war bereits heiß und stickig im Raum. Nora wünschte, jemand würde mehr Fenster öffnen. Drei standen weit auf, ohne dass die sauerstoffarme Luft kühler wurde.

»Außerdem möchte ich einen besonderen Dank an Thomas und Nora richten«, sagte Roland und zeigte auf sie. »Die beiden haben sehr klug und umsichtig gehandelt, als Micke und Lisa mit ihrem Kajak gekentert sind. Sie sind ins Wasser gesprungen und haben Micke gerettet, ohne zu zögern.«

Er machte eine kleine Kunstpause und wandte sich an Thomas.

»Das war wirklich toll von euch. Ihr habt genauso gehandelt, wie es in der Bibel steht. Ihr wart für eure Nächsten da.«

Der religiöse Verweis wirkte völlig unnötig, und alle Augen richteten sich auf sie. Nora blickte verstohlen zu Thomas, der mit seinen Eltern ein paar Stühle weiter saß. Ihm war es noch peinlicher als ihr, er starrte stur zu Boden.

Hört auf zu glotzen, dachte sie und wäre am liebsten rausgelaufen. Aber sie zwang sich zu einem Lächeln, obwohl ihre Lippen steif wie Gips waren.

»Meine Große«, sagte Mama und streichelte ihren Rücken. »Wir sind so stolz auf dich, Papa und ich.«

Nora nickte, aber es versetzte ihr unwillkürlich einen kleinen Stich. Warum war Mama nur stolz, wenn ihre Tochter etwas tat, was andere gut fanden? Warum reichte es nie, einfach Nora zu sein?

Papa tätschelte ihr rasch die Wange und lehnte seine Stirn an ihre, und da ging es ihr schon besser.

Roland wollte gerade weitersprechen, als eine blonde Frau in blauer Cabanjacke und weißer Jeans aufstand.

»Ich würde gerne wissen, wie Sie dazu kommen, mit den Jugendlichen in Kajaks aufs Meer hinauszufahren, obwohl nicht alle paddeln konnten.«

Sie zeigte mit dem Finger auf Roland und Petter.

»Es ist empörend, wie Sie Ihre Aufsichtspflicht verletzt haben. Ich hatte wirklich nicht erwartet, um das Leben meines Sohnes fürchten zu müssen, als ich ihn zum Konfirmandenunterricht geschickt habe!«

Nora wusste nicht, wie die Frau mit Vornamen hieß, aber sie war Stefans Mutter. Er saß auf dem Stuhl neben ihr.

»Ich hoffe, Sie haben eine gute Erklärung dafür«, fuhr sie fort, »denn wir werden die Sache nicht auf sich beruhen lassen, das kann ich Ihnen versichern.«

Stefan grinste.

Mias Vater, der genau hinter ihr saß, erhob sich ebenfalls.

»Wie konnten Sie die Jugendlichen einer solchen Gefahr aussetzen?«, fragte er mit bebendem Doppelkinn. »Das ist unglaublich verantwortungslos und steht einem Gemeindepfarrer überhaupt nicht zu. Ich begreife nicht, was Sie sich dabei gedacht haben.«

Roland öffnete den Mund, aber bevor er etwas sagen konnte, meldete sich eine weitere Mutter zu Wort, eine füllige Brünette mit Dutt. Neben ihr leuchteten Martins Pickel mehr denn je.

»Das hier hätte nicht passieren dürfen«, sagte sie und wirkte zufrieden, als mehrere Eltern nickten.

Petter trat einen Schritt vor und hob die Hand.

»Darf ich dazu etwas sagen«, begann er. »Ich bin ausgebildeter Kajaklehrer, und wir haben vor dem Ausflug die theoretischen Grundlagen besprochen.«

Er musste sich anstrengen, um das Gemurmel zu übertönen.

»Ich bin alle Einzelheiten gründlich mit den Jugendlichen durchgegangen, bevor wir nach Kroksö aufgebrochen sind.«

»Sie sind also der Verantwortliche«, sagte Stefans Mutter und stand wieder auf.

Sie stemmte die Arme in die Hüften.

»Sie sind doch nur ein paar Jahre älter als mein Sohn. So sieht das also aus? Ein Blinder, der einen Tauben führt?«

»Die Verantwortung dafür trage ich«, sagte Roland. »Wenn Sie uns die Sache erklären lassen würden, ohne uns ständig zu unterbrechen …«

»Wollen Sie jetzt auch noch unverschämt werden?«, giftete Stefans Mutter.

Stefans Grinsen wurde noch breiter, als Roland resigniert die Arme ausbreitete.

»Es war nicht meine Absicht, unhöflich zu sein«, sagte er. »Ich möchte nur, dass Sie uns erklären lassen, was passiert ist.«

Nora sah, wie Roland die Fäuste so fest ballte, dass die Knöchel weiß wurden. Wenn er jetzt die Beherrschung verlor, so wie am Mittag, als ihm das Kajak auf den Fuß gefallen war, wäre das eine Katastrophe. Dann würde er wahrscheinlich nicht bleiben dürfen, und der Konfirmandenunterricht würde abgebrochen.

Das durfte nicht passieren. Dann würde sie Petter nicht wiedersehen.

Die Eltern redeten wild durcheinander. Die Situation drohte aus dem Ruder zu laufen, und Nora war vor Anspannung ganz schlecht. Die hasserfüllte Stimmung im Raum wurde durch die Vorwürfe, die durch die Luft schwirrten, nur noch mehr angeheizt.

Diakonin Eva-Marie rutschte nervös auf ihrem Stuhl herum, und Petter und Roland waren in sich zusammengesunken. Sie schienen aufgegeben zu haben. Rolands Stirn glänzte vor Schweiß.

Die Sache war gelaufen. Alle waren furchtbar wütend.

Ein scharfer Pfiff gellte durch den Raum. So laut, dass es schlagartig still wurde. Das war Thomas gewesen. Er war aufgestanden, schien aber noch überraschter über sein Eingreifen zu sein als die anderen.

»Entschuldigung«, sagte er. »Aber der Unfall mit dem Boot heute war wirklich nicht Rolands und Petters Schuld.«

Er verstummte, bekam einen roten Kopf und nahm erneut Anlauf.

»Schuld war dieses Motorboot, das viel zu schnell gefahren ist.«

Er fuhr sich mit den Fingern durchs Haar und machte einen Schritt auf Nora zu.

»Oder? So war es doch?«

Nora schluckte.

Sie stand ebenfalls auf und nickte mehrmals, obwohl alle sie anstarrten und Stefan höhnisch grinste. Sie wagte nicht, irgendjemanden anzusehen, aber wenn Thomas aufstehen und Roland und Petter verteidigen konnte, dann konnte sie nicht schweigend danebensitzen.

»Den ganzen Tag war alles gut gegangen«, begann sie und dachte an Petter, der direkt hinter ihr stand.

Ihre Stimme war kaum mehr als ein Flüstern. Nora ballte die Fäuste und versuchte, lauter zu sprechen.

»Wir waren gerade auf dem Rückweg von Kroksö, als dieses Motorboot ganz plötzlich auftauchte. Der Mann am Steuer hat uns einfach nicht gesehen. Es ging alles so schnell, wir hatten keine Chance, uns in Sicherheit zu bringen.«

Sie zeigte auf Roland und Petter.

»Die beiden konnten nichts dafür, dass dieser Idiot viel zu schnell gefahren ist. Er hätte uns ausweichen müssen.«

Nora verstummte. Jeden Moment würden alle wieder anfangen, durcheinanderzureden und genauso herumzuschreien wie vorhin. Es war zwecklos, keiner hörte auf sie und Thomas. Die Leute wollten gar nicht wissen, wie es wirklich gewesen war.

Sie blickte verstohlen zu Petter. Er war ganz weiß im Gesicht, und sie wusste, dass sie versagt hatte.

Thomas' Vater stand auf. Er stellte sich zwischen sie und seinen Sohn und legte ihnen die Arme um die Schultern. Kenneth Andreasson war ein großer, besonnener Mann, der alle Anwesenden jetzt der Reihe nach ansah.

»Wisst ihr was«, sagte er mit ruhiger, fester Stimme. »Ich finde, wir hören jetzt mal den beiden hier zu, anstatt nach Sündenböcken zu suchen.«

Es war tatsächlich still geworden, verglichen mit dem Lärm, der noch vor ein paar Minuten hier geherrscht hatte.

»Die Jugendlichen sind hier, um konfirmiert zu werden«, fuhr Kenneth fort. »Wollen wir nicht lieber froh darüber sein, dass es heute so glimpflich ausgegangen ist, anstatt mit dem Finger zu zeigen und alle möglichen Anschuldigungen herauszuschreien?«

Nora warf Thomas' Vater einen dankbaren Blick zu. Sie hätte auch gerne so einen Vater gehabt, der sich hinstellte und die Leute dazu brachte, ihm zuzuhören.

Und plötzlich tat er genau das.

Ihr Vater erhob sich von seinem Stuhl, trat einen Schritt vor und stellte sich neben seine Tochter.

»Wir Eltern sollten mit gutem Beispiel vorangehen«, sagte er. »Was würden unsere Kinder von uns lernen, wenn wir zuließen, dass dieser Unfall in eine Hexenjagd ausartet?«

Stefans Mutter öffnete den Mund, klappte ihn aber wieder zu, als Noras Vater fortfuhr:

»Ich finde, wir lassen es jetzt gut sein«, sagte er. »Und morgen macht ihr ganz normal weiter.«

Er wandte sich an Roland.

»Obwohl, vielleicht können die Kinder ein bisschen länger schlafen?«, sagte er. »Ich denke, das haben sie sich verdient.«

Der Pfarrer nickte eilig.

»Sagen wir, dass wir uns morgen um zwölf hier treffen«, schlug er vor. »Dann essen wir zusammen, und danach versuchen wir, unser heutiges Erlebnis mit ein paar Übungen zu verarbeiten, die wir für solche Fälle vorbereitet haben.«

Nora war so erleichtert, dass sie sich an Papa anlehnen musste, um nicht umzufallen. Als sie sich wieder hinsetzte, fing Petter ihren Blick ein.

Danke, formte er stumm mit den Lippen.

Sonntag

Der Gottesdienst sollte um zehn beginnen, und Noras Eltern hatten beschlossen, sie dorthin zu begleiten.

Auf dem Weg zur Kapelle ging Nora ein paar Schritte vor ihnen. Sie schwitzte jetzt schon in dem geblümten Kleid. Mama hatte darauf bestanden, dass sie es anzog. Sie konnte ja nicht in Shorts zur Kirche.

Nora trug nie Kleider, wenn sie auf Sandhamn war, aber gleichzeitig hoffte sie, dass Petter sie darin süß fand. Ausnahmsweise gefiel ihr, was sie im Spiegel sah: ein großes, schlankes Mädchen mit guter Figur und braun gebrannten Beinen unter dem Kleidersaum.

Am Freitag hatten sie eine Diskussion über das Böse gehabt, und Petter hatte aufmerksam zugehört, als Nora argumentierte, dass niemand als böser Mensch geboren werde, dass aber die Umstände schlechtes Verhalten erzwingen könnten. Trotz gehöriger Proteste hatte sie ihre Meinung verteidigt. Mehr, als sie es jemals in einer Gruppendiskussion mit Gleichaltrigen getan hatte.

»Du solltest Juristin werden, wenn du groß bist«, hatte Petter schließlich lachend gesagt. »So, wie du plädierst.«

Juristin? Der Gedanke war ihr noch nie gekommen, aber sie wurde ihn gar nicht mehr richtig los. Keiner in ihrer Familie hatte studiert. Ihre Eltern arbeiteten beide im öffentlichen Dienst.

Als sie den schmalen Pfad gegenüber dem Missionshaus hinaufgingen, kamen ihnen Thomas und seine Eltern entgegen.

Ihre Mutter winkte ihnen zu.

»Hallo, Susanne«, rief Thomas' Mutter Lotta und blieb stehen.

»Wie geht's dir?«, fragte Noras Mutter Thomas. »Hast du dich von deiner Heldentat am Donnerstag ein bisschen erholt?«

Thomas nickte und kratzte mit der Schuhspitze im Kies.

Nora wand sich unbehaglich. Mama konnte ohne Weiteres so lange hier stehen und plaudern, bis sie alles in Erfahrung gebracht hatte, was es über Thomas und seine Familie zu wissen gab. Nicht genug damit, dass er sie nicht leiden konnte, jetzt musste er auch noch ihre Mutter über sich ergehen lassen.

Nora hatte immer noch keine Gelegenheit gefunden, sich für ihr schroffes Verhalten auf der Kajakfahrt nach Kroksö zu entschuldigen. Am Freitag hatte Thomas wieder mit Annika und Lisa zusammengesessen, und da hatte sie nicht stören wollen.

Die beiden Väter waren auch ins Gespräch gekommen. Über Boote und den Mangel an Liegeplätzen für Gäste im Hafen. Sie schienen sich ebenso gut zu verstehen wie die Mütter. Nora fragte sich, wie lange sie hier wohl noch stehen sollten.

»Thomas kann sein Boot an unserem Steg festmachen, wenn er will«, sagte Papa unerwartet.

Hatte sie sich gerade verhört?

»Wir haben genug Platz, und für Thomas ist der Weg kürzer, wenn er zur Kapelle will«, fügte Papa lächelnd hinzu. »Er kann unseren Steg gerne benutzen, solange der Konfirmandenunterricht dauert.«

Nora versuchte, ihren Vater zu knuffen, damit er begriff, wie peinlich das war. Was ging ihn das an, wo Thomas sein Boot festmachte, aber Papa schien nichts zu merken.

Thomas' Vater lächelte erfreut.

»Das ist sehr großzügig von dir, Lasse«, sagte er. »Stimmt's, Thomas?«

Thomas murmelte irgendwas, und Nora begriff, dass es ihm genauso unangenehm war, dass ihre Eltern sich über ihre Köpfe hinweg unterhielten.

»Ich geh schon mal vor zur Kapelle«, sagte sie und ging los. »Sonst kommen wir zu spät.«

»Ich auch«, hörte sie Thomas hinter sich sagen.

Innerhalb weniger Sekunden hatte er sie eingeholt. Nora atmete tief durch. Jetzt oder nie.

»Entschuldige, dass ich am Donnerstag so blöd zu dir war«, sagte sie in einem Rutsch. »Ich wollte dich nicht anmeckern.«

Sie wagte kaum, ihn anzusehen, und ging schneller.

Thomas zuckte mit den Schultern.

»Schon vergessen.«

»Du bist ja Anfänger, da kann man noch nicht alles wissen.«

»Ich war auch ziemlich mies drauf.«

Sie waren fast angekommen. Die Tür zur Kapelle stand offen. Von hier oben konnte man Harö und die anderen, weiter entfernten Inseln sehen. Die Kapelle lag auf einem der höchsten und schönsten Plätze der Insel, umrahmt von niedrigen Kiefern.

Das Meer zu ihren Füßen war voller weißer Segel, die Betriebsferien hatten begonnen.

»Jedenfalls tut es mir leid«, sagte Nora und blieb stehen. »Du warst wirklich mutig, als du reingesprungen bist, um Micke zu retten, und noch mutiger, als du deine Meinung gesagt hast. Donnerstagabend, meine ich.«

»Das hast du doch auch.«

»Aber du zuerst.«

So, das war geschafft. Sie hatte sich entschuldigt und ihn außerdem gelobt. Würde er sie jetzt auslachen? Oder Schlimmeres?

Aber Thomas grinste nur, und es war ein nettes Grinsen. Es machte seine Gesichtszüge weicher und sorgte dafür, dass sie sich besser fühlte. Warum hatte sie am Anfang so schlecht über ihn gedacht? Sie konnte sich nicht mehr erinnern.

»Okay, meinetwegen«, sagte er. »Dann war ich eben der

Erste, im Wasser und in der Scheune. Aber du warst auch nicht übel.«

Gerade als sie in die Kapelle gehen wollten, platzte es aus ihr heraus.

»Ich kann dir Paddeln beibringen, wenn du willst?«

Thomas war überrascht, das merkte sie sofort. Nora sprach rasch weiter, bevor sie es sich anders überlegen konnte.

»Mit unserem Kajak, natürlich. Wir können damit rausfahren, dann kannst du üben. Es liegt unten am Steg.«

»Cool«, sagte Thomas mit viel mehr Begeisterung, als sie erwartet hatte. »Wann denn?«

Nora ließ alle Hemmungen fallen.

»Morgen? Nach dem Unterricht?«

Montag

Als Nora die Augen aufschlug, war es noch dunkel. Es musste mitten in der Nacht sein. Von Morgendämmerung keine Spur.

Sie blinzelte ein paarmal. Was hatte sie geweckt? Sie meinte, vor dem Haus leise Stimmen zu hören, und ging zum Fenster, um nachzusehen, wer um diese Zeit auf der Straße war.

Es war kaum etwas zu erkennen. Trotz der Dunkelheit war der Himmel klar mit einzelnen Sternen.

Nora schnupperte. Das war doch Rauch? Sie konnte keinen rotgelben Feuerschein und keine lodernden Flammen entdecken, aber der Brandgeruch war deutlich.

Auf der anderen Seite der Wand hörte sie Geräusche. Ihre Eltern mussten ebenfalls auf sein.

Nora schnüffelte wieder, dann ging sie zum Schlafzimmer der Eltern und öffnete die Tür. Ihre Mutter stand in ihrem verwaschenen Frotteemorgenmantel am weit offenen Fenster und spähte hinaus. Hier war es noch heißer als in Noras Zimmer.

Die Bettseite ihres Vaters war leer.

Nora spürte ein nervöses Kribbeln im Bauch. Der Radiowecker zeigte 02:30.

»Wo ist Papa?«, fragte sie und blieb auf der Türschwelle stehen.

»Feueralarm. Er ist zum Einsatz gerufen worden.«

»Was ist passiert?«

Ihre Mutter schüttelte den Kopf und blies Luft durch die zusammengepressten Lippen, ehe sie antwortete.

»Auf Västerudd brennt es.«

»Schon wieder? Was ist es diesmal?«

Das letzte Feuer lag erst ein paar Tage zurück. Nora wand sich unbehaglich.

»Ein Bootshaus, glaube ich. Als der Anruf kam, hat Papa sich nur schnell was übergezogen und ist sofort aufs Rad gestiegen. Ich habe nicht viel mitbekommen.«

Sie sank auf die Bettkante.

»Das ist diese Hitze. Wenn es so warm ist, trocknet die Natur schnell aus. Dann genügt ein Funke, und schon ist das Unglück passiert. Du und deine Freunde, ihr seid doch vorsichtig mit Streichhölzern?«

Nora schaute hinaus. Jetzt, da sie wusste, in welche Richtung sie blicken musste, konnte sie einen schwachen orangegelben Schein erkennen, der hinter dem dichten Kiefernwald drüben bei Västerudd flackerte.

»Wer sagt, dass es ein Unglück war?«, fragte sie leise.

Ihre Mutter zuckte zusammen.

»Was meinst du damit?«

»Das ist das zweite Mal innerhalb von ein paar Tagen. Was, wenn das Feuer gelegt wurde?«

»Großer Gott. Wer würde so etwas Schreckliches tun?«

Sie zog den Morgenmantel fester um den Körper.

»Das wäre lebensgefährlich«, murmelte sie.

Nora bereute schon, dass sie gefragt hatte. Ihre Mutter klang so erschrocken. Trotzdem konnte sie es nicht lassen, in Richtung Västerudd zu spähen.

Wie schnell würde sich so ein Feuer ausbreiten, wenn der Wind in ihre Richtung blies?

Nora versuchte zu erkunden, wie er stand, aber das war in der Dunkelheit schwer zu sagen. Es waren keine Flaggen gehisst, an denen man die Windrichtung hätte ablesen können.

Sie drehte sich um und wollte zurückgehen, blieb aber mit der Hand auf der Türklinke stehen. Ihr Blick fiel auf die leere Seite des Doppelbetts, wo ihr Vater hätte liegen sollen. Neulich hatte er mehrere Brandlöcher in der Jacke gehabt.

»Das ist doch nicht gefährlich? Für Papa, meine ich?«

»Papa und die anderen von der freiwilligen Feuerwehr wissen, was sie zu tun haben. Es ist nur ein Bootsschuppen, der unten am Strand Feuer gefangen hat.«

Die Stimme ihrer Mutter klang ruhig, aber Nora hörte einen besorgten Unterton heraus.

»Sie können das Feuer mit Meerwasser löschen«, fügte sie hinzu.

Nora gähnte unwillkürlich, und ihre Mutter sah auf die Uhr.

»Geh wieder schlafen. Es kann Stunden dauern, bis Papa zurück ist.«

Bei dem Tonfall war Widerspruch zwecklos.

Nora ging zurück in ihr Zimmer. Es roch jetzt stärker nach Rauch als vorhin. Trotz der Hitze im Raum schloss sie das Fenster sorgfältig, bevor sie ins Bett kroch.

Es dauerte lange, bis sie eingeschlafen war.

Nora legte normalerweise keinen großen Wert auf Klamotten, aber heute zog sie ihre schönsten Shorts und ein hellblaues Top an, das sie besonders liebte. Sie bürstete ihr blondes Haar sorgfältig, bevor sie sich den üblichen Pferdeschwanz band und in ihre Turnschuhe schlüpfte.

Dann machte sie den Pferdeschwanz wieder auf und flocht sich zwei lange Zöpfe.

Heute sollte Petter den Unterricht leiten.

Als Nora hinunter in die Küche kam, war ihre Mutter bereits auf. Sie trug immer noch ihren gelben Morgenrock und war damit beschäftigt, Noras Lunchpaket zu packen.

»Guten Morgen«, sagte sie.

»Ist Papa zurück?«, fragte Nora, obwohl sie gesehen hatte, dass die Schlafzimmertür zu war und seine schmutzigen Stiefel in der Diele standen.

»Ja, er schläft.«

Mama nahm eine Rolle Alufolie und wickelte ein paar belegte Brote, ein Stück Gurke und zwei hart gekochte Eier ein. Dann nahm sie zwei Tetrapacks Orangensaft aus dem Kühlschrank und stellte sie daneben.

»Der Bootsschuppen ist vollkommen abgebrannt, kannst du dir das vorstellen«, sagte sie über die Schulter. »Ein Glück, dass das Feuer nicht auf das Wohnhaus übergesprungen ist und niemand ernsthaft verletzt wurde.«

Nora setzte sich an den Tisch und begann, eine Scheibe Weißbrot mit Butter zu bestreichen. Die rote Katze der Nachbarn sprang draußen auf den Fenstersims und miaute sehnsüchtig, um eingelassen zu werden, aber ihre Mutter scheuchte sie weg.

»Das war übrigens bei den Selanders«, fuhr sie fort. »Ist die Tochter nicht bei dir im Konfirmandenunterricht?«

Nora nickte.

Lena war mit Mia befreundet, aber in den letzten Tagen hatte sie ziemlich oft mit Martin zusammengesessen und geredet.

»Sie heißt Lena«, sagte sie kurz.

»Ja, richtig. Das war sicher ein Schock für die Familie. Du musste heute besonders nett zu ihr sein.«

Nora bezweifelte, dass Lena Wert auf ihr Mitgefühl legen

würde, aber sie schwieg. Sie versuchte, sich so gut es ging von Stefan und seiner Clique fernzuhalten.

Seit dem Paddelausflug war ihr das ziemlich gut gelungen.

»Man kann nur hoffen, dass sie versichert sind«, sagte ihre Mutter schaudernd und setzte sich auf einen der weißen Küchenstühle. »Zwei Brände auf der Insel innerhalb einer knappen Woche. Mir wird ganz schlecht bei dem Gedanken.«

»Ist das Polizeiboot gekommen?«, fragte Nora. »Haben sie die Stelle abgesperrt?«

Ihre Mutter zuckte zusammen.

»Oh Gott, sag doch so was nicht. Das war ein Unglück, nichts anderes.«

Der Unterricht war gegen drei zu Ende. Thomas und Nora packten rasch ihre Sachen zusammen und gingen hinunter zu ihrem Steg, wo er am Morgen sein Boot festgemacht hatte, wie von Noras Vater vorgeschlagen.

Der Steg lag unterhalb von Kvarnberget, nicht weit von der alten Scheune, in der jetzt das Tauchercenter war. An der einen Längswand stand ein alter Kleiderständer, auf dem mehrere schwarze Taucheranzüge zum Trocknen hingen.

Direkt am Anfang des Stegs, ein Stück auf den Sand hochgezogen, lag ein grünes Kajak, auf das Nora jetzt zuging.

»Das ist es«, sagte sie und begann, den Tampen im Bug zu lösen, mit dem das Boot an einem rostigen Eisenpfahl gesichert war.

Sie warf einen Rucksack hinein.

»Meine Mutter hat uns Kuchen und Saft eingepackt«, sagte sie ein wenig verlegen. »Falls wir unterwegs Hunger bekommen.«

»Super.«

Thomas half ihr, das Kajak ins Wasser zu schieben. Er watete barfuß ein Stück hinterher, dann stieg er zu Nora ins Boot, die hinten saß.

»Du sitzt vorne«, sagte sie, »dann kannst du steuern üben.« Sie warf ihm einen neckischen Blick zu.

»Das ist schwerer, als achtern zu sitzen und einfach meine Bewegungen nachzumachen. Besser, du lernst es gleich richtig.«

Sie paddelten nach Westen, vorbei an Fläskberget. Unmengen von Touristen sonnten sich am Strand, die Kinder sprangen vom alten Anleger ins Wasser und kreischten so laut, dass es in der ganzen Bucht zu hören war.

»Was hältst du davon, wenn wir einmal um Sandhamn herumpaddeln?«, fragte Nora mit einem Hauch von Herausforderung in der Stimme. »Oder findest du, dass die Tour für einen Anfänger zu lang ist?«

Selbst wenn es so wäre, hätte Thomas es nie zugegeben.

»Klingt gut«, sagte er nur und hob entschlossen das Paddel.

Als sie Västerudd umrundeten, wurden sie von einer leichten Sommerbrise begrüßt, die über das Wasser tanzte. Thomas fand es herrlich, sein Rücken war schon schweißnass.

»Was am Donnerstag passiert ist«, sagte Nora, »bei der Versammlung am Abend. Wie fandest du das?«

Thomas ließ das Paddel ruhen. Die meisten Eltern hatten sich wie Idioten benommen. Aber er konnte sich immer noch nicht richtig erklären, warum er zwischen all den aufgebrachten Eltern aufgestanden war.

Es war einfach passiert.

Später am Abend, als er im Bett lag, war sein Vater in sein Zimmer gekommen und hatte sich zu ihm auf die Bettkante gesetzt. Er hatte Thomas umarmt, über sein Gefühl für Recht und Unrecht gesprochen und gesagt, das sei ein guter Instinkt. Etwas, das er sich bewahren sollte und das ihm für den Rest seines Lebens nützen würde. Aber Papas Worte hatten ihn auch nicht viel weitergebracht. Er konnte immer noch nicht ausdrücken, warum es ihm in dem Moment so wichtig gewesen war, Roland und Petter in Schutz zu nehmen. Er mochte Roland zwar. Meistens sprach er sanft und nachdenklich und bemühte sich, alle zu Wort kommen zu lassen. Aber nach seinem Ausraster zu Beginn des Ausflugs wusste Thomas nicht richtig, was er von ihm halten sollte.

Um ehrlich zu sein, war Thomas sich nicht so sicher, dass Roland sich ebenso für ihn eingesetzt hätte, wenn die Situation andersherum gewesen wäre.

Mit Petter war das anders, man merkte, dass ihm die Konfirmanden am Herzen lagen. Petter konnte besser zuhören und Ruhe um sich herum verbreiten als Roland. Obwohl er der Jüngere von beiden war, wirkte er gefestigter.

Aber es spielte keine Rolle, wen Thomas lieber mochte. Das war nicht der Grund, warum er am Donnerstagabend aufgestanden war. Es war in dem Moment einfach das Richtige gewesen.

Nichts davon ließ sich erklären, ohne dass es schwülstig und angeberisch klang. Und das war das Letzte, was er wollte. Thomas entschied sich für einen Kompromiss.

»Das war alles so komisch«, sagte er. »Als wären wir die Erwachsenen und unsere Eltern die Kinder. Jemand musste etwas sagen.«

Er stach das Paddel wieder in die Wellen.

»Aber der Pfiff war gut, oder?«

Darauf kam keine Antwort, und er hoffte, dass Nora das Thema fallen gelassen hatte.

»Schau mal!«, rief sie.

Thomas blickte zur Landseite, wo ein schmaler Streifen Strand zwischen Wasser und Bäumen verlief. Direkt am Waldrand lagen die verkohlten Reste eines Holzgebäudes, aus denen immer noch Rauch stieg.

»Das muss der Bootsschuppen sein, der heute Nacht gebrannt hat«, sagte Nora. »Mein Vater hat bei den Löscharbeiten geholfen, er war mehrere Stunden weg.«

Thomas war froh, das Thema wechseln zu können.

»Ob den jemand angesteckt hat?«

»Du meinst, absichtlich?«

Nora schien der Gedanke nicht zu erschrecken, so als hätte sie dasselbe gedacht, und Thomas hatte genug Fernsehkrimis gesehen, um die Frage zu stellen.

»Vielleicht war es Brandstiftung«, sagte er.

Nora machte einen kräftigen Stoß mit dem Paddel, sodass das Kajak sich beinahe um sich selbst drehte.

»Wer könnte das in dem Fall gewesen sein? Ich kann mir nicht vorstellen, wer so etwas tun würde.«

»Vielleicht der Besitzer. Um die Versicherungssumme zu kassieren.«

»Das war doch nur ein alter Bootsschuppen. Der kann nicht viel wert gewesen sein.«

Jetzt hatte Thomas Feuer gefangen.

»Oder vielleicht ein wütender Nachbar, der sich für irgendwas rächen wollte«, sagte er. »So was passiert jeden Tag. Ein alter Streit zwischen Familien, die seit Generationen verfeindet sind. Du weißt, wie das im Schärengarten ist.«

Er hob mahnend den Zeigefinger, als er das sagte, und Nora kicherte.

»Glaubst du, das hier ist *Columbo,* oder was?«

Sie paddelten eine Weile schweigend weiter. Ein alter Kahn mit Zweitaktmotor tuckerte an ihnen vorbei.

»Mein Opa war Polizist«, sagte Thomas. »Vor langer Zeit, als sie noch Säbel statt Pistolen hatten.«

»Das ist ja cool.«

Nora klang wirklich beeindruckt, und Thomas sprach weiter.

»Es gibt alte Fotos von ihm. In Schwarz-Weiß, natürlich. Darauf hat er einen dicken Schnurrbart und hält einen Säbel in der Hand. Konstabler Andreasson. Er wurde im Schärengarten geboren, ist aber, als der Erste Weltkrieg ausbrach, nach Stockholm gezogen. Deshalb haben wir das Haus auf Harö, da hat er gewohnt.«

»Ist das nicht Martin da drüben?« Nora zeigte zum Strand.

Thomas kniff die Augen zusammen.

Ein magerer Junge ging mit gesenktem Kopf den Strand entlang. Seine türkisfarbene Shorts war schon von Weitem zu sehen.

»Die Shorts sieht genau aus wie seine«, sagte Nora.

»Martin«, rief Thomas und winkte dem Jungen zu. »Hallo!«

Der Junge erschrak und sah zu ihnen herüber.

»Martin!«, rief Thomas wieder.

Aus der Entfernung war schwer zu sagen, ob es Martin war oder nicht. Oder ob er sie erkannte. Der Junge drehte sich einfach um und verschwand im Wald, ohne zurückzuwinken.

»Er war es wohl doch nicht«, sagte Thomas und stach sein Paddel ins Wasser.

Freitag

Als Nora zum Trouvillestrand radelte, wo die Gruppe sich treffen sollte, summte sie Kim Wildes *Kids in America* vor sich hin, das in höchster Lautstärke aus ihren Kopfhörern drang. Die Sonne strahlte, als wollte sie sich nie mehr hinter Wolken verkriechen. Laut Wetterbericht sollte sich das schöne Wetter das ganze Wochenende halten.

Es war schwer vorstellbar, dass dies der letzte Tag des Konfirmandenunterrichts sein sollte. Wie konnten die zwei Wochen so schnell vergangen sein? Heute Abend fand in der Scheune das Abschiedsessen mit anschließender Disco statt, und am Sonntag war die Konfirmation in der Sandhamner Kapelle.

Nora dachte darüber nach, ob Petter wohl heute bei der Disco dabei war. Und ob sie es wagen sollte, ihn zum Tanzen aufzufordern, falls er es nicht tat.

Auf dem steilen Hügel hinter dem KSSS musste sie ordentlich

in die Pedale treten, aber sie schaffte es, die Hügelkuppe zu erreichen, ohne absteigen zu müssen.

Nicht einmal der Gedanke an Stefan konnte ihr die gute Laune verderben. In den letzten Tagen war alles bestens gewesen. Thomas hatte morgens sein Boot an ihrem Steg festgemacht, und im Unterricht hatten sie zusammengesessen. Sie hatten auch verabredet, noch öfter mit dem Kajak rauszufahren.

Außerdem hatte sie richtig guten Kontakt zu Micke bekommen. Er hatte sich bedankt, dass sie und Thomas ihn nach dem Bootsunglück gerettet hatten, und mehrere Male hatten er und Lisa sich im Unterricht neben sie gesetzt. Sogar Lena hatte diese Woche ganz freiwillig mit ihr geredet.

Nora radelte an den Tennisplätzen vorbei und bog auf den breiten Trouvillevägen, die einzige richtige Straße, die durch den Kiefernwald zur Ostseite der Insel führte. Auf halbem Weg entdeckte sie Annika und Lisa, die ein Stück vor ihr gingen. Sie trat in die Pedale, um sie einzuholen.

»Hallo«, rief sie und stieg vom Rad, um ihnen Gesellschaft zu leisten. Sie nahm die Kopfhörer ab und schaltete den Walkman aus. »Wie geht's?«

»Du kommst genau richtig!«, sagte Annika und lächelte, dass ihre Grübchen sichtbar wurden.

Sie warf ihren Rucksack in Noras Fahrradkorb.

»Kannst du mir den hier abnehmen? Hab echt keinen Bock, den bei der Hitze zu schleppen.«

Sie wischte sich mit theatralischer Geste den Schweiß von der Stirn und hielt ihr zum Dank ein Päckchen Kaugummi hin.

»Klar«, sagte Nora und nahm eins.

Sie schob ihr Fahrrad, während sie nebeneinander auf der Straße gingen. Sie kamen zu dem alten Pensionat, wo die Straße sich gabelte, und bogen auf den schmalen Weg zum Trouvillestrand ein. Unterwegs passierten sie die Pumpe für das Winterwasser. In Trouville wurden die Häuser nur im Sommer mit fließend Wasser versorgt, hier konnte man nicht das ganze Jahr über wohnen, so wie im Ort.

Die meisten saßen im Kreis am Strand, als Nora und die beiden Mädchen ankamen. Die Räder lagen im Sand.

Thomas war direkt hierhergefahren, sein Boot lag ein Stück weiter hochgezogen an Land. Er hatte gefragt, ob er sie unterwegs aufgabeln sollte, aber sie fand, dass sie ebenso gut mit dem Rad fahren konnte. Trotzdem hatte sie sich über seine Frage gefreut.

»Heute ist der letzte Tag«, sagte Petter und klang ein bisschen wehmütig. »Wie ist das für euch, Leute? Werdet ihr uns vermissen, wenn der Konfirmandenunterricht vorbei ist?«

»Ja«, kam es vereinzelt zurück.

Petter tat so, als sei er gekränkt.

»War das alles, was ihr zu bieten habt? Ich frage jetzt noch einmal – werdet ihr uns vermissen?«

»Jaaa!«, schrien sie im Chor.

Und wie, dachte Nora und fragte sich, wie es wohl war, Petter zu küssen.

Die Popmusik schallte aus den offenen Fenstern, als Thomas am Abend um fünf vor acht bei der Scheune ankam. Er erkannte das Lied sofort: *Bette Davis Eyes.*

Als er eintrat, pfiff er unwillkürlich durch die Zähne. Ein langer Tisch war in der Mitte aufgebaut und schön mit bunten Papptellern und Servietten gedeckt. Große Schüsseln voller Chips und Käselocken standen auf einem kleineren Tisch, der zur Seite geschoben war, um Platz für eine Tanzfläche zu schaffen. In einer Ecke waren Petter und Eva-Marie dabei, Luftballons aufzupusten, und in der anderen Ecke stand eine improvisierte Bar mit Wannen voller Colaflaschen, Fanta und Brause. Annika und Lisa waren dabei, die letzten Sachen aufzudecken.

»Sieht das nicht toll aus?«, sagte Roland, der Thomas hatte

hereinkommen sehen. »Gut, dass du kommst, du kannst die Luftballons aufhängen.«

In dem Moment kam Nora mit einer großen Zitronenbaiser-Torte herein. Sie hatte sich bereit erklärt, sie zu backen, als am Vortag die Aufgaben verteilt worden waren. Jeder sollte etwas zu dem Fest beitragen.

»Hallo Nora, du kannst auch mithelfen«, rief Roland eifrig. »Das wird eine tolle Party heute Abend!«

Draußen wurde es langsam dunkel, es war fast halb elf.

Thomas war immer noch pappsatt. Als Vorspeise hatte es Krabbencocktail gegeben und danach »Fliegenden Jacob«, ein Hähnchengulasch mit Erdnüssen und Bananen, das Eva-Marie gekocht hatte. Zum Nachtisch hatten sie Noras Zitronenbaiser-Torte und zwei Schokoladenbisquitrollen verputzt, die Lena und Mia mitgebracht hatten.

Thomas unterdrückte ein Rülpsen.

Er stand mit Nora an der Bar und beobachtete die Tanzenden. Annika winkte ihm zu, auf die Tanzfläche zu kommen, aber er zögerte.

Roland stand hinter der Theke.

»Haben wir keine Plastikbecher mehr?«, rief er. »Hab ich die etwa zu Hause vergessen?«

Er hob ein paar Tabletts hoch, ehe er Thomas auf die Schulter klopfte und ein Schlüsselbund aus der Hosentasche angelte.

»Kannst du eben zum Pfarrhaus rüberlaufen und mehr Becher holen? Sie müssten in einer Papiertragetasche direkt hinter der Tür stehen. Du weißt doch, wo das ist?«

Thomas nickte.

Das Pfarrhaus war nicht groß, nur ein kleines rotes Häuschen an der Straße nach Fläskberget. Er war schon oft dort vorbeigegangen.

»Kein Problem.«

»Beeil dich«, sagte Roland.

Thomas verließ die Scheune und lief hinunter zum alten Pfarrhaus, das direkt an der Straße lag. Es hatte weder einen Zaun noch einen Garten, sondern stand völlig frei da.

Er schloss die Haustür auf und trat über die Schwelle. Es war zu dunkel, um etwas sehen zu können, und er tastete neben der Tür nach einem Lichtschalter.

Thomas' Mutter wäre entsetzt über die Unordnung in Rolands Haus gewesen. Kleidung hing achtlos über mehreren Stühlen, und auf dem Fußboden stand eine offene Reisetasche, deren Inhalt wild zergewühlt war.

Die Tüte mit den Plastikbechern stand nicht da, wo sie sollte.

Thomas ging in das einzige Schlafzimmer, um nachzusehen, ob sie vielleicht dort war. Der Raum war winzig, gerade groß genug für zwei Betten mit einem schmalen Nachttisch dazwischen. Thomas fiel auf, dass beide Betten benutzt und nicht gemacht waren.

Merkwürdig.

Thomas hatte Roland nie mit einem Mädchen gesehen, und Roland hatte auch nichts von einer Beziehung erwähnt, obwohl sie im Konfirmandenunterricht viel über ihre Familien und engen Freunde gesprochen hatten.

Aber vielleicht hatte er ja Besuch von einem Kumpel gehabt.

Ein Geräusch vor dem Fenster ließ ihn zusammenzucken. Für einen Moment hatte er das Gefühl, dass ihn jemand durch die Scheibe anstarrte. Aber es war zu dunkel draußen, er konnte niemanden entdecken.

Thomas ging ins Bad, um nachzusehen, ob die Tüte vielleicht dort stand. Es gab keine Dusche, nur ein Waschbecken und eine altmodische Toilette aus Porzellan, die auch schon bessere Tage gesehen hatte. Dafür hing ein Badehandtuch an einem Haken neben einem roten Pullover und einem blauen Morgenrock. Roland musste offenbar woanders duschen, oder sich einfach im Meer waschen.

Er wollte gerade das Licht ausmachen und gehen, als er die Papiertüte oben auf der Küchenanrichte stehen sah. Er war so damit beschäftigt gewesen, sie auf dem Fußboden zu suchen, dass er sie ganz übersehen hatte.

Wieder war von draußen ein Geräusch zu hören, diesmal viel deutlicher.

Die Tür flog auf, und eine blasse, grauhaarige Frau in den Fünfzigern stand auf der Schwelle. Sie hatte tiefe Falten zwischen Nase und Mund und trug einen langärmligen Rollkragenpullover, obwohl der Abend immer noch sehr warm war.

Die Frau starrte Thomas an, als hätte sie ein Gespenst vor sich. Um ihren Mund erschien ein verkniffener Zug.

»Ich hab dich gesehen!«, rief sie mit erstickter Stimme aus.

Nora suchte Thomas, konnte ihn aber nirgends finden. Sie zog an ihrem kurzen Rock, der stur immer wieder hochrutschte, und ging zu Petter, der an der improvisierten Bar stand und kleine Brauseflaschen öffnete.

»Kann ich irgendwas tun?«, fragte sie und hoffte, dass er etwas über ihre Kleidung sagte.

Sie hatte stundenlang vor dem Spiegel gestanden, ehe sie sich für den weißen Jeansrock entschied.

»Danke, dass du fragst«, lächelte Petter. »Aber das schaff ich schon. Heute Abend sollt ihr mal richtig Spaß haben nach der ganzen Arbeit, die ihr in den beiden letzten Wochen geleistet habt.«

»Ich helfe gern«, versuchte Nora es.

»Brauchst du nicht.«

Er sammelte die Kronkorken zusammen und warf sie in einen Papierkorb.

»Wie fühlst du dich, so kurz vor der Konfirmation?«, fragte er. »Freust du dich schon auf Sonntag?«

Nora nickte.

»Hast du dir ein besonderes Geschenk gewünscht?«

»Nein, nicht direkt.«

»Dann bekommst du bestimmt ein schönes Konfirmationskreuz, das kriegen die meisten«, sagte er und fingerte an seinem eigenen Kreuz, das unter dem Tennispulli schimmerte.

Roland kam zu ihnen und legte eine Hand auf Petters Schulter.

»Kannst du mir kurz in der Kapelle helfen?«, sagte er und zog mit Petter im Schlepptau ab, bevor Nora etwas sagen konnte.

Sie stand da und wusste nicht recht, was sie machen sollte. Auf der Tanzfläche war nicht viel los. Lisa und Micke tanzten einen Stehblues zu Phil Collins, aber wo waren die anderen alle?

Sie ging nach draußen und bog um die Hausecke, ohne jemanden zu sehen. Sie spähte die Straße hinunter, ob Thomas vielleicht zurückkam. Plötzlich hörte sie Stimmen aus dem Gebüsch hinter der Scheune.

Jemand kicherte, dann klirrte etwas.

Nora ging darauf zu, als ihr Zigarettenrauch in die Nase stieg. Zu spät begriff sie, dass es Stefan und Mia sein mussten, die mit Lena, Martin und noch ein paar anderen dort standen und heimlich rauchten.

Nora zögerte, es war wohl besser, sie kehrte um, bevor sie entdeckt wurde.

Stefan hielt Mia eine Flasche hin, damit sie auch trinken sollte. Mia nahm einen Schluck und anschließend einen tiefen Zug aus ihrer Zigarette.

Plötzlich lachte Stefan auf.

»Schau mal, wer da zu Besuch kommt«, rief er aus, und Nora hörte an seiner Stimme, dass er ganz schön getankt hatte.

»Was macht ihr da?«, fragte sie vorsichtig.

»Das geht dich einen Scheiß an«, erwiderte Stefan. »Zieh Leine.«

Nora schluckte.

»Ist das Schnaps?«, fragte sie und zeigte auf die Flasche.

»Wieso, willst du uns verpfeifen?«

Nora schüttelte den Kopf, aber die Worte strömten einfach so aus ihr heraus.

»Alkohol ist nicht erlaubt. Du fliegst aus der Konfirmandengruppe, wenn Roland dich erwischt.«

Sie wusste, dass sie Stefan damit provozierte, aber sie hatte seine Großkotzigkeit so satt. Ihr ganzes Leben lang war sie ihm aus dem Weg gegangen. Irgendwann reichte es.

Stefan schüttelte den Kopf, als könne er nicht glauben, dass sie es tatsächlich gewagt hatte, ihn zurechtzuweisen. Er ging auf sie zu, bis er direkt vor ihr stand, unerträglich nah. Er stank nach Alkohol aus dem Mund.

»Wieso hältst du nicht einfach deine Rotzfresse und verpisst dich«, sagte er und sprach jedes Wort übertrieben langsam und deutlich aus.

Er stieß ihr den Zeigefinger auf den Brustkorb.

»Keiner hier kann dich leiden.«

Mia lachte nervös.

Aus den Augenwinkeln sah sie, dass Lena nur ein paar Meter entfernt stand. Sie schien sich unbehaglich zu fühlen, unternahm aber nichts, um Stefan aufzuhalten.

Auch Martin rührte keinen Finger.

»Wisst ihr eigentlich, wie sie wirklich heißt?«, fuhr Stefan fort. »Wie wir sie immer nennen?«

Nora konnte sich nicht rühren. Ihr Herz klopfte so heftig, dass es wehtat.

»Sie heißt Snora«, rief Stefan aus und umtänzelte Nora mit der Flasche in der Hand.

Nora wäre am liebsten gestorben.

Warum war sie nicht einfach weggegangen, anstatt ihm Kontra zu geben? Gegen Stefan würde sie immer den Kürzeren ziehen. Sie hätte es wissen müssen. Jetzt hatte er ihn laut vor allen anderen gesagt. Den schrecklichen Schimpfnamen.

Alle hatten gehört, wie widerlich sie war.

Thomas starrte auf die fremde Frau und wusste nicht, was er sagen sollte.

Wer war das? Und was machte sie in Rolands Haus?

Sie trat ein, ohne zu fragen, ob das okay war, und sah sich neugierig um, als wollte sie sich jedes Detail im Raum einprägen.

»Ich habe ihn mehrmals gewarnt«, murmelte sie. »Ich habe ihm gesagt, dass er damit aufhören muss.«

»Wie bitte?«

Thomas versuchte zu verstehen, was sie meinte, aber die Situation war zu bizarr.

»Wie alt bist du?«, fragte sie ihn in einem Ton, als wollte sie ihn verhören.

»Ich? Vierzehn.«

»Bist du einer seiner Konfirmanden?«

Thomas nickte.

»Hab ich's doch gewusst.«

Ein entschlossener Zug erschien um den Mund der Frau. Sie hob die Faust, als wollte sie ihn angreifen, und machte einen Schritt auf ihn zu.

»Wo hat er sich versteckt?«, rief sie, mit viel zu lauter Stimme für das kleine Haus.

Sie riss die Schlafzimmertür auf und knallte sie enttäuscht wieder zu, als sie niemanden darin entdeckte.

Thomas wusste immer noch nicht, was er davon halten sollte. Sein Herz klopfte schneller und schneller.

»Wo ist er?«, fauchte sie.

»Wer denn?«, stieß er hervor.

»Roland natürlich.«

Sie stand so dicht vor ihm, dass das Zahnfleisch über ihren gelben Zähnen deutlich sichtbar war. Ihr Atem stank nach altem Zigarettenrauch.

Sie packte ihn am Arm.

»Wo ist er?«

Thomas sah sich nach einem Fluchtweg um, aber sie stand zwischen ihm und der Haustür. Statt einer Antwort wich er zurück, so weit er konnte, aber es war nicht viel Platz in der kleinen Küche.

Die Frau umklammerte seinen Arm und ließ nicht locker. Sie war erstaunlich stark, obwohl sie viel kleiner war als er. Aber was ihn am meisten erschreckte, war der fanatische Ausdruck in ihren Augen.

»Lassen Sie mich los!«, stotterte er.

»Wo ist er?«, wiederholte sie, als hätte sie überhaupt nicht gehört, dass er etwas gesagt hatte.

Thomas bekam es langsam mit der Angst zu tun.

Die scharfen Nägel der Frau gruben sich tief in seinen Arm, gleich würde es anfangen zu bluten. Er musste etwas sagen.

»In der Scheune, glaube ich«, brachte er hervor.

»Gott sieht ihn. Er wird für seine Sünden bezahlen.«

Plötzlich hatte sie ihn losgelassen und war verschwunden.

Thomas war verdattert. Er war allein in dem kleinen Haus. Hatte er das alles nur geträumt? Aber die Frau war hier gewesen, er wischte sich ihre Speicheltröpfchen von der Wange. Tiefe weiße Spuren zeichneten sich an seinem Arm ab, wo sie ihn gerade noch umklammert hatte.

Und die Tür stand immer noch weit offen.

Thomas zitterte am ganzen Körper, aber eins war ihm klar: Er musste Roland so schnell wie möglich Bescheid sagen.

Die Tränen stiegen ihr in die Augen, obwohl sie krampfhaft schluckte. Nora wollte nicht vor Stefan heulen, aber gleich würde sie es nicht mehr verhindern können. Alles kam wieder hoch, die ganzen verhassten Sommer auf Sandhamn und Stefans höhnische Bemerkungen.

Hier konnte sie keine Sekunde länger bleiben, aber sie wusste nicht, wie sie aus der Situation rauskommen sollte.

»Fahr zur Hölle!«, brüllte Stefan und fuchtelte mit der Flasche vor ihrem Gesicht herum. »Du verdammte Rotznase!«

»Was hast du gesagt?«

Thomas' Stimme kam wie aus dem Nichts. Nora fuhr herum und sah, dass Thomas mit einer Einkaufstüte in der Hand direkt hinter ihr stand.

Er starrte Stefan an.

»Lass sie in Ruhe!«

Stefan schnaubte verächtlich.

»Willst du hier jetzt auch den Helden spielen?«, sagte er. »Meinst, du musst hier jeden retten, oder was? Bist du ein verdammter Pfadfinder?«

Mia zog an Stefans Pulloverärmel.

»Komm, wir hauen ab«, versuchte sie es. »Lass die doch.«

Stefans Augen glänzten vor Trunkenheit. In seinen Mundwinkeln hatte sich Spucke gesammelt.

»Der Held von Harö, der alles hinkriegt und der Liebling vom Pfarrer ist«, murmelte er. »Musst du *die* jetzt auch in Schutz nehmen?«

Er zeigte auf Nora, die immer noch dastand und zitterte.

Stefan lachte, dass seine Zahnhälse sichtbar wurden. Er machte einen Schritt an Nora vorbei und hob die Flasche. Der Schlag verfehlte Thomas knapp, aber Stefan drehte sich um und holte erneut aus.

Nora schrie auf und warf sich dazwischen, um ihm die Flasche abzunehmen, aber er stieß sie so hart weg, dass sie das Gleichgewicht verlor.

Sie fiel und knallte mit den Knien auf die Erde.

»Hör auf!«, schrie sie. »Du hast sie ja nicht mehr alle!«

»Bitte, Stefan«, schluchzte Mia.

Stefan umkreiste Thomas mit erhobener Flasche. Die beiden waren ungefähr gleich groß und gleich schwer. Aber Thomas hatte nichts, womit er sich verteidigen konnte.

Stefan griff wieder an, aber Thomas konnte ausweichen, sodass Stefan ihn um Haaresbreite verfehlte.

Nora hatte sich aufgerappelt und starrte die beiden Jungs an, die sich geduckt belauerten.

Wieso griff keiner ein?

Stefan startete einen neuen Angriff, den Thomas parierte, aber er rutschte auf dem feuchten Gras aus und fiel auf ein Knie, ohne Chance, sich gegen eine weitere Attacke wehren zu können.

Nora handelte aus purem Instinkt.

Sie warf sich auf Stefan und klammerte sich an seinem Rücken fest. Die plötzliche Last brachte ihn aus dem Gleichgewicht; er versuchte, Nora abzuschütteln, aber sie ließ einfach nicht los, und beide stürzten zu Boden. Nora schlug mit dem Hinterkopf auf und hatte Stefan über sich. Ihr wurde schwarz vor Augen. Sie versuchte, die Arme schützend hochzureißen, aber ihr Körper gehorchte ihr nicht.

Gerade als sie glaubte, jetzt werde Stefan sie totschlagen, hörte sie Mickes Stimme durch den Nebel.

»Verdammt, Stefan, was machst du da?«

Micke zog Stefan von Nora herunter. Gegen Mickes Bärenkräfte hatte Stefan keine Chance.

Martin war jetzt auch aufgewacht. Er half Micke dabei, Stefan wegzubringen. Sie verschwanden im Wald, während Mia kopflos hin und her lief und kleine Schluchzer ausstieß.

Thomas half Nora wieder auf die Beine. Alles drehte sich. Sie konnte kaum die Balance halten, während er ihr den Dreck abklopfte, so gut es ging. Schließlich musste sie sich an einem Baum festhalten, um nicht wieder umzufallen.

Thomas sammelte die letzten Grashalme aus Noras Haar und musterte sie mit widerstrebender Bewunderung.

»Das war ziemlich mutig von dir«, sagte er mit einem nervösen Lachen. »Ehrlich gesagt bin ich noch nie von einem Mädchen gerettet worden.«

Nora überlief es kalt. Was hatte sie getan? Hatte sie sich wirklich auf Stefan gestürzt, den Quälgeist, vor dem sie ihr Leben lang Angst gehabt hatte?

»Er war völlig durchgedreht«, sagte sie leise, als ihre Stimme wieder trug. »Er hätte dich totschlagen können.«

»Oder dich.«

Erst jetzt begriff sie, dass Thomas genauso viel Angst gehabt hatte. Seine Augen waren weit aufgerissen und seine Lippen bleich.

Nora schluckte und blickte an sich herab. Sie hatte Erde an ihrem weißen Rock und eine große Schürfwunde am Knie, die den Rocksaum vollgeblutet hatte. Ihr Hinterkopf tat weh, und als sie die Stelle betastete, hatte sie Blut an den Fingern.

Merkwürdigerweise hatte sie sich nie besser gefühlt.

Sie versuchte, sich zu sammeln, obwohl ihr Herz wie ein verängstigter Vogel in der Brust flatterte. Sie wischte sich die Hände am Rock ab, der war sowieso hin, da spielten ein paar Flecken mehr oder weniger auch keine Rolle mehr.

Sie waren allein, und Nora war dankbar dafür. Das Letzte, was sie wollte, war, dass die ganze Gruppe etwas von dem Vorfall mitbekam.

»Willst du reingehen und dich ein bisschen hinsetzen?«, fragte Thomas. »Oder lieber nach Hause?«

Er fuhr sich mit einer gestressten Handbewegung durch sein halblanges blondes Haar.

»Tut mir leid, aber im Pfarrhaus ist was Komisches passiert«, sagte er. »Ich muss Roland finden und mit ihm reden, oder besser gesagt, ihn warnen.«

Er sah sie an.

»Aber ich kann eine Weile bei dir bleiben«, fügte er hinzu. »Oder dich zuerst nach Hause bringen.«

Nora atmete tief durch.

»Wovon redest du?«

Um Thomas' Mund erschien ein hilfloser Zug. Er ging ein paarmal auf und ab.

»Ich sollte noch mehr Plastikbecher aus Rolands Haus holen«, begann er und zeigte auf eine Plastiktüte, die achtlos hingeworfen auf der Erde lag.

Die Becher waren wild durcheinander herausgerollt und leuchteten weiß auf dem hellen Sand.

»Da kam so eine Verrückte ins Haus. Also, die war echt total verwirrt, hat nicht angeklopft und gar nichts, kam einfach so rein. Sie hat Drohungen gegen Roland ausgestoßen und gefragt, wo er heute Abend ist.«

»Er ist in der Kapelle«, murmelte Nora. »Er ist vor einer Weile mit Petter zusammen hingegangen.«

Sie blickte auf ihre Armbanduhr und begriff, dass es nicht länger als zehn Minuten her sein konnte, aber es kam ihr vor, als seien mehrere Stunden vergangen, seit sie mit Petter an der Bar gestanden hatte.

Thomas war sichtlich hin- und hergerissen.

»Kommst du allein zurecht, wenn ich hinlaufe und Roland Bescheid sage?«, fragte er und wirkte leicht gehetzt. »Sie war richtig unheimlich. Er muss wissen, was passiert ist.«

Nora dachte an Petter und traf eine schnelle Entscheidung.

»Ich komme mit.«

»Bist du sicher?«

Nora nickte, obwohl ihre Knie immer noch wie Pudding waren.

»Komm, wir gehen.«

Es war inzwischen richtig dunkel geworden, nur ein etwas hellerer Streifen hinter dem Kvarnberget verriet, wo die Sonne vor einer Stunde untergegangen war.

Als Thomas mit Nora im Schlepptau an der Kapelle ankam, war die Tür nur angelehnt. Bedeutete das, dass Roland noch dort war? Oder Schlimmeres? Er hatte zu der Frau gesagt, Roland sei in der Scheune, aber vielleicht hatte sie weitergesucht, als sie ihn dort nicht gefunden hatte? Die Kapelle war eine naheliegende Alternative.

Thomas wurde das ungute Gefühl nicht los. Die Frau hatte etwas an sich gehabt, eine Wut, die in ihren Augen gebrannt hatte.

Was, wenn sie gewalttätig war?

Er öffnete die Tür ein bisschen weiter und schaute hinein. Das Licht war aus, und es war ganz still.

»Sind sie da?«, flüsterte Nora neben ihm.

»Weiß nicht.«

Nachts wirkte die Kapelle ganz anders. Die einladende Atmosphäre war verschwunden, und alles verschmolz miteinander, man konnte Decke und Wände kaum voneinander unterscheiden. Der leere Kirchenraum hatte etwas Gespenstisches.

Thomas fröstelte.

Aus der Sakristei waren murmelnde Stimmen zu hören.

Nora stieß ihn an.

»Hast du das gehört?«

Sie schlüpfte durch die Tür, und Thomas folgte ihr. Jetzt, da die Augen sich an die Dunkelheit gewöhnt hatten, konnte man die schwachen Umrisse der Bankreihen und der Messingkronleuchter erkennen, die über dem Mittelgang hingen.

Es knirschte leise unter ihren Füßen.

Am Altar blieb Nora stehen.

»Sollen wir reingehen?«

Thomas nickte und legte die Hand an die Tür zur Sakristei. Aber dann überlegte er es sich anders und klopfte an.

Niemand antwortete. Er klopfte noch einmal.

Die Tür wurde aufgerissen, und Roland stand vor ihnen. Seine Haare waren zerzaust, und sein Pullover saß nicht ordentlich.

»Was macht ihr hier?«, fuhr er sie an.

In der Sakristei brannte kein Licht, aber Thomas ahnte die Umrisse einer Gestalt hinter Roland.

Er begann zu erzählen, was er im Pfarrhaus erlebt hatte. Als er die Frau beschrieb, klang es beinahe, als hätte er es sich ausgedacht.

Aber die Wut in ihren Augen war keine Erfindung.

»Sie hat gesagt, es würde dir noch leidtun«, beendete er seine Erzählung. »Ich dachte, du solltest das wissen.«

Roland fuhr sich mit der Hand über die Stirn. Er seufzte tief.

»Es ist nicht so, wie es scheint«, sagte er.

Er entdeckte Nora, die sich im Hintergrund gehalten hatte.

»Was ist denn mit dir passiert?«, rief er aus.

Nora öffnete den Mund, um zu antworten, schwankte aber plötzlich. Wurde sie ohnmächtig? Thomas streckte die Hand nach ihr aus, während gleichzeitig die Sakristeitür weit aufging und Petter auf Nora zustürzte. Zusammen gelang es ihnen, sie aufzufangen, bevor sie auf dem Boden zusammenbrach.

Sie brachten Nora zu einer Bank, während Roland auf den Lichtschalter drückte, damit sie etwas sehen konnten. In dem grellen Licht waren die Schürfwunde und das Blut auf dem Rock deutlich zu erkennen.

»Was geht hier vor?«, fragte Roland. »Wir waren doch nur eine Viertelstunde weg.«

»Das frage ich mich auch«, sagte eine aufgebrachte Stimme, die Thomas sofort wiedererkannte. »Hab ich's mir doch gedacht, dass ich dich irgendwann finde.«

In der Tür stand die merkwürdige Frau und hatte die Arme vor der Brust verschränkt.

Roland drehte sich langsam um, seine Kiefermuskeln zuckten.

»Geh nach Hause.«

»Ich werde nicht zulassen, dass du das Leben dieses Jungen zerstörst.«

Die Frau machte eine Handbewegung zu Thomas.

»Du missverstehst alles«, sagte Roland und hörte sich an, als könne er sich kaum noch beherrschen.

Es war der gleiche wütende Tonfall wie an dem Tag, als Micke ihm das Kajak auf den Fuß hatte fallen lassen.

»Du bist diejenige, die mein Leben zerstört«, schrie er. »Lass mich in Ruhe. Hör auf, mir nachzuspionieren!«

»Du hast kein Recht, Pfarrer zu sein«, erwiderte die Frau bissig. »Solche wie du sind dem Herrn ein Gräuel.«

Der Fanatismus in ihrer Stimme erschreckte Thomas mehr als ihr Zorn vorhin. Sie klang, als wäre ihr alles zuzutrauen.

Wie konnte man jemanden so sehr hassen?

»Verschwinde!«, schrie Roland.

»Er kommt mit mir«, sagte die Frau.

Thomas ging auf, dass sie ihn meinte.

»Ich habe ihn mit meinen eigenen Augen in deinem Schlafzimmer gesehen«, fuhr sie fort. »Und die zerwühlten Betten. Versuch nicht, dich da rauszuwinden.«

Roland war knallrot angelaufen, aber Petter legte ihm eine Hand auf die Schulter und hielt ihn zurück. Dann ging er auf die Frau zu und blieb einen Meter vor ihr stehen.

»Ich glaube, in dem Fall bin ich es, mit dem Sie reden wollen«, sagte er.

»Wie soll ich das verstehen?«

»Thomas ist einer unserer Konfirmanden, er hat nichts damit zu tun. Er sollte nur etwas aus dem Pfarrhaus holen. Ich habe mich für Roland entschieden, und er sich für mich.«

Die Frau starrte Petter an.

»Das ist abartig«, sagte sie. »Solche wie ihr gehört nicht in die Kirche. Ihr beschmutzt alles, was ihr anfasst.«

»Wir lieben uns.«

Die Frau verzog angewidert das Gesicht.

»Wir sind beide erwachsen«, fuhr Petter fort. »Wir haben nichts Falsches getan, und absolut nichts Verbotenes.«

Die Frau spuckte ihm ins Gesicht. Ihr Speichel lief ihm die Wange hinunter, aber er hob einfach den Arm und wischte ihn mit dem Handrücken ab. Er war immer noch unnatürlich ruhig, hob aber die Hand, um Roland zu beruhigen, dessen Gesicht wutverzerrt war.

»Ich finde, Sie sollten jetzt gehen und uns in Ruhe lassen«, sagte Petter langsam. »Sie sind in der Kirche willkommen, aber nicht bei uns, solange Sie uns nicht akzeptieren, wie wir sind.«

Nur ein leichtes Zittern in der Stimme verriet, wie aufgewühlt er war.

»Gehen Sie jetzt«, wiederholte er. »Ihr Sohn will nichts mit Ihnen zu tun haben.«

Sonntag

Nora und Thomas waren hinunter zum Bootssteg gegangen und saßen draußen auf der Nock. Nora hatte die Schuhe ausgezogen und ließ die Beine ins Wasser baumeln, in dem sich Unmengen kleiner Stichlinge dicht unter der Oberfläche tummelten.

Federleichte dünne Wolken zogen über den Himmel, ohne die Sonne zu verdecken, es war immer noch brütend heiß.

Die Festlichkeiten waren beendet. Oben im Haus saßen noch die letzten Gäste und verputzten Mamas Smörgåstårta. So auch Thomas' Eltern und Signe, die, wie sich herausstellte, eine Cousine auf Harö gehabt hatte, und diese Cousine hatte einst einen sonnigen Sommer lang eine Liebelei mit Thomas' Großvater, lange bevor er Konstabler wurde.

Thomas beugte sich zu Nora.

»Glaubst du an Gott?«, fragte er. »Jetzt, da wir mehrere Wochen lang die Bibel gelesen haben?«

Nora verzog das Gesicht, gab ihm aber eine ehrliche Antwort.

»Nicht unbedingt. Und du?«

An Thomas' Hals baumelte das Konfirmationsgeschenk, ein schmales Goldkreuz mit dem Datum des Tages eingraviert. Nora hatte auch ein Kreuz von ihren Eltern bekommen, hatte es aber nicht umgehängt.

Er stützte sich auf den Unterarm.

»Ich glaube an etwas«, sagte er mit mehr Ernst in der Stimme, als sie erwartet hatte. »Ich glaube, dass sich jemand um uns kümmert. Und ich glaube ganz sicher, dass er keinen Unterschied zwischen Mann und Frau oder Mann und Mann macht.«

Nora verstand, was er meinte.

Sie war in der Kapelle kurz ohnmächtig geworden, aber sie hatte genug von dem Gespräch zwischen Petter und Rolands verrückter Mutter mitbekommen, um seinen Gedanken folgen zu können.

»Glaubst du, dass Roland jemals Frieden mit seiner Mutter schließt?«, fragte sie.

»Glaubst du es?«

»Weiß nicht. Es muss schrecklich sein, wenn einem die eigene Mutter solche Sachen an den Kopf wirft. Dass man widerlich und abartig ist.«

Nora sah ihre Mutter in einem neuen Licht. Sie war zwar anstrengend und meckerte ziemlich viel, aber sie liebte ihre Tochter. Nora konnte sich nicht vorstellen, dass sich daran jemals etwas ändern würde, ganz gleich, was die Zukunft brachte. Widerwillig musste sie einräumen, dass ihre Mutter recht gehabt hatte, als sie sie überredete, sich auf Sandhamn konfirmieren zu lassen, um neue Freunde zu finden. Thomas war schon so etwas wie ein guter Freund geworden, und Annika hatte gefragt, ob sie nicht Lust hatte, mal bei ihr auf Eknö zu übernachten.

»Petters Eltern haben anscheinend wesentlich mehr Verständnis«, sagte Thomas. »Wir haben darüber gesprochen. Sie haben kein Problem damit, dass er Männer mag. Sie finden, dass das allein seine Sache ist.«

Nora wurde ein bisschen rot, als sie an ihre Fantasien über Petter dachte. Jetzt war sie froh, dass sie niemandem etwas davon erzählt hatte. Es fühlte sich ein bisschen albern an, für einen solchen Jungen zu schwärmen. Aber sie hatte ja nicht gewusst, wie die Dinge lagen. Nichts hatte darauf hingedeutet, dass er und Roland ein Paar waren.

Trotzdem kam es ihr dumm vor.

»Ach übrigens, weißt du, was mein Vater erzählt hat?«, sagte sie eilig, um das Thema zu wechseln. »Über den Bootsschuppen, der auf Västerudd abgebrannt ist?

»Was denn?«

»Das war Lenas Schuld. Sie und Martin hatten dort heimlich geraucht und die Kippen einfach weggeworfen. Die Glut muss den Schuppen in Brand gesetzt haben. Sie hat es gestern ihren Eltern gebeichtet.«

»Glaubst du, dass Martin deswegen Montag am Strand war? Weil der Täter immer zum Ort des Verbrechens zurückkehrt?«

»Hör auf, Columbo zu spielen!«

Nora boxte Thomas in die Seite.

»Wahrscheinlich hatte er ein schlechtes Gewissen und wollte nachsehen, was er angerichtet hatte«, fuhr Thomas fort. »Das hätte ich auch getan.«

Eine Möwe stieß aufs Wasser herab und verschwand wieder.

Nora betastete die Beule an ihrem Hinterkopf. Sie war seit Freitag schon deutlich abgeschwollen und wurde durch die Haare einigermaßen verdeckt. Nora war den Fragen ihrer Mutter ausgewichen und hatte behauptet, sie sei auf dem Rückweg von der Disco mit dem Fahrrad gestürzt.

Stefan war nicht zur Konfirmation erschienen. Es ging das Gerücht, dass die Familie zurück in die Stadt gefahren war, und für den Rest des Sommers war er wohl auf einem Sprachkurs in Brighton.

Sie würde nie mehr Angst vor ihm haben, das wusste sie ganz sicher.

»Wollen wir morgen zum Paddeln rausfahren?«, fragte Thomas und legte sich auf den Rücken. »Einmal rund um Sandhamn?«

Nora lächelte ihn an.

»Gerne!«

Ein Stichling sprang aus dem Wasser und tauchte mit einem Platscher wieder ein. In der Fahrrinne verkündete die Fähre »Norrskär« mit einem lang gezogenen Tuten, dass sie auf dem Weg durch den Sund war.

1992

Bauernopfer

Dienstag

Das schwache Licht der Straßenlaternen wurde vom schwarzen Asphalt des Valhallavägen aufgesogen, als ob die Nacht einen Nachschlag brauchte. Die Scheibenwischer gaben ihr Bestes, um die Sicht frei zu halten, kämpften aber einen hoffnungslosen Kampf gegen den anhaltenden Novemberregen, der gegen die Windschutzscheibe klatschte, seit Thomas seine Schicht begonnen hatte.

Er unterdrückte ein Gähnen und warf einen schnellen Blick zu seinem älteren und wesentlich dickeren Kollegen Ragnar Koskinen, der auf dem Beifahrersitz döste. Wie hielt er es nur aus, Jahr um Jahr Streife zu fahren? Thomas war es jetzt schon leid, obwohl er neu in dem Beruf war und sich während seiner Zeit auf der Polizeihochschule eigentlich darauf gefreut hatte.

Es ging auf drei Uhr morgens zu. Um sechs war ihre Schicht zu Ende. Es war eine ruhige Nacht, was auch kein Wunder war. Nur die armen Teufel, die unbedingt rausmussten, waren bei dem Scheißwetter unterwegs. Zwei Grad plus, kräftiger Wind und Regen, da blieben die meisten Leute lieber zu Hause.

Thomas hielt vor einer roten Ampel. Der blauweiße Streifenwagen hatte die Straße für sich allein. Ein paar nasse welke Blätter trieben vorüber und verschwanden unter den Autos, die in einer langen Reihe auf dem Parkstreifen zwischen den Fahrbahnen standen.

Gerade als die Ampel auf Gelb umsprang, klopfte jemand ans Seitenfenster. Durch die beschlagene Scheibe war undeutlich eine Gestalt zu erkennen. Ragnar Koskinen öffnete das Fenster einen Spaltbreit.

Ein Mann beugte sich zu ihm hinunter. Die Kapuze seiner Daunenjacke war weit über den Kopf gezogen, man konnte im Halbdunkel kaum sein Gesicht erkennen. Alter oder Aussehen zu bestimmen, war unmöglich.

»Ja?«, sagte Koskinen.

»Da drüben liegt irgendwas vor dem Hauseingang.«

Der Mann drehte sich um und zeigte auf ein graues Mietshaus, das einen Block entfernt lag.

»Es könnte ein Mensch sein«, ergänzte er.

Koskinen wechselte einen Blick mit Thomas.

»Okay, wir sehen es uns mal an«, sagte er.

Thomas warf einen prüfenden Blick in den Rückspiegel. Es war nicht zu erkennen, was der Mann meinte. Er legte den Rückwärtsgang ein und setzte fünfzig Meter zurück.

Tatsächlich lag etwas auf der Treppe zum Eingang von Nummer vierunddreißig, aber es war zu dunkel und verregnet, um mehr als einen schwarzen Umriss erkennen zu können. Es sah eher nach einem Altkleiderbündel aus.

Das harte, kalte Licht der Lampe über dem Eingang brach sich an der Bürgersteigkante.

Koskinen löste den Sicherheitsgurt. Er machte eine automatische Handbewegung zur Hüfte, um sich zu vergewissern, dass die Dienstwaffe an ihrem Platz saß, öffnete die Beifahrertür und stieg aus.

Es platschte, als Thomas seinen Stiefel in eine Wasserpfütze setzte. Jemand hatte »Shit« mit schwarzer Farbe an die Fassade gesprayt, und von der Hausecke her stank es nach Hundepisse.

»Was zum Teufel …«, fluchte Koskinen und blieb abrupt stehen.

Eine Frau mit zerschundenem Gesicht lag mit dem Rücken auf der Erde. Der leblose Kopf ruhte auf einer der wenigen Treppenstufen, und ihr blondes Haar war blutverklebt. Sie lag seltsam abgeknickt da, ein Bein angewinkelt unter dem Körper.

Auf Koskinens Gesicht lag ein leicht angeekelter Ausdruck.

Thomas sprang hinzu und ging vor der Frau in die Hocke.

Lebte sie?

Er tastete mit zwei Fingern nach dem Puls und spürte, wie etwas auf den Druck seiner Fingerkuppen antwortete. Unter seinen Nägeln sammelte sich Blut.

»Wir brauchen einen Rettungswagen«, rief er Koskinen zu. »Und frag mal, ob Kollegen in der Nähe sind.«

Koskinen beugte sich in den Streifenwagen und rief die Einsatzzentrale. Thomas hörte einzelne Worte.

»Kopfverletzung ... hoher Blutverlust ... schwer misshandelt ... Strindbergsgatan.«

Der Regen hatte zugenommen. Thomas hockte halb unter dem schützenden Überdach, Rücken und Schultern waren schon völlig durchnässt.

Etwas lag eingekeilt unter dem Körper der Frau. Eine Handtasche.

Thomas öffnete sie vorsichtig, fand einen roten ausländischen Pass mit fremdartigen Buchstaben und eine verblüffend hohe Summe Bargeld. Als er den Pass vorsichtig herauszog, klappte er von allein auf und verriet den Namen.

Aliana Basjmakov.

Es war nicht zu erkennen, ob die Frau auf dem Foto identisch mit der verletzten Person vor ihm war. Sie war sorgfältig geschminkt gewesen, aber die Wimperntusche war verschmiert, und die Reste von Puder und Rouge liefen auf der blau geprügelten Haut ineinander. Die Frau hielt etwas in ihrer Hand, einen verknitterten Zettel mit Ziffern.

»Verstärkung kommt gleich«, rief Koskinen aus dem Auto. »Rettungswagen ist auch unterwegs.«

Dann beantwortete er weitere Fragen der Zentrale.

Thomas versuchte, sich ein Urteil über die Situation zu bilden, während er gleichzeitig die Frau nicht aus den Augen ließ. Wenn sie in einen Schock fiel, konnte das böse ausgehen. Ihr Gesicht war leichenblass, wie üblich, wenn ein Mensch sehr viel Blut verloren hatte. Ihre linke Gesichtshälfte hatte kräftige Schläge abbekommen, und die linke Augenbraue war aufgeplatzt. Aus einem hässlichen Riss in der Unterlippe blutete es immer noch, ein schmales Rinnsal zog sich den ganzen Hals hinunter.

Er meinte den Abdruck eines heftigen Würgegriffs an dem schmalen Hals zu sehen, direkt über dem Kehlkopf.

Hinter Thomas bremste ein weißroter Rettungswagen. Zwei Sanitäter sprangen heraus und liefen mit schwarzen Arztkoffern auf die Verletzte zu.

»Wir übernehmen«, sagte einer der beiden.

Er schob ihn freundlich, aber bestimmt beiseite, und Thomas stand auf.

Als er sich umsah, fiel ihm auf, dass der Mann, der sie auf die Frau aufmerksam gemacht hatte, nirgends zu sehen war. Falls er etwas mit der Sache zu tun hatte, war es jetzt zu spät, ihn festzuhalten.

Er war schon im Dunkel der Nacht verschwunden.

Die Sanitäter untersuchten die Frau und setzten ihr eine Sauerstoffmaske auf. Wenige Minuten später hatten sie sie auf eine faltbare Trage umgelagert, die sie routiniert aufhoben und zum Rettungswagen brachten.

Koskinen kam zurück zu Thomas, in der rechten Hand eine Pistole.

»Wir gehen rein«, sagte er kurz und zeigte auf die dünne Blutspur, die von der bewusstlosen Frau zum Treppenaufgang führte.

Thomas drückte gegen die Eingangstür, die mit einem leichten Knarren aufging.

Das Treppenhaus war dunkel, er tastete nach einem Schalter,

und das Licht ging an. Der Fahrstuhl war unten, aber durch die geschlossene Tür war nichts zu sehen. Thomas öffnete sie, suchte nach mehr Blutflecken, fand aber keine.

Sie hatte nicht den Fahrstuhl genommen.

»Ich blockiere die Fahrstuhltür«, sagte er zu Koskinen, ohne das Offensichtliche hinzuzufügen: für den Fall, dass jemand versucht zu fliehen.

Er leuchtete mit der Taschenlampe die Steintreppe ab.

Da.

Auf einer der Stufen war ein dunkler Fleck. Thomas ging die Treppe weiter hinauf und fand weitere Spuren, die ihn in den nächsten Stock führten.

Auf jeder Etage waren vier Wohnungen. Die Namensschilder verrieten nichts Ungewöhnliches, und es war dunkel und still. Um diese Zeit lagen alle rechtschaffenen Menschen im Bett und schliefen, vermutlich sogar die meisten weniger rechtschaffenen.

Thomas ging weiter in den zweiten Stock. Noch ein Blutstropfen, der ihm den Weg wies, dieser war direkt vor einer der Türen gefallen und verschmiert, so als wäre jemand mit einem hochhackigen Schuh hineingetreten.

»Johansson« stand auf dem Türschild. Einer der häufigsten Namen in Schweden.

Thomas atmete schwerer.

Er stellte sich vor die Tür und hob mit einer Hand vorsichtig die Klappe des Briefschlitzes an. Ein schmaler Streifen Licht fiel heraus, aber es war nicht mehr zu erkennen als ein dunkelgrüner Teppichboden im Flur.

War das Blut dort? Etwas Dunkles war zu erahnen, trotz des schwachen Lichts.

Unten im Treppenhaus ging die Haustür auf, dem leisen Gemurmel nach zu urteilen waren mehr Polizisten gekommen. Thomas meinte zu hören, dass jemand in ein Funkgerät sprach, und dann kamen schwere Stiefel die Treppe herauf. Zwei uniformierte Kollegen tauchten gleich hinter dem Fahrstuhlschacht auf.

»Gehen wir rein?«, fragte er Koskinen leise, der als Antwort seine Waffe entsicherte.

Thomas legte die Hand auf die Klinke und drückte sie vorsichtig hinunter. Zu seiner Überraschung war nicht abgeschlossen, die Tür glitt geräuschlos auf.

Blutflecken im Flur zeugten davon, dass sie hier richtig waren.

Thomas horchte konzentriert. Ein plötzlicher Luftzug erschreckte ihn, aber dann fiel ihm ein, dass unten vermutlich die Haustür offen stand.

Die erste Zimmertür war zu, dahinter befand sich wahrscheinlich das Schlafzimmer, aber die nächste stand einen Spalt offen, und dahinter glänzte irgendwas. Das musste die Küche sein. Ganz am Ende war ein Raum, der an ein Wohnzimmer erinnerte.

»Ich übernehme die Küche«, flüsterte Koskinen hinter ihm. »Sichere du das Schlafzimmer.«

Er verschwand nach rechts. Thomas lud die Waffe durch und machte sich bereit, die Tür zu öffnen.

Erwartete ihn dahinter ein Mörder?

Sein Puls hämmerte.

Thomas riss die Tür auf und ging hinein. Versuchte etwas zu erkennen, so gut es im Dunkeln ging.

Im Zimmer roch es metallisch. Blut.

Etwas flatterte, und Thomas spannte alle Muskeln an, bis er begriff, dass es nur eine Gardine war, die sich bewegte.

Da lag etwas auf dem Fußboden.

Thomas schaltete das Deckenlicht im selben Moment ein, als Koskinen ins Zimmer kam und abrupt stehen blieb.

»Ach du Scheiße«, knurrte er mit zusammengebissenen Zähnen.

Thomas versuchte, das Bild in sich aufzunehmen.

So viel Blut auf einmal hatte er in seinem Leben noch nicht gesehen. Sowohl auf dem Fußboden als auch auf dem chinesischen Teppich, dessen verschlungenes Drachenmuster völlig durchtränkt war. Ein Stuhl war umgefallen, und über die Tapete zog sich ein blutiger Streifen, als wäre jemand gegen die Wand geschleudert worden und dann langsam zu Boden gerutscht.

Vor einem ordentlich gemachten Doppelbett lag ein toter Mann auf dem Rücken.

Er hatte mehrere Schnittwunden an einem Arm, aber beim Anblick der eigentlichen Todesursache drehte sich Thomas der Magen um. Aus einem Auge ragte ein schwarzer Messergriff.

Die Augenhöhle war eine blutige Masse aus zerfetzter Iris und hervorquellender Gehirnsubstanz. Sie war bereits in Erstarrung übergegangen.

Das andere Auge war geöffnet.

Thomas versuchte, das Würgen in den Griff zu bekommen, das ihm in Wellen den Hals hinaufstieg. Es war erst ein knappes Jahr her, dass er die Polizeischule beendet hatte.

Die schmale, sehnige Frau, die ins Schlafzimmer kam, hatte wachsame Augen, denen kein Detail entging. Die Schultern ihrer dunkelblauen Daunenjacke waren nass vom Novemberregen, ebenso wie das kurz geschnittene Haar.

»Margit Grankvist«, stellte sie sich vor und hielt ihren Dienstausweis hoch, obwohl man ihr die Kriminalkommissarin schon von Weitem ansah.

Sie zog ein Paar Gummihandschuhe an und ging in die Hocke, um sich den Toten genau anzusehen. Der blutige Brei, aus dem immer noch das Messer herausragte, schien sie nicht zu beeindrucken.

Das geronnene Blut hatte eine dunkelrote Farbe angenommen, die an Schwarz grenzte.

»Mord und Mordwaffe also«, sagte Grankvist und beugte sich über den rechten Arm, wo blutige Schnitte im Hemdstoff zu sehen waren. »Mit möglichen Abwehrverletzungen.«

»Die Frau, die wir vor dem Hauseingang gefunden haben, war übel zugerichtet«, bemerkte Koskinen. »Er muss sie ordentlich verprügelt haben, bevor er starb.«

»Ob es diese beiden hier waren, die in Streit geraten sind, oder ob es einen dritten Täter gibt, wird sich noch zeigen«, erwiderte Grankvist trocken, ohne sich umzudrehen. »Der Rechtsmediziner hat sicher auch das eine oder andere dazu zu sagen.«

Sie stand wieder auf und musterte das Schlafzimmer, als habe sie einen Karteikasten im Kopf, in den sie alle Arten von Informationen einsortierte.

Thomas versuchte, den Raum mit ihren Augen zu sehen.

In einer Ecke lag eine Aktentasche aus schwarzem Leder, aber ansonsten waren nur wenige persönliche Sachen zu sehen. Es gab keine Fotos oder kleineren Dinge, die man für gewöhnlich in einem Schlafzimmer aufbewahrte, auch keine Kleidungsstücke, die herumlagen. Keine Bilder an den Wänden. Auf einer schwarz gebeizten Kommode an der einen Längswand lagen mehrere Schachteln Kondome.

»Habt ihr irgendwas von Interesse gefunden?«, fragte Grankvist.

Koskinen schüttelte den Kopf.

»War er allein in der Wohnung?«

Jetzt nickte Koskinen.

Ein halb gefülltes Glas mit einer bräunlich-durchsichtigen Flüssigkeit stand auf dem Nachttisch. Grankvist hob es mit zwei Fingern an und schnupperte.

»Whisky«, entschied sie und stellte es wieder hin. »Gute Qualität.«

Sie ging um die Leiche herum und betrachtete sie aus einem anderen Blickwinkel.

Der Tote trug schwarze Lederschuhe. Gut geputzt.

»Haben wir irgendwelche Anhaltspunkte, wann der Mord begangen wurde?«, fragte sie.

Koskinen schüttelte wieder den Kopf.

Aber der Mann war vollständig bekleidet, obwohl es mitten in der Nacht war, dachte Thomas. Er war also noch nicht zu Bett gegangen.

Ihm fiel ein, dass das Blut an der misshandelten Frau noch nicht getrocknet war, als sie sie vor der Haustür gefunden hatten. Er hatte nach ihrem Puls gefühlt und anschließend blutige Fingerspitzen gehabt.

»Die Wunden des anderen Opfers haben noch geblutet, als wir sie fanden«, sagte er und fragte sich, ob die Kommissarin wohl dachte, dass er lieber den Mund halten sollte, anstatt einem älteren Kollegen zu widersprechen.

Er fuhr trotzdem fort:

»Wenn die beiden Taten zusammenhängen, kann nicht allzu viel Zeit seit dem Tod des Mannes vergangen sein.«

Grankvist warf ihm einen anerkennenden Blick zu.

»Wir warten ab, was der Rechtsmediziner sagt, und wecken in der Zwischenzeit schon mal die Nachbarn. Da geht leider kein Weg dran vorbei, also können wir es auch gleich tun.«

Sie zeigte auf zwei Kollegen, die hinter Thomas und Koskinen standen.

»Wenn ihr zwei mit diesem Haus anfangt, dann könnt ihr beide euch das Haus gegenüber vornehmen.«

Letzteres war an Thomas und Koskinen gerichtet.

»Ihr wisst, worauf es ankommt«, sagte sie. »Erkundigt euch, ob jemand etwas Ungewöhnliches gehört oder gesehen hat. Nehmt alle Kontaktdaten auf.«

Als Thomas hinunter zum Eingang kam, hatten die Einsatzkräfte damit begonnen, den Bereich abzusperren. Mehrere Streifenwagen standen mit eingeschalteten Blaulichtern auf der

Straße. Die Wahrscheinlichkeit, dass die Anwohner nicht mitbekommen hatten, was vor sich ging, war gering.

Es war jetzt fast vier Uhr morgens. Immer noch goss es unverändert heftig, ein kalter, beißender Regen, der durch die Kleidung drang und ihn innerhalb von Sekunden frösteln ließ.

Es würde eine lange Nacht werden.

Thomas nickte zum Nachbarhaus, Nummer dreiunddreißig.

»Wo wollen wir anfangen? Oben oder unten?«

Das Haus Strindbergsgatan dreiunddreißig wirkte womöglich noch schäbiger als die Nummer vierunddreißig. Bis hierher war der hysterische Bauboom der Achtzigerjahre offenbar nicht mehr gekommen, bevor im letzten Jahr die Wohnungsbaukrise ausbrach. Im September hatte die Reichsbank den Leitzins auf schwindelerregende fünfhundert Prozent erhöht, bevor man gezwungen war, den festen Kurs der Krone aufzugeben. Unmengen von Menschen saßen mit Baukrediten da, die sie nicht abbezahlen konnten.

Thomas war froh, dass er sich nicht hatte hinreißen lassen, sich bis über die Haarspitzen zu verschulden, wie so viele andere es getan hatten. Als frischgebackener Polizist hatte er sich nicht mehr als eine Einzimmer-Mietwohnung in Sickla leisten können. Die reichte ihm auch völlig.

Auch in diesem Mietshaus fehlte ein Codeschloss, sodass man einfach hineingehen konnte. Er klingelte an der ersten Wohnungstür im Erdgeschoss und rief:

»Polizei!«

Eine verschlafene Frau im geblümten Morgenrock öffnete die Tür und starrte sie verwundert an.

»Wisst ihr eigentlich, wie spät es ist?«, ertönte eine wütende Männerstimme hinter ihr.

Nach dem dritten Anpfiff, weil sie die Leute mitten in der Nacht aus dem Bett holten, fluchte Koskinen erst einmal leise in sich hinein, ehe er an der nächsten Wohnungstür klingelte.

Die Tür wurde von einem alten Mann in Pantoffeln und hellblauem Pyjama geöffnet, der weder verschlafen noch ärgerlich wirkte.

»Kommen Sie rein«, sagte er freundlich, als sei es nicht kurz vor fünf Uhr morgens. »Ich war sowieso auf. Möchten Sie Kaffee?«

Thomas hatte nie ein herrlicheres Angebot bekommen.

»Was ist passiert?«, fragte der Alte und ging ihnen voraus in eine aufgeräumte Küche, in der nichts Unnötiges auf der Anrichte stand.

Es roch kräftig nach frisch gebrühtem Kaffee, der in einer Ecke durch einen Porzellanfilter lief.

Thomas und Koskinen ließen sich am Küchentisch nieder und begannen mit den Kontaktdaten. Der Mann stellte sich als Hilding Wallin vor. Er war Witwer und wohnte seit fast dreißig Jahren in der Wohnung.

»Ich habe mir schon gedacht, dass irgendetwas vorgefallen sein muss«, sagte Wallin und nickte zum Fenster, vor dem die Blaulichter der Streifenwagen blinkten.

»Gegenüber ist jemand ermordet worden«, erwiderte Koskinen kurz angebunden.

Wallin zuckte zusammen.

»Ermordet? Hier?«

»Wir würden gern wissen, ob Sie heute Nacht etwas Ungewöhnliches bemerkt haben«, fuhr Koskinen fort.

Der alte Mann schien erschüttert, überlegte aber eine Weile. Die Haut an seinem Hals war überaus faltig, und seine Altmännerhände hatten große braune Leberflecken auf dem Handrücken.

»Wie meinen Sie das?«, fragte er.

Seine Stimme knarrte ein wenig.

»Haben Sie etwas gesehen oder gehört, was Ihnen komisch vorkam?«, fragte Thomas. »Vielleicht jemanden, der aus dem Haus gekommen ist, dort aber gar nicht wohnt?«

»Sie schmeicheln mir, wenn Sie glauben, ich würde mich an

jeden erinnern, der aus dem Haus kommt. Aber leider ist mein Gedächtnis auch nicht mehr das, was es mal war.«

Er klopfte sich mit dem Knöchel an die Stirn.

Thomas nahm dankend an, als der Mann ihm nachschenken wollte, und trank die Tasse in drei großen Schlucken aus, ehe er aufstand und Richtung Flur ging.

»Falls Ihnen noch etwas einfällt, melden Sie sich bitte«, sagte er auf der Türschwelle. »Anruf genügt.«

»Im Treppenhaus ist immer so viel Rennerei«, schimpfte Wallin, während er sie zur Wohnungstür brachte.

»Wie bitte?«

»So viele Leute im Treppenhaus. Fremde, die durch unser Haus laufen, oft spätabends. Das sollten Sie mal unter die Lupe nehmen.«

Wallin schloss die Tür hinter ihnen.

»Meinst du, das hat was zu bedeuten?«, fragte Thomas seinen Kollegen, während sie sich bereit machten, beim nächsten Mieter zu klingeln.

»Was denn?«, fragte Koskinen zurück und machte ein Gesicht wie jemand, der sich nichts sehnlicher wünschte, als in seinem Bett zu liegen.

»Die Rennerei im Treppenhaus, von der er gesprochen hat.«

»Was sollte das mit dem Mord zu tun haben?«

»Ich weiß nicht.«

Thomas hörte selbst, wie lahm das klang. Viel Betrieb im Treppenhaus konnte auf eine zweifelhafte Tätigkeit im Haus hindeuten, aber er war sich der Hierarchie in der Polizeitruppe sehr wohl bewusst. Er hatte dem dienstälteren Kollegen in dieser Nacht schon einmal widersprochen.

»Wahrscheinlich nur eine lebenslustige Dame, die nach Meinung des Alten ein paar Verehrer zu viel aus den Kneipen abschleppt«, sagte Koskinen. »Egal. Sehen wir zu, dass wir fertig werden. Wir haben noch sechs Mietparteien vor uns.«

Er seufzte tief und pflanzte den Daumen auf den Klingelknopf.

Thomas schloss die Tür seiner Wohnung in Sickla auf und ging ins Schlafzimmer. Es war schon nach sieben Uhr morgens, und sein Körper war schwer vor Erschöpfung. Aber das Adrenalin rauschte immer noch durch seine Adern.

Er legte sich angezogen aufs Bett und starrte an die Decke. Wie sollte er nach dieser Nacht schlafen können?

Immer wieder sah er das Gesicht des toten Mannes vor sich, die breiige, blutige Höhle, in der einmal ein Auge gewesen war.

Trotz einer langen, heißen Dusche nach der Schicht und so viel Duschgel, dass alle äußeren Spuren längst den Abfluss hinuntergespült waren, wollte sich keine innere Ruhe einstellen.

Es war nicht das erste Mal, dass er an einem Tatort mit blutüberströmten und schwer verletzten Opfern gestanden hatte. Aber noch nie hatte er etwas erlebt, das ihm so unter die Haut gegangen war.

Er begriff nicht, wie Koskinen diese langen und langweiligen Schichten aushielt, dann und wann unterbrochen von Gewalttaten. Soweit er wusste, machte der Kollege seit fünfzehn Jahren Streifendienst. Aber vielleicht war es einfacher, das Erlebte hinter sich zu lassen, wenn man zu Frau und Kind heimkehrte anstatt in eine leere Wohnung?

Thomas hatte nicht einmal eine feste Freundin, was Nora ihm ständig unter die Nase rieb. Andererseits war er erst sechsundzwanzig, er hatte also noch reichlich Zeit.

Er hatte zugesagt, am Freitag mit Nora und ihrem neuen Freund Henrik um die Häuser zu ziehen. Sie versuchte immer, ihn mit allen möglichen Mädchen zu verkuppeln. Es hatte meist wenig Sinn, dagegen zu protestieren.

Der Regen prasselte immer noch gegen das Fenster, vor dem

es gerade erst anfing, hell zu werden. Das Mistwetter sollte den ganzen Tag anhalten. Vielen Dank auch, Schweden.

Thomas zog sich aus und kroch unter die Bettdecke. Er schloss die Augen, fühlte sich aber immer noch hellwach.

Es hatten sich keine Spuren von einer anderen Person in der Wohnung gefunden. Sie hatten nichts als den toten Mann und die zusammengeschlagene Frau, Aliana.

Wie hatte alles begonnen? War Aliana angegriffen worden und hatte sich gewehrt, oder hatte sie sich die Verletzungen zugezogen, als der Mann versuchte, sich gegen ihren Angriff zu verteidigen? Das ließ sich unmöglich sagen, aber die Gedanken kreisten trotzdem durch seinen Kopf.

Thomas versuchte, sich die Szene vor dem Hauseingang in Erinnerung zu rufen, als er und Koskinen dort eintrafen. Aliana war eher klein und zierlich. Es war schwer vorstellbar, dass sie auf den Mann, der mindestens mittelgroß war, losgegangen sein sollte. Aber verzweifelte Menschen begingen verzweifelte Taten, so viel hatte er schon gelernt.

Diese Kriminalkommissarin, Margit Grankvist, hatte ihn beiseitegenommen, bevor er nach Hause fuhr. Sie hatte ihn nach Alianas Händen gefragt. Ob sie etwas anderes als Blut an den Händen gehabt hatte, als er sie fand. Zuerst hatte er nicht verstanden, worauf sie hinauswollte, aber dann begriff er.

Das Messer war so tief in die Augenhöhle gerammt worden, dass sie außer Blut auch Hirnsubstanz an der Hand hätte haben müssen. Wenn sie es gewesen war, die das Messer gehalten hatte.

Aber Thomas hatte die Frage nicht beantworten können. Bei dem schlechten Licht hatte er nicht viel gesehen.

Immerhin konnte er ihr den Namen der Frau geben, der im Pass gestanden hatte, und ihr von dem dicken Bündel Geldscheine berichten, das in der Handtasche gewesen war.

Und er hatte ihr den Zettel überreicht, den er aus Alianas geballter Faust gezogen hatte. Darauf stand eine Telefonnummer mit der Vorwahl +7. Der Ländervorwahl von Russland.

Mittwoch

Als Thomas das »Haus« betrat, wie das große Gebäude in der Kronobergsgatan intern genannt wurde, rief jemand seinen Namen. Es war Marianne, eine der Verwaltungsassistentinnen. Sie sagte ihm, er solle sich sofort in die dritte Etage begeben, wo eine Lagebesprechung stattfinde.

»Was für eine Lagebesprechung?«

Thomas war immer noch todmüde und geistig nicht ganz da. Er hatte gerade mal ein paar Stunden geschlafen, als man ihn aus dem Bett geklingelt hatte.

Marianne klang, als spräche sie mit einem Erstklässler.

»Der Messermord in der Strindbergsgatan, hat man dir das am Telefon nicht gesagt? Du sollst für den Rest der Woche bei den Ermittlungen helfen. Oder wenigstens so lange, bis man dich für eine andere Aufgabe einteilt. Jetzt lauf, sie fangen um drei an. Du brauchst keine Uniform anzuziehen.«

Thomas fuhr sich mit der Hand durchs Haar und versuchte auszurechnen, wie er am schnellsten zur Kripo kam. Sie saßen in einem anderen Gebäude, ein gutes Stück von der Schutzpolizei entfernt.

»Nimm den grünen Aufzug dort drüben runter in die Tiefpassage«, schlug Marianne vor, als hätte sie begriffen, was ihm durch den Kopf ging. »Das geht am schnellsten.«

Als er den Konferenzraum betrat, fiel sein Blick sofort auf Kriminalkommissarin Margit Grankvist, der er zwölf Stunden zuvor in dem blutigen Schlafzimmer begegnet war. Sie saß an der Stirnseite und leitete offensichtlich die Besprechung.

Ein kurzes Nicken bestätigte, dass sie Thomas wiedererkannte. Er fragte sich unwillkürlich, ob sie ihn herbestellt hatte, weil sie Koskinen nicht erreichen konnte. Anscheinend war es nur er, der bei den Ermittlungen mithelfen sollte.

Der Raum war voller Leute, die er noch nie gesehen hatte.

Margit Grankvist klopfte mit dem Fingerknöchel auf den Tisch.

Jetzt bei Tageslicht sah Thomas, dass sie jünger sein musste, als er zuerst angenommen hatte, höchstens fünfunddreißig. Aber ihre Autorität war unbestreitbar, vermutlich ein Muss für eine Frau, die als Kriminalkommissarin bei der Citypolizei arbeiten wollte. Sie sah aus, als ob sie sich von niemandem etwas gefallen ließ.

»Wir fangen an«, sagte Grankvist und wandte sich an einen älteren, fast kahlköpfigen Mann, der rechts neben ihr saß. »Björklund, was wissen wir bis jetzt?«

Der Mann namens Björklund schlug einen abgegriffenen Notizblock auf. Seine Fingerspitzen waren kräftig nikotingelb, und er roch, als sei er gerade aus einem der Raucherzimmer gekommen, die im Herbst eingeführt worden waren. Das neue Tabakgesetz verbot jegliches Rauchen am Arbeitsplatz. Dass viele der älteren Polizeichefs sich einen Dreck darum scherten und trotzdem hinter verschlossenen Türen qualmten, war ein offenes Geheimnis.

»Der tote Mann heißt Benny Åberg«, begann er. »Er war zum Todeszeitpunkt neununddreißig Jahre alt und unter einer Adresse in Solna gemeldet. Alleinstehend, keine Kinder. Arbeitete in einer Im- und Exportfirma und hat letztes Jahr ein Einkommen von siebzigtausend Kronen angegeben. Der Firma gehört die Wohnung, in der er gefunden wurde.«

Davon konnte man nicht leben, so viel begriff Thomas. Er musste Nebeneinkünfte gehabt haben, natürlich unversteuert. Die Schuhe des Opfers waren von der teuren Sorte gewesen, genau wie die Aktentasche.

Margit Grankvist wirkte ungeduldig. Sie legte einige Papiere von hierhin nach dorthin.

»Was wissen wir über die Todesursache und die Verletzungen?«, fragte sie.

»Du meinst, außer einem verdammt großen Küchenmesser im Gehirn?«

Als die anderen am Tisch grinsten, verzog auch Thomas den Mund zu einem Lächeln. Margit Grankvist schien den Scherz nicht übel zu nehmen, auch wenn er auf ihre Kosten ging.

»Der Tod muss sofort eingetreten sein, aber es sieht so aus, als hätte es einen Kampf gegeben, bevor der Täter ihm den tödlichen Messerstich versetzte. Das Opfer hat typische Abwehrverletzungen am rechten Arm.«

Thomas erinnerte sich an die blutigen Wunden und den zerschnittenen Hemdsärmel.

»Die Frau?«, warf Grankvist sofort ein. »Hat sie ihn angegriffen?«

»Vieles spricht dafür«, meldete sich ein grauhaariger Mann zu Wort. »Sein Blut wurde an ihrer Kleidung gefunden, und ihr Blut ist überall in der Wohnung verteilt. Gleichzeitig können wir nicht mit hundertprozentiger Sicherheit ausschließen, dass es einen dritten Tatbeteiligten gibt, der geflohen ist. Das Labor hat die Untersuchung der Fingerabdrücke noch nicht abgeschlossen, aber wir wissen bereits jetzt, dass sie das Messer in der Hand gehalten hat und auch in der Wohnung war.«

Jetzt erkannte Thomas den Sprecher. Das war Herman Ekman, der zuständige Kriminaltechniker für den Bezirk. Ekman war mit seinem Team gerade in der Wohnung eingetroffen, als er und Koskinen zum Nachbarhaus gegangen waren, um die Befragung durchzuführen.

»Außerdem war es kein verdammt großes Küchenmesser«, sagte Ekman mit einem Blick in Björklunds Richtung. »Sondern ein Klappmesser aus rostfreiem Stahl. Mit einer 8,9 Zentimeter langen Klinge, drei Millimeter dick.«

Er hielt beide Hände hoch und zeigte die Maße an.

»Legal?«, fragte Grankvist.

»Ja. Ein ziemlich raffiniertes Ding, ausgelegt für Gefahren- und Notsituationen. Es hat einen Glasbrecher im Schaft und einen Federmechanismus, lässt sich also leicht mit einer Hand öffnen.«

»So eins, wie es sich Frauen in die Handtasche stecken, um sich vor Angreifern zu schützen«, sagte Grankvist.

Herman Ekman nickte.

»In geschlossenem Zustand ist es nur zwölf Zentimeter lang, nicht größer als ein normaler Kamm.«

»Das spricht dafür, dass die Frau die Tat begangen hat«, sagte Björklund.

»Wir werden die Handtasche untersuchen, vielleicht finden wir einen Beweis dafür, dass das Messer darin gelegen hat.«

»Kommen wir zu ihr«, sagte Margit Grankvist und wandte sich an eine blonde Frau, die neben Thomas saß. »Rita, was kannst du uns berichten?«

Die Frau namens Rita strich eine blonde Haarsträhne zurück und klopfte mit dem Stift auf den Tisch. Sie trug keine Uniform, aber vielleicht gehörte sie zu den Ermittlern in Zivil? Sie war auffallend großbusig, eine Tatsache, die sich nicht ignorieren ließ, auch wenn Thomas sein Bestes tat, nicht hinzustarren.

»Sie wurde heute Nacht operiert, deshalb haben wir sie noch nicht befragen können. Sie hat eine Schädelfraktur und Würgemale am Hals. Außerdem schwere Schlagverletzungen im Gesicht.«

Rita blätterte in ihrem Notizblock.

»Sie ist weißrussische Staatsbürgerin, sechsundzwanzig Jahre alt und heißt Aliana Basjmakov. Es gibt keine Angaben zu ihrem Einkommen, aber sie hat die letzten vier Jahre in Schweden gelebt.«

»Weißrussland? Wo liegt das denn?«, fragte ein jüngerer Mann mit einer Ray-Ban-Pilotensonnenbrille in der Brusttasche, trotz November.

»In der ehemaligen Sowjetunion«, antwortete Rita. »Weißrussland ist mit dem Zusammenbruch des Sowjetreichs vor einem Jahr selbstständig geworden. Würdest du mal was anderes als ›Die Sexpraktiken der Schweden‹ in FIB Aktuell lesen, wüsstest du so was.«

Rita lieferte die letzte Replik ab, ohne eine Miene zu verziehen, aber die Lachsalve, die darauf folgte, trieb dem Fragesteller die Röte ins Gesicht.

Margit Grankvist trommelte mit den Fingern auf dem Tisch. Sie betrachtete das Foto von Aliana, das an der Wandtafel hing.

»Schluss jetzt«, sagte sie. »Wir haben uns um einen Mord und einen eventuellen Mordversuch zu kümmern. Wann können wir mit der Frau reden?«

»Ich denke, nach dieser Besprechung«, erwiderte Rita. »Die Ärzte meinen, dass sie am späten Nachmittag ansprechbar sein wird.«

Grankvist nickte Björklund zu.

»Fahr du bitte hin und sprich mit ihr, wenn wir hier fertig sind.«

Sie stützte das Kinn auf die Hand.

»Was ist mit den Nachbarn in Nummer vierunddreißig, war keiner dabei, der etwas bemerkt hat?«

Einer von Thomas' uniformierten Kollegen berichtete, dass die Bewohner des Hauses Strindbergsgatan vierunddreißig in der fraglichen Nacht weder etwas gesehen noch gehört hatten. Die Witwe in der Wohnung unter Åberg hatte eine Schlaftablette genommen und keinen Mucks gehört. Die Nachbarn auf Åbergs Etage hatten auch fest geschlafen und nichts mitbekommen.

»Und wie sieht's mit den Anwohnern aus?«, fragte Grankvist. »Ist den Nachbarn im Haus gegenüber etwas Interessantes aufgefallen?«

Thomas war unsicher, ob er antworten sollte oder ob jemand anderes im Raum für den Teil verantwortlich war.

»Andreasson«, fuhr Grankvist fort. »Habe ich den Namen richtig behalten? Ihr habt mit den Mietern im Haus auf der anderen Straßenseite gesprochen.«

»Ja. Natürlich. Entschuldigung.«

Thomas musste sich räuspern.

»Wir haben mit fast allen Bewohnern gesprochen, aber keiner hat etwas Ungewöhnliches gesehen.«

»Fast allen?«

»In einer Wohnung hat niemand aufgemacht. Die anderen haben wir alle erreicht.«

»Holt die Befragung bei dem betreffenden Mieter nach«, sagte Grankvist.

Thomas nickte und war erleichtert, als sich ihre Aufmerksamkeit sofort auf jemand anderen richtete.

Er machte den Rücken gerade und betrachtete die Fotos an der Tafel.

Das Foto von Aliana zeigte eine hübsche Frau in einem roten Kleid mit breiten Schulterpolstern. Sie war kräftig geschminkt. Das halblange Haar war so blond, dass es unmöglich ihre echte Haarfarbe sein konnte.

Thomas fragte sich, woher das Bild wohl stammte, es war viel besser als ein normales Passfoto.

Benny Åberg sah aus wie ein normaler mittelalter Schwede mit beginnender Glatze und Kugelbauch. Seine Augen waren ziemlich klein und von Äderchen durchzogen. Er trug ein blaues Jackett und ein Hemd ohne Schlips.

»Was für Theorien haben wir?«, fragte Grankvist. »Dass sie freiwillig mit Åberg in die Wohnung gegangen ist, um Sex zu haben oder Sex zu verkaufen, und die Sache irgendwie schiefging? Dass er sie verprügelt und sie sich gewehrt hat? Eine Form von Notwehr, die übers Ziel hinausgeschossen ist?«

»Sie hatte einen großen Geldbetrag in der Handtasche«, rief Thomas aus. »Bestimmt fünfundzwanzigtausend Kronen. Vielleicht hat sie versucht, Åberg zu bestehlen, und er hat sie dabei erwischt?«

Plötzlich war alle Aufmerksamkeit auf ihn gerichtet, und er begriff, dass niemand mit einer Äußerung von ihm gerechnet hatte. Als uniformierter Polizist bestand seine Aufgabe bei den Ermittlungen offenbar nur darin, auf direkt an ihn gerichtete Fragen zu antworten.

Und Befehle entgegenzunehmen.

Aber Margit Grankvist wirkte amüsiert.

»Was ist das hier?«, knurrte Björklund. »Ein Eignungstest für einen zukünftigen Ermittler? Hast du es schon satt, Streifenwagen zu fahren, oder denkst du, wir anderen hier machen unseren Job nicht ordentlich?«

Thomas' Wangen brannten.

Grankvist hob abwehrend die Hand.

»Was der junge Kollege sagt, hat was für sich. Wir haben nichts gefunden, was auf andere Tatbeteiligte als Åberg und Aliana hindeutet. Vielleicht ging es um Geld anstatt um Sex. Wir stehen ganz am Anfang der Ermittlungen, da sollten wir uns alle Türen offenhalten.«

Sie begann, ihre Unterlagen zusammenzupacken.

»Übrigens«, sagte sie an Björklund gewandt. »Du kannst unseren Neuling hier mitnehmen, wenn du zu Aliana ins Krankenhaus fährst. Da er offenbar scharf darauf ist, sich zu profilieren, sollte er das am besten von einem Experten lernen.«

Als Thomas und Björklund im Karolinska-Krankenhaus ankamen, wurden sie zu einer Sitzecke vor der chirurgischen Abteilung geschickt. Der behandelnde Oberarzt würde so bald wie möglich zu ihnen kommen.

Björklund murrte etwas über Halbgötter in Weiß vor sich hin.

Schon im Auto hatte er Thomas klargemacht, dass seine Auffassung von effizienter Ermittlungsarbeit keine Jungpolizisten einschloss, die kaum trocken hinter den Ohren waren. Falls Thomas auch nur an der falschen Stelle hustete, würde er achtkantig rausfliegen.

Dass es der Vorschlag seiner Chefin gewesen war, Thomas mitzunehmen, spielte in dem Zusammenhang offenbar keine Rolle.

»Nicht mal rauchen darf man hier«, schimpfte er, als zehn Minuten vergangen waren.

Er zog ein zerdrücktes, fast leeres Päckchen Zigaretten aus der Tasche und betrachtete es düster, bevor er es wieder zurücksteckte.

Die Tür zur Abteilung neunzehn ging auf, und ein grauhaariger Mann im weißen Kittel und mit schwarzem Brillengestell kam heraus. Ein grünes Schild am Revers wies ihn als Oberarzt Dr. med. Gunnar Andretti aus.

»Bitte kommen Sie mit«, sagte er freundlich und hielt die Tür auf.

»Das wurde auch Zeit«, stöhnte Björklund und erhob sich schwerfällig.

Thomas folgte ihnen in die Abteilung, einen langen Flur mit geschlossenen Türen zu beiden Seiten. Die Wände waren in einem beigen Farbton gestrichen, der gut zum Fußbodenbelag aus hellbraunem PVC passte.

Der Gesamteindruck war durchgängig deprimierend.

Eine weiß gekleidete Krankenschwester hastete mit gestresstem Gesichtsausdruck an ihnen vorbei.

»Ist sie ansprechbar?«, fragte Björklund den Arzt. »Können wir ihr ein paar Fragen stellen?«

»Die Patientin ist wach«, sagte Andretti. »Sie ist natürlich noch schwach, aber wir haben die Schädelverletzung operiert und genügend Blut abgelassen, um den Druck zu mindern. Sie wird keine bleibenden Schäden zurückbehalten, soweit wir das zum gegenwärtigen Zeitpunkt sagen können.«

»Was ist mit den anderen Verletzungen?« Thomas musste einfach fragen. »Ihr Gesicht war übel zugerichtet.«

»Das sah schlimmer aus, als es ist«, antwortete der Arzt. »Sie hat einige schwere Hämatome, aber keine Frakturen, Kieferknochen und Zähne sind intakt. Sie wird für ein paar Wochen grün und blau im Gesicht sein, aber das geht vorüber. Die Augenbraue haben wir genäht, die blutet immer mehr, als man das in diesen Regionen für möglich hält.«

»Wie ist es mit dem Schädel?«, fragte Björklund. »Können Sie etwas darüber sagen, mit welcher Waffe ihr die Fraktur beigebracht wurde?«

Der Arzt wirkte überrascht.

»Waffe?«, wiederholte er.

»Schlagwaffe, oder wie immer wir das nennen wollen. Was meinen Sie, womit sie niedergeschlagen wurde?«

Andretti runzelte die Stirn.

»Ich glaube, das ist ein Missverständnis«, sagte er. »Die Verletzungen der Frau deuten nicht darauf hin, dass sie ihr mit irgendeiner Waffe zugefügt wurden, eher darauf, dass sie unglücklich gestürzt ist.«

Thomas dachte daran, wie sie vor dem Hauseingang gelegen hatte. Mit dem Kopf auf einer der steinernen Treppenstufen. Konnte es so einfach sein?

Wenn er etwas sagte, würde Björklund mit Sicherheit ärgerlich werden, aber er beschloss, das Risiko einzugehen.

»Könnte es sein, dass sie einfach ohnmächtig geworden oder ausgerutscht und mit dem Kopf aufgeschlagen ist?«, fragte er. »Dass es ein Unfall war?«

»Durchaus.«

Andretti vergrub die Hände in den Kitteltaschen.

»Ich bin kein Rechtsmediziner, aber ich würde dieser Theorie zuneigen. Wir mussten einige Schottersteinchen aus der Haut entfernen, als wir den Schädel geöffnet haben, aber da waren keine Spuren von anderem Material, also Holz- oder Metallsplitter, wie man sie etwa vorfinden würde, wenn ein Gegenstand benutzt worden wäre. Es ist immerhin ein gewisser Kraftaufwand erforderlich, um jemandem den Schädel einzuschlagen.«

Sie hatten keine anderen Waffen in der Wohnung gefunden, wie Thomas sich erinnerte. Das sprach für die Einschätzung des Oberarztes.

Vor einer geschlossenen Tür blieb der Arzt stehen, legte die Hand auf die Türklinke und drehte sich zu ihnen um.

»Nicht länger als zehn Minuten. Bitte halten Sie sich daran. Die Frau ist frisch operiert, vergessen Sie das nicht.«

Über der Tür des Zimmers gegenüber begann eine orangefarbene Lampe hektisch zu blinken.

Björklund nickte und ging mit Thomas im Schlepptau hinein.

Thomas hatte Mühe, in der schmalen Frau im Krankenbett Aliana Basjmakov zu erkennen, deren Foto an der Wandtafel im Konferenzraum gehangen hatte.

Ihr Kopf war bandagiert wie eine Mumie, nicht einmal das blonde Haar schaute heraus. Die rechte Gesichtshälfte war stark geschwollen und verfärbt. Ein großes weißes Pflaster klebte über einer Augenbraue, und am Zeigefinger saß eine Klammer mit einem Kabel, das mit einem Monitor verbunden war.

»Aliana Basjmakov?«, fragte Björklund und hielt seinen Dienstausweis hoch.

Aliana riss die Augen auf, nickte dann aber.

»Zehn Minuten!«, mahnte der Oberarzt und schloss die Tür hinter sich.

»Keine Angst«, sagte Björklund und klang wesentlich freundlicher als vorhin. »Wir möchten uns nur mit Ihnen unterhalten und fragen, was eigentlich passiert ist.«

Er zog einen Stuhl ans Bett heran.

»Woran erinnern Sie sich, wenn Sie an die letzte Nacht

denken?«, begann er. »Können Sie uns erzählen, was Ihnen zugestoßen ist?«

Aliana nickte.

»Er, er …«, stammelte sie. »Er hat mich gezwungen …«

»Sie brauchen keine Angst zu haben«, versicherte Björklund und tätschelte ihre Hand, die auf der Bettdecke lag. »Sie können uns alles sagen.«

»Er hat mich angegriffen … hat mir mehrere Male ins Gesicht geschlagen.«

Ihr Akzent war nicht übermäßig stark, aber doch deutlich.

»Reden Sie von Benny Åberg?«

»Ich weiß nicht. Kann sein, dass er so hieß. Auf jeden Fall Benny.«

Sie berührte vorsichtig die misshandelte Wange und schluchzte auf.

»Er hat überhaupt nicht mehr aufgehört.« Sie schluckte. »Ich dachte, er schlägt mich tot.«

»Was haben Sie gemacht, als er sie angegriffen hat?«

»Ich weiß nicht.«

»Lassen Sie sich Zeit. Versuchen Sie sich zu erinnern, so gut Sie können.«

Sie zuckte mit den Schultern.

»Ich erinnere mich nicht.«

Björklund zog ein Foto von einem Klappmesser mit schwarzem Handgriff aus der Tasche.

»Besitzen Sie so etwas?«

Aliana nickte.

»Ja.«

»Wozu?«

»Um … mich zu schützen. Manchmal treffe ich … Männer, die nicht nett sind. Aber ich habe es nie benutzt, nur damit gedroht. Nicht oft, ich schwöre.«

Björklund steckte das Foto wieder ein.

»Wir versuchen zu verstehen, was in dieser Wohnung in der Strindbergsgatan passiert ist«, sagte er. »Wie spät war es, als Sie dort angekommen sind?«

Aliana atmete ein paarmal ein und aus. Sie war bleich gewesen, als sie ins Krankenzimmer gekommen waren, aber jetzt war sie beinahe durchsichtig.

»Ich weiß nicht mehr genau. Ungefähr halb zwölf, vielleicht. Oder halb eins? Es war ziemlich spät.«

Sie blinzelte ein paarmal.

»Alles ist so verschwommen.«

»Warum waren Sie dort?«

Aliana errötete, wie man an der unverletzten Gesichtshälfte erkennen konnte. Sie vermied es, Björklund anzusehen.

»Er wollte … er hat mir angeboten …«

Es fiel Thomas nicht schwer, die Szene vor sich zu sehen.

Eine Prostituierte wurde zu einem gewalttätigen Kunden gerufen, den sie nicht unter Kontrolle bekam. Die Situation lief aus dem Ruder, und der Mann drohte sie umzubringen.

Und dann kam das Messer ins Spiel.

Eine verzweifelte Reaktion auf eine verzweifelte Notlage.

»Fangen wir von vorn an«, sagte Björklund. »Was haben Sie gemacht, als Sie in die Wohnung kamen?«

»Wir nahmen einen Drink.«

»Was haben Sie getrunken?«

»Ich weiß nicht mehr. Wein? Whisky?«

Auf dem Nachttisch hatte ein Glas Whisky gestanden.

»Kannten Sie den Mann?«

»Nein.«

Sie schüttelte leicht den Kopf.

»Ich hatte ihn noch nie gesehen. Aber er wirkte … nett.«

»Und was ist dann passiert?«

Alianas Augen füllten sich mit Tränen.

»Er wollte, dass ich … schreckliche Sachen mache. Er hat gesagt, er will mich fesseln, da habe ich Panik gekriegt. Aber er hat mich nicht gehen lassen.«

Björklund wartete geduldig darauf, dass sie weitersprach.

»Als ich nicht tun wollte, was er verlangte, hat er mir ins Gesicht geschlagen, immer wieder. Er hat mich gegen die Wand geworfen, das tat richtig weh.«

»Was haben Sie da gemacht?«

Björklund beugte sich näher an sie heran.

»Ich weiß nicht mehr. Aber ich hatte solche Angst, ich dachte, er bringt mich um.«

»Was ist dann passiert? An was erinnern Sie sich?«

»An nichts. Nur, dass ich hier im Krankenhaus aufgewacht bin.«

Jetzt weinte sie. Aliana griff nach Björklunds Hand und drückte sie.

»Ich war mir sicher, dass er mich umbringt.«

Thomas saß am Steuer, Björklund auf dem Beifahrersitz neben ihm. Er versuchte, die Müdigkeit wegzublinzeln. Sie waren auf dem Rückweg in die Kronobergsgatan, und es ging auf halb sechs zu.

Es goss immer noch wie aus Kübeln. Die Dunkelheit draußen war kompakt.

»Also gut«, sagte Björklund und schrieb eine letzte Notiz in seinen Block, ehe er ihn zuklappte. »Dann wissen wir jetzt ungefähr, was letzte Nacht in der Strindbergsgatan passiert ist. Auch wenn es nur eine Kurzversion war.«

Oberarzt Andretti hatte wie ein Habicht vor der Tür gelauert und ihnen keine Minute länger gegönnt, bevor er die Befragung abbrach.

Björklund stützte den Arm auf den unteren Rand der Seitenscheibe.

»Sie ist eine Nutte, und er war ein Freier, der gewalttätig wurde.

Aliana bekam einen Blackout und brachte ihn um, bevor sie voller Panik wegrannte. An der Haustür ist sie ausgerutscht, mit dem Kopf auf die Stufen geknallt und lag da, bis wir gekommen sind. Das war's.«

»Wie geht es jetzt weiter?«, fragte Thomas und fuhr hinter einem roten Saab 9-5 auf die St. Eriksbron.

»Jetzt ergeht Bericht an den Staatsanwalt. Die Ergebnisse der kriminaltechnischen Untersuchungen dürften ihre Version bestätigen. Wenn es zum Prozess kommt, wird sie vermutlich wegen Mordes angeklagt, aber wahrscheinlich freigesprochen. Man muss kein besonders gewiefter Strafverteidiger sein, um ihr die Sympathien des Gerichts zu verschaffen.«

Björklund grinste zufrieden.

»Glasklarer Fall von Notwehr«, sagte er. »Ich wünschte, alle Fälle ließen sich so einfach lösen.«

»Und das Geld?«, fragte Thomas. »Sie hatte mindestens fünfundzwanzigtausend in der Handtasche.«

»Wahrscheinlich hat sie sich im Voraus bezahlen lassen. Oder sie hat das Geld in irgendeiner Schublade gefunden, bevor es zum Streit kam.«

»Fünfundzwanzigtausend für eine Nacht? Guter Stundenlohn.«

Sie hatten den Fridhelmsplan erreicht, der einsam und verlassen im strömenden Regen lag.

»Wir fragen sie, wenn wir das nächste Mal mit ihr reden. Vielleicht war das einer der Gründe, warum der Kerl so ausgerastet ist. Aber dass sie sich verteidigen musste, steht wohl außer Frage.«

Björklund gähnte.

»Ich brauch 'ne Kippe«, jammerte er und zog eine Schachtel Prince aus der Tasche.

Thomas bremste vor dem »Haus«, als ihm einfiel, was Margit Grankvist über Strindbergsgatan dreiunddreißig gesagt hatte.

Sie hatte ihn gebeten, auch die letzte Mietpartei zu befragen. Der Tag war noch nicht zu Ende.

»Ich muss was erledigen«, sagte er zu Björklund. »Kann ich dich hier absetzen?«

Als Thomas in der Strindbergsgatan parkte, war das blauweiße Absperrband vor dem Eingang der Nummer vierunddreißig entfernt worden. Wahrscheinlich hatte man sich damit begnügt, die Wohnung zu versiegeln, in der Åberg gefunden worden war.

Er überquerte die Straße und ging auf Nummer dreiunddreißig zu. Aus Hilding Wallins Küchenfenster fiel trübes Licht. Wahrscheinlich saß er da und beobachtete, wer im Haus gegenüber ein und aus ging. Von seiner Küche hatte er einen perfekten Ausblick auf sämtliche Besucher in Nummer vierunddreißig.

Thomas überlegte kurz. Vielleicht war es einen Besuch wert.

Er klingelte an Wallins Wohnungstür. Kurz darauf hörte er schlurfende Schritte hinter der Tür.

»Sie schon wieder?«, sagte Wallin, als er Thomas erblickte.

Diesmal war er angezogen; eine fusselige Wolljacke und eine abgetragene Cordhose hatten den blauen Pyjama von heute Morgen abgelöst. Statt Kaffeeduft schlug Thomas ein anderer Geruch entgegen. Eine Mischung aus ungewaschenem Körper, alter Haut und getragener Kleidung, die lange keine Waschmaschine gesehen hatte.

»Entschuldigen Sie die Störung«, sagte Thomas. »Kann ich einen Moment hereinkommen? Ich würde Ihnen gern etwas zeigen.«

Thomas trat in den Flur und zog die Kopie eines Fotos von Benny Åberg aus der Tasche, die bei der Besprechung verteilt worden war.

»Ich würde gerne wissen, ob Sie diesen Mann schon mal gesehen haben.«

»Da muss ich meine Brille holen«, brummte der Alte und verschwand im Schlafzimmer.

Thomas wartete.

An der Wand gegenüber hingen mehrere vergilbte und gerahmte Optikerdiplome, die Hilding Wallins Namen trugen. In einer Ecke stand ein alter Garderobenständer, an dem ein Regenschirm lehnte.

Hilding Wallin kam mit einer Brille zurück, die ihre besten Jahre lange hinter sich hatte.

»Wollen mal sehen«, sagte er und betrachtete das Foto.

Er ließ sich reichlich Zeit.

»Auf jeden Fall«, sagte er. »Den sehe ich oft.«

Thomas merkte, wie sein Puls schneller wurde.

»Er hat immer so eine blaue Schirmmütze auf«, fuhr Wallin fort. »Aber wie er heißt, weiß ich nicht.«

»Wo haben Sie den Mann gesehen?«

»Er ist oft hier im Haus. Ich hatte Ihnen ja erzählt, was für ein Gerenne hier im Treppenhaus dauernd ist. Haben Sie mir heute Morgen überhaupt zugehört?«

Thomas schluckte den Tadel hinunter.

»Ich dachte, Sie meinten damit alle möglichen fremden Männer.«

»Genau. Und er ist einer von ihnen.«

»Sind Sie sicher, dass er es ist?«

Hilding Wallin warf sich in die Brust und schnaubte.

»Ich habe fast mein ganzes Leben lang hier gewohnt. Natürlich bin ich mir sicher.«

Er gab Thomas das Foto zurück.

»Manchmal habe ich gesehen, wie er ohne Überbekleidung aus dem Schuppen da drüben gekommen ist.«

Thomas versuchte, die Aussage in einen Zusammenhang zu bringen.

»Was meinen Sie damit?«

»Ich habe ihn oft aus dem Haus gegenüber kommen sehen. Ich dachte, er wohnt da. Deshalb habe ich auch nie verstanden, was er in unserem Haus zu suchen hatte.«

Die Gedanken kreisten immer noch durch Thomas' Kopf, als die Tür hinter ihm ins Schloss fiel.

Wallin hatte Benny Åberg zweifelsfrei als jemanden identifiziert, der oft hier durchs Treppenhaus gelaufen und außerdem in Nummer vierunddreißig ein und aus gegangen war.

Dabei hatte Åberg eine Wohnung in Solna, wo er gemeldet war.

Hatte er die Wohnung in der Strindbergsgatan als Liebesnest für regelmäßige Treffen mit Prostituierten genutzt? Aber er war alleinstehend, es gab keine Ehefrau, vor der er seine Untreue hätte verheimlichen müssen.

Irgendwas stimmte hier nicht.

Thomas zögerte. Sollte er zum »Haus« zurückfahren und Margit Grankvist über Wallins Beobachtung informieren? Oder mit Björklund reden?

Aber Björklund würde bestimmt denken, er wollte sich wichtigmachen, wenn er ihn nach Feierabend anrief.

Er musste das alles erst mal sortieren und eine vernünftige Erklärung dafür finden, dass Benny Åberg so oft in Nummer dreiunddreißig gesehen worden war. Vielleicht hing es ja mit der Mietpartei zusammen, die sie am Morgen nicht angetroffen hatten?

Thomas ging die Treppe hinauf. Er konnte ihnen wenigstens das Foto von Åberg zeigen. Vielleicht auch noch mal bei anderen Mietern klingeln, damit sie einen Blick darauf warfen.

Die letzte Wohnung lag im obersten Stockwerk. Er wollte gerade klingeln und laut »Polizei!« rufen, aber irgendwas hielt ihn zurück.

Stattdessen drückte er nur vorsichtig auf die Klingel und wartete.

Diesmal wurde die Tür geöffnet. Mit vorgelegter Sicherheitskette.

In dem schummrigen Licht konnte Thomas nicht viel erkennen, nur dass es ein Mädchen mit langen blonden Haaren war.

»Hallo«, sagte er vorsichtig. »Kann ich reinkommen?«

Das Mädchen musterte ihn eingehend.

»Are you from him?«, fragte sie.

Thomas nickte, obwohl er keine Ahnung hatte, wen sie meinte.

Die Tür ging zu, und er hörte die Sicherheitskette rasseln, dann wurde sie wieder geöffnet.

Es war dunkel im Flur, aber Thomas erkannte den Grundriss von Hilding Wallins Wohnung wieder. Schlafzimmer rechts, Küche links, Wohnzimmer geradeaus.

Das Mädchen vor ihm hatte kaum etwas an, nur Slip und BH unter einem durchsichtigen Negligé.

»Come with me, mister«, sagte sie und ging voraus.

Sie öffnete eine der Türen, die zu einem Schlafzimmer mit einem Doppelbett führte. Der Raum wurde von einer einsamen Nachttischlampe schwach erleuchtet.

»One or two?«

Ein genauso junges Mädchen saß bereits auf dem Doppelbett und wartete, ebenfalls in Spitzenunterwäsche und Negligé.

Thomas begriff, wie die Dinge lagen. Er war viel zu naiv gewesen. Das Mädchen hielt ihn für einen Freier, der gekommen war, um Sex zu kaufen.

»Wait«, sagte er automatisch auf Englisch. »What are you doing?«

»One or two?«, wiederholte sie. »Two is extra.«

Sie streckte eine Hand mit vollkommen abgeknabberten Nägeln aus. Die schwarzen Lidstriche auf den Augenlidern ließen sie wie eine Puppe aussehen.

Sie war herzergreifend jung.

»You pay first.«

Thomas schätzte ihr Alter auf kaum mehr als fünfzehn. Ein verängstigtes Kind, das tat, was ihm gesagt wurde.

Er war froh, dass er keine Uniform trug, sonst hätte sie ihn wahrscheinlich gar nicht hereingelassen.

Wie letzte Nacht.

»How much?«, fragte er, um Zeit zu gewinnen.

»Seven hundred. Twelve hundred for her too.«

»What is your name?«

»Irina.«

»And hers?«

Thomas nickte zu dem anderen Mädchen.

»Nadja.«

Ihr Akzent klang fast wie der von Aliana.

»How old are you?«

Das Mädchen lächelte unsicher.

»I'm eighteen, mister. I promise.«

Sie glaubte, er wolle sichergehen, dass sie erwachsen war.

Irina zeigte auf ein Päckchen Kondome auf dem Nachttisch.

»You want?«

Thomas versuchte nachzudenken.

Wenn er sich jetzt als Polizist zu erkennen gab, würde er kaum etwas aus ihr herausbekommen. Aber er konnte auch nicht viel weiter gehen als bis hier.

Irina hatte bereits das Negligé abgelegt und nestelte am Verschluss ihres BHs.

»Wait«, rief Thomas. »Can we talk first, please?«

Im besten Fall würde sie glauben, dass er schüchtern war und überredet werden musste.

Irina zögerte, dann zog sie mit verständnislosem Gesichtsausdruck das Negligé wieder an.

»Why?«

Thomas suchte nach einer Ausrede.

»Do you have anyone older here?«, fragte ihr, da ihm nichts Besseres einfiel.

»Don't you like me?«

Irina streichelte sich über den Körper und drückte mit einer Hand eine kleine Brust hoch.

»I am very good.«

»Yes, yes«, erwiderte Thomas. »But I like older girls.«

Jetzt oder nie. Er zog Alinas Foto aus der Tasche.

»Is she here?«

Irinas Gesichtsausdruck wechselte von flirtend zu wachsam. Sie begriff, dass er nicht der war, der er zu sein vorgab.

»No!«, rief sie aus. »I don't know her. She not here.«

»Are you sure?«

»Please go.«

Ihre Augen waren feucht geworden.

»What about him?«

Thomas zog das Foto von Benny Åberg hervor und hielt es hoch.

Irina drehte sich mit ängstlichem Gesichtsausdruck zu dem anderen Mädchen um, als wollte sie sie davon abhalten, etwas Übereiltes zu sagen.

»Please go, mister«, flehte sie. »We don't know him.«

Donnerstag

Als Thomas am nächsten Tag in den Konferenzraum kam, warf Margit Grankvist ihm einen Blick zu, der nicht anders als wohlwollend bezeichnet werden konnte.

Er ließ sich an der Längsseite des Tisches nieder und versuchte, einigermaßen unbeteiligt auszusehen.

»Möchtest du Kaffee, Thomas?«, fragte Rita, die gerade mit wogendem Busen und einer Thermoskanne in der Hand hereinkam.

Dass sie überhaupt wusste, wie er mit Vornamen hieß, war eine echte Überraschung.

»Äh, gerne«, stieß er hervor und hielt seinen Becher hin.

Der Raum füllte sich zügig mit den Mitgliedern der Ermittlungsgruppe. Margit Grankvist nickte Björklund zu, die Tür zu schließen, damit die Besprechung beginnen konnte.

»Es hat eine unerwartete Wendung in dem Fall gegeben, das kann man wohl sagen«, begann sie. »Wie es aussieht, hat Benny Åberg sich für deutlich mehr zu verantworten, als wir zunächst dachten.«

Sie blickte zu Åbergs Foto an der Wandtafel. Daneben hingen jetzt auch Fotos von der Wohnung in der Strindbergsgatan dreiunddreißig und von den Mädchen.

»Dank Andreasson haben wir eine Bordellwohnung entdeckt, in der er junge Mädchen zur Prostitution gezwungen hat. Die Mädchen haben ihn in einer ersten Vernehmung als ihren Zuhälter erkannt und angegeben, sie seien mit der Aussicht auf einen guten Arbeitsplatz und die Chance, viel Geld zu verdienen, nach Schweden gelockt worden. Aber als sie hier ankamen, hat er sie stattdessen verkauft.«

»Warum sind sie nicht abgehauen?«, fragte der jüngere Polizist, dem Rita am Tag zuvor eine Lektion erteilt hatte. Er hieß Mats Ramberg, hatte Thomas hinterher erfahren.

Ramberg saß breitbeinig auf seinem Stuhl und schien sich die Zurechtweisung nicht besonders zu Herzen genommen zu haben.

Margit Grankvist machte ein finsteres Gesicht.

»Das alte Lied. Er hat gedroht, ihren Familien alles zu erzählen, falls sie nicht gehorchten. Außerdem hatte er ihnen Pässe und Geld abgenommen. Er kam regelmäßig vorbei, um die Einnahmen zu kassieren und ihnen Essen zu bringen. Die Mädchen durften die Wohnung nicht verlassen, und sie haben nicht gewagt, sich zu widersetzen.«

»Scheiße«, sagte Ramberg.

»Wir haben Dinge in seiner Wohnung in Solna gefunden, die die Aussage der Mädchen belegen.«

Margit Grankvist nickte Ekman zu, der in seinen Unterlagen blätterte.

»Bei der gestrigen Hausdurchsuchung in Solna wurden weißrussische Pässe sichergestellt, die den Mädchen in der Strindbergsgatan gehören«, sagte er. »Außerdem eine Art Buchführung, in der er die ›Tageseinnahmen‹ notiert hat.«

Er malte mit den Fingern Gänsefüßchen in die Luft.

»Åberg hat sich an den Mädchen dumm und dämlich verdient«, fuhr er fort. »Nach dem Umfang zu urteilen, war das Ganze professionell aufgezogen und lief seit mehreren Jahren.«

»Hat die russische Mafia ihre Finger im Spiel?«, fragte Ramberg.

»Höchstwahrscheinlich«, antwortete Margit Grankvist. »Jemand musste die jungen Mädchen ja anwerben. Aber was das betrifft, haben wir noch keine Verbindungen gefunden. Vielleicht können uns die Kollegen von der Sitte da weiterhelfen.«

Ekman zog ein weiteres Blatt aus seinem Papierstapel, offenbar eine Aufstellung über verschiedene Gegenstände.

»In der Wohnung, in der Åberg tot aufgefunden wurde, haben wir die Schirmmützen sichergestellt, die einer der befragten Nachbarn erwähnte. Außerdem verschiedene Gegenstände mit sexuellem Bezug, wie etwa Handschellen und anderes sogenanntes Sexspielzeug.«

Thomas' Aufmerksamkeit glitt zurück zu Åbergs Foto. Gestern war ihm der Mann noch nichtssagend erschienen, wie ein gewöhnlicher Durchschnittsschwede. Jetzt fand er, dass der Gesichtsausdruck härter war. Er kam ihm zynisch und berechnend vor. Niederträchtig. Benny Åberg hatte systematisch wehrlose junge Mädchen ausgenutzt.

»Wie passt Aliana Basjmakov ins Bild?«, fragte Ramberg.

»Sie ist auch aus Weißrussland, genau wie die Mädchen«, antwortete Rita.

»Würde mich nicht wundern, wenn Åberg auch ihr Zuhälter war«, überlegte Björklund laut. »Aber anscheinend hat sie sich nicht getraut, uns das zu sagen. Was naheliegend wäre, wenn sie die Verbindungsleute zur russischen Mafia kennt.«

»In dem Fall war es vielleicht doch ein Streit zwischen den beiden, in dessen Verlauf sie ihn umgebracht hat«, sagte Ramberg. »Weil sie ihn loswerden wollte.«

Margit Grankvist nickte und stützte das Kinn auf beide Hände.

»Wir werden Aliana noch eingehend vernehmen, aber es deutet vieles darauf hin. Eine Auseinandersetzung, bei der beide handgreiflich geworden sind. Vielleicht ging es sogar um Geld, wie Andreasson schon vorgeschlagen hat. Sie sollte ihre Einnahmen bei ihm abliefern, und ihm war das nicht genug.«

»Er hat sie verprügelt«, warf Björklund ein, »und sie hat darauf geantwortet, indem sie ihn absticht.«

Björklund hatte in gewisser Weise recht gehabt, als er meinte, dass sie in Notwehr gehandelt habe, dachte Thomas.

Obwohl der Ermittler die falschen Schlüsse gezogen hatte.

»Ist sie in Gefahr?«, fragte Rita.

»Wir halten Aliana Basjmakov bis auf Weiteres unter Bewachung«, sagte Margit Grankvist und wandte sich an Björklund. »Du fährst mit Andreasson noch mal zum Krankenhaus und hörst dir an, was sie zu sagen hat, jetzt da wir wissen, wie die Dinge liegen.«

Durch Thomas' Einsatz in der Strindbergsgatan dreiunddreißig waren seine Aktien bei Björklund nicht gestiegen. Im Gegenteil, der ältere Ermittler war womöglich noch knurriger als bei ihrer letzten Fahrt zum Krankenhaus.

Thomas versuchte, sich auf den Verkehr zu konzentrieren, während Björklund neben ihm grummelte. Nur weil er zufällig über die Wohnung gestolpert war, in der die Mädchen gefangen gehalten worden waren, sollte er sich nicht einbilden, er habe irgendwas zu melden.

»Auch ein blindes Huhn findet mal ein Korn«, schnaubte Björklund und steckte sich eine Zigarette nach der anderen an, während sie auf das Karolinska-Krankenhaus zusteuerten.

Es war zwecklos, ihn an das Rauchverbot zu erinnern. Thomas sagte nichts, nahm sich aber heraus, wenigstens die Seitenscheibe herunterzulassen, obwohl der eiskalte Regen sofort in den Wagen prasselte.

Als sie im Krankenhaus ankamen und man ihnen sagte, dass Andretti gerade operierte, aber jemand anders sie auf die Station lassen würde, sobald sich die Gelegenheit bot, schlug Björklund mit der Faust auf den Tresen.

»Wir sind von der Polizei«, bellte er. »Sie sorgen jetzt dafür, dass wir auf der Stelle Zutritt bekommen!«

Thomas verkniff es sich, den Ausbruch seines Kollegen zu kommentieren, nickte der Empfangsschwester jedoch entschuldigend zu, ehe sie zu den Aufzügen gingen.

Offenbar hatte Björklunds schlechte Laune tatsächlich eine gewisse Wirkung gehabt. Ein dunkelhaariger Mann im weißen Kittel erwartete sie bereits, als sie auf der Station ankamen.

»Wir müssen mit Aliana Basjmakov sprechen«, herrschte Björklund den Arzt an, kaum dass er ihn entdeckt hatte.

»Die Patientin ist immer noch sehr schwach«, erwiderte der Arzt. »Können Sie nicht morgen wiederkommen?«

»Wir müssen sofort mit ihr sprechen.«

»Es wäre besser, wenn Sie das auf einen anderen Tag verschieben«, beharrte der Arzt, der laut Namensschild Oskar Forssén hieß.

»Das geht nicht.«

»Aber sie schläft.«

»Dann wecken wir sie eben.«

Als Oskar Forssén begriff, dass Björklund fest entschlossen war, seinen Willen durchzusetzen, schien er zu resignieren.

»Kommen Sie mit«, sagte er und klingelte an der Tür zur Abteilung. »Aber bitte seien Sie rücksichtsvoll, wie gesagt, sie ist frisch operiert.«

»Das überlassen Sie mal uns.«

Björklund marschierte an ihm vorbei den Gang hinunter zu dem Zimmer, in dem Aliana am Tag zuvor gelegen hatte.

Sie hatte die Augen geschlossen und schlief, als sie ins Zimmer traten. Sie war immer noch sehr blass, und die demolierte Gesichtshälfte sah womöglich noch schlimmer aus als gestern. Aber die Klemme am Zeigefinger war verschwunden.

Der Arzt berührte sie sachte am Arm.

»Sie müssen aufwachen, Aliana. Die Polizei ist hier.«

Aliana schlug die Augen auf.

»Warum denn?«, murmelte sie.

Björklund atmete hörbar durch die Nase, schien sich aber beruhigt zu haben. Vielleicht begriff er, dass es nicht Alianas Schuld war, dass Thomas sich hervorgetan hatte, oder dass das Krankenhaus nicht Gewehr bei Fuß stand, wenn er zu Besuch kam.

»Wir müssen Ihnen ein paar Fragen zu Ihrem Verhältnis zu Benny Åberg stellen.«

Aliana riss die Augen auf.

»Ich verstehe nicht …«

Sie stöhnte und legte eine Hand auf den Bauch.

»Mir ist so schlecht.«

Sie packte den Arzt am Kittel.

»Können Sie mich zur Toilette bringen?«

Anstatt eine Schwester zu rufen, half der Arzt Aliana behutsam aus dem Bett. Björklund trat widerwillig einen Schritt beiseite, um sie vorbeizulassen, während sie sich schwer auf den Arm des Arztes stützte.

»Es dauert nicht lange«, versicherte Oskar Forssén und verschwand mit seiner Patientin und dem rollenden Tropfgestell im Schlepptau hinaus auf den Gang. »Wir sind gleich zurück.«

Björklund setzte sich auf den einzigen Besucherstuhl. Thomas stellte sich ans Fenster und blickte hinaus auf Norrtull.

Es war schon halb dunkel, obwohl es erst drei Uhr nachmittags war.

Und es regnete immer noch in Strömen.

Inzwischen waren fast zehn Minuten vergangen, seit Aliana sich auf den Weg zur Toilette gemacht hatte.

»Wieso dauert das so lange?«, murmelte Thomas.

»Sie musste sich wohl mal richtig ausscheißen.«

Thomas wartete noch eine Minute, dann ging er auf den Flur. Von Oskar Forssén und Aliana Basjmakov war weit und breit nichts zu sehen. Alle Türen waren zu, einige der Lampen über den Zimmern blinkten in verschiedenen Farben, Rot und Orange.

Er hatte ein ungutes Gefühl, das er einfach nicht loswurde. Irgendwas stimmte hier nicht. Aber was? Aliana war frisch operiert und sehr schwach, das hatte er mit eigenen Augen gesehen. Der Arzt hatte sie begleitet, sie war also nicht allein.

Trotzdem ging er zur Eingangstür der Station und warf einen Blick zu den Aufzügen.

Da war niemand, natürlich nicht.

Er ging zurück in die Abteilung. Wo waren die alle hin?

Eine Krankenschwester kam aus einem der hinteren Zimmer, in der Hand ein Tablett mit benutztem Geschirr.

»Entschuldigung«, rief Thomas. »Haben Sie Doktor Forssén irgendwo gesehen?«

»Wen?«

»Doktor Forssén. Oskar Forssén.«

»Hier gibt es keinen solchen Doktor.«

»Wie meinen Sie das?«

Die Schwester klang gestresst.

»Wir haben hier keinen Arzt, der so heißt. Sie sind sicher auf der falschen Station. Bitte erkundigen Sie sich beim Empfang im Erdgeschoss.«

Das mulmige Gefühl im Bauch wurde stärker.

»Ich bin von der Polizei«, sagte Thomas hastig. »Sie haben hier eine Patientin, die wir befragen wollten, und sie wurde von einem Arzt namens Forssén zur Toilette begleitet. Jetzt finde ich sie nirgends. Die Patientin heißt Aliana Basjmakov.«

Die Krankenschwester wurde ein bisschen zugänglicher, als er seinen Dienstausweis vorzeigte.

»Sie liegt in Zimmer zwei«, fügte Thomas hinzu.

»Tut mir leid, aber ich kann Ihnen trotzdem nicht helfen. Wir haben wirklich keinen Arzt hier, der so heißt. Soll ich dem Stationsarzt Bescheid sagen, damit wir das zusammen klären?«

Thomas blickte sich um.

»Wo sind die Toiletten?«, fragte er. »Helfen Sie mir wenigstens, dort und in den anderen Zimmern zu suchen.«

Etwas in seiner Stimme musste die Schwester überzeugt haben, dass es ernst war. Während sie die nächste Tür öffnete, lief Thomas zurück zu Björklund, der immer noch in Alianas Zimmer saß und wartete.

»Sie ist weg«, keuchte er. »Ich kann weder Aliana noch den Doktor finden.«

»Verdammte Scheiße!«

Thomas kümmerte sich nicht um Björklunds Gefluche. Er war schon wieder auf dem Flur, wo jetzt eine ganze Reihe von Türen offen stand.

Er versuchte nachzudenken. Der Mann hatte wohl kaum gewagt, Aliana im Aufzug wegzubringen, das Risiko, entdeckt zu werden, war viel zu groß. Außerdem hatte er eben dort nachgesehen.

»Gibt es noch einen anderen Weg aus der Station?«, rief er der Schwester zu, die gerade aus einem der Krankenzimmer kam. »Eine Treppe?«

Sie nickte mit aufgerissenen Augen.

»Da drüben.«

Thomas rannte zum Ende des Flurs und riss die Metalltür auf. Dahinter stand ein verlassenes Tropfgestell.

Er fluchte in sich hinein.

Der Mann hatte sie übertölpelt. Weder Björklund noch er selbst hatten Fragen gestellt oder eine Legitimation verlangt. Sie hatten sich auf das Schild an seinem Arztkittel verlassen.

Der Kerl hatte natürlich etwas mit dem Fall zu tun, und jetzt versuchte er, ihre einzige Zeugin zu entführen.

Thomas spähte durch das spärlich beleuchtete Treppenhaus nach unten und horchte, ob er schlurfende Schritte hören konnte, Füße, die widerstrebend vorwärts gezwungen wurden.

Die beiden hatten mindestens zehn Minuten Vorsprung. Aber es musste langsam gegangen sein, Aliana die ganzen Treppen hinunterzubringen, auch wenn sie wohl kaum die Kraft hatte, sich zu widersetzen.

Da, irgendwas knallte. Das Geräusch einer Tür, die im Erdgeschoss zufiel.

Das mussten Aliana und ihr Entführer sein.

Thomas rannte die Treppe hinunter, so schnell er konnte, immer zwei Stufen auf einmal. Ganz unten war eine Tür mit einem grünen Leuchtschild: »Exit«.

Er riss die Tür auf und kam in eine Garage, einen Personalparkplatz mit Schildern über den vermieteten Plätzen und Reihen verlassener Autos mit dem Aufkleber des Karolinska-Krankenhauses an der Windschutzscheibe.

Dicke Pfeiler versperrten die Sicht. Thomas lauschte auf ungewöhnliche Geräusche, die ihm Hinweise geben konnten. Eine Autotür, die zugeknallt wurde, zeigte ihm den Weg.

Er rannte auf das Geräusch zu, bog um eine Ecke und stand vor einem weißen Volvo, in dem Aliana zusammengesunken und mit geschlossenen Augen auf dem Beifahrersitz saß.

Ihr Verband war blutdurchtränkt.

Sie war allein im Wagen.

Thomas duckte sich und griff nach seiner Dienstwaffe. Er hörte ein Geräusch hinter sich, aber bevor er reagieren konnte, bekam er einen Schlag auf den Kopf. Der nächste Schlag traf die Schulter. Er war so heftig, dass er das Gleichgewicht verlor und mit dem Arm voraus auf den harten Betonboden knallte.

Benommen hörte er, wie jemand etwas auf Russisch schrie. Es hörte sich an wie Aliana.

Er bemühte sich, wieder auf die Beine zu kommen, aber der Schmerz im Arm lähmte ihn, sein Körper weigerte sich, ihm zu gehorchen.

Der Volvo gab Gas. Thomas lag da, ohne sich rühren zu können, während das Auto mit kreischenden Reifen Richtung Ausfahrt verschwand.

Freitag

Als Thomas über die Schwelle des bereits halb vollen Konferenzraums trat, fühlte er sich hundeelend. Nicht nur, dass er unfähig gewesen war, eine Hauptzeugin zu schützen, er hatte auch noch zugesehen, wie sie direkt vor seiner Nase entführt wurde.

Aber Margit Grankvist winkte ihn mit freundlicher Miene herein.

»Was macht der Arm?«, fragte sie und zeigte auf seine Armschlinge.

»Nur angeknackst.«

Dass er voller blauer Flecke war, verstand sich fast von selbst. Er verabscheute Schmerzmittel, aber um zwei Uhr nachts hatte er klein beigegeben und zwei von den weißen Tabletten genommen, die der Arzt ihm verschrieben hatte.

Björklund saß bereits am unteren Querende des Tisches. Er

hielt sich bedeckt und reagierte nicht, als Thomas hereingehumpelt kam.

»Dann wollen wir anfangen«, sagte Margit Grankvist, als alle Platz genommen hatten.

»Wir haben den Fluchtwagen gefunden«, begann Rita. »Er stand auf einem Kundenparkplatz in Umeå. Leer natürlich, aber mit Blutspuren im Inneren, die vermutlich von Aliana stammen. Die Kollegen in Umeå untersuchen ihn gerade.«

»Wir können wohl davon ausgehen, dass er ihn gegen einen anderen gestohlenen Wagen ausgetauscht hat und derzeit unterwegs nach Finnland ist«, sagte Grankvist. »Wahrscheinlich will er so schnell wie möglich über die russische Grenze. Die Fahndung ist raus, aber ich würde nicht darauf wetten, dass wir ihn schnappen, bevor er außer Landes ist. Norrland ist groß und unbewacht.«

Thomas wurde immer noch rot bei dem Gedanken, wie leicht sie sich hatten täuschen lassen. Jetzt war es zu spät. Der schmerzende Arm würde ihn noch eine Weile daran erinnern.

Er hatte Aliana ein Mal gerettet, aber als es wirklich darauf ankam, hatte er versagt.

»Wir haben im Krankenhaus nachgefragt«, sagte Rita, »und man hat uns bestätigt, dass dort ein Urologe namens Oskar Forssén arbeitet, dessen Kittel und Namensschild gestern Nachmittag gestohlen worden waren. Wir wissen auch, dass ein Mann, auf den die Beschreibung des Entführers passt, am Empfang vorbeigegangen ist, nur wenige Minuten, bevor Andreasson und Björklund eingetroffen sind.«

Margit Grankvists Mund wurde schmaler.

»Wir können nicht ausschließen, dass er gehört hat, wie ihr nach Aliana gefragt habt.«

Sie nickte kurz in Thomas' und Björklunds Richtung.

»Vermutlich hat er erkannt, dass die Zeit knapp war«, fuhr sie fort. »Und dann hat er einfach improvisiert.«

»So ein eiskalter Mistkerl«, sagte Ramberg, dessen Sonnenbrille immer noch in der Brusttasche steckte.

»Das kann man wohl sagen. Aber die russische Mafia ist kein Taubenschlag.«

»Wissen wir, ob Aliana Basjmakov noch lebt?«

Margit Grankvist verschränkte die Arme vor der Brust und wippte ein paar Sekunden auf dem Stuhl.

»Bisher haben wir noch keine Leiche gefunden«, sagte sie. »Unmöglich zu sagen, ob sie noch am Leben ist.«

»Haben wir eine Theorie?«, fragte Rita.

»Der ursprüngliche Plan könnte durchaus gewesen sein, sie im Krankenhaus an Ort und Stelle zu töten, aber das wurde immerhin dadurch verhindert, dass Andreasson und Björklund aufgekreuzt sind.«

Grankvist ließ den Blick auf Alianas Foto an der Wandtafel ruhen.

»Der Entführer geriet vermutlich in Panik und beschloss, sie zu entführen, bevor sie etwas Wesentliches verraten konnte. Ob das bedeutet, dass er sie nach Russland mitgenommen oder sie unterwegs getötet hat, lässt sich nicht sagen. Solange wir weder ihre Leiche noch andere zweifelsfreie Indizien finden, ist alles reine Spekulation. Wahrscheinlich war sie ein Bauernopfer.«

»Was machen wir jetzt?«, fragte Björklund in einem Ton, der für seine Verhältnisse ungewöhnlich kleinlaut war.

Auf Margit Grankvists Gesicht erschien ein müder Ausdruck. Dann sammelte sie ihre Papiere zusammen.

»Das, was wir immer machen. Wir archivieren das Beweismaterial, schließen die Ermittlungen ab, berichten der Staatsanwaltschaft und nehmen den nächsten Fall in Angriff.«

Es war voll in dem Pub, in dem Thomas in einer Fensterecke saß und wartete. Im Hintergrund sang Whitney Houston, dass sie jemanden immer lieben werde.

Nora drängte sich durch die Menge zu ihm durch.

»Hier«, sagte sie und stellte ein großes Bier vor ihm auf den mahagonibraunen Tisch.

Sie zeigte auf seine Armschlinge.

»Extraservice für verwundete Helden.«

Nora nahm einen Schluck aus ihrem eigenen Glas und legte ihre langen rotblonden Haare über eine Schulter nach vorn.

»Ein Glück, dass der Arm nur angeknackst und nicht gebrochen ist«, sagte sie. »Erzähl, was ist passiert?«

Thomas schnitt eine Grimasse.

»Lieber nicht.«

Er brauchte keine Erinnerung an das Fiasko im Krankenhaus, auch wenn niemand ihm Vorwürfe gemacht hatte.

»Ach komm«, beharrte Nora. »Jetzt erzähl schon.«

Thomas trank von seinem Bier und winkte ab.

»Bist du in eine Falle getappt?«, zog Nora ihn auf, aber Thomas hörte die Sorge unter dem neckischen Tonfall.

Als fast fertige Juristin war sich Nora der Gefahren seines Berufs sehr wohl bewusst, und manchmal hörte sie sich genauso ängstlich an wie seine Mutter.

»Nicht ganz.«

Thomas versuchte, das Thema zu wechseln.

»Was kriegst du für das Bier?«, fragte er.

»Ich lade dich ein.«

Nora gab es auf, Thomas Details entlocken zu wollen.

»Du solltest beim Geheimdienst arbeiten«, sagte sie mit vorwurfsvollem Unterton. »Oder gehst du jetzt zur Kripo? Der Streifendienst ist ja nicht so deins.«

Sie hatte recht. Thomas wollte nicht wie Koskinen werden, der schon die restlichen Minuten seiner Schicht zu zählen begann, kaum dass er sich ins Auto gesetzt hatte. Das war nichts für ihn.

Er schüttelte den Kopf.

»Mal sehen.«

Tatsächlich hatte Margit Grankvist ihn nach der letzten Besprechung beiseitegenommen und ihn gefragt, ob er Interesse habe, in die Ermittlungsabteilung zu wechseln. Sie könnten frisches Blut gut gebrauchen, hatte sie mit einer angedeuteten Grimasse hinzugefügt. Was beim Vieraugengespräch zwischen Grankvist und Björklund gesagt worden war, wusste er nicht und wollte er auch nicht wissen.

Aber der Gedanke lockte ihn nicht.

»Was willst du denn sonst machen?«

Thomas war nicht bewusst, dass er sich bereits entschieden hatte, bis er den Gedanken laut aussprach. Aber plötzlich hatte er es klar vor Augen. Es gab eine viel bessere Alternative. Er hatte seinen Wehrdienst bei der Marine geleistet, als Funker auf einem Patrouillenboot. Der Dienst auf See war genau das Richtige für ihn gewesen.

»Ich habe überlegt, zur Wasserschutzpolizei zu gehen.«

»Das passt wie angegossen zu dir«, rief Nora aus. »Du könntest sogar auf Harö wohnen. Und bei uns Kaffee trinken, wenn ihr Pause auf Sandhamn macht.«

Nora unterbrach sich. Ihr Gesicht leuchtete auf.

Thomas brauchte sich nicht umzudrehen, um zu wissen, dass Henrik durch die Tür gekommen war.

Nora winkte eifrig, um sich bemerkbar zu machen.

Thomas lächelte notgedrungen.

Nora war bis über beide Ohren verliebt, und er freute sich wirklich für sie. Aber wenn Henrik dabei war, fühlte er sich immer wie das fünfte Rad am Wagen, obwohl Nora behauptete,

Henrik habe gewollt, dass Thomas mit ihnen zusammen ausging. Weil er auch mal unter Leute kommen müsse.

Nora war noch nie eine gute Lügnerin gewesen.

Henrik kam zu ihnen und setzte sich neben Nora aufs Sofa. Er zog seinen dunkelblauen Wollmantel aus und legte den Arm um ihre Schulter. Dieser Ausdruck von Besitzerstolz ärgerte Thomas jedes Mal, obwohl er sich mittlerweile daran gewöhnt haben sollte.

Aber Nora schien es zu gefallen. Sie lehnte sich verliebt an Henrik und küsste ihn auf den Mund.

»Hallo, Schatz«, sagte sie glücklich. »Wo warst du so lange? Wir sind schon seit einer halben Stunde hier.«

»Was trinkt ihr?«, fragte Henrik.

»Bier natürlich«, lachte Nora. »Wir sind in einer Kneipe.«

»Welche Marke?«

Die Frage war typisch für Henrik. Ein verwöhnter Medizinstudent, dessen reiche Eltern eine großzügige Wohnung in der Innenstadt unterhielten, während sie selbst als Botschafter im Ausland stationiert waren.

Aber bei Nora hatten sein selbstsicheres Gehabe und sein hübsches Gesicht eingeschlagen wie ein Blitz. Sie brannte lichterloh.

»Kein Ahnung«, sagte Thomas. »Ist doch auch egal. Hauptsache, es schmeckt.«

Henrik zog seine Brieftasche hervor und stand auf.

»Ich hole uns mal was Anständiges zu trinken. Was möchtet ihr? Ich gebe einen aus.«

Nora und Thomas schüttelten beide den Kopf, aber Nora erhob sich ebenfalls.

»Ich komme mit.«

Sie verschwanden im Gedränge. Thomas trank einen großen Schluck von seinem Bier. Es schmeckte gut, obwohl er nicht wusste, welche Marke es war.

Am Tisch nebenan saßen ebenfalls drei Leute, ein verliebtes Pärchen und ein kurzhaariges blondes Mädchen in Thomas' Alter.

Sie schien sich an ihrem Tisch ebenso überflüssig vorzukommen wie Thomas an seinem, aber im Gegensatz zu ihm schien es ihr nichts auszumachen, dass ihre Freunde direkt vor ihrer Nase herumknutschten. Vielmehr platzte sie vor Energie und bewegte sich auf ihrem Stuhl zu der Musik, die gerade zu *All that she wants* von Ace of Base gewechselt hatte.

Jetzt warf sie ihm einen wissenden Blick zu, als hätte sie mitbekommen, wie demonstrativ Henrik ihn und seinen Biergeschmack gerade abgefertigt hatte.

Aber vielleicht auch, weil sie im selben Boot saßen.

Thomas musste lachen. Er beugte sich vor und streckte die Hand aus.

»Hi, ich bin Thomas.«

Als Antwort bekam er ein strahlendes Lächeln.

»Pernilla. Wie schmeckt dein Bier?«

1999

Vergangen

Sandhamn 1948

»Die hier ist für dich«, flüsterte er ihr ins Ohr.

Signe betastete die silberne Kette, die Allan ihr gerade um den Hals gelegt hatte.

Das Metall war kühl unter ihren Fingerspitzen. Der Anhänger hatte sich in ihre Halsgrube gelegt, als sei die Vertiefung wie für ihn gemacht.

Das Symbol ihrer heimlichen Verlobung.

»Wir sagen es ihnen so bald wie möglich«, flüsterte sie und liebkoste seinen Arm, während sie die Halskette betrachtete. »Ich verspreche es.«

Sie saßen auf einem kleinen Felsen unterhalb des Kvarnberget. Die Sonne ging gerade unter, die Inseln vor ihnen badeten in rosa- und orangefarbenem Licht.

Das Glück sprudelte in ihr, als hätte sie Limonade im Blut. Nicht einmal Anna-Gretas gehässige Bemerkungen am Morgen hatten ihr Lächeln auslöschen können. Sie gehörte ihm, und er gehörte ihr, das war so einfach und selbstverständlich, dass es keiner Worte bedurfte. Wenn er nicht da war, verzehrte sie sich vor Sehnsucht nach ihm. Jeden Morgen wachte sie mit dem einzigen Wunsch auf, sein Gesicht zu sehen. Sobald sie abends zu Bett ging, überfiel sie eine grenzenlose Leere.

Bald würden sie im selben Bett aufwachen, bald würden sie der Welt von ihrer Liebe erzählen können.

Allan zog sie an sich und küsste sie wieder. Seine Lippen waren weich und süß wie Honig. Wie hatte sie ihr bisheriges Leben ohne ihn leben können? All diese Monate und Jahre, Minuten und Sekunden. Vom ersten Moment an hatte sie gewusst, dass sie zusammengehörten. Das war nichts, was in ihrer Macht lag. Das war vom Schicksal bestimmt.

»Wir bleiben für immer zusammen«, flüsterte sie an seiner Wange. »Von jetzt an kann uns nichts mehr trennen.«

»Gehen wir heute schwimmen, Mama?«

Adam bettelte mit großen blauen Augen.

Nora zögerte, eigentlich hatte sie vorgehabt, mal wieder gründlich sauber zu machen. Überall in ihrem Sommerhaus knirschte der Sand unter den Schuhen, und die Küche hatte es auch dringend nötig. Aber es war so ein herrlicher Julitag, wie geschaffen, um einen Nachmittag am seichten, weißen Trouvillestrand an der Ostseite der Insel zu verbringen.

Putzen konnte sie auch ein andermal.

»Das ist eine gute Idee, mein Schatz«, sagte sie und fuhr Adam durchs Haar.

Er wurde bald vier, und im Oktober würde er ein Brüderchen oder Schwesterchen bekommen. Aber das begriff er noch nicht richtig, dafür war er viel zu klein.

Der Babybauch wurde langsam sichtbar, aber ihr Körper war nicht schwerfällig. Die leichte Übelkeit am Morgen war vorbei und hatte freudiger Erwartung Platz gemacht. Ob es diesmal vielleicht ein Mädchen wurde?

Sie hätte so gern eine Tochter, aber die Hauptsache war, dass Adam ein Geschwisterchen bekam. Henrik und sie waren beide Einzelkinder. Sie hatte schon als junges Mädchen gewusst, dass sie einmal mindestens zwei Kinder haben wollte.

Nora holte den Picknickkorb und legte eine Flasche Saft, eine Thermoskanne Kaffee und ein paar Zimtschnecken aus der Sandhamnsbäckerei hinein. Dann packte sie die Badesachen sowie Adams Eimerchen und Schippe ein.

Als sie auf die Treppe hinaustrat, entdeckte sie Signe, die sich mit ihren Rosen beschäftigte. Mit jedem Jahr wurde ihre fantastische Kletterrose größer.

»Wir wollen nach Trouville zum Baden«, rief Nora. »Möchtest du nicht mitkommen?«

Signe hatte selbst keine Familie, aber sie hatte Nora im Laufe der Jahre mit viel Liebe überschüttet. Von Adam konnte sie gar nicht genug bekommen, und er liebte es, mit Tante Signe zusammen zu sein.

»Gern.«

Signe hielt die Rosenschere hoch.

»Ich will das hier nur noch schnell zu Ende bringen. Fahrt ihr schon mal vor, ich komme dann nach.«

Nora hob Adam in den Fahrradanhänger, der am Gepäckträger befestigt war. Der zweirädrige Wagen war ein praktisches Gefährt, in dem sowohl Kinder als auch Lasten transportiert wurden. Da Autos auf der Insel verboten waren, musste alles mit dem Fahrrad erledigt werden.

Sie überquerte das Sandfeld und war bald bei den Tennisplätzen, wo der Trouvilleweg begann. Nach zehn Minuten Fahrt durch den Kiefernwald erreichte sie den Strand.

Nora nickte ein paar Bekannten zu und fand einen schönen Platz, wo sie ihre Handtücher ausbreitete.

Adam wurde mit seinen orangefarbenen Schwimmflügeln ausgerüstet und war kurz darauf eifrig damit beschäftigt, ein tiefes Loch in den Sand zu graben. Nora griff nach ihrem Buch und legte sich daneben. Es passierte nicht oft, dass sie sich den Luxus erlauben konnte, ein bisschen in der Sonne zu lesen.

Sie war erst ein paar Seiten weit gekommen, als sie hinter sich jemanden nach einem Jungen rufen hörte.

»Nisse? Niiiisse!«

Eine Frau in ihrem Alter stand am Wasser und schaute angestrengt hinaus aufs Meer. Nora kannte sie, das war Maria Grahn, deren Sohn auch in die Schwimmschule ging, in der Adam gerade angefangen hatte.

»Nisse!«

Nora hatte ein ungutes Gefühl, als sie Marias gellende Rufe hörte. Sie setzte sich auf. Der Strand war gut besucht, überall spielten Kinder aller Altersgruppen. Aber Marias Sechsjährigen konnte sie nirgends entdecken.

Sie zögerte, sie konnte Adam nicht allein lassen, aber sie wusste, dass sie etwas tun musste.

»Kann ich dir helfen?«, rief sie zu Maria hinüber.

»Hast du Nisse gesehen? Eben war er noch hier. Ich verstehe nicht, wo er hin sein kann.«

Nora beschattete ihre Augen mit der Hand, um besser sehen zu können. Im gleißenden Sonnenlicht waren nur verschwommene Konturen zu erkennen, die sich bewegten.

»Hat er seine Schwimmflügel an?«, fragte sie.

Maria schüttelte den Kopf. Sie klang verzweifelt.

»Nein, er weigert sich, sie zu tragen. Er sagt, die sind nur was für Babys.«

Nora versuchte, nicht gleich das Schlimmste zu denken, aber sie wusste, wie schnell es gehen konnte. Ein kleines Kind, das mit dem Kopf unter Wasser geriet, verlor sofort die Orientierung. Es waren schon Kinder in fünfzig Zentimeter flachem Wasser ertrunken, weil sie nicht begriffen hatten, wo oben und wo unten war.

Sie bemerkte eine Bewegung hinter ihrem Rücken und drehte sich um. Es war Signe, die mit dem Fahrrad den Strand entlangkam. Rasch erklärte Nora ihr, was passiert war.

»Kannst du auf Adam aufpassen? Dann helfe ich Maria suchen.«

Signe nickte.

»Natürlich. Ich bleibe bei ihm, bis du zurück bist.«

Sie lächelte dem kleinen Jungen zu, der konzentriert damit beschäftigt war, das Loch in den Sand zu buddeln.

Nora zog ihren Pullover an und umarmte Maria, um sie zu beruhigen.

»Ich gehe rüber zum anderen Strand und suche dort«, sagte sie.

Nora machte sich auf den Weg und suchte dabei alles mit Blicken ab. Nisse war nirgends zu sehen.

Was würde sie tun, wenn Adam plötzlich verschwunden wäre? Der Gedanke war unerträglich.

Nach wenigen Minuten hatte sie den kleineren Strand erreicht, Lilla Trouville. Hier war es ruhiger, die Touristen bevorzugten den großen Strand.

Nora ging ein paarmal den gesamten Strand auf und ab, bevor sie es schließlich aufgab. Nisse war nicht da.

Sie lief zurück zu Maria, die inzwischen von mehreren Frauen umringt wurde. Sie versuchten sie zu trösten und gleichzeitig Ausschau nach Nisse zu halten.

»Tut mir leid, ich konnte ihn drüben nicht finden«, sagte Nora atemlos.

Maria schlug sich die Hände vors Gesicht.

»Oh mein Gott«, schluchzte sie. »Ich habe ihn nur für eine Minute aus den Augen gelassen, länger war es nicht, ich schwöre es.«

Ihre Stimme war tränenerstickt.

»Wo kann er nur sein?«

Adam hatte Nora entdeckt.

»Mama! Maaamaa!«, rief er.

Nora entschuldigte sich und ging zurück zu ihm und Signe.

»Ich hab Hunger«, sagte Adam. Nora öffnete den Picknickkorb und goss Saft für Adam und Kaffee für Signe ein.

Mehrere Frauen wateten suchend durchs flache Wasser. Nora überlief ein Frösteln. Was, wenn der kleine Junge dort unter der Wasseroberfläche lag?

»Guck mal, eine Schlange«, rief Adam und zeigte auf einen knorrigen Ast im Sand, der an eine sich windende Schlange erinnerte.

Nora nickte stumm, während Adam seine Zimtschnecke mümmelte. Sie hätte ihn am liebsten fest in die Arme geschlossen und nie wieder losgelassen. Hoffentlich brauchte sie nie solche Angst auszustehen, wie Maria sie jetzt durchlitt.

Marias Mann Pelle kam aus dem Wald gelaufen. Als er seine Frau umarmte, begann sie wieder zu weinen.

Nora zwinkerte selbst ein paar Tränen weg.

»Gibt es hier Füchse?«, fragte Adam und nahm sich noch eine Schnecke.

»Ja, ein paar gibt es«, antwortete Signe.

Nora hielt es nicht auf ihrem Platz.

»Ich gehe wieder rüber und helfe suchen«, murmelte sie Signe zu.

»Wo wohnen die Füchse?«, fragte Adam mit Krümeln am Mund.

»Sie wohnen in ihrem Bau«, erklärte Tante Signe. »In Löchern tief unter der Erde.«

Eine alte Erinnerung stieg in Nora hoch.

Sie war acht Jahre alt und spielte Verstecken mit den anderen Kindern am Trouvillestrand. Sie streiften umher, während ihre Mütter in der Sonne lagen und rauchten.

Den großen und den kleinen Trouvillestrand trennte eine schmale Landzunge, nur ein paar Hundert Meter breit. Während des Krieges hatte die Küstenartillerie hier Betonbunker gebaut, in denen die Soldaten lagen und nach feindlichen Invasionstruppen Ausschau hielten.

Nach dem Krieg waren alle Bunker mit Stahltüren verschlossen worden. Die Türen rosteten vor sich hin, aber die Hängeschlösser waren nach wie vor intakt. Im Laufe der Jahre hatten viele Kinder versucht, die Schlösser auf alle erdenklichen Arten zu öffnen. Nora und ihre Spielkameraden hatten auch ihr Bestes gegeben, aber ohne Erfolg.

Am Bunker, der am weitesten vorn lag, hatten sie einen Fuchsbau entdeckt. Das Loch war ziemlich eng, aber groß genug, um alle möglichen Gegenstände hineinzuwerfen. Sie hatten sich einen Spaß daraus gemacht, Steine und Schnecken hinunterzuwerfen und auf das Echo in der Höhle zu lauschen.

Nora biss sich auf die Lippe und versuchte, ihre Gedanken zu sammeln. Konnte der alte Fuchsbau groß genug für einen neugierigen Sechsjährigen sein?

Es war einen Versuch wert. Sie lief auf die unbebaute Landzunge zu.

Der Boden war voller Geröll und unebener Steine. Sie rannte zwischen den hohen Felsblöcken hindurch, die inmitten von Heidekraut und Strandroggen aufragten. Da war der große Felsen mit der rostigen Tür, die immer noch mit einem stabilen Hängeschloss gesichert war.

Nora suchte die Umgebung ab. Wo war noch gleich der Eingang zum Fuchsbau gewesen? Alles war viel kleiner, als sie es in Erinnerung hatte.

Schließlich entdeckte sie ihn.

Nora bog das hohe Gras zur Seite und kniete sich hin, um besser sehen zu können. Ein dunkles Loch starrte sie an. Die Erde an den Rändern wirkte bröckelig.

Ihre Hoffnung wuchs.

Sie legte sich auf den Bauch und versuchte, in dem dunklen Loch etwas zu erkennen.

»Hallo«, rief sie. »Hallo?«

Es war nichts zu hören als der ferne Schrei einer Möwe.

»Nisse«, versuchte sie es wieder. »Nisse, bist du da?«

Sie lauschte gespannt. Ein Geräusch, das sich wie Schluchzen anhörte, drang an ihr Ohr. Nora schnappte nach Luft. Ob er das war?

»Nisse«, rief sie in das Loch hinein. »Bist du da drinnen?«

»Mama!«, schrie eine Kinderstimme. »Mama, ich bin hier!«

Maria starrte auf die Stahltür, während Hasse Lundström, ein

Mitglied der freiwilligen Feuerwehr, den Bolzenschneider ansetzte, um das Hängeschloss aufzubrechen.

Nora wippte nervös auf den Fersen.

Endlich ging das Schloss auf und fiel zu Boden. Hasse öffnete die Tür, und dahinter stand Nisse.

»Mama!«, schrie er und warf sich Maria entgegen.

Maria fiel auf die Knie und schloss ihn fest in die Arme. Pelle umarmte sie beide und weinte in ihr Haar. Schließlich befreite sich Nisse aus der Umarmung seiner Mutter. Er lief zu Hasse, der immer noch den Bolzenschneider in der Hand hatte, und griff nach seinem Arm.

»Dadrinnen wohnen Piraten«, sagte er mit weit aufgerissenen Augen. »Das ist eine Piratenhöhle.«

»Piraten?«

Hasse, der eigentlich der Inselklempner war, runzelte die Stirn.

»Da liegt ein Skelett in der Höhle«, sagte Nisse. »Genau wie in *Fluch der Karibik*.«

Er glaubt, es ist wie im Film, dachte Nora. Aber vielleicht war es besser so. Lieber begeistert als verängstigt.

Signe kam auf Nora zu, sie hielt Adam fest an der Hand.

»Wovon redet der Junge?«

»Er sagt, da liegt ein Skelett hinter der Tür.«

Signe schüttelte den Kopf.

»Der Kleine hat wirklich Fantasie.«

Nisse griff wieder nach Hasses Arm.

»Das stimmt wirklich! Ich kann dir zeigen, wo er ist.«

Hasse nickte. Er legte den Bolzenschneider weg und holte eine Taschenlampe hervor.

Als er zurückkam, sah er verblüfft aus.

»Scheint ganz so, als hätte Nisse recht.«

Einige der Männer holten ein großes Badelaken, dann gingen sie in den Bunker. Schon wenige Augenblicke später kamen sie zurück. Im Badelaken lag ein Skelett. Die gelblich weißen Knochen leuchteten im grellen Sonnenschein, Reste von vermoderter Kleidung hingen an den Gebeinen. Um den Hals des Toten hing eine Kette mit einem Anker.

Signe keuchte erschrocken auf, dann sank sie zu Boden. Nora konnte nicht schnell genug reagieren, aber einer der Feuerwehrmänner fing sie auf.

Jemand reichte Nora ein Handtuch, das sie unter Signes Kopf legte. Sie hatte Signe noch nie so bleich gesehen. Die Haut hatte einen grünlichen Schimmer, und der Puls war kaum zu spüren.

Adam war zu klein, um zu begreifen, dass es Signe schlecht ging. Er versuchte, Signes Hand zu tätscheln.

»Tante Signe ruht sich nur ein bisschen aus«, flüsterte Nora ihm zu, damit er keine Angst bekam.

Nach einigen Minuten schlug Signe die Augen auf. Zuerst schien sie nicht zu wissen, wo sie war. Dann brach sie in Tränen aus.

In der Brand'schen Villa dankte Nora dem Arzt, der nach Signe geschaut hatte, ging zurück ins Schlafzimmer und setzte sich an Signes Bett.

Signe hatte sich geweigert, zur Untersuchung ins Krankenhaus zu fahren, und nur widerstrebend eingewilligt, dass Nora das Arztboot rief.

Tante Signe hatte immer unverwüstlich gewirkt, eine starke Frau, die nichts so leicht umwarf. Jetzt sah sie aus wie eine hinfällige Greisin.

»Was ist passiert?«, fragte Nora nach einer Weile.

Signe wandte den Kopf mit gequältem Gesichtsausdruck ab.

»Du bist am Strand ohnmächtig geworden, warum?«, fragte Nora wieder.

Sie wartete einen Moment, ehe sie weitersprach.

»Möchtest du nicht darüber reden?«

Endlich erwiderte Signe ihren Blick.

»Das war Allan, der dort lag.«

Sie klang unendlich schwach und traurig.

»Welcher Allan?«

»Mein Verlobter.«

Signes Gesicht verzog sich schmerzlich. Sie war sehr blass.

»Kann ich etwas Wasser haben?«, bat sie.

Nora half ihr, sich aufzusetzen, und reichte ihr das Wasserglas.

»Ich war erst achtzehn, als wir uns kennengelernt haben«, sagte Signe.

»Möchtest du mir davon erzählen?«

»Er hat mich verlassen. An einem der schönsten Tage des Sommers ist er einfach verschwunden. Er hat mich und die Insel einfach verlassen und ist nie mehr zurückgekommen.«

Ihre Stimme versagte, und sie trank noch einen Schluck Wasser. Als sie das Glas abstellte, zitterte ihre Hand heftig.

»Ich hatte so lange gehofft, er würde wiederkommen …«

Nora strich der alten Frau liebevoll über die Wange.

»Bist du dir wirklich sicher, dass es dein Verlobter war, den wir heute gefunden haben?«

Signe nickte.

»Die Halskette mit dem Anker … Wir waren heimlich verlobt.«

»Heimlich?«

»Anstelle von Ringen haben wir beide die gleichen Halsketten getragen. Ich war noch so jung, mein Vater hätte nicht erlaubt, dass ich heirate, bevor ich zwanzig bin.«

»Und du dachtest, er hätte dich sitzen gelassen.«

»All diese Jahre«, murmelte Signe und sank zurück in die Kissen. »Ich bin einfach nicht darüber hinweggekommen. Deshalb habe ich nie geheiratet und eine Familie gegründet.«

»Wie furchtbar«, sagte Nora. »Er muss aus Versehen eingeschlossen worden sein, und von allein hat er sich nicht befreien können.«

Signe wurde noch bleicher.

»Das war mit Sicherheit kein Versehen«, flüsterte sie und drückte Noras Hand. »Meine Cousine Anna-Greta machte mir weis, dass er mich verlassen habe und zurück aufs Festland gegangen sei.«

Nora erinnerte sich vage an die Frau, die ungefähr zehn Jahre älter als Signe gewesen war. Sie war Ende der Achtzigerjahre gestorben, wenn ihre Erinnerung sie nicht trog. Eine verbitterte, kühle Frau.

»Sie hat Allan gehasst«, fuhr Signe fort. »Aber ich habe ihr geglaubt, als sie mir erzählte, sie habe mit ihm gesprochen, bevor er wegfuhr. Sie sagte, sie solle mir ausrichten, ich sei nur ein Sommerflirt für ihn gewesen und er habe nie ernste Absichten gehabt.«

Signe schlug sich die Hand vor den Mund. Die Altersflecken auf dem Handrücken zeichneten sich dunkel auf der dünnen Haut ab.

»Warum hätte sie so etwas sagen sollen? Sie muss es gewesen sein, die Allan einschloss und dem sicheren Tod überließ!«

Sandhamn 1948

Anna-Greta spähte durch die Gardine.

Die Abenddämmerung hatte eingesetzt, die Sonne würde bald untergehen. Im Juni blieb es lange hell, und der Nachthimmel wurde nie richtig schwarz, nur dunkelblau.

Die beiden Gestalten, die auf dem Felsen unterhalb von Anna-Gretas Haus saßen, waren viel zu tief ins Gespräch versunken, um zu bemerken, dass sie durch das halb offene Fenster beobachtet wurden.

Sie saßen dicht beieinander und steckten die Köpfe zusammen, ab und zu berührten sich ihre Hände.

Anna-Greta strich sich das Haar zurück, in dem sich allzu früh die ersten grauen Fäden zeigten. Im Spiegel der Fensterscheibe verschmolz ihr blasses Gesicht mit den Schatten. Sie roch nicht den Duft der Fliederhecke, der hereinwehte, und hörte nicht das Abendgezwitscher der Schwalben.

Was seid ihr zwei doch für Dummköpfe, dachte sie und wusste, dass sie Signe Brand hasste, obwohl sie Cousinen waren.

Die süße kleine Signe. Immer bekam sie das, worauf sie Lust hatte, nur weil ihr Vater Alarik Brand einer der reichsten Männer der Insel war. Als gäben sein prächtiges Haus und sein Sägewerk ihr das Recht auf alles, was sie sich wünschte.

Anna-Greta konnte den Blick nicht von Allan Black abwenden, von seinem schönen Profil und seinen muskulösen Schultern.

Vom ersten Moment an hatte sie ihn geliebt. Schon an dem Tag, als er auf die Insel gekommen war, um im Sägewerk zu arbeiten, hatte Anna-Greta gewusst, dass sie füreinander bestimmt waren.

Aber Signe musste ihm natürlich den Kopf verdrehen, obwohl Allan mindestens zehn Jahre älter war als sie und weiß Gott nicht die Partie, die Alarik sich für seine Tochter vorstellte.

Anna-Greta strich mit der rechten Hand über die linke, an der ein Ehering hätte sitzen sollen. Sie wusste, dass Allan ihn ihr angesteckt hätte, wenn Signe nicht dazwischengekommen wäre.

Sie hatte seine Blicke gesehen, bevor Signe ihn mit ihrer Jungmädchenfigur und dem Geld ihres Vaters verhext hatte.

Signes klares Lachen klang durch die laue Sommernacht. Die helle Mädchenstimme klang glücklich.

»Lach du nur«, murmelte Anna-Greta. »Wir werden schon sehen, wer zuletzt lacht.«

2001

Totes Rennen

Samstag

Monica Linde trommelte mit sorgsam manikürten Fingern auf dem Tischtuch, das den Tisch der Ehrengäste bedeckte. Um sie herum wogte das Gemurmel. Das elegante Regattadinner fand im Klubhaus aus dem neunzehnten Jahrhundert statt, aus dem inzwischen das Seglerhotel geworden war. Der KSSS feierte den Abschluss der großen Hochseeregatta »Gotland Runt«. Fast dreihundert Boote hatten an dem Rennen teilgenommen, und das Seglerrestaurant war bis auf den letzten Platz gefüllt.

Monica Linde zog die Augenbrauen hoch, als der Ober endlich mit dem Ramlösa kam, um das sie vor mindestens einer Viertelstunde gebeten hatte. Sie hasste es, normales Leitungswasser zu trinken. Unfassbar, dass der Kellner mit dem schütteren Haar so lange gebraucht hatte, um ihren Wunsch zu erfüllen.

In der Botschafterresidenz in Spanien, ihrer letzten Entsendung vor Haralds Pensionierung, hätte sie eine solche Nachlässigkeit des Personals niemals geduldet.

Monika inspizierte ihre Umgebung. Die Ehrentafel war auf der Ostveranda gedeckt worden, und durch die schönen Sprossenfenster sah man einen Wald aus Masten. Die Ostsee glitzerte in der Abendsonne, man konnte fast bis Almagrundet sehen.

Aber sie saßen ziemlich weit hinten, fast am Ende des Tisches, obwohl Harald im Vorstand des KSSS gewesen war, wie schon sein Vater vor ihm. Da hätten sie ja wohl wesentlich bessere Plätze verdient, auch wenn es schon ein paar Jahre her war.

Wenigstens hatte sie zu ihrer Rechten einen prominenten

Tischnachbarn. Anders Bergenkrantz war der Vorsitzende des KSSS-Wahlausschusses. Er wandte sich an Monica.

»Schön, dass das Rennen für Henrik so gut gelaufen ist«, sagte er. »Dein Sohn ist ein tüchtiger Regattasegler.«

Monica lächelte zufrieden.

Henriks Boot war als Sieger seiner Klasse durchs Ziel gegangen. Leider hatte er im Moment nicht viel Gelegenheit zum Wettsegeln, da Nora sich beschwert hatte, er sei zu oft weg.

»Henrik liebt Regatten«, sagte sie. »Leider versteht meine Schwiegertochter nicht, wie wichtig das für ihn ist.«

Sie nickte zu dem Tisch, an dem Henrik und Nora mit dem Rücken zu ihnen saßen.

»Sie findet, dass Henrik zu oft weg ist und nicht genug im Haushalt hilft. Andererseits besteht sie darauf, ganztags zu arbeiten, obwohl sie zwei kleine Söhne haben.«

Es gelang Monica nicht ganz, ihre Missbilligung zu verheimlichen.

»Wenn man einen Arzt heiratet, muss man Verständnis dafür haben, dass es ein anstrengender Beruf ist, nicht wahr?«

»Die junge Generation denkt anders«, erwiderte Anders Bergenkrantz lächelnd und beendete das Gespräch, indem er sich umdrehte und mit der Dame an seiner anderen Seite zu plaudern begann.

Monica nippte an ihrem Wasser.

Nora begriff nicht, wie wichtig es für Henrik war, seinem Segelsport nachzugehen. Es war nicht nur zum Vergnügen, er knüpfte damit auch wichtige Kontakte, die seiner Karriere nützlich sein konnten. Durch das Regattasegeln baute sich Henrik ein Netzwerk auf, das von unschätzbarem Wert war und ein Leben lang hielt.

Aber Nora kam aus anderen Verhältnissen, ihre Eltern waren nicht einmal Akademiker. Wie sollte sie das soziale Spiel verstehen können?

Zu allem Überfluss klagte sie auch noch über Henrik. Monica selbst hatte ihrem Mann sein ganzes Berufsleben hindurch loyal zur Seite gestanden und alles getan, damit er Karriere machen konnte. Nora dagegen wollte ihren Job als Juristin in einer Bank unbedingt behalten. Eine Vollzeitstelle.

Sie war alles andere als die Schwiegertochter, die Monica sich erträumt hatte. Aber in diesem Fall hatte Henrik nicht mit sich reden lassen, obwohl er normalerweise auf seine Mutter hörte.

Eine Bewegung am anderen Ende der Ehrentafel erregte ihre Aufmerksamkeit, und sie stellte das Glas hin. Ein sehr elegantes Paar suchte nach seinen Plätzen. Es hatte sich verspätet, alle anderen saßen bereits, und die Frau murmelte Entschuldigungen, während sie sich an den anderen Gästen vorbeidrängte.

Monica erkannte den Mann mit den grauen Haaren. Das war Fredrik Arnander, ein bekannter Regattasegler, der seit vielen Jahren an der »Gotland Runt« teilnahm und im Vorstand des KSSS saß. Er stammte aus einer der reichsten Familien Schwedens, und seine frischgebackene Gattin war wesentlich jünger als er, bestimmt dreißig Jahre, tippte Monica. Sie war seine dritte oder vierte Ehefrau.

Die junge Frau war auffallend schön. Ihr dickes, dunkles Haar floss ihr über die Schultern, und das figurbetonte Kleid hatte einen wesentlich tieferen Ausschnitt, als bei derartigen Gesellschaften üblich war. Eine dicke Goldkette schimmerte an ihrem Hals, und ein Ehering mit großen Diamanten schmückte ihre linke Hand.

In einem Klatschblatt hatte Monica gelesen, dass sie aus dem Baltikum war.

»Jetzt kommt die Crème de la Crème«, kicherte Bertil Vinterhed, ihr anderer Tischnachbar, ihr ins Ohr.

Sein Blick klebte auf dem großzügigen Dekolleté der jungen Frau, ebenso wie die Blicke der meisten anderen Männer am Tisch.

»Muss angenehm sein, eine solche Schönheit an seiner Seite zu haben«, sagte er und kippte seinen Schnaps hinunter.

Bertil Vinterhed gab dem Kellner ein Zeichen, ihm nachzuschenken.

»Fredrik ist ein richtiger Glückspilz«, fügte er hinzu, ohne seinen Neid zu verhehlen.

Monica warf ihm einen langen Blick zu.

Bertil Vinterhed war auch über sechzig, fast ebenso alt wie sie. Aber er hatte kaum noch Haare auf dem Kopf und im Laufe der Jahre etliche Kilo zugelegt.

Bertil war in der Investmentbranche tätig und saß seit vielen Jahren im Hochseeregatta-Komitee. Monica kannte ihn flüchtig, hatte ihn aber nie besonders leiden können. Bertil prahlte mit seinen erfolgreichen Geschäften in den ehemaligen Ostblockstaaten, interessierte sich aber nicht im Geringsten für Monicas Erlebnisse als Botschaftergattin in den verschiedenen Ländern.

Bertil Vinterhed als Tischherrn zu haben, war eine Zumutung, auf die sie gut hätte verzichten können.

Sie trank einen großen Schluck Wein und dann noch einen und versuchte, Anders Bergenkrantz' Aufmerksamkeit auf sich zu lenken. Er war wesentlich angenehmer als der grobe Bertil, der überhaupt keinen Stil hatte. Es war ihr ein Rätsel, wie ein solcher Mensch, neureich und ohne Kinderstube, sich in eins der vornehmen Komitees des KSSS hatte einschleichen können.

Heutzutage konnte man sich mit Geld wirklich alles kaufen.

Der Kellner servierte das Dessert, Erdbeeren mit Eis und Sahne.

Monica rührte die Sahne nicht an. Sie achtete auf ihre Figur und wusste, dass sie vorsichtig mit den Kalorien sein musste. Sie versuchte vergeblich, Augenkontakt zu Harald zu bekommen, um ihm zu signalisieren, dass er die Finger von der Sahne lassen sollte. Harald war zwar schlank, aber auch er musste auf sein Gewicht achten.

Von der Tanzfläche drang Musik herüber und erinnerte daran, dass das Essen gleich vorbei war. Monica fragte sich, ob Bertil den obligatorischen Tanz mit ihr tanzen würde oder ob er vorhatte, sich vor seinen Pflichten als ihr Tischherr zu drücken.

Er schien die hübsche Susanne Karling im Visier zu haben, die an seiner anderen Seite saß, eine Blondine in den Dreißigern, die während der Regatta Assistentin der Rennleitung gewesen war. Bertil hatte Monica den Rücken zugewandt und sich während des Dinners die meiste Zeit mit Susanne unterhalten.

Monica ordnete ihr Haar und trank aus dem Weinglas.

Es war lächerlich, dass ein Mann wie Bertil sich einbildete, eine so viel jüngere Frau würde sich für ihn interessieren.

Seine Gattin war an diesem Abend zwar nicht dabei, aber Bertil konnte doch nicht mit einer anderen Frau flirten, wenn so viele ihrer gemeinsamen Bekannten zugegen waren.

Oder doch?

Er hatte inzwischen eine ganze Menge getrunken, wie man an seinen verschwommenen Augen sehen konnte. Seine Stimme war immer lauter geworden. Bertil hatte wirklich keinen Stil.

Aus den Augenwinkeln bemerkte Monica, dass Harald vom Tisch aufgestanden war und sich in einer Ecke mit Henrik unterhielt. Vater und Sohn waren sich so ähnlich, groß und attraktiv mit elegantem Profil.

Monica lief vor Stolz ein Schauer über den Rücken.

Nora gesellte sich zu ihnen und sagte etwas zu Henrik, der lächelnd auf die Tanzfläche zeigte. Nora war natürlich nicht angemessen elegant gekleidet, die Kleine hatte weder Stil noch Geschmack. Beim Friseur war sie auch nicht gewesen.

Monica lenkte Haralds Aufmerksamkeit auf sich und sah ihn auffordernd an. Da Bertil keine Anstalten machten, sie aufzufordern, musste Harald einspringen. Das Tanzen hatte bereits begonnen.

Auf der kleinen Tanzfläche war es viel zu eng.

Monica hatte aus den Augenwinkeln gesehen, dass Bertil die blonde Assistentin im selben Moment aufgefordert hatte, als sie selbst vom Tisch aufgestanden war. Eine Minute später tanzten sie in einigen Metern Abstand, und es dauerte nicht lange, bis Bertil seine fleischige Hand nur wenige Zentimeter über dem Gesäß der jungen Frau platziert hatte.

Monica rümpfte die Nase. So typisch. Er sollte sich was schämen, sowohl wegen seines Alters als auch im Hinblick auf seine Ehefrau.

Einige Meter weiter tanzte Fredrik Arnander eng umschlungen mit seiner schönen Gattin. Der Altersunterschied sollte auch ihm die Schamesröte ins Gesicht treiben, dachte Monica. Es war einfach lächerlich. Aber die beiden wirkten wenigstens verliebt.

Henrik und Nora tauchten am Rand der Tanzfläche auf. Nora legte die Stirn an Henriks Schulter und folgte der Musik mit geschlossenen Augen.

Jemand trat Monica so hart in die Ferse, dass sie mitten im Schritt stehen blieb.

»Au!«, rief sie aus. »Passen Sie doch auf.«

Als sie den Kopf drehte, entdeckte sie Bertil Vinterhed. Er war in sie hineingetanzt. Jetzt hatte sie einen großen, hässlichen Fleck auf den neuen Seidenschuhen aus Paris.

»Bertil«, rief sie. »Was machst du denn?«

Bertil reagierte nicht. Er verschwand einfach in Richtung Fredrik Arnander und forderte dessen Frau auf.

Monica starrte auf ihren ruinierten Schuh. Dann konnte sie nicht mehr an sich halten.

Sie ließ Harald stehen und drängte sich durch die tanzenden Paare. Sie wurde hin und her geschubst, aber sie dachte nicht daran aufzugeben. Die neuen Schuhe waren wahnsinnig teuer gewesen, und sie hatte sie in einem exklusiven Geschäft gekauft. Er hätte sich wenigstens entschuldigen können.

»Bertil?«

Sie pochte ihm auf die Schulter, um sich bemerkbar zu machen, aber er tanzte weiter, ohne sie zu beachten.

Sie spielten gerade einen beliebten Popsong mit schnellen Rhythmen. Bertil führte seine Partnerin mit fester Hand in einem schwungvollen Foxtrott. Sein Hemd war schweißdurchtränkt und klebte ihm an seinem fetten Rücken. Er tanzte Wange an Wange mit seiner Dame und flüsterte ihr etwas ins Ohr.

Großer Gott, versuchte er etwa, sie auch anzugraben?

Monica war nicht gewillt, einen Rückzieher zu machen.

»Bertil«, rief sie wieder, deutlich lauter diesmal.

Endlich hörte er sie. Er war hochrot im Gesicht.

»Hast du nicht gemerkt, dass du mir dort drüben auf den Fuß getreten bist?«

Sie musste schreien, um die Musik zu übertönen.

»Du hast mir meine Schuhe ruiniert.«

Bertil entfernte sich von ihr, aber Fredrik Arnanders Frau zeigte in ihre Richtung. Bertil kümmerte sich nicht darum.

Monica war es nicht gewohnt, ignoriert zu werden, und die Wut packte sie. Sie riss an Bertils Arm.

»Bertil!«, brüllte sie, so laut sie konnte. »Entschuldige dich gefälligst! Schau dir an, was du getan hast!«

Endlich blieb er stehen.

Bertil Vinterhed drehte sich zu Monica um, verblüffend schnell für einen so dicken Mann. Er ging mit schmalen Augen und drohendem Gesicht auf sie zu.

Zu ihrer Überraschung bekam Monica beinahe Angst, als Bertil sich über sie beugte. Er war gut und gerne zwanzig Zentimeter größer als sie und wog mindestens fünfzig Kilo mehr.

Aber der Zorn über die Schuhe gewann die Überhand. Monica funkelte ihn wütend an.

»Entschuldige dich bei mir«, sagte sie.

Bertils kräftige Stimme dröhnte über die Tanzfläche.

»Harald, würdest du bitte mal deinen Hausdrachen an die Kette legen, damit man hier in Ruhe tanzen kann?«

Kaum hatte Harald die Tür zum Hotelzimmer geöffnet, erhob Monica sich vom Sofa.

»Wie konntest du zulassen, dass Bertil mir gegenüber so unverschämt wird?«, fauchte sie.

Sie konnte immer noch kaum sprechen vor Wut, obwohl fast eine Stunde vergangen war. Sie hätte den Kerl erwürgen können. Er hatte sie vor aller Augen gedemütigt und ihr den ganzen Abend verdorben.

»Noch nie in meinem ganzen Leben bin ich so erniedrigt worden«, fuhr sie fort. »Dieser Tölpel. Und du rührst natürlich keinen Finger, stehst einfach da und siehst zu, wie deine Frau beleidigt wird.«

Es war inzwischen nach Mitternacht.

»Wo warst du überhaupt so lange?«, fragte sie. »Ich sitze hier und warte …«

Harald machte ein beschämtes Gesicht.

»Warum hast du nicht gesagt, dass du aufs Zimmer gehst?«, fragte er.

»Dir muss doch klar gewesen sein, dass ich dort nicht bleiben konnte.«

»Ich habe gar nicht richtig mitbekommen, was passiert ist, meine Liebe.«

Haralds Stimme klang sanft.

»Mir war nicht bewusst, dass du so aufgeregt warst, dass du gehen musstest«, fuhr er fort, und Monica wandte sich ab, um seiner Alkoholfahne zu entgehen.

»Das war doch wohl offensichtlich.«

Nach Bertils Unverschämtheit hatte Monica die Tanzfläche verlassen. Ohne ein Wort hatte sie sich ihre Abendtasche geschnappt und war gegangen.

»Vielleicht hättest du ihn nicht so angehen sollen.«

»Angehen?«

Sie hätte Bertil an Ort und Stelle eine runterhauen sollen. Ihm zeigen sollen, dass man sich nicht so benehmen konnte. Solche Leute verstanden es nicht anders.

»Er war betrunken«, sagte sie. »Unerträglich. Hast du nicht gemerkt, wie er an Susanne Karling geklebt hat, ganz zu schweigen von Fredriks neuer Frau.«

Man konnte nicht mit Harald reden.

Monica drehte ihrem Mann den Rücken zu, damit er den Reißverschluss ihres Kleides öffnete. Sie stieg aus dem Kleid und hängte es auf einen Bügel, bevor sie ins Bad ging, um sich bettfertig zu machen. Als sie die rechte Hand hob, um ihre Ohrringe abzunehmen, merkte sie, dass einer fehlte. Auch das noch.

»Hast du meinen Perlenohrring gesehen?«, rief sie durch die offene Tür.

»Nein, Liebling.«

»Bist du sicher?«

»Ja, Liebling.«

Monica verließ das Badezimmer.

»Ich habe den Ohrring meiner Großmutter verloren. Du musst den Hoteldirektor anrufen, sie müssen danach suchen. Ich gehe jedenfalls nicht zurück und suche.«

Harald unterdrückte ein Gähnen.

»Es ist gleich halb eins, kann das nicht bis morgen früh warten? Hatten wir nicht schon genug Drama für einen Abend?«

»Harald.«

Sie schlug demonstrativ den Bettüberwurf zurück.

»Ich gehe ins Bett.«

Harald zögerte einen Moment, dann drehte er sich um und verließ das Zimmer.

Monica blieb vor dem Bett stehen und rührte sich nicht. Dann zog sie den Unterrock aus und ihren Morgenmantel an.

Bertil Vinterhed hatte sich unverzeihlich benommen und verdiente eine Lektion. Sie war nicht bereit, sich alles gefallen zu lassen.

Sonntag

Anjelica Soledana war früh aufgestanden, um rechtzeitig an ihrem Arbeitsplatz zu sein. Der Bus nach Stavsnäs ging um Viertel nach acht von Slussen, danach ging es mit der Waxholmfähre weiter, die sie und die anderen Fahrgäste nach Sandhamn brachte.

Es war ein ganz schön langer Weg in den Schärengarten, aber sie war froh, dass sie den Job als Putzfrau im Seglerhotel hatte. Für Einwanderer war es schwer, eine feste Arbeitsstelle zu bekommen.

Als die Fähre am Dampfschiffkai in Sandhamn anlegte, war es zehn nach zehn. Die Sonne schien. An den wenigen Leuten auf der Strandpromenade merkte man, dass Sonntag war.

Anjelica ging durch den Personaleingang und zog ihre Arbeitskleidung an. Sie nahm den Putzwagen und kontrollierte rasch, dass nichts fehlte. Sie war verantwortlich für die gesamte zweite Etage, und es war höchste Zeit, dass sie anfing. Es würde ohnehin ein harter Tag werden, da das Hotel an diesem Wochenende ausgebucht war.

Sie hatte ungefähr noch zwei Drittel der Zimmer vor sich, als sie an die Tür von Nummer zweihundertvierzehn klopfte.

Niemand öffnete, wie üblich hing kein Schild am Türgriff, das mitteilte, ob der Raum geputzt werden sollte oder nicht.

Anjelica seufzte. Warum konnten die Hotelgäste nicht deutlich machen, was sie wünschten? Es dauerte nur eine Sekunde, das Schild rauszuhängen, und es machte ihre Arbeit wesentlich einfacher.

Sie klopfte sicherheitshalber noch einmal, ehe sie zu ihrem Schlüssel griff, um zu öffnen. Das Zimmer schien verlassen zu sein, aber es hing Kleidung über einem Stuhl.

Dann entdeckte sie die Leiche auf dem Fußboden und musste sich am Putzwagen festhalten, als ihre Knie nachgaben.

Kriminalkommissarin Margit Grankvist ging an Bord des Polizeiboots in Djurö Hamn, das sie und ihren Kollegen Jan Santesson nach Sandhamn bringen sollte. Der Notruf war gegen halb elf bei der Polizei Nacka eingegangen, und die Spurensicherung war schon unterwegs.

Ein groß gewachsener Polizist mit sehr sonnengebleichtem Haar stand am Steuer. Er hob grüßend die Hand, als würde er sie wiedererkennen.

Margit kam der junge Mann auch bekannt vor. Sie hatte ein gutes Personengedächtnis und vergaß selten einen Namen.

»Andreasson?«, fragte sie. »Thomas?«

Er sah noch genauso aus, hatte nur ein paar Lachfältchen mehr um die Augen und eine tiefe Sonnenbräune, die von vielen Stunden auf See zeugte.

Sie bemerkte einen Ehering an seiner linken Hand.

»Guten Morgen«, sagte er. »Du willst also heute zum Seglerhotel? Lange nicht gesehen.«

Margit stellte ihre Tasche auf den Beifahrersitz.

»Ich bin noch nicht lange auf der Dienststelle Nacka«, sagte sie. »Erst seit einem Jahr. Ich war noch nie auf Sandhamn.«

»Irgendwann ist immer das erste Mal.«

Sie blickte sich um. Am Polizeikai lagen mehrere Boote in den Farben der Polizei, außerdem welche, die der Küstenwache gehörten. Das Wasser glitzerte in der Sonne, und eine Entenmutter schwamm mit ihren Küken vorbei.

»Also hier bist du gelandet«, sagte sie. »Anstatt bei uns im Ermittlungsdezernat anzufangen.«

Thomas grinste und legte den Rückwärtsgang ein. Das Boot legte vom Kai ab, und er steuerte auf das schmale Gatt zu, das aus dem geschützten Hafen führte.

»Die Wasserschutzpolizei passt besser zu mir«, sagte er durch den Motorlärm. »Ich bin nicht gerade ein Großstadtmensch.«

»Wenn ich mich recht erinnere, hast du gute Arbeit geleistet, als wir in diesem merkwürdigen Zuhältermord ermittelt haben.«

Thomas verzog das Gesicht. Margit hatte das Gefühl, dass er sich immer noch Vorwürfe machte.

»Da erinnere ich mich aber anders«, sagte er. »Ich hatte es nicht geschafft, den Entführer dieses Mädchens aufzuhalten, Aliana.«

»Das war keine Entführung. Sie ist geflohen.«

Thomas drehte den Kopf.

»Was?«

»Sie hat hinter der ganzen Sache gesteckt.«

»Wie meinst du das?«

»Hast du das nicht mitgekriegt? Aliana Basjmakov war die Chefin. Erinnerst du dich an Benny Åberg, den Mann, der erstochen wurde? Er war nur ein Handlanger, dessen Name auf dem Mietvertrag stand. Aliana hatte das Sagen, sie hat auch die jungen Mädchen besorgt.«

Thomas beschleunigte.

»Aber wenn ich das richtig in Erinnerung habe, wurde sie doch von Åberg zusammengeschlagen?«

»Anscheinend sind sie in Streit geraten, als er Angst bekommen hat und aussteigen wollte. Die Nachbarn hatten angefangen, unangenehme Fragen zu stellen, und ihm wurde die ganze Sache zu heiß. Sie hat ihm gedroht, und als Antwort hat er sie verprügelt. In gewisser Weise hat sie ihn in Notwehr getötet, aber das war auch das Einzige, was wir nicht falsch interpretiert haben.«

»Das ist ja ein Ding.«

Die Wellen wurden höher, als sie hinaus auf den Kanholmsfjärden kamen. In der Ferne war ein schwarz-weißes Leuchtfeuer zu erkennen, auf das Thomas Kurs nahm.

»Wie bist du dahintergekommen?«, fragte er.

»Ein paar Jahre später hat sie in Hamburg die gleiche Sache noch mal versucht, und die deutsche Polizei hat sie geschnappt. Sie war international zur Fahndung ausgeschrieben, wegen der Entführung. Wir haben ein paar Ermittler nach Hamburg geschickt, und gemeinsam mit den deutschen Kollegen haben sie die ganze Geschichte aufgelöst. Am Ende hat sie alles gestanden, um eine geringere Strafe zu bekommen.«

Thomas rieb sich das Kinn.

»Das erklärt natürlich einiges.«

»Im Grunde war es kein Wunder, dass sie aus dem Krankenhaus abgehauen ist. Der Mann, der den Arzt gespielt hat, war ihr Komplize. Sie musste weg, bevor wir ihr auf die Schliche kommen konnten.«

Eine größere Insel mit dicht gedrängten gelben, roten und weißen Häusern tauchte vor ihnen auf. Schmale Sandstrände trennten den Kiefernwald vom Meer. Der weiße Lotsenturm, den Margit auf Fotos gesehen hatte, ragte über die Baumkronen.

Außerhalb der Anleger waren Boote an schaukelnden Bojen vertäut.

»Da hast du Sandhamn«, sagte Thomas. »Jetzt sind wir gleich da.«

Der Hoteldirektor, der Margit und Santesson in Empfang nahm, redete ununterbrochen, während er sie zu dem Hotelzimmer brachte, in dem das Opfer gefunden worden war. Margit bedankte sich für seine Mühe und schickte ihn weg, sobald sie an dem abgesperrten Bereich angekommen waren.

Sie blieb an der Türschwelle stehen und musterte die Umgebung genau.

Alles sah ganz normal aus, bis auf eine zerbrochene Vase, die in einer Ecke des Zimmers lag. War das ein Zeichen, dass es in der Nacht gewaltsam zugegangen war? Oder war es einfach ein Unfall gewesen? Hatte das Opfer sie aus Versehen umgestoßen oder bei dem Versuch, Hilfe herbeizurufen?

Sie ging ins Badezimmer. Eine schwarze Kulturtasche lag zusammen mit einer Zahnbürste neben dem Waschbecken. Etwas weiße Zahncreme klebte auf dem schwarzen Stoff der Kulturtasche, und aus der Öffnung ragte ein Kamm mit einigen grauen Haaren.

Als sie die Kulturtasche öffnete, fand sie einen Blisterpack mit weißen Tabletten. Sie zog ihn vorsichtig mit ihrer behandschuhten Hand heraus und las, was auf der Rückseite stand: Zentiva. Wofür waren die? Der Text unter dem Namen des Medikaments schien in einer baltischen Sprache geschrieben zu sein; sie wusste nicht genau, in welcher, erkannte es aber an den Häkchen über den Buchstaben.

»Hast du das hier gesehen?«

Staffan Nilsson, der Kriminaltechniker, rief nach ihr. Er hockte neben der Leiche und zeigte auf einen Gegenstand, der in der halb geschlossenen Faust lag.

Ein hübscher Ohrring.

»Ich frage mich, wem der wohl gehört«, sagte er.

Margit Grankvist betrachtete das Schmuckstück.

»Sieht teuer aus«, sagte sie.

»Ist der Kaffee nicht sehr dünn?« Monica Linde schob ihrem Mann die Tasse hin. »Probier mal, Harald.«

Harald Linde nahm einen vorsichtigen Schluck und schüttelte den Kopf.

»Finde ich eigentlich nicht, Liebes. Der Lunch war auf jeden Fall gut.«

Monica versuchte, einen Kellner herbeizuwinken, und bemerkte, wie ein Mann und eine Frau das Restaurant betraten. Sie schienen weder Segler noch Hotelgäste zu sein, etwas an ihrer Körperhaltung sagte ihr, dass es keine der üblichen Urlauber waren. Beide trugen dunkle Anzüge, obwohl Hochsommer war.

Sie unterhielten sich mit dem Restaurantchef, der in ihre Richtung zeigte.

»Sind Sie Monica Linde?«

Die Frau, die an ihren Tisch kam, hielt ein Etui mit einem Polizeiausweis hoch. Margit Grankvist, stand auf der kleinen Plastikkarte. Kriminalkommissarin.

»Ja, das bin ich«, antwortete Monica.

»Sie haben angezeigt, dass Sie seit gestern Abend einen Ohrring vermissen?«, fragte Margit Grankvist.

Monica lächelte erleichtert, als sie begriff, wie das zusammenhing. Es war schön, dass sie die Angelegenheit ernst nahmen. Sie hatte nicht unbedingt erwartet, dass die Polizei sich extra auf den langen Weg zur Insel machen würde, um nach ihrem Schmuck zu suchen, aber es war ein gutes Zeichen. Man konnte sich auf die Ordnungshüter verlassen.

Sie hatten sicher erfahren, dass Harald Botschafter gewesen war.

»Wir sind von der Polizei Nacka«, sagte die Frau. »Würden Sie so freundlich sein, uns zu begleiten? Wir würden Ihnen gern ein paar Fragen stellen.«

»Haben Sie meinen Ohrring gefunden?«

An Margit Grankvists Gesichtsausdruck war nichts abzulesen.

»Dazu kommen wir gleich«, sagte sie. »Bitte folgen Sie uns erst mal.«

Monica gefiel ihr Ton nicht. Sie warf einen Seitenblick zu Harald, der ein verlegenes Gesicht machte. Ein älteres Paar am Nebentisch schaute neugierig zu ihnen herüber.

»Du solltest lieber tun, was sie sagt, Liebes«, sagte Harald. »Möchtest du, dass ich mitkomme?«

Monica nickte.

»Es ist besser, wenn Sie hierbleiben«, sagte der Polizist mit dem blonden Bart.

Monica seufzte, legte aber ihre Serviette auf den Tisch und erhob sich.

Sie gingen durch die überdachte Glaspassage, die vom Speisesaal zum Neubau mit den Hotelzimmern führte. Als sie um die Ecke bogen, sah Monica noch mehr Polizisten, der Flur vor ihnen war abgesperrt. Schließlich kamen sie an eine offene Tür.

Margit Grankvist ging voraus.

Als Monica begriff, wie die Dinge lagen, blieb sie in der Tür stehen. Sie konnte keinen Schritt weiter gehen. Zu ihren Füßen lag ein lebloser Mann. Der Mund war in einer unnatürlichen Grimasse erstarrt, das Gesicht gelblich bleich.

Monica musste würgen. So also sah ein toter Mensch aus.

»Kennen Sie diesen Mann?«, fragte der bärtige Polizist, der sich als Jan Santesson vorgestellt hatte.

»Ja«, flüsterte Monica Linde. »Das ist Bertil Vinterhed.«

Sie musste sich an der Wand abstützen und wandte sich von dem Toten ab.

»Wann haben Sie ihn zuletzt gesehen?«, fragte Margit Grankvist.

»Gestern Abend. Beim Regattadinner.« Monica schluckte. »Wir saßen beim Essen nebeneinander.«

Margit Grankvist ging um den Toten herum und bückte sich. Sie zeigte auf eine Hand des Mannes.

»Sehen Sie, was er da festhält?«

Monica keuchte auf.

»Das ist mein Ohrring.«

»Können Sie erklären, wie der in die Hand eines toten Mannes kommt?«

»Nein.«

Margit Grankvist nickte.

»Mehrere Zeugen haben gesehen, dass Sie sich gestern Abend

auf der Tanzfläche lautstark mit dem Mann gestritten haben. Den Angaben zufolge hat er sie grob beleidigt. Stimmt das?«

»Was wollen Sie mir unterstellen?«

»Ich unterstelle gar nichts. Würden Sie bitte meine Frage beantworten?«

»Das war nur eine kleine Meinungsverschiedenheit, nicht mehr. Eine Privatsache.«

»Nichts ist privat, wenn es um einen möglichen Mord geht.«

Monica straffte die Schultern.

»Glauben Sie etwa, ich hätte etwas mit Bertils Tod zu tun?«

Margit Grankvist kam näher.

»Wir würden uns gern ausführlicher mit Ihnen unterhalten«, sagte sie. »Bitte seien Sie so nett und warten Sie in Ihrem Hotelzimmer auf uns. Wir möchten, dass Sie die Insel bis auf Weiteres nicht verlassen.«

Margit Grankvist nahm im Konferenzraum in der obersten Etage Platz, den das Hotel eilig als Vernehmungsraum bereitgestellt hatte.

Sonnenlicht strömte durch die geöffneten Fenster. Wäre sie hier auf einer Konferenz gewesen, hätte sie mit Sicherheit die herrliche Aussicht auf die Ostsee bewundert. Stattdessen trank sie Mineralwasser, das eine freundliche Seele hingestellt hatte, und massierte sich mit den Daumen die Schläfen.

Vor einem Jahr hatte sie sich von der Citypolizei in den Polizeibezirk Nacka versetzen lassen, in der Hoffnung, es würde ein bisschen ruhiger werden. Ihre beiden Töchter sollten eingeschult werden, und sie wollte in einem kleineren Bezirk arbeiten. Wollte in einem Häuschen mit Garten in einer freundlichen Umgebung wohnen.

Das machohafte Gehabe bei der Citypolizei war ihr langsam auf die Nerven gegangen, obwohl sie daran hätte gewöhnt sein müssen. Ebenso der Dienst in der Innenstadt.

Aber auch im Schärengarten gab es Kapitalverbrechen.

Die Sonne brannte, Margit stand auf und öffnete ein Fenster weit. Santesson war losgegangen, um Monica Linde zu holen, sie hatte also ein paar Minuten für sich. Es war schon gleich vier Uhr nachmittags.

Monica Linde.

Margit hatte auf den ersten Blick gesehen, mit wem sie es zu tun hatte. Sie kannte diese Sorte Frau. Eine verwöhnte Oberschichtgattin, die alles repräsentierte, was Margit verabscheute, vom nasalen Tonfall bis zur arroganten Attitüde. Die Insel war voll von diesem Pack. Reiche Typen, die glaubten, dass ihnen alles gehörte und sie alles bestimmen könnten.

Sie wusste, was ihre Kollegen bei der Nacka-Polizei von den Schickeria-Seglern hielten, die sich im KSSS zusammenrotteten und im Sommer Party machten.

Aber das bedeutete noch nicht, dass diese Frau eine Mörderin war, ermahnte Margit sich. Es war noch viel zu früh, um irgendwelche Schlüsse im Hinblick auf den Todesfall und eine mögliche Täterschaft zu ziehen.

Außerdem hatte Monica Lindes Ehemann versichert, sie habe die ganze Nacht neben ihm im Bett gelegen und das Hotelzimmer nicht verlassen.

Aber warum hatte der Tote dann ihren Perlenohrschmuck in der Hand? Und worüber hatten sie in aller Öffentlichkeit gestritten?

Als Monica den Konferenzraum betrat, saß Margit Grankvist am Tisch und notierte etwas auf einem Block. Der bärtige Polizist zeigte auf einen Stuhl.

»Bitte nehmen Sie Platz«, sagte er und setzte sich neben seine Kollegin.

Monica hatte mehrere Stunden in ihrem Zimmer gewartet. Sie hatte nicht vor, sich alles gefallen zu lassen. Schließlich gehörte sie nicht zum Personal.

»Glauben Sie im Ernst, ich hätte etwas mit Bertil Vinterheds Tod zu tun?«

Margit Grankvist begegnete ihrem Blick gelassen.

»Wir haben noch einige Fragen, wie ich bereits sagte. Sie verstehen sicher, dass wir gerne wissen würden, warum sich Ihr Ohrring in der Hand des Opfers befindet.«

»Das kann ich nicht beantworten.«

»Schildern Sie uns doch bitte, wo Sie sich von Mitternacht bis jetzt aufgehalten haben.«

Monica verschränkte die Arme vor der Brust und lehnte sich auf ihrem Stuhl zurück.

»Ich bin gegen elf auf unser Zimmer gegangen und habe dort die ganze Nacht geschlafen. Heute Morgen bin ich aufgestanden und habe mich angekleidet. Dann sind mein Mann und ich in den Speisesaal gegangen, um zu frühstücken. Danach haben wir einen Spaziergang gemacht und anschließend unser Mittagessen eingenommen, und dann sind Sie und Ihr Kollege gekommen.«

»Gibt es Zeugen dafür?«

»Mein Mann war bei mir.«

»Auch in der Nacht?«

»Selbstverständlich.«

»Er war also wach, sodass er es bezeugen kann?«

Monica faltete die Hände im Schoß.

»Er hat natürlich geschlafen, genau wie ich.«

»Wie kann er dann sicher sein, dass Sie das Zimmer nicht verlassen haben?«

Diese schreckliche Polizistin ließ nicht locker.

»Sie haben gerade gesagt, Sie seien gegen elf zurück aufs Zimmer gegangen, aber Ihr Mann wurde noch kurz vor Mitternacht im Restaurant gesehen. Wie erklären Sie das?«

Monica schluckte. Die Situation war absurd. Begriffen diese Leute nicht, wie unverschämt sie ihr gegenüber auftraten?

»Besser, Sie sagen uns, wie es wirklich war«, sagte Santesson. »Wir finden es sowieso heraus.«

»Haben Sie und Ihr Mann das Fest gemeinsam verlassen, um aufs Zimmer zu gehen?«, fragte Margit Grankvist und beugte sich vor, sodass ihre Gesichter nur eine Handbreit voneinander entfernt waren.

Der Mangel an Respekt veranlasste Monica, sich zu erheben.

»Harald kam gestern Abend etwa eine Stunde nach mir aufs Zimmer. Davon abgesehen waren wir die ganze Zeit zusammen. Ohne meinen Anwalt werde ich keine einzige Frage mehr beantworten.«

Nora schüttelte sich, bevor sie an die Tür des Konferenzraums klopfte. Es war später geworden, als sie gedacht hatte, aber Henrik hatte das Fest nicht verlassen wollen. Sie war müde und ein bisschen aufgeregt. Warum wollte die Polizei mit ihr sprechen?

Ein bärtiger Polizist öffnete und winkte sie herein. An einem Tisch saß eine Frau, die sich als Kriminalkommissarin Margit Grankvist vorstellte.

»Bitte nehmen Sie Platz«, sagte sie. »Wir haben einige Fragen bezüglich Ihrer Schwiegermutter, Monica Linde, und ihrem Verhältnis zu dem Toten, Bertil Vinterhed.«

Nora wusste, dass Bertil tot war, aber es war dennoch ein Schock, die Worte zu hören. Und was hatte Monica damit zu tun?

»Wir wissen, dass Monica Linde gestern Abend auf der Tanzfläche mit Bertil Vinterhed in Streit geraten ist«, sagte Margit Grankvist. »Haben Sie davon etwas mitbekommen?«

Nora nickte. Sie hatte mit einem von Henriks Seglerfreunden nur wenige Meter entfernt getanzt, als Monica auf Bertil losgegangen war.

»Können Sie uns schildern, was zwischen den beiden vorgefallen ist?«

»Monica war sehr aufgebracht. Sie hat Bertil angeschrien.«

»Was hat sie geschrien?«

»Das konnte ich nicht genau verstehen, die Musik war zu laut.«

»Wie hat Bertil reagiert?«

Nora versuchte, wahrheitsgetreu zu antworten, obwohl die Situation unangenehm war. Wie ein Schulverhör der schlimmsten Sorte.

»Er wirkte sehr verärgert«, antwortete sie nach einer Weile und strich sich übers Haar, obwohl es ihr wie eine nervöse Geste vorkam. »Bertil hat sie angebrüllt und einen alten Drachen genannt.«

»Wie hat sie das aufgenommen?«

»Nicht so gut.«

Monica hatte ausgesehen, als wollte sie Bertil am liebsten umbringen. Normalerweise war ihre Schwiegermutter eher kühl und beherrscht. Nora hatte sie noch nie so aufgebracht erlebt.

Oder so betrunken.

»Können Sie ein bisschen deutlicher werden?«

»Monica war unglaublich wütend.«

»Inwiefern?«

Nora zögerte.

»Ich dachte, gleich springt sie ihm ins Gesicht.«

»Sie meinen, körperlich?«

Nora war nie besonders angetan von ihrer Schwiegermutter gewesen, aber sie sprachen hier von Henriks Mutter, der Großmutter ihrer Söhne.

Sie bereute schon, was sie gesagt hatte.

»Monica würde niemals jemanden körperlich angreifen«, sagte sie. »So ein Mensch ist sie nicht.«

Margit Grankvist beugte sich vor.

»Sind Sie sicher?«

Monica ging im Hotelzimmer auf und ab. Das Bild von Bertils Leiche auf dem Teppichboden wollte ihr nicht von der Netzhaut weichen.

Sie hatte ihm eine Lektion erteilen wollen, mehr nicht. Hatte ihm klarmachen wollen, dass man sich nicht so benehmen konnte. Als er ihre neuen Schuhe ruiniert hatte, war sie ausgerastet, das war der Gipfel seines unverschämten Benehmens an dem Abend gewesen.

Sie hatte sich nicht mehr beherrschen können.

Monica atmete heftig, es war so heiß im Zimmer. Sie öffnete ein Fenster, aber die Luft, die hereinströmte, war genauso warm.

Sie schloss das Fenster mit einem Knall.

Wo war Harald eigentlich? Er hatte gesagt, er wolle sich nur kurz die Beine vertreten. Jetzt war er schon seit über einer Stunde weg. Nie war er da, wenn sie ihn brauchte.

Monica ging ins Bad und ließ sich ein Glas Wasser ein. Es schmeckte auch lauwarm, nach nur wenigen Schlucken goss sie es wieder aus.

Es war schrecklich, dass Bertil tot war. Aber sie konnte nicht so tun, als würde sie um ihn trauern.

Das kommt davon, murmelte sie ihrem Spiegelbild zu.

Montag

Der Bericht des Rechtsmediziners kam schon am nächsten Tag.

Margit holte sich einen Nachmittagskaffee und nahm auf dem Rückweg den Ausdruck mit in ihr Büro. Langsam las sie den Bericht durch.

Bertil Vinterhed war allem Anschein nach an einer Überdosis Schlaftabletten gestorben. Er hatte eine hohe Konzentration des Wirkstoffs Zolpidem im Blut. Das war eine als Narkotikum klassifizierte Substanz, die bei Schlafstörungen eingesetzt wurde. In

Kombination mit großen Mengen Alkohol konnte sie zu schweren Halluzinationen mit tödlichem Ausgang führen.

Margit ließ den Bericht sinken.

In Vinterheds Badezimmer war eine Schachtel starker Schlaftabletten mit dem Namen Zentiva gefunden worden, mit einem Beipackzettel auf Litauisch. Einige Tabletten hatten gefehlt.

Bertil Vinterhed war an dem Abend, als er starb, hochgradig betrunken gewesen, das hatten mehrere Zeugen ausgesagt. Vieles deutete darauf hin, dass er in seinem Rausch und seiner Verwirrtheit Schlaftabletten genommen hatte, ohne die Konsequenzen zu erkennen.

Die Vermutung lag nahe, dass Bertil Vinterhed das Medikament während einer seiner vielen Reisen ins Baltikum gekauft hatte, wo die Apotheken es mit der Kontrolle nicht so genau nahmen. Mehrere Zeugen hatten von seinen Geschäften dort berichtet, und seine Frau hatte bestätigt, dass er im vergangenen Jahr regelmäßig Reisen nach Estland, Lettland und Litauen unternommen hatte.

Wahrscheinlich hatte er die Tabletten gekauft, ohne zu ahnen, wie stark sie waren, besonders in Kombination mit hohem Alkoholkonsum.

Margit klopfte mit dem Stift auf die Schreibtischplatte. Wie kam der Ohrring ins Bild?

Sie hätte nichts dagegen gehabt, die zickige Monica Linde einzubuchten, aber tatsächlich gab es keine konkreten Indizien. Weder dafür, dass es sich um Mord handelte, noch dass Linde irgendetwas damit zu tun hatte.

Sie hatten in Vinterheds Zimmer keine Fingerabdrücke von Monica Linde entdeckt. Vielleicht hatte er den Ohrring ganz einfach gefunden und ihr zurückbringen wollen, war aber gestorben, bevor er dazu kam.

Margit zog die Tastatur heran, um ihren Bericht zu schreiben.

Tod durch Unfall.

Monica nippte an dem Drink, den Henrik ihr gerade im kleinen Wintergarten seines Sommerhauses serviert hatte.

Ein eiskalter Martini, genau das, was ihre Nerven nach den schrecklichen Ereignissen der letzten vierundzwanzig Stunden brauchten.

Die Polizei hatte mitgeteilt, dass Bertil Vinterheds Tod als Unglücksfall eingestuft wurde. Eine Kombination aus Alkohol und der versehentlichen Überdosierung eines Schlafmittels.

»Unerhört«, sagte sie. »Wie konnte die Polizei nur glauben, ich hätte etwas mit Bertils Tod zu tun.«

Sie betupfte sich die Augen mit einem Spitzentaschentuch, das sie in einer entzückenden kleinen Boutique in Brüssel gefunden hatte. Henrik gab seiner Mutter einen Kuss auf die Wange und öffnete die Verandatür einen Spalt.

Die Abendsonne hüllte die falunroten Häuser gegenüber in ein mildes gelbes Licht. Nora hatte das Haus von ihren Großeltern geerbt, es war wirklich zu schade, dass es keinen Meerblick hatte.

Henrik setzte sich in den Korbstuhl neben Monica und nahm einen Schluck von seinem eigenen Drink.

»Die Polizei hat nie einen formalen Verdacht gegen dich geäußert«, sagte er. »Sie haben dir nur ein paar Fragen gestellt.«

»Ich habe mich so angeklagt gefühlt. Du ahnst ja nicht, wie mir das zugesetzt hat.«

»Nun ist es vorbei, Mama«, sagte Henrik. »Jetzt gibt es erst einmal ein schönes Abendessen. Nora hat sich dir zuliebe wirklich angestrengt in der Küche.«

Monica lächelte schwach. Noras Kochkünste hatten sie noch nie beeindruckt, aber Henriks Fürsorge hatte eine wunderbare Wirkung auf ihre Stimmung. Langsam stellte sich eine innere Ruhe ein.

Je mehr sie über die Ereignisse nachdachte, desto weniger tat ihr Bertils vorzeitiges Ableben leid. Im Grunde hatte er es verdient, auch wenn es ein schrecklicher Gedanke war, den man natürlich nicht laut aussprechen konnte.

Sie nahm noch einen Schluck von ihrem Drink und genoss den kühlen Nachgeschmack der Olive.

Die Tür zur Küche ging auf, und der kleine Adam kam herausgestürmt. Er war jetzt sechs Jahre alt und seinem Vater schon so ähnlich.

Sie breitete die Arme aus, um ihren Enkel in Empfang zu nehmen, aber er wich aus und warf sich in Henriks Arme. Er kaute an einem Keks und hatte Krümel in den Mundwinkeln.

Monica schüttelte den Kopf. Nora sollte ihm so kurz vor dem Abendessen nichts mehr geben, das verdarb den Appetit.

»Jetzt vergessen wir diese unschöne Sache«, sagte Henrik und erhob sich, als Harald in den Wintergarten kam. »Möchtest du etwas trinken, Papa?«

Ich entdeckte ihn im selben Moment, als ich mich an den Tisch setzte.

Einer meiner alten Kunden.

Mir wurde schlecht, aber ich riss mich zusammen, um die Kontrolle nicht zu verlieren.

Nicht jetzt, nicht hier.

Ich hatte so hart dafür gearbeitet, meine Vergangenheit hinter mir zu lassen. Ich glaubte, ich sei sicher. Ein neues Land, ein neuer Ehemann, ein anderes Leben.

Auch ich hatte es verdient, glücklich zu werden. Eine zweite Chance zu bekommen.

Ich merkte sofort, dass er mich wiedererkannt hatte. Ein Wechsel des Gesichtsausdrucks, dieses listige Lächeln.

Wenn er meine Vergangenheit aufdeckte, würde alles zusammenbrechen. Mein Mann würde mich verlassen.

Während des Essens versuchte ich, eine Lösung zu finden. Ich spielte meine Rolle gut, keiner merkte mir an, wie aufgebracht ich war. Ich trank meinen Tischnachbarn zu und lachte, als würde ich den Abend wirklich genießen.

Als Bertil mich zum Tanz aufforderte, wäre ich am liebsten in Tränen ausgebrochen. Aber ich biss die Zähne zusammen und lächelte.

Ich lächelte auch noch, als er vorschlug, ich solle später am Abend in sein Hotelzimmer kommen, aus alter Freundschaft.

Ich lächelte, als er mich an die alten Zeiten in Vilnius erinnerte, und als er andeutete, er werde mein Geheimnis bewahren, sofern ich ihm zu Diensten sei.

Ich lächelte immer noch, während ich uns in seinem Hotelzimmer Champagner einschenkte.

Als ich die Schlaftabletten im Bad fand, begriff ich, was zu tun war. Sie boten einen Ausweg, eine Möglichkeit, dass alles so blieb, wie es gewesen war, bevor er mich wiedererkannt hatte.

Es war nicht schwer, einige Tabletten zu zerbröseln und in Bertils Glas rieseln zu lassen. Er war schon so betrunken, dass er das Glas in einem Zug austrank. Ich brauchte nicht lange zu warten, bis er zusammenbrach und ich gehen konnte.

Es war kindisch, Monicas Ohrring in Bertils Hand zu legen, aber es geschah ihr nur recht. Ich hatte gesehen, wie sie ihn verlor, und ihn ihr zuerst zurückgeben wollen. Aber ich weiß genau, was sie und alle anderen Frauen in diesen Kreisen über mich denken. Für sie bin ich nur eine Glücksjägerin, eine, die einen dreißig Jahre älteren Mann allein des Geldes wegen heiratet.

Diese Art von Klatsch kümmert Fredrik nicht im Geringsten. Aber er würde nie akzeptieren, dass seine Frau einmal eine Hure war.

2002

Ein Mittsommernachtstraum

Am Morgen war er ausgeruht und gut gelaunt. Sie selbst hatte schlecht geschlafen und war immer wieder aufgewacht.

Aber als sie sein breites Lächeln in der Morgensonne sah, fiel die Anspannung von ihr ab. Heute würde wohl ein guter Tag werden. Sie brauchte einen guten Tag.

»Soll ich Kaffee machen?«, fragte sie und bot an, zur Sandhamnsbäckerei zu gehen.

Anschließend saßen sie in behaglicher Stille auf der Veranda, jeder in seine Zeitung vertieft. Hin und wieder machte er eine Bemerkung über einen Artikel, der sein Interesse geweckt hatte. Es war noch früh, und sie hatten keine Eile.

Im Laufe der Jahre hatte sie gelernt, seine Stimmungen zu erspüren. Sie war die ganze Zeit auf der Hut, versuchte ihn zu deuten, so wie ein Meteorologe das Wetter deutete. Jeden Wechsel, jede Veränderung des Mienenspiels, die einen Wetterumschwung ankündigen konnte.

Unwetter und nahende Gefahr.

Wenn sie ihn so betrachtete, tief in die Morgenzeitung versunken, überkam sie trotz allem ein zärtliches Gefühl. Wie sie hier zusammen saßen, waren sie wie ein altes Ehepaar.

Warum konnte es nicht immer so sein?

Donnerstag

Eva Lenander versuchte, die Einsamkeit an dem sonnigen, lang gezogenen Sandstrand zu genießen. Hier im Süden von Sandhamn war es fast immer menschenleer. Es gab nur wenige Häuser, und Touristen verirrten sich selten hierher.

Es war schön, einmal eine Weile allein zu sein und nachzudenken. Manchmal war der Morgenspaziergang die einzige Zeit des Tages, in der sie nicht von einer Menge Leute umgeben war. Bei zwei Kindern und Hund gab es immer jemanden, der ihre Aufmerksamkeit forderte.

Und Micke …

Eva schluckte bei dem Gedanken an ihren Mann und steckte die Hände tief in die Jackentaschen. Sie musste positiv denken, durfte sich nicht in düstere Gedanken hinabziehen lassen.

Morgen war Mittsommerabend, dann ging der Zirkus wieder los. Sie musste die nächsten Tage durchhalten.

Mittsommer war das überschätzteste Fest des Jahres. Sie hasste die ganzen Zwänge, die damit einhergingen. Der Traum von der perfekten Familie und der perfekten Feier. Das schwedische Idyll, das am längsten Tag des Jahres zur Schau gestellt werden sollte.

Dennoch wurden die Erwartungen jedes Jahr wieder durchkreuzt. Immer gab es welche, die zu viel tranken und Streit anfingen, oder aber das Wetter war schlecht. Wie oft hatte sie nicht schon unter einem Regenschirm am Mittsommerbaum gestanden oder tapfer draußen aufgetischt, obwohl sie sich in Wolldecken hüllen mussten, um nicht zu frieren.

Morgen würde sie nichts anderes tun, als ständig zwischen Küche und Festtafel hin und her zu laufen und sich um alles zu kümmern, während Micke sich volllaufen ließ.

Eva versuchte, den Kloß im Hals hinunterzuschlucken.

Eine bekannte Gestalt tauchte einige Hundert Meter vor ihr auf. Oh nein, das war ihre mürrische Nachbarin Karin Selin, die ihr entgegenkam.

Das hatte ihr gerade noch gefehlt. Sie hatte wirklich keine Lust, stehen zu bleiben und einen Schwatz zu halten, so wie es von ihr erwartet wurde. Ob sie wohl einfach mit einem Kopfnicken vorbeigehen konnte, ohne dass Karin es ihr übel nahm?

Eva hatte Karins Mutter Gunnel sehr gern, aber mit der Tochter, die meistens eine Leidensmiene zur Schau trug, kam sie nicht sonderlich gut zurecht.

Noch bevor sie zu einer Entscheidung gekommen war, kam Karins Labrador auf sie zugestürmt, und sie musste stehen bleiben, um den Hund zu streicheln.

Die Plattitüden kamen ganz von selbst.

»Was für ein herrlicher Tag«, sagte sie und richtete sich auf. »Hoffentlich hält sich das Wetter.«

Karin lächelte wehmütig.

»Das erinnert mich an letztes Jahr, als Papa uns verlassen hat. Da war das Wetter auch so wunderbar.«

Im Vorjahr war Karins Vater in der Nacht vor Mittsommer plötzlich und unerwartet gestorben.

»Ja, das war schlimm«, murmelte Eva.

»Es ging so schnell, eben war er noch da, und im nächsten Moment hatten wir ihn verloren.«

Eva nickte und strich der Hündin über den Kopf. Wie schnell konnte sie weitergehen, ohne unhöflich zu wirken?

»Er war ein wunderbarer Mensch«, sagte Karin und biss sich auf die Unterlippe.

»Es ist nicht leicht«, murmelte Eva und blickte unauffällig zur Uhr.

»Ich war immer Papas Mädchen. Du bist mein Sonnenschein, hat er immer gesagt.«

Eva wechselte vorsichtig das Thema.

»Nur gut, dass deine Mutter gesund ist«, sagte sie.

Karin nickte.

»Sie hat es mit dem Herzen, aber davon abgesehen geht es ihr gut. Es ist wirklich schön, dass sie Mittsommer bei dir und Micke verbringen kann, da wir ja nach Dalarna fahren.«

Ihre Augen wurden feucht.

»Ich kann dieses Jahr einfach nicht hierbleiben.«

Eva versuchte, zum Ende zu kommen, ohne allzu unhöflich zu sein.

»Gunnel ist uns herzlich willkommen. Sie kann den Mittsommerabend ja schließlich nicht allein verbringen.«

Sie war nie so glücklich gewesen wie am Tag ihrer Hochzeit.

Als sie vor dem Altar standen, hatte ihr das Herz bis zum Hals geklopft. Sie hatte kaum atmen können, weil ihre Liebe so stark war.

Endlich würden sie Ehemann und Ehefrau sein, würden für den Rest ihres Lebens zusammengehören. Sie würden alles teilen, Glück und Kummer, Erfolge und Niederlagen.

Würden einander die besten Freunde sein.

Ihr künftiger Ehemann war groß und gut aussehend, sie wusste, dass viele ihr einen solchen Partner neideten. Insgeheim verstand sie kaum, dass er gerade sie ausgewählt hatte, wo er doch jede andere hätte haben können.

Nach Meinung ihrer Freundinnen hatte sie das große Los gezogen.

Sein Ja hatte kraftvoll durch die Kirche gehallt. Sie selbst hatte ihr Jawort eher geflüstert, obwohl sie doch die Braut und Hauptperson des Tages war.

Später fand sie das geradezu symbolisch.

In der Hochzeitsnacht hatte er sie so fest in seine Arme geschlossen, dass sie fast in seiner Umarmung verschwand.

»Jetzt gehörst du mir, mir ganz allein«, hatte er ihr ins Ohr geflüstert.

Sie hatte alles geglaubt, was er sagte, und jedes seiner Worte geliebt.

Freitag

Eva trank den letzten Schluck Kaffee aus, dann öffnete sie den übervollen Geschirrspüler. Eher fielen Weihnachten und Ostern auf einen Tag, als dass Micke auf die Idee käme, von sich aus die Spülmaschine anzuschalten.

»Ich fahr kurz tanken.«

Micke stand mit strubbeligem Haar und verknittertem Oberhemd in der Tür. Rasiert hatte er sich auch nicht, obwohl es schon halb drei war. Wahrscheinlich hatte er ein Nachmittagsschläfchen auf dem Sofa gehalten, er war gestern bis weit in die Nacht aufgeblieben und war erst lange nach ihr zu Bett gegangen.

»Jetzt?« Eva starrte ihn an. »Der Tanz um den Baum fängt bald an. Und gleich danach kommen unsere Gäste. Wie willst du das schaffen?«

Micke grunzte.

»Wir haben fast kein Benzin mehr, und morgen hat die Tankstelle zu«, sagte er und nahm den Bootsschlüssel aus dem Schlüsselkasten an der Wand. »Wir hatten doch gesagt, dass wir morgen Wasserski fahren wollen, falls das Wetter sich hält.«

»Hätte dir das nicht früher einfallen können?«

»Na, du hast ja eine Laune. Ist das der Dank dafür, dass man behilflich sein will?«

Eva ballte die Fäuste und schlug einen versöhnlicheren Ton an.

»Dann beeil dich wenigstens. Es gibt noch so viel zu tun, und die Kinder wären enttäuscht, wenn du die Mittsommerfeier verpasst.«

Micke verschwand wortlos durch die Wintergartentür. Im selben Moment ging die Küchentür hinter Eva auf.

»Ich bringe den Fisch«, rief eine muntere Stimme.

Eva riss sich zusammen und versuchte zu lächeln, während Nora ein schweres Tablett mit Schüsseln voller eingelegtem Hering und Mixed Pickles hereintrug. Ihre Familien feierten Mittsommer immer zusammen, und sie teilten sich die Zubereitung der Speisen, wenn sie so viele waren.

Eva hatte bereits einen Berg Kartoffeln geschält.

»Stellst du die Sachen erst mal in den Keller?«, bat sie. »Speisekammer und Kühlschrank sind voll.«

»Na klar.«

Nora verschwand die Treppe hinunter.

Sie kannten sich schon so lange, dass sie ganz selbstverständlich im Haus der jeweils anderen ein und aus gingen. Noras jüngerer Sohn Simon und Evas Sohn Fabian waren schon seit dem Krabbelalter beste Freunde. Sie waren zwar erst drei, aber die schlimmsten Kleinkindjahre lagen bald hinter ihnen.

»Wo ist Micke?«, fragte Nora, als sie aus dem Keller zurückkam. »Ich habe gesehen, dass euer Boot weg ist.«

»Er ist tanken gefahren.« Eva verzog unwillkürlich das Gesicht. »Er weiß genau, dass wir um drei am Mittsommerbaum sein müssen, ich fasse es nicht, warum er ausgerechnet jetzt tanken muss.«

Sie wischte mit resoluten Bewegungen die Arbeitsplatte ab.

»Was macht Henrik?«, fragte sie, um das Thema zu wechseln.

Jetzt war Nora an der Reihe, das Gesicht zu verziehen.

»Er spielt Tennis. Er hat auch versprochen, bis dahin zurück zu sein. Aber du kennst ihn ja. Wenn es nicht Tennis ist, dann irgendwas mit Regattasegeln. Es gibt ja so viel zu tun im Urlaub. Warum sollte man da die ganze Zeit bei Frau und Kindern herumsitzen?«

Nora verdrehte die Augen, schien sich aber nicht sonderlich darüber aufzuregen. Eva wünschte, sie könnte die Dinge auch so leicht nehmen. Sie wandte sich ab und stellte ein paar Gläser zur Seite, um nicht zu zeigen, wie verärgert sie war.

Heute Morgen war sie um sechs aufgestanden, um alles zu schaffen. Trotzdem war immer noch jede Menge zu tun. Der

Stress machte sie fertig. Aber gefeiert werden musste, mit eingelegtem Hering und Erdbeeren und allem, was dazugehörte.

»Und an uns beiden, liebe Nora, bleibt mal wieder alles hängen«, sagte sie. »Genau wie immer.«

Sie gab sich keine Mühe, die Bitterkeit in ihrer Stimme zu verbergen, obwohl sie merkte, dass Nora ihr einen besorgten Blick zuwarf.

Wenn er betrunken war, wurde er ein anderer. Ein Mann, der sie vor den Freunden triezte und in aller Öffentlichkeit lächerlich machte. Er war grob und aggressiv.

Anfangs hatte sie versucht, am nächsten Tag mit ihm darüber zu reden. Sie hatte ihn mit Tränen in den Augen angefleht, sie nicht mehr vor anderen Leuten zu demütigen.

Warum musste er seinen Frust an ihr auslassen, wenn irgendwas nicht nach seiner Nase ging? Warum musste er sie anschreien, sodass sie vor Angst Herzrasen bekam?

Sie war seine Frau, nicht seine Feindin.

Er hatte sie verständnislos angestarrt. Hatte irgendwas von Frauen gemurmelt, die aus jeder Mücke einen Elefanten machten. Es sei doch nur Spaß gewesen.

Durfte man in seinem eigenen Haus nicht mal mehr einen Witz machen?

Mit der Zeit hatte sie es aufgegeben. Im Grunde war sie mitschuldig, weil sie blieb. Weil sie sich nicht wehrte, sondern ihn weitermachen ließ.

Sie hätte schon vor langer Zeit weggehen sollen.

Manchmal hatte sie daran gedacht, ihn zu verlassen. Einfach aus der Tür zu gehen, wenn es zu viel wurde. Aber die Sorge um die Kinder hielt sie zurück.

Was würde aus den Kindern werden, wenn die Ehe zerbrach? Wie sollte sie für sie sorgen? Wo sollten sie wohnen?

Jedes Mal, wenn sie kurz davor war, einen Schlussstrich zu ziehen, schien er es zu ahnen. Dann war er wieder zärtlich zu ihr und voller Liebe, er verkniff sich seine Bosheiten und trank weniger Alkohol, und sie begann zu glauben, dass es endlich überstanden wäre.

Sie würden eine richtige Familie sein, in der alle freundlich miteinander umgingen und auch ihre Meinung zählte. Er würde sie vor den Kindern respektvoll behandeln. Sie würden die Ehe führen, von der sie immer geträumt hatte.

Bis es wieder von vorn anfing.

Es fing immer wieder von vorn an.

Nora stand mit den Jungs am Rand von Adolfs Torg, dem kleinen Platz in der Mitte des Dorfes, auf dem die Mittsommerfeier stattfand.

Ausnahmsweise schien die Sonne, und der Reigen wurde in sieben Reihen getanzt. Nora hatte noch nie erlebt, dass so viele Leute an der Feier auf Sandhamn teilnehmen wollten. Sogar die Teenager hatten sich mitreißen lassen. Ein hübsches Mädchen nach dem anderen mit Blumen im Haar wirbelte zu *Små grodorna* und *Räven raskar över isen* im Kreis herum.

Henrik war immer noch nicht vom Tennis zurück, obwohl er versprochen hatte, rechtzeitig da zu sein. Aber Signe hatte sich eingereiht. Jetzt winkte sie einer Freundin auf dem Balkon eines der roten Schärengartenhäuser zu, die um den Platz standen. An jedem Haus wehte die schwedische Flagge.

»Wann gibt es das Eis?«, quengelte Simon neben ihr. »Ich will ein Eis haben.«

Die Feier endete immer damit, dass an alle Kinder ein Eis am Stiel verteilt wurde.

»Bald«, tröstete Nora ihn. »Sie müssen nur erst noch die ›Rakete‹ tanzen. Komm, da machen wir auch mit.«

Sie nahm Simon an die Hand und tauchte mit ihm in die Menge ein.

Als sie vom Tanzen zurückkamen, stand Henrik mit Adam und Signe zusammen am Baum. Signe schleckte an einem Eis, das Adam ihr besorgt hatte.

»Ich dachte, man darf nicht älter als zwölf sein, um ein Eis abzustauben«, sagte Nora mit gespielter Strenge, ohne Henrik zu beachten. »Jedenfalls nicht älter als fünfundsiebzig.«

»Im Herzen bin ich ein Kind geblieben«, erwiderte Signe und schmatzte genüsslich.

»Tut mir leid, dass ich so spät komme«, sagte Henrik in Noras Ohr, es klang aber keineswegs schuldbewusst. »Einer der Jungs wollte unbedingt eine Revanche …«

Nora hatte beschlossen, nicht zu schimpfen. Es reichte schon, dass die Stimmung zwischen Eva und Micke gereizt war, sie wollte nicht, dass es zwischen ihr und Henrik auch so wurde.

»Du machst nachher den Abwasch«, sagte sie nur.

»Hallo zusammen«, rief eine Stimme hinter ihnen. »Fröhlichen Mittsommer euch allen!«

Nora drehte sich um. Gunnel Selin, Evas Nachbarin, kam mit einem Blumenkranz im Haar auf sie zu.

Nora umarmte Gunnel herzlich, froh darüber, dass die alte Dame ihr Lächeln wiedergefunden hatte. Gunnel und Signe hatten sich im letzten Jahr angefreundet und gemeinsam Ausflüge zu den anderen Inseln gemacht. Manchmal aßen sie zusammen im Värdshuset. Es schien beinahe so, als wäre sie ein klein wenig aufgeblüht.

»Dann sehen wir uns nachher bei Eva und Micke«, sagte Gunnel. »Ich freue mich schon auf den leckeren Fisch.«

Das Schlimmste war, dass sie nie wusste, was ihn wütend machte. Manchmal war es ein Satz, manchmal auch nur ein unbedachtes Wort.

Es kam immer völlig überraschend, und sie hasste es aus tiefstem Herzen.

Ihre eigenen Bedürfnisse waren nebensächlich.

Nichts war wichtiger, als seine Reaktionen vorherzusehen. Wie sonst hätte sie wissen sollen, ob sie wieder einmal zur Zielscheibe für seine Gemeinheiten wurde?

Sie bewegte sich auf Zehenspitzen.

Wenn er gute Laune hatte, war er ein wunderbarer Ehemann. Rücksichtsvoll, witzig, ein geselliger Mensch, der es liebte, Gäste zu haben.

Es waren die anderen Male, die sie fürchtete.

Wenn er gestresst oder gereizt war oder Ärger auf der Arbeit gehabt hatte.

Wenn ein Kollege beim Chef besser angesehen war.

Wenn er einen Whisky brauchte, um wieder Mensch zu werden.

Sie war es, an der er seine Wut und seinen Frust ausließ. Eine Scheidung kam nicht infrage, das konnte sie den Kindern nicht antun. Außerdem würde er sie nie freigeben, so viel hatte sie begriffen. Seine Launen waren in den vergangenen Jahren nicht besser geworden.

Er würde sie nie freiwillig gehen lassen, und sie würde es nie wagen, darum zu kämpfen. Sie hatte allzu oft erlebt, wie er tobte.

Wenn er herausbekam, dass sie wegwollte, war ihm alles zuzutrauen.

Das schöne Wetter hatte sich wider Erwarten gehalten. Nora ließ den Blick in die Runde schweifen. Es kam nicht oft vor, dass sie am Mittsommerabend unter strahlend blauem Himmel draußen essen konnten.

Eva hatte zahllose Variationen von eingelegtem Hering und Berge von neuen Kartoffeln aufgetischt. Sie hatte die Tafel schön gedeckt und Vikabröd aus Dalarna in großen Körben hingestellt. Ein Teller mit altem Cheddar und einem Stück Västerbottenkäse stand daneben. In einem alten Zinkeimer lagen Schnapsflaschen auf Eis, und es gab drei verschiedene Sorten Bier.

Niemand machte sich solche Mühe wie Eva, wenn es etwas zu feiern gab. Sie setzte ihren ganzen Ehrgeiz daran, die perfekte Gastgeberin zu sein. Heute Abend hatte sie eine handgestickte Tischdecke aufgelegt, ein Erbstück ihrer Großmutter, wie Nora wusste.

Micke schenkte den Schnaps aus. Er füllte die Gläser bis zum Rand nach, obwohl sie alle schon ordentlich getrunken hatten.

»Skål zusammen«, rief er laut. »Schönen Mittsommer euch allen.«

Sein Blick war schon nicht mehr ganz klar. Nora merkte, dass es Eva nicht passte.

»Skål, meine Göttergattin«, rief Micke. »Na komm schon, trink mit. Mach nicht so ein Gesicht.«

Micke langte nach dem Käse und stieß dabei sein Glas um. Der goldgelbe Schnaps bildete einen großen ovalen Fleck.

»Was machst du denn?«, rief Eva und sprang von ihrem Stuhl auf.

Sie griff nach einer Serviette und versuchte, den Fleck aufzutupfen, obwohl deutlich war, dass es nichts nützte.

Micke stellte das Glas hin und griff nach der Schnapsflasche.

»Jetzt mach nicht so einen Aufstand«, brummte er. »Ist doch egal. Passiert ist passiert.«

Eva presste die Lippen zusammen, während Micke das Glas erneut bis zum Rand füllte.

»Skål, und runter damit!«, rief er aus, ohne in Evas Richtung zu blicken.

»Das geht beim Waschen raus«, versuchte Nora zu trösten, aber Eva stand vom Tisch auf.

»Ich hole nur schnell einen Lappen«, sagte sie leise und ging eilig hinauf zum Haus.

Wenn er regelmäßig Gewalt angewandt hätte, wäre es leichter gewesen, dachte sie manchmal. Einen Mann, der sie verprügelte, hätte sie verlassen, jedenfalls glaubte sie das. Einen gewalttätigen Mann hätte sie nicht ertragen.

Aber so weit ging er selten.

Die wenigen Male, die er die Grenze überschritt, rutschte ihm »nur« die Hand aus, woran er sich am nächsten Morgen nicht mehr erinnerte.

Dafür benutzte er seine andere Waffe, die scharfe Zunge. Es waren die Bosheiten, die sie zermürbten, die gemeinen Bemerkungen, die ihr Selbstvertrauen untergruben und sie zu einem Nichts schrumpfen ließen. Seine Art, sie kritisch zu mustern. Am Ende wagte sie kaum noch, eine eigene Meinung zu haben.

Sie wusste, dass sie kein Dummkopf war. Aber mit der Zeit traute sie sich immer weniger, etwas zu sagen, um zu vermeiden, dass er sie herunterputzte. Sie zweifelte an ihren eigenen Gedanken und Ansichten, und ihr Selbstwertgefühl lag am Boden.

Sie hasste es, wenn er sich auf ihre Kosten lustig machte. Wenn er die anderen dazu brachte, über sie zu lachen, und sie gezwungen war, mitzulachen. Wie oft hatte sie nicht schon bei Einladungen am Tisch gesessen und ein Lächeln aufgesetzt, um zu zeigen, dass sie keine Mimose war, die jedes Wort übel nahm.

Innerlich weinte sie.

Warum musste er sie immer bloßstellen? Warum nahm er keine Rücksicht auf ihre Gefühle?

Manchmal spielte sie mit dem Gedanken, wie es wäre, wenn er einfach sterben würde. Wäre er tot, dann wäre sie frei, und alle Probleme würden verschwinden.

Sie dachte immer öfter daran.

Eva war immer noch nicht zurückgekommen. Nora blickte zum Haus, konnte sie aber nirgends entdecken.

Eva und Micke fochten ihre Reibereien seit vielen Jahren aus, aber jetzt schien es schlimmer denn je zu sein. Die Bitterkeit in Evas Augen, als sie in der Küche standen, hatte Nora erschreckt.

Gunnel, die ihr schräg gegenübersaß, beugte sich zu ihr.

»Was für ein herrlicher Abend«, sagte sie lächelnd.

Die alte Frau trug ein schönes Sommerkleid mit klein geblümtem Muster und darüber die weiße Strickjacke, die sie bei jedem Mittsommerfest angehabt hatte, so lange Nora zurückdenken konnte. Aber die schicke Kurzhaarfrisur war neu, und gefärbt hatte sie ihr Haar auch. Das hatte sie noch nie getan.

»Das hier ist so typisch schwedisch«, sagte Gunnel versonnen. »Mittsommer ist unser wahrer Nationalfeiertag, viel mehr als der sechste Juni.«

Nora blickte hinaus aufs Meer, wo die Sonnenreflexe auf den Wellen tanzten. In weiter Ferne zeichnete sich ein weißes Segel am Horizont ab. Die letzte Waxholmfähre des Tages glitt gerade durch den Sund, mit umkränzten Türen und Flaggenschmuck.

Sie musste Gunnel zustimmen. Der Nationalfeiertag, der vor zwei Jahren eingeführt worden war, schien bei Weitem nicht so wichtig wie der Mittsommerabend zu sein. Das Mittsommerfest war tief in der schwedischen Volksseele verankert.

Gunnel wirkte nachdenklich, so als sei ihr plötzlich eine Erinnerung gekommen.

Es war sicher nicht leicht, nach einer so langen Ehe allein zurückzubleiben. Aber es war nicht ungewöhnlich, dass die Männer zuerst starben. Es gab leider viele alte Witwen auf der Insel.

Die Abendsonne glättete Gunnels Gesicht, ihre Züge wurden ebenmäßiger, und der Mund wirkte entspannter. In jungen Jahren musste sie schön gewesen sein. Gunnel hatte feine Gesichtszüge und warme braune Augen. Sie hatte ihre Figur behalten, obwohl sie nicht sehr an ihrem Äußeren interessiert zu sein schien.

»Jetzt singen wir«, rief Micke und stimmte mit dem Glas in der Hand ein Lied an.

Der Schatten, der sich über Gunnels Augen gelegt hatte, verschwand. Mit begeistertem Lachen und leicht verschwommenem Blick schloss sie sich dem Gesang an.

Nora lächelte leicht. Gunnel hatte wohl auch schon einen kleinen Schwips. Aber das war vielleicht ganz gut so; es musste schwer für sie sein, hier zu sitzen und an den Tod ihres Mannes vor einem Jahr zu denken.

Auf der anderen Seite des Tisches hob Henrik sein Glas und prostete Nora zu.

Sie antwortete mit einem Luftkuss. Ihr Ärger war verschwunden. Im Haushalt war er wirklich keine Hilfe, aber verglichen mit Eva und Micke ging es ihnen trotzdem ziemlich gut.

Sie stand in der Küche, atmete tief durch und versuchte sich zu zwingen, ruhig zu bleiben, obwohl die Angst sie bereits gepackt hatte. Ihr Magen zog sich zusammen, und das Herz klopfte wie wild.

Wenn er betrunken war, veränderte sich sein Gesicht. Die Züge wurden schärfer und die Augen schmaler.

In den letzten Jahren war es schlimmer geworden. Mehr Alkohol, weniger Selbstbeherrschung.

»Komm schon, trink einen mit«, hatte er sie gedrängt, als sie am Tisch saßen.

Sie hatte den Kopf geschüttelt.

»Ich möchte nicht.«

»Jetzt hab dich bloß nicht so«, hatte er leise zu ihr gesagt, sodass es kein anderer mitbekam. »Immer bist du dir zu fein für alles.«

Sie hatte die Augen niedergeschlagen und gemerkt, wie sie flammend rot anlief. Die Röte zog ihr übers Gesicht und den Hals hinunter. Am liebsten wäre sie aufgestanden und gegangen, aber das hätte alles nur noch schlimmer gemacht.

Er war jetzt deutlich betrunken, das ließ sich nicht mehr verbergen. Die Atmosphäre am Tisch würde sich bald ändern, sein Gerede war so grob, verglichen mit der ausgelassenen Stimmung der Freunde.

»Also gut, einen kleinen«, murmelte sie mit gezwungenem Lächeln. »Wenn es denn unbedingt sein muss.«

Wie immer lenkte sie am Ende ein. Sie war es so leid, ständig die Situation retten zu müssen.

Aber zu zeigen, wie schlimm es wirklich stand, brachte sie nicht über sich. Sie wollte nicht von den Freunden bemitleidet und bedauert werden. Sie wusste, wie man sich dann im Dorf das Maul zerreißen würde.

Vor allem musste sie die Kinder schützen, die ihren Vater liebten, trotz all seiner Mängel. Sie sollten nichts davon erfahren, wie gemein er in Wirklichkeit zu ihrer Mutter war.

»So gehört sich das«, sagte er und goss ihr einen doppelten Schnaps ein.

Die klare Flüssigkeit rann aus der Flasche ins Glas.

»Jetzt probiert doch bloß mal diesen selbst gemachten Schnaps«, hörte sie jemanden fröhlich sagen. »Johanniskraut von der Insel, das wächst an der Straße nach Fläskberget. Wir haben die Blüten in der ersten Frostnacht gepflückt und den ganzen Winter über im Keller reifen lassen.«

Sie starrte wie hypnotisiert auf ihr Glas. Es war aus altmodischem Kristall, schlanke Blumenranken verzierten den Fuß.

Sie umklammerte es fest und beobachtete ihren Mann aus den Augenwinkeln. Warum konnte er sich nicht mäßigen, so wie alle anderen? Warum musste er der Erste sein, der sein Glas leerte, und dann darauf bestehen, sofort nachzuschenken?

Sein Gesicht war mittlerweile hochrot.

Sie trank einen Schluck Wasser, um den Kloß im Hals hinunterzuspülen. Um sie herum plauderten und lachten die Gäste. Jetzt stimmte er wieder ein Trinklied an. Wie viele hatten sie schon gesungen? Sie hatte den Überblick verloren.

Es würde ein weiterer verdorbener Abend werden, wenn sie die ganze Zeit angespannt dasaß und Angst hatte, die Kinder könnten ihn so sehen.

Eine Entscheidung begann in ihr zu reifen. Das Herz klopfte nicht mehr ganz so wild. Sie zwang sich, die Küchenanrichte loszulassen. Holte tief Luft.

Sie konnte so nicht weiterleben.

Es ging auf halb elf zu, und sie hatten gerade das Dessert verspeist, sonnenreife Erdbeeren mit Schlagsahne und Vanilleeis.

Das war eine Tradition, an der es nichts auszusetzen gab, aber Eva hatte keinen einzigen Bissen hinunterbekommen.

Wenigstens amüsieren sich alle, dachte sie müde. Micke saß bei Henrik und gab mit lauter Stimme eine alte Anekdote aus seiner Wehrdienstzeit zum Besten, während Nora sich mit Signe unterhielt.

Eva fröstelte. Sie war wohl die Einzige in dieser Runde, die kaum Alkohol getrunken hatte. Ein Druck lastete auf ihrer Brust.

»Frierst du?«, fragte Gunnel.

»Es geht schon.«

»Hier, nimm meine Jacke.«

Gunnel zog die Strickjacke aus und reichte sie ihr, ehe Eva protestieren konnte.

»Aber wird dir dann nicht kalt?«

Gunnel lachte übermütig.

»Einem Schärenmädel wie mir?«

Eva fiel ein, dass Gunnel ja auf der Insel geboren war. Sie stammte aus einer alten Sandhamnsfamilie und hatte sicher schon alle Arten von Wetter erlebt. Mit einem solchen Hintergrund neigte man nicht dazu, sich selbst oder andere zu verhätscheln. Gunnels Vater war seinerzeit Lotsenmeister auf der Insel gewesen, genau wie ihr Großvater.

Micke beendete seine Geschichte und lachte selbst am lautesten über die Pointe.

Nora berührte Eva am Arm.

»Soll ich schon mal ins Haus gehen und Wasser aufsetzen?«, fragte sie.

Eva bekam sofort ein schlechtes Gewissen. Was war sie nur für eine Gastgeberin, dass sie nicht einmal für Kaffee zum Nachtisch sorgen konnte?

Sie erhob sich eilig.

»Ich mach das schon.«

»Ich komme mit und helfe dir«, sagte Nora.

Mit je einem voll beladenen Tablett in den Händen gingen sie den schmalen Pfad hinauf, der vom Bootssteg zum Haus führte.

»Was für ein lustiger Abend«, sagte Nora und kicherte. »Aber auf den letzten Schnaps hätte ich lieber verzichten sollen.«

Eva zwang sich zu einem Lächeln.

»Micke hat ganz schön ausgeschenkt«, sagte sie und öffnete die Küchentür. »Wie üblich.«

Nora stellte das Tablett vorsichtig auf der Spüle ab und wandte sich an Eva.

»Ist alles in Ordnung zwischen euch?«, fragte sie. »Du wirkst ein bisschen bedrückt heute Abend.«

Eva sortierte das Geschirr in die Spülmaschine ein, ohne aufzublicken.

»Ganz normal, denke ich«, sagte sie über die Schulter. »Du weißt ja, wie es manchmal ist.«

Nora öffnete den Mund, als wollte sie etwas sagen, schloss ihn aber wieder.

»Hast du eigentlich schon Urlaub?«, fragte Eva in dem Versuch, die Kontrolle zu behalten. Wenn sie jetzt über ihre Ehe redete, würde sie in Tränen ausbrechen.

Nora nickte.

»Sieben Wochen, inklusive dem Rest der Elternzeit«, sagte sie. »Du hättest das Gesicht von meinem Chef sehen sollen, als ich ihm sagte, dass die Bank bis Mitte August auf mich verzichten muss.«

Während Nora die schlimmste Unordnung in der Küche beseitigte, bereitete Eva zwei Tabletts mit Kaffeekannen und Tassen vor. Automatisch öffnete sie die Vitrine, um die Kognakgläser herauszunehmen, zögerte aber mitten in der Bewegung.

Dann resignierte sie. Wenn sie die Gläser jetzt nicht mitbrachte, würde sie später noch einmal gehen und sie holen müssen. Micke würde darauf bestehen, das wusste sie.

Nora nahm eins der schweren Tabletts und öffnete die Küchentür.

»Ich komme gleich«, sagte Eva. »Ich will mir nur einen Pullover holen, dann kann ich Gunnel die Jacke zurückgeben.«

Eva ging die Treppe hinauf ins Schlafzimmer. Sie öffnete eine Kommodenschublade, nahm einen hellblauen Pullover heraus und zog die Strickjacke aus.

Als sie die Jacke zusammenlegen wollte, fiel etwas aus der Tasche und auf den Boden. Es war eine weiße Tablettendose, Eva bückte sich und las das Etikett: *Digoxin.*

Eva betrachtete die Dose.

Digoxin, war das nicht ein Medikament gegen Herzbeschwerden? Ging es Gunnel so schlecht, dass sie ihre Tabletten sogar zu den Nachbarn mitnehmen musste?

Die Ärmste. Erst wurde sie Witwe, und dann verschlimmerten sich auch noch ihre Herzprobleme.

Eva erinnerte sich noch gut an das tragische Ende des Mittsommerfestes im vergangenen Jahr. Alles war wie immer gewesen, als die Gäste sich verabschiedeten und nach Hause gingen. Aber später in der Nacht hatte Arvid einen schweren Herzinfarkt gehabt. Als Gunnel ihn am nächsten Morgen fand, war er bereits tot. Man hatte nichts anderes mehr tun können, als die Leiche zum Festland zu transportieren.

Kein Wunder, dass Karin an diesem Wochenende nicht auf Sandhamn hatte sein wollen. Es war zu schmerzhaft, am ersten Todestag ihres Vaters hierzubleiben. Gunnel war wirklich tapfer.

Eva sank aufs Bett und wischte sich mit dem Handrücken eine Zornesträne ab. Wenn Micke und sie doch auch nur eine solche Ehe hätten wie Gunnel und Arvid. Es ging nicht mehr. Irgendwas musste sich ändern.

Eva steckte die Dose wieder in die Jackentasche und ging zurück in die Küche.

Nora hatte alles sauber gemacht, die Spüle glänzte ebenso wie die Küchenmesser im Messergestell an der Wand.

Wie hypnotisiert streckte Eva die Hand aus und griff nach dem kleinsten, dem mit der spitzen Klinge und dem schmalen Griff, der in der Handfläche verschwand.

Sie hielt es ins Licht.

Die beiden parallelen Adern am Handgelenk waren unter der straffen Haut deutlich sichtbar. Ein einziger Schnitt würde vieles lösen. Sie hatte so lange um ihre Ehe gekämpft, immer mit dem Gedanken an ihre Kinder.

Sie konnte nicht mehr.

Hinter ihr ging die Tür auf. Nora kam herein und legte ihr den Arm um die Schultern.

»Wollen wir runtergehen?«

Eva schluckte und schluckte noch einmal. Sie umklammerte den Messergriff, bevor sie das Messer lautlos in die Spüle gleiten ließ.

»Ich komme.«

Als sie wieder am Tisch saß und das Mitleid der anderen spürte, zerbrach etwas in ihr.

Wie eine Flutwelle brandeten all die Jahre der Erniedrigung in ihr auf. Sie erinnerte sich an jede Kränkung, jede boshafte Bemerkung. Sie würde nicht zulassen, dass er sie auch nur noch ein einziges Mal verletzte.

Weder mit Schlägen noch mit Worten.

Im selben Moment wusste sie, wie es passieren würde. Ruhe

senkte sich auf sie herab, sie atmete leichter in der kühlen Abendluft. Es wurde jetzt rasch dunkel, und die flackernden Kerzen auf dem Tisch konnten die Schatten nicht verjagen.

Sie hob ihr Glas und prostete ihm zu. Dann hielt sie es ihm hin, damit er nachschenkte.

Er schien zuerst verwundert, dann grinste er breit und goss es randvoll mit dem hausgemachten Schnaps.

»Skål, zum Deibel«, lallte er.

Im Schutz der Dunkelheit zog sie das Medikament aus der Tasche. Sie trug sie immer bei sich, die kleine Dose mit Digitalis, dem Extrakt des gleichen schönen rosa Fingerhuts, der in ihrem Garten wuchs. Dem Mittel, das ihre Beschwerden linderte, wenn ihr Herz stolperte.

Eine Tablette genügte normalerweise, mehr als zwei durfte sie auf keinen Fall nehmen. Eine zu hohe Dosis verkehrte die Wirkung ins Gegenteil. Das konnte eine schwere Vergiftung zur Folge haben, sogar mit tödlichem Ausgang, hatte der Hausarzt ihr erklärt. Die Dosierung musste genau eingehalten werden.

Dass die Medizin eigentlich ein Gift war, dessen sich schon die Mönche im vierzehnten Jahrhundert bedient hatten, wusste sie aus dem Discovery Channel. *Dort hatte man auch gesagt, dass der Wirkstoff schon nach weniger als vierundzwanzig Stunden nicht mehr nachweisbar war. Außerdem war er geruch- und geschmacklos.*

Sie entschuldigte sich und erhob sich vom Tisch. Mit Daumen und Zeigefinger zerkrümelte sie vier Tabletten. Hastig ließ sie das Pulver ins Schnapsglas rieseln und rührte mit dem kleinen Finger um. Es löste sich problemlos in der Flüssigkeit auf, als sei das Mittel dazu gedacht, getrunken zu werden, wenn Schlucken nicht ging.

Niemand bemerkte, was sie tat. Die Gäste lauschten Nora, die ein kompliziertes Schnapslied mit vielen Strophen sang, das keiner je zuvor gehört hatte.

Sie glitt zurück an ihren Platz. Vorsichtig berührte sie seinen Arm und schob ihm ihr Glas hin.

»Trink du aus, es ist mir doch zu viel geworden.«

Den Blick auf Nora geheftet, griff er geistesabwesend nach dem Glas. Wie üblich kippte er den Schnaps in einem Zug hinunter.

Er verzog das Gesicht, aber das lag wohl am Johanniskraut. Demselben Johanniskraut, vor dem der Beipackzettel so eindringlich gewarnt hatte. In Kombination mit dem Medikament war es lebensgefährlich. Johanniskraut verstärkte die Wirkung von Digitalis und machte daraus ein tödliches Gift.

Rasch griff sie nach dem Glas, tat es aber bewusst so ungeschickt, dass es zu Boden fiel und zerbrach. Mit dem Schuhabsatz zertrat sie die Scherben. Immer noch beachtete sie niemand.

Am nächsten Morgen war es vorbei.

Als sie am Mittsommertag in ihr gemeinsames Schlafzimmer kam, war er bereits kalt.

Sie war überhaupt nicht zu Bett gegangen, sondern hatte unter einer Wolldecke auf dem Sofa geschlafen. Zuvor hatte sie im Garten sieben verschiedene Blumen gepflückt und sich unters Kopfkissen gelegt.

Sie hoffte, von einem Mann zu träumen, den sie heiraten konnte. In ihrem Alter würde das vielleicht nicht mehr passieren, aber hoffen konnte man ja.

Sie war erst siebzig.

2003

Kinderglaube

Cecilia Norlin lächelte vor sich hin, während sie das Tablett mit Tellern zum langen Tisch am Bootssteg trug. Die Flagge war gehisst, und sie hatte schon die Leine mit den bunten Wimpeln zwischen Bootshaus und Schuppen aufgehängt. Bei den Nachbarn, den Andreassons, flatterte auch ein blau-gelber Wimpel.

Ein Gefühl von Erwartung lag in der Luft, und sie machte einen kleinen Tanzschritt.

Ihr jährliches Krebsessen war etwas, auf das sich Cecilia immer freute. Schon seit ihrer Kindheit war der Beginn der Krebssaison auf Harö gefeiert worden, und sie hatte viele herrliche Erinnerungen an laue Abende, an denen der Mond wie ein runder gelber Käse über dem Horizont stand.

Eine schön gedeckte Krebstafel mit roten Dekorationen und bereitliegenden lustigen Hüten hatte etwas so Festliches. Ausnahmsweise feierten Kinder und Erwachsene gemeinsam und sangen die traditionellen Schnapslieder.

Ihre Lilian hatte schon als Kind gelernt, *Helan går* zu singen. Cecilia schämte sich ein bisschen bei dem Gedanken, musste aber gleichzeitig schmunzeln bei der Erinnerung an die stolze Siebenjährige, die mit allen Erwachsenen angestoßen und vor ihnen gesungen hatte.

Ach, die Zeit drängte, sie musste sich beeilen, um rechtzeitig fertig zu werden. Wenn nur Magnus hier gewesen wäre, um ihr zu helfen. Aber er hatte für ein paar Tage in die Stadt fahren müssen, irgendetwas im Büro war im letzten Moment dazwischengekommen.

Das war in den vergangenen Jahren ziemlich oft passiert. Cecilia stellte das Tablett ab. Häufig musste er an mehreren Tagen in der Woche Überstunden machen, und meistens schliefen sie und ihre Tochter schon, wenn er nach Hause kam.

Magnus war sehr pflichtbewusst. Das war er schon immer gewesen, all die Jahre, die sie verheiratet waren.

»Brauchst du Hilfe?«

Pernilla Andreasson beugte sich über den weißen Lattenzaun. Aus ihrem türkisfarbenen Badeanzug tropfte es, wahrscheinlich hatte sie gerade am Steg gebadet. Sie warf sich ein Handtuch um die Schultern und schüttelte ihr kurzes dunkelblondes Haar, dass die Tropfen nur so flogen.

»Sag einfach Bescheid«, fügte sie lächelnd hinzu. »Thomas kann mit anfassen, falls Magnus nicht rechtzeitig aus der Stadt zurück ist. Er macht gerade ein Schläfchen, aber das kann ja nicht den ganzen Tag dauern.«

Pernilla strich sich eine nasse Strähne aus der Stirn.

»Du weißt ja, wie das mit Polizisten ist, sie können jederzeit und überall schlafen. Aber irgendwann muss auch mal Schluss sein.«

»Kein Problem«, erwiderte Cecilia lächelnd. »Magnus kommt sicher bald. Aber trotzdem danke.«

»Ach, übrigens«, sagte Pernilla. »Für mich brauchst du kein Schnapsglas hinzustellen.«

Cecilia sah sie fragend an. Pernilla strahlte übers ganze Gesicht.

»Sag bloß, ihr …?«

Pernilla nickte.

»Ich bin in der sechsten Woche. Endlich.«

Sie strich sich mit der Hand über den flachen Bauch.

»Wir wollten noch warten, bevor wir es erzählen, aber es fällt mir so schwer. Nach allem, was wir durchgemacht haben.«

Cecilia beugte sich vor und umarmte sie.

»Gratuliere. Das ist ja toll.«

Pernilla verschwand in Richtung der alten Scheune, die sie und Thomas letzten Sommer ausgebaut hatten. Sie lag nur einen Steinwurf entfernt von dem Haus, in dem Thomas' Eltern wohnten. Die alten Andreassons waren gute Freunde von Cecilias Eltern, die Familien kannten sich seit vielen Jahren.

Cecilia blickte unwillkürlich auf ihre Uhr. Wo blieb Magnus nur? Er hatte versprochen, rechtzeitig vor den Gästen zu Hause zu sein, und er pflegte seine Versprechen zu halten.

Aber jetzt würden sie alle gleich kommen.

Sie waren drei Familien, die immer die Eröffnung der Krebssaison zusammen feierten. Ihr jüngerer Bruder mit seiner lauten Familie, Pernilla und Thomas mit seinen Eltern, und ihre Mutter Marianne. Insgesamt würden sie dreizehn Personen am Tisch sein, die Kinder eingerechnet.

Das war eine Unglückszahl, aber sei's drum. Cecilia war nicht besonders abergläubisch.

Die Sonne brannte, und Cecilia legte ihre Strickjacke ab, die sie sich nach dem Frühstück, als es noch bewölkt gewesen war, umgehängt hatte. Jetzt war der Himmel aufgeklart, und eine milde, westliche Brise hatte den kalten Nordwind abgelöst. Das Wetter war richtig vielversprechend.

Aus dem offenen Küchenfenster drang das Geräusch einer Backofenklappe, die zufiel. Wahrscheinlich war der Västerbottenpai gerade hineingeschoben worden, Mariannes Spezialität mit rotem und schwarzem Seehasenrogen obendrauf.

Mamilein, dachte Cecilia gerührt und schüttelte dann den Kopf über sich selbst. Heute war sie wirklich sentimentaler, als die Polizei erlaubte.

Ihre Mutter war vor zehn Jahren Witwe geworden, aber erstaunlich rüstig für ihr Alter. Letztes Jahr war sie in ein kleineres, leichter zu pflegendes Haus gleich um die Ecke gezogen und hatte Cecilia, Magnus und Lilian die schöne weiße Kaufmannsvilla überlassen, die ihr Vater in den Zwanzigerjahren gekauft hatte. Cecilia liebte das alte Haus über alles, von den Sprossenfenstern und den altmodischen Tapeten bis zu den verzierten Kachelöfen aus Gustavsberg.

An der Aussicht von der Veranda konnte sie sich nie sattsehen.

Hier auf Harö hatte Cecilia, wie schon zuvor ihre Mutter, die Sommer ihrer Kindheit verbracht, und jetzt wohnte sie mit Magnus und Lilian hier.

Lilian wurde langsam groß. Ihr einziges Kind wurde im August vierzehn.

Gedankenverloren hielt Cecilia einen Moment inne, den Teller in der Hand. Eben noch hatte sie einen Säugling im Arm gehalten, und im nächsten Moment war daraus ein echter Teenager geworden. Wo war nur die Zeit geblieben? Sie erinnerte sich noch genau an den Duft der Babyhaut an ihren Lippen, an das Köpfchen mit dem flaumigen Haar. Oft hatte sie stundenlang dagesessen, in einer Art hilflosem Staunen über den kleinen perfekten Menschen, der endlich in ihr Leben gekommen war. Hingerissen und tief verwirrt zugleich.

»Kommst du zurecht?«

Die Stimme ihrer Mutter riss Cecilia aus ihren Gedanken.

Sie kam mit einem Tablett voller Bier- und Schnapsgläser aus dem Haus. Am Ansatz ihrer kurzen blonden Haare schimmerte es leicht grau, aber davon abgesehen konnte man kaum glauben, dass sie bald achtzig wurde.

»Ja, alles gut.«

Cecilia legte schuldbewusst die letzten Bestecke auf den Tisch.

»Mir wurde auf einmal so nostalgisch zumute«, gab sie zu. »Weißt du noch, als Lilian klein war und die Gäste mit Schnapsliedern unterhalten hat?«

Marianne lachte.

»Oh ja. Sie konnte alle mit ihrem Charme verzaubern, unsere Süße.«

Wie hatten sie auf ihr Töchterchen gewartet.

Magnus und sie hatten es schon fast aufgegeben. Sie hatten alles versucht, von Hormonbehandlung bis hin zur künstlichen Befruchtung. Es war eine anstrengende Zeit gewesen. Ihr ganzes Leben hatte sich nur noch um Eisprünge und Temperaturmessungen gedreht. Ihr Liebesleben war mechanisch geworden, ein Mittel zum Zweck.

Zu guter Letzt war sie doch noch schwanger geworden, dank eines Samenspenders. Es war der letzte Versuch gewesen, alles Weitere hätte die Krankenkasse nicht mehr bezahlt.

Cecilia würde nie den Moment vergessen, als sie ihre Tochter zum ersten Mal im Arm hielt. Nichts hatte sie auf dieses stürmische Glück vorbereitet. Eine Urkraft hatte von ihr Besitz ergriffen, und nichts auf der Welt war wichtiger gewesen als ihr kleines Mädchen.

Und dabei war es geblieben. Cecilia war ständig um Lilian besorgt. Oft ohne Grund. Aber in der letzten Zeit hatte sich ihre Tochter verändert. War stiller geworden, mehr in sich gekehrt. Oder bildete sie sich das ein? Vielleicht lag es an der Pubertät.

Ihre Mutter hatte die Gläser auf die Plätze verteilt. Der Tisch sah schon richtig gut aus, mit bunten Krebsservietten neben den Tellern und den mundgeblasenen Schnapsgläsern, die sie von ihren Großeltern geerbt hatte.

»Wo bleibt Magnus eigentlich?«, fragte ihre Mutter. »Müsste er nicht bald kommen?«

Cecilia hatte gerade auf ihre Uhr gesehen.

»Doch, er hätte längst hier sein müssen«, sagte sie. »Ich werde ihn anrufen und fragen, wo er steckt.«

Marianne betrachtete ihre Tochter forschend. Sie strich sich mit der Hand über den Nacken, wie sie es immer tat, wenn sie sich unwohl fühlte.

»Ich will mich ja nicht einmischen«, begann sie. »Aber ist bei euch alles in Ordnung?«

Sie drehte eins der letzten Gläser in der Hand.

»Ich meine, Magnus war in diesem Sommer kaum hier.«

»Natürlich ist bei uns alles in Ordnung.«

Cecilia hörte selbst, wie schnell ihre Antwort kam, und eine kleine Stimme in ihr flüsterte, dass sie Magnus in den vergangenen Jahren ein bisschen vernachlässigt hatte. Nicht bewusst, ganz und gar nicht, aber sie hatte so viel mit ihrer Tochter zu tun gehabt, seit sie in die Schule ging. Das ganze Hinbringen und Abholen und die Trainings mit der Fußballmannschaft und die Hausaufgaben …

Lilian kam an erster Stelle, aber so sollte es auch sein. Sie war der Mittelpunkt ihres Lebens. Magnus verstand das, es wäre ja auch noch schöner, wenn nicht.

»Ich wundere mich nur«, sagte ihre Mutter. »Wenn du mich fragst, hätte er schon gestern Abend hier sein müssen, als Lilian aus dem Konfirmationscamp zurückgekommen ist. Sie war immerhin drei Wochen weg, so lange wart ihr doch noch nie getrennt.«

Sie strich eine Falte in der roten Tischdecke glatt, ohne Cecilia in die Augen zu sehen.

»Es kommt mir so vor, als wärt ihr euch … nicht mehr sehr nah, Magnus und du«, sagte sie leise.

»Wie meinst du das?«

»Ich musste daran denken, als du neulich mit Pernilla gesprochen hast. Sie und Thomas sind so liebevoll miteinander, ständig müssen sie sich berühren. Hast du nie darüber nachgedacht?«

Cecilia wurde ärgerlich.

Thomas und Pernilla waren zehn Jahre jünger und erst seit ein paar Jahren verheiratet. Außerdem erwarteten sie ihr erstes Kind, dann waren alle Paare frisch verliebt. Man konnte doch eine solche Beziehung nicht mit einer langen und stabilen Ehe wie ihrer vergleichen.

»Magnus und ich haben ein gutes Leben zusammen«, sagte sie und ärgerte sich noch mehr, weil sie so defensiv klang.

Warum musste ihre Mutter gerade heute davon anfangen? War

sie sauer, weil Magnus noch nicht aufgetaucht war und ihnen die ganzen Vorbereitungen überließ?

»Wir geben uns Freiraum«, fuhr sie fort. »Manchmal mache ich mehr zu Hause, und manchmal er. Das muss nicht immer millimetergenau verteilt sein.«

»Es ist wichtig, dass man sich gegenseitig berührt, das hat dein Vater immer gesagt.«

Cecilia war kurz davor zu sagen, dass die Ehe der Eltern auch nicht immer nur eitel Sonnenschein gewesen war, aber sie hielt sich zurück.

Stattdessen ging sie um den Tisch herum und ordnete den Strauß Wiesenblumen in der Vase. Sie hatte sie selbst am Morgen gepflückt. Butterblumen, Löwenzahn und Margeriten.

»Wir haben uns etwas zusammen aufgebaut«, sagte sie beherrscht. »Schau dir nur unsere Lilian an, dann weißt du, was ich meine.«

»Empfindet Magnus das auch so?«

»Natürlich«, erwiderte Cecilia, ohne sich länger zurückzuhalten. »Hör jetzt endlich auf, zum Kuckuck! Misch dich nicht in unsere Ehe ein, Mama. Uns geht es gut.«

Ihre Mutter biss sich auf die Lippe.

»Ich habe es nur gut gemeint«, sagte sie leise. »Du brauchst nicht gleich so grob zu werden.«

Cecilia nickte.

»Lass uns das Thema wechseln«, sagte sie versöhnlich. »Hast du Lilian gesehen?«

»Den ganzen Tag noch nicht. Eigentlich nicht, seit sie gestern Abend nach Hause gekommen ist, wenn ich es recht bedenke.«

Ihre Mutter klang tatsächlich ein bisschen entschuldigend. Vielleicht hatte sie eingesehen, dass sie zu weit gegangen war?

»Hoffentlich wird sie nicht krank«, fuhr Marianne fort. »In diesen Camps steckt man sich so schnell an. Du auch, als du ein Kind warst.«

Cecilia nickte.

»Ich gehe hoch und sehe nach, sie ist sicher in ihrem Zimmer und faulenzt. Aber sie kann gerne bei den Vorbereitungen helfen, die Gäste kommen in einer Stunde.«

Cecilia ging zum Haus zurück und öffnete die Terrassentür zum Wohnzimmer.

An der Wand hing ein Bild der Familie, es war eines ihrer Lieblingsfotos. Lilian war damals sieben gewesen, sie lachte mit Zahnlücke in die Kamera, und Magnus hatte den Arm um seine Frau gelegt.

Die Worte ihrer Mutter gingen ihr durch den Kopf. Hatte sie Magnus vielleicht doch vernachlässigt?

Es war tatsächlich lange her, dass sie miteinander geschlafen hatten. Manchmal hatte sie Schuldgefühle deswegen, aber insgeheim war sie froh, dass er keinen Sex mehr von ihr wollte. Sie war abends oft so müde, dass sie wie ein Stein ins Bett fiel, und Magnus arbeitete sowieso dauernd bis in die Nacht.

Es gab so viel anderes, worauf man eine stabile Ehe aufbauen konnte. Zusammengehörigkeit, Vertrauen, Freundschaft.

Elternschaft.

Sie waren jetzt seit zwanzig Jahren zusammen. Man konnte nicht erwarten, dass sie es im Bett immer noch wie die Kaninchen trieben. Wenn Thomas und Pernilla erst ein paar Jahre länger verheiratet waren, würden sie auch lieber schlafen, als Sex zu haben. Der Körper stellte sich um, wenn man Kinder hatte, die Prioritäten waren einfach andere, so war das bei allen.

Cecilia streckte die Hand zum Foto aus und strich mit den Fingerspitzen über Lilian.

Normalerweise war Lilian ein richtiger Sonnenschein, sie probierte stundenlang Cecilias Kleider an und spielte mit ihrem Make-up und ihrem Schmuck, um sich hübsch zu machen. Manchmal gingen sie zusammen shoppen und verbrachten ganze Nachmittage damit, durch die Boutiquen zu ziehen und sich Kleider anzusehen.

Aber das hatten sie schon lange nicht mehr gemacht. Seit ein paar Monaten lief sie oft in weiten Pullovern herum und hatte kaum Lust, sich die Haare zu bürsten. Sobald sie aus der Schule nach Hause kam, schloss sie sich in ihrem Zimmer ein und spielte immer wieder dieselbe eintönige Musik.

Vielleicht sollte sie einmal mit Joakim sprechen, dem Konfirmationspfarrer, wenn es nicht besser wurde?

Lilian hatte während der Treffen im Frühjahr guten Kontakt zu ihm bekommen. Einmal hatte Joakim sie nach Hause gefahren, und Lilian hatte von ihm geschwärmt, dass man meinen konnte, sie sei in ihn verliebt.

Cecilia seufzte. Lilian war in der Pubertät. Wahrscheinlich war es nur eine Phase, mehr nicht.

Durch das offene Fenster sah man Segelboote auf ihrem Weg durch den Sund, um das Wochenende im Schärengarten zu feiern. Die Sonne glitzerte auf den Wellen, und kleine Lichtreflexe schnellten über die Wasseroberfläche. An ihrem hauseigenen Steg dümpelte das alte Ruderboot der Familie, mit dem sie an stillen Sommerabenden hinausfuhren und Netze auswarfen.

Es war ein viel zu schöner Tag, um sich in düsteren Gedanken zu verlieren.

Sie ging in die Küche und kontrollierte das Handy, das zum Laden auf der Anrichte lag. Sie musste Magnus anrufen und fragen, wo er blieb. Langsam wurde es knapp für ihn. Es war gleich zwei Uhr, und um drei versammelten sie sich immer zum traditionellen Boulespiel, bevor das Krebsessen richtig losging.

Wo steckte er nur? Musste sie sich Sorgen machen?

Ihr Herz klopfte schneller, als sie Magnus' Nummer wählte. Es klingelte mehrmals am anderen Ende, dann schaltete sich die Mailbox ein. Was sollte sie sagen? Sie wollte weder nörgelig noch übertrieben ängstlich klingen.

»Wann kommst du? Bitte ruf an, sobald du kannst.«

Sie zögerte.

»Ich mache mir langsam Sorgen«, fügte sie hinzu und legte auf.

Sie stöpselte das Ladekabel wieder ein und überlegte, ob sie vielleicht einige seiner Freunde anrufen sollte. Sicherheitshalber.

Nein, sie bildete sich das nur ein. Es war alles in Ordnung.

Lilians Zimmer war ganz oben im zweiten Stock, mit Eisenkamin und Tapeten mit einem Muster aus hellgelben Rosenknospen.

Cecilia ging langsam die Treppe hinauf und ließ die Hand über das blank polierte Holzgeländer gleiten.

Ihre Tochter bewohnte dasselbe Zimmer, das sie selbst als Kind gehabt hatte. Die Fenster zeigten nach Süden und Westen und boten Aussicht aufs Meer. Wenn die Sonne unterging, badete der Raum in einem warmen, rotgelben Licht.

Als Kind hatte sie oft in der Fensternische gesessen und den farbenprächtigen Sonnenuntergang betrachtet, bis die Sonne hinter der Insel verschwand. Es war ihr absoluter Lieblingsplatz im Haus gewesen.

Sie öffnete die Tür vorsichtig einen Spalt.

Lilian lag immer noch im Bett, kaum sichtbar unter der hochgezogenen Decke.

»Da bist du ja, meine Süße«, sagte Cecilia weich. »Ich dachte, du kommst vielleicht runter in die Küche und hilfst mir bei den Vorbereitungen.«

Lilian schüttelte den Kopf.

»Die Gäste sind gleich da. Freust du dich schon auf deine Cousins und Cousinen?«

Lilian rührte sich immer noch nicht. Die blonden Haare klebten ihr im Gesicht, und sie starrte an die Wand.

Cecilia setzte sich auf die Bettkante und legte die Hand

auf Lilians Stirn. Sie war ganz heiß, vielleicht hatte ihre Mutter doch recht gehabt? Viele wurden krank, wenn sie aus dem Camp kamen, und Lilian war gestern Abend sofort auf ihr Zimmer verschwunden, obwohl Cecilia sich darauf gefreut hatte, ein bisschen zu plaudern und alles über die Zeit im Camp zu erfahren.

»Was ist mit dir, Liebling?«, fragte sie zärtlich. »Fühlst du dich nicht gut?«

Lilian schüttelte den Kopf, ohne etwas zu sagen.

»Du wirkst so bedrückt«, versuchte Cecilia es. »Hat es dir im Camp nicht gefallen?«

Sie wartete einen Moment, ehe sie weitersprach.

»Liebes? Meinst du nicht, wir sollten darüber sprechen? Ich sehe doch, dass du etwas hast.«

Die Stille kam ihr auf einmal so merkwürdig vor.

»Du weißt, dass du mir alles sagen kannst«, versuchte sie es noch einmal.

»Geh weg«, murmelte Lilian. »Lass mich.«

Lilian hatte noch nie so mit ihr geredet. Cecilia legte eine Hand auf ihre Schulter, aber sie schob sie sofort weg. Als Cecilia den Pulloverärmel sah, begriff sie, dass Lilian angezogen unter der Bettdecke lag.

»Ich bin deine Mutter«, sagte sie.

Sie wartete auf eine Reaktion. Schließlich beugte Cecilia sich vor und schlug die Decke zurück, um ihre Tochter zu umarmen. Lilian presste sich in die Kissen und versuchte, sich mit dem Laken zu verhüllen, aber es war zu spät.

Trotz des weiten Pullovers entdeckte Cecilia den gewölbten Bauch. Die Rundung, die dort nicht hingehörte. Die Brüste, die bisher nicht da gewesen waren. Die gespannte Haut über einem Bauch, der flach und weich sein sollte, wie bei allen Mädchen in ihrem Alter.

Cecilia wurde es eiskalt.

»Lilian«, flüsterte sie mit einer Stimme, die kaum trug. »Sag mir, was los ist.«

Die aufsteigenden Schuldgefühle drohten sie zu ersticken. Sie war blind gewesen.

»Lilian?« Ihr Mund war so trocken, dass die Lippen spannten.

Cecilia versuchte zu schlucken, aber es war kein Speichel mehr da.

Lilians Blick füllte sich mit Kummer. Aber auch mit etwas anderem. Ekel. Vor sich selbst. Sie setzte sich auf und schlang die Arme um den Leib. Tränen liefen ihr übers Gesicht, ohne dass sie den Versuch machte, sie wegzuwischen.

»Bist du …?«

Lilian nickte langsam.

»Du bist noch keine vierzehn«, stotterte Cecilia.

Sie hörte das Entsetzen in ihrer Stimme und hatte Mühe, die Worte auszusprechen. Sie fror so sehr, dass sie zitterte.

In einer halben Stunde würde sich der Garten mit erwartungsfrohen Gästen füllen. Draußen zwitscherten die Vögel in den Bäumen. Wie konnte sich alles so normal anhören, wenn das Leben gerade in tausend Stücke zerbrach?

»Er kann nichts dafür«, sagte Lilian so leise, dass es kaum zu verstehen war. »Ich hätte ihn stoppen müssen, aber ich habe es nicht getan.«

War es jemand aus dem Camp gewesen? Nein, so schnell ging das nicht.

Pfarrer Joakim, den sie im Frühjahr getroffen hatte?

Cecilia versuchte, logisch zu denken, aber das passte alles nicht zusammen. Sie schlug sich die Hand vor den Mund, als ihr der nächste Gedanke kam: Magnus wusste es bereits, das war der Grund, warum er noch nicht hier war und auch nicht ans Telefon ging. Er war bestimmt zur Kirche gefahren, um den Mann zur Rede zu stellen.

Sie konnte kaum atmen bei der Vorstellung, wie wütend er

sein musste. Magnus' Wutausbrüche waren furchtbar. Das passierte nicht oft, aber wenn, dann war ihm alles zuzutrauen.

Was, wenn er im Begriff war, etwas Schreckliches zu tun, das sich nicht rückgängig machen ließ und sie alle ins Unglück stürzen würde?

»Du darfst nicht böse auf ihn sein«, sagte Lilian. »Es ist meine Schuld. Ich habe ihn verführt.«

Was sie sagte, klang mechanisch, als ob Lilian etwas wiederholte, was sie nur zu oft gehört hatte.

Aber die Scham in ihren Augen war echt.

»Wer war das?«, presste Cecilia hervor.

Die Worte kam von weit her, als spräche sie unter Wasser.

»Es sollte unser Geheimnis sein«, flüsterte Lilian. »Ich habe ihm versprochen, es niemandem zu verraten.«

»Lilian!«

Cecilia schrie den Namen heraus. Ihr Herz raste, und das Blut rauschte in ihren Ohren. Sie musste die Kontrolle behalten, aber sie wusste nicht, wie.

»Du darfst nicht wütend auf ihn sein, wenn ich es dir sage«, fuhr Lilian mit gesenktem Kopf fort.

Das war zu viel für Cecilia. Sie musste Magnus erreichen, bevor es zu spät war. Sie würde jetzt hinunter in die Küche laufen und ihn anrufen, um ihn aufzuhalten.

»Er hat sich entschuldigt«, flüsterte Lilian. »Ganz, ganz oft.«

Die dünne Stimme drohte zu versagen.

Cecilia musste die Fingernägel in die Handflächen bohren, um sich zum Bleiben zu zwingen.

»Er hat gesagt, du liebst ihn nicht mehr«, fuhr die dünne Stimme fort. »Und dass er nicht ohne Liebe leben kann und ich alles bin, was er noch hat. Dass ihn keiner lieb hat, außer mir.«

Etwas Schweres, Fremdes breitete sich in Cecilias Bauch aus. Übelkeit wallte in ihr auf, und ein saures Aufstoßen füllte ihren Mund.

»Wer?«, stieß sie hervor, obwohl sie es gar nicht mehr wissen wollte.

Sie konnte nicht die Hand ausstrecken, um ihre Tochter zu berühren. Sie würde ihre Tochter nie mehr berühren können.

Lilian sah ihr nicht in die Augen. Stattdessen betrachtete sie den schwellenden Bauch, als ob sie jeden Zentimeter ihres Körpers verabscheute.

Ihre Stimme war kaum hörbar, als sie schließlich flüsterte:

»Papa.«

2005

Ein gutes neues Jahr

Freitag

Sara Grenfors eilte im Laufschritt von der Bushaltestelle zum Kai, wo die Waxholmfähre nach Sandhamn wartete. Der Bus nach Stavsnäs hatte Verspätung gehabt, und die Fähre würde in wenigen Minuten ablegen.

Sie sank auf einen freien Platz und öffnete die Daunenjacke. Versuchte, nicht zu weinen.

Es tutete drei Mal, dann setzte sich das Schiff in Bewegung. Das Meer vor dem Fenster war bleigrau, die Sonne ging bereits unter, obwohl es erst drei Uhr nachmittags war.

Sara stand auf, um in die Cafeteria zu gehen und sich einen Becher Tee und eine Zimtschnecke zu kaufen. Sie vertrug keinen Kaffee mehr, davon wurde ihr schlecht.

Ein großer, blonder Mann stand als Letzter in der Schlange, als sie ankam. Sarah erkannte ihn, das war Thomas Andreasson, ein Kollege ihres Bruders. Sie waren sich ein paarmal bei Linus zu Hause begegnet.

Sie zögerte, hatte eigentlich keine Lust auf ein Gespräch, aber Thomas hatte sie schon gesehen, also nickte sie ihm zu. Obwohl es so schien, als erinnerte er sich nicht an sie.

»Sara Grenfors«, erklärte sie. »Die Schwester von Linus.«

»Ja, richtig«, erwiderte er, ohne sie wirklich anzusehen. »Entschuldigung.«

Es wurde still. Sara wünschte, sie wäre etwas später zur Cafeteria gegangen. Thomas sagte kein Wort.

»Du willst also Silvester auf Harö feiern?«, fragte Sara, um die Stille zu beenden.

»Das hatte ich vor.«

Sara suchte in ihrem Gedächtnis nach dem Namen von Thomas' Frau.

»Ist Pernilla schon draußen?«

Thomas blinzelte ein paarmal und rieb sich mit der Hand über die unrasierten Wangen.

»Wir sind nicht mehr zusammen.«

»Oh, entschuldige.«

Mehr denn je wünschte sie, dass sie auf ihrem Platz geblieben wäre, anstatt zur Cafeteria zu gehen. Jetzt bemerkte sie auch, dass er keinen Ehering trug.

»Ich wollte nicht …«, murmelte sie und wurde rot.

Sie wusste nicht, was sie sagen sollte, wurde aber dadurch gerettet, dass Thomas an der Reihe war und bestellte. Als er ihr den Rücken zuwandte, schlüpfte Sara auf die Toilette und schloss hinter sich ab.

Sie schämte sich, und ihre Augen brannten vor Tränen, obwohl sie unmöglich hatte wissen können, dass er von seiner Frau getrennt war. Aber sie war ein solches Nervenwrack, sie weinte über alles und nichts.

Sie wusch sich das Gesicht mit kaltem Wasser und ging zurück zu ihrem Platz. Für den Rest der Reise tat sie so, als würde sie schlafen.

Sara musste sich eine ganze Weile durch den hohen Schnee kämpfen, bevor sie am Sommerhaus tief im Wald ankam. Es war lange her, dass sie auf Sandhamn so viel Schnee gesehen hatte.

Sie setzte den schweren grünen Rucksack ab und zog die Hausschlüssel aus der Tasche. Wie üblich wusste sie nicht genau, welcher es war. Aber beim zweiten Versuch ging die Tür auf, und sie nahm den Rucksack und trat ein.

In der Diele roch es feucht und muffig, hier war seit Monaten niemand mehr gewesen. Ihre Eltern machten das Haus im

Oktober winterfest und erst zu Ostern wieder auf. Sicherheitshalber stellten sie auch das Wasser ab, deshalb musste sie das als Erstes wieder anstellen.

»Du willst also Silvester wirklich auf Sandhamn verbringen?«, hatte ihre Mutter gefragt, als Sara sie nach Weihnachten angerufen hatte. »Ganz allein?«

Sara hatte mit dem Telefon in der Hand im Wohnzimmer gestanden. Im Bücherregal hinter dem Sofa klafften große Lücken, Niklas hatte all seine Bücher mitgenommen. Das meiste andere Zeug hatte er dagelassen, als er am Tag nach dem Luciafest ausgezogen war. Das Doppelbett im Schlafzimmer grinste sie durch die halb offene Tür höhnisch an.

»Ja«, erwiderte Sara leise. »Das habe ich vor.«

»Willst du nicht lieber zu uns kommen?«, fragte ihre Mutter. »Ich finde es nicht gut, wenn du dich mit deinem Kummer in der Einsamkeit vergräbst.«

»Ist schon okay. Ich will nur meine Ruhe haben und ein paar Tage richtig ausschlafen.«

Sie hatte mehrere Einladungen von wohlmeinenden Freundinnen ausgeschlagen. Schon bei dem Gedanken, den Silvesterabend mit feierlustigen Paaren zu verbringen, drehte sich ihr der Magen um. Sie konnte nicht so tun, als würde sie fröhlich auf das neue Jahr anstoßen, wenn ihr einfach nur zum Heulen war.

Der Schnee unter ihren Stiefeln begann zu schmelzen und bildete eine Pfütze auf dem Dielenboden. Es war zwecklos, sich in trüben Gedanken zu verlieren. Sie musste das Haus aus der Winterruhe holen, bevor der Abend hereinbrach.

Jetzt war sie hier, und es war ohnehin zu spät, es sich anders zu überlegen.

Sara drehte alle Heizkörper auf. Es würde ein paar Stunden dauern, bis das Haus warm war, sie musste solange ihre Daunenjacke anbehalten. Nachdem es ihr gelungen war, das Wasser ohne Missgeschick wieder anzustellen, packte sie die mitgebrachten

Lebensmittel aus. Sie nahm die Piccoloflasche Champagner aus ihrem Rucksack und legte sie in den Kühlschrank. Es war ein trauriger Anblick, die Flasche so einsam dort liegen zu sehen.

Vor der Küchentür hatte der Wind ein paar Zweige auf die breite Veranda geweht, die ums ganze Haus herumlief. Sara zog ihre Handschuhe an und wollte hinausgehen, um sie wegzuräumen. Als sie die Klinke herunterdrückte, stellte sie fest, dass die Tür nicht abgeschlossen war. Merkwürdig. Es sah ihren Eltern nicht ähnlich, die Küchentür zu vergessen, wenn sie das Haus winterfest machten.

Da sie nun schon mal draußen war, fegte sie gleich den Schnee vor der Tür weg, stellte eine rote Weihnachtslaterne auf und zündete sie an.

Sie blieb einen Moment auf der Terrasse stehen. Das Haus lag wirklich einsam, weit vom Hafen und vom Wasser entfernt. Rundherum breitete sich der Kiefernwald aus, man konnte weder das Meer noch die andere Seite der Insel sehen.

Im Sommer liebte sie die Stille im Wald, besonders im Juli, wenn Sandhamn voller Touristen war. Jetzt kam es ihr nur öde und abgeschieden vor.

Die Nacht vor den Fenstern war pechschwarz, aber im Haus war es inzwischen einigermaßen warm. Sara hatte Feuer im Kamin gemacht und Kerzen angezündet. Sie saß mit einer Decke über den Beinen auf dem Sofa und hörte Leonard Cohen, obwohl seine Musik sie noch trauriger machte.

Sie strich sich mit den Fingern über den Bauch. Es war noch nichts zu sehen, und keiner wusste davon. Keiner außer Niklas.

Am Tag vor Lucia hatte sie es ihm gesagt. Sie hatten gerade zu Abend gegessen und wollten ausnahmsweise nicht nach der langen Arbeitswoche ausgehen. Beide arbeiteten als angestellte Juristen in Anwaltskanzleien, und die Tage waren lang, manchmal kamen sie nicht vor zehn Uhr abends nach Hause. Sie hatten es sich zur Gewohnheit gemacht, das Wochenende in einer der Kneipen am Stureplan einzuläuten.

Aber an diesem Abend hatte sie absichtlich vorgeschlagen, zu Hause zu bleiben.

»Was willst du tun?«, hatte Niklas gefragt, nachdem sie es ihm erzählt hatte.

»Wie meinst du das?«

Anstatt zu antworten, wandte Niklas das Gesicht ab. Er stellte sein Weinglas hin und stützte die Stirn in die Hand.

Sie hatte erwartet, dass er sich ebenso freuen würde wie sie, auch wenn das Kind nicht geplant war.

Stille erfüllte den Raum.

»Wir sind erst sechsundzwanzig«, sagte er schließlich. »Wir haben erst vor ein paar Jahren unser Examen gemacht.«

»Ja, und?«

Sara gelang es, beherrscht zu bleiben, obwohl das Chaos in ihr wuchs.

»Ich liebe dich«, sagte Niklas, »aber wir wollten doch jetzt noch kein Kind. Wir haben so hart dafür gekämpft, diese Jobs zu bekommen. Du weißt, wie stark die Konkurrenz ist.«

Er leckte sich über die Lippen und beugte sich zu ihr vor.

Die Flamme der Stumpenkerze zwischen ihnen flackerte.

»Es läuft gerade so gut für uns. Sollten wir das nicht noch eine Weile ausnutzen? Mutterschaftsurlaub ist eine richtige Frauenfalle, es wäre ein Rückschlag für deine Karriere, wenn du ein ganzes Jahr ausfällst.«

Sara konnte nicht glauben, was er da sagte.

Sie betrachtete ihn, die Gesichtszüge, die ihr so vertraut waren, das entschlossene Kinn und die tief liegenden Augen. Die Lippen, die sie so leidenschaftlich gern küsste.

Sie hatte geglaubt, ihn in- und auswendig zu kennen, aber er war ein Fremder.

»Ich denke, du gehst jetzt besser.«

Niklas sah sie verblüfft an.

»Ich wohne hier.«

»Ich will dich nicht mehr sehen.«

»Aber Sara, wir müssen doch darüber reden können.«

Da brach der Damm, Tränen liefen ihr übers Gesicht. Sie wischte sie mit einer wütenden Handbewegung weg.

»Dann gehe ich.«

Ohne eine Sekunde zu verlieren, ging sie in die Diele, nahm ihre Jacke und ihre Handtasche, und dann lief sie die Treppe hinunter und den ganzen Weg zur U-Bahn.

Als sie drei Tage später von ihren Eltern zurückkam, waren seine Bücher und seine Kleider verschwunden.

Seitdem hatte Niklas jeden Tag versucht, sie anzurufen, aber sobald sie seine Nummer auf dem Display sah, drückte sie ihn weg. Nach Heiligabend hörten die Anrufe auf.

Sara wischte sich die Tränen ab, die immer aufs Neue flossen. In den letzten Wochen hatte sie mehr geweint als in ihrem ganzen Leben zuvor. Sie würde Niklas das nie verzeihen, obwohl sie ihn immer noch liebte. Aber sie wollte ihn nie mehr wiedersehen.

Der Verrat war zu groß.

Die Dunkelheit draußen war undurchdringlich. Die Scheiben der großen Panoramafenster waren blank, aber man konnte nicht hindurchsehen. Die Laterne, die sie auf der Veranda angezündet hatte, war ausgegangen.

Die Welt draußen existierte nicht.

Sie zog die Decke enger um den Körper und schlug ihr Buch auf, obwohl sie wusste, dass sie nicht lesen würde.

Sara war früh zu Bett gegangen, aber der Schlaf wollte nicht kommen. Dabei wünschte sie sich nichts sehnlicher, als zu schlafen. Stunden und Tage durchzuschlafen, bis es nicht mehr so wehtat und sie wenigstens für ein paar Minuten nicht mehr an Niklas denken musste. Immer wieder gingen ihre Gedanken zurück zu ihrem letzten gemeinsamen Abend. War sie zu hart gegen ihn gewesen? Zu stur? Sollte sie das Kind abtreiben?

Jedes Mal kam sie zu demselben Ergebnis.

Sie musste das Kind behalten, auch wenn sie eine alleinerziehende Mutter sein würde. Sie hatte keine Wahl, die Entscheidung war bereits gefallen.

Sara drehte sich im Bett herum, als ein leichtes Schwingen durchs Haus ging. Sie setzte sich im Bett auf und lauschte.

Wenn jemand über die alte Holzveranda ging, spürte man es im ganzen Haus. Die Veranda stand auf einem Säulenfundament, und das hatte sich im Laufe der Jahre verzogen. Ihre Mutter schärfte der Familie immer ein, vorsichtig über die Veranda zu gehen.

Sie warf einen schnellen Blick zur Uhr, fast zehn. Wer kam denn zu so später Stunde? Wahrscheinlich hatte sie es sich nur eingebildet. Sie kroch wieder unter die Decke und machte die Augen zu.

Es schaukelte wieder.

Sara zögerte. Dann griff sie nach ihrem Morgenmantel und schlich ins Wohnzimmer, ohne Licht zu machen. Sie ging zum Fenster und versuchte, draußen etwas zu erkennen.

Der Himmel war bedeckt, und weder Mond noch Sterne waren zu sehen. Der weiße Schnee hob sich gegen das Schwarz ab, aber das war auch alles, was zwischen den Schatten auszumachen war.

Draußen schien alles still zu sein, nichts bewegte sich. Hatte sie geträumt?

Der alte Kühlschrank sprang an und brummte vor sich hin.

Sara blieb eine Weile stehen und versuchte nachzudenken. Es war viel zu spät für einen abendlichen Spaziergang. Und selbst wenn, was sollte jemand vor ihrem Haus, auf ihrer alten Veranda zu suchen haben?

Es musste der Wind gewesen sein.

Sie drehte sich um und ging zurück zum Schlafzimmer. Auf der Türschwelle hielt sie inne, dann ging sie zur Haustür und drückte prüfend die Klinke herunter. Die Tür war abgeschlossen.

Samstag

Als Sara am nächsten Morgen aufstand, waren ihre Glieder schwer. Sie hatte schlecht geschlafen und war davon aufgewacht, dass sie weinte.

Aber der Silvestertag begrüßte sie mit strahlendem Sonnenschein, die grauen Wolken waren wie weggeblasen. Sie versuchte, sich über das schöne Wetter zu freuen, während sie Frühstück machte. Tee, ein weich gekochtes Ei und Toast mit Orangenmarmelade. Eigentlich aß sie morgens nur selten Marmelade, aber ausnahmsweise hatte sie richtig Appetit darauf.

Noch spürte sie keine morgendliche Übelkeit, dafür war sie ganz versessen auf Süßes.

Nachdem sie gefrühstückt hatte, zog sie sich an. Ein langer Spaziergang würde ihr vielleicht den Kopf frei machen.

Sie schloss die Haustür ab und wollte gerade hinunter zum Strand gehen, als ihr der gestrige Abend einfiel. Das Gefühl, dass jemand über die Veranda gegangen war. Sara bog um die Hausecke und entdeckte die Spuren in der zehn Zentimeter hohen Schneedecke sofort.

Eine Serie deutliche Fußabdrücke auf den Treppenstufen und der umlaufenden Holzveranda. Sie hörten genau vor dem Panoramafenster auf, als hätte jemand dort gestanden und durch die Scheibe gespäht.

Oder sie beobachtet.

Sara versuchte, eine logische Erklärung zu finden. Es hatte

tagelang nicht geschneit, die Spuren konnten alt sein. Vielleicht war ein Nachbar vorbeigekommen und hatte nachgesehen, ob alles in Ordnung war.

Aber als sie gestern die Laterne hinausgestellt hatte, war ihr nichts aufgefallen. Da hätte sie die Spuren sehen müssen, wenn sie schon da gewesen wären.

Jemand war hier, flüsterte eine kleine Stimme. Deshalb hat der Holzboden gebebt.

Mit einem sehr unbehaglichen Gefühl machte sie sich auf den Weg.

Sara folgte dem Strand in östlicher Richtung, hinunter zu den Sommerhäusern in Trouville.

Der Reif knisterte in den Baumkronen, und die Sonne stand so tief, dass sie kaum über dem Horizont zu sehen war. Die Eiszapfen an den verlassenen Bootsstegen glitzerten. Es war so wunderschön, dass sie den Anblick gerne genossen hätte, aber die ganze Zeit musste sie ihre Tränen wegzwinkern.

Wann würde das vorbeigehen?

Sie vermisste Niklas so sehr. Besonders die Nächte, in denen sie immer beim Geräusch seiner ruhigen Atemzüge eingeschlafen war, Haut an Haut. Oder die frühen Morgenstunden, in denen sie aufgewacht war und sich an seinen warmen, starken Rücken geschmiegt hatte.

Es war unvorstellbar, dass sie nie mehr zusammen sein sollten.

Alle Erinnerungen waren schmerzhafte Widerhaken, die sich mit jedem einsamen Tag immer tiefer ins Fleisch gruben.

Nicht dran denken.

Sara beschleunigte ihre Schritte; wenn sie schnell genug ging, würde sie vielleicht zu müde für schmerzhafte Erinnerungen sein. Sie wanderte die Strände von Trouville entlang und kam an die breite Straße zum Dorf, eine der wenigen, die freigeräumt waren. Sollte sie wieder nach Hause gehen oder einen Abstecher ins Dorf machen? Sie war seit anderthalb Stunden unterwegs, beschloss aber weiterzugehen.

Auf halbem Weg ins Dorf kam ihr eine einsame Gestalt entgegen. Sara hoffte, dass es niemand Bekanntes war, aber dann erkannte sie Nora Linde. Sie war früher Saras Babysitterin gewesen, und später hatte Sara ein paarmal auf Adam und Simon aufgepasst. Nora hatte sich eine leuchtend rote Pudelmütze tief ins Gesicht gezogen und trug einen Schal in derselben Farbe. Es ging etwas Trauriges von der einsamen Gestalt aus, trotz der fröhlichen Farben.

»Hallo, Sara«, sagte Nora, als sie sich trafen.

Sara musste stehen bleiben.

»Das ist ja eine Überraschung!«, fuhr Nora fort. »Sind deine Eltern auch hier?«

»Nein, nur ich.«

Sara war nicht danach zumute, ihr die Situation zu erklären, und sie hoffte, dass Nora nicht fragte, ob sie am Wochenende allein sei.

»Feiert ihr Silvester auch auf Sandhamn?«, fuhr sie rasch fort, um weiteren Fragen aus dem Weg zu gehen.

»Wir machen uns einen ruhigen Abend, nichts Großes. Mein Freund Thomas kommt von Harö herüber, ansonsten sind wir ganz unter uns.«

Ja richtig, Thomas war ein guter Freund von Nora, das hatte Linus erzählt.

»Ich habe ihn gestern getroffen, auf der Fähre«, entschlüpfte es ihr. Ohne genau zu wissen, wieso, fügte sie hinzu: »Er wirkte ein bisschen bedrückt.«

Nora machte ein ernstes Gesicht.

»Es war ein schlimmes Jahr für Thomas und Pernilla«, sagte sie. »Ihre kleine Tochter ist letztes Frühjahr gestorben.«

»Oh mein Gott.«

»Sie hatten sich so lange bemüht, ein Kind zu bekommen. Unfassbar, dass sie nun dieser Schicksalsschlag getroffen hat.«

Der Wind zerrte an Saras Halstuch. Es rauschte, als Schnee aus den Kronen einiger hoher Kiefern zu Boden fiel.

»Vor Kurzem haben sie sich auch noch scheiden lassen.«

Nora wandte den Kopf ab, aber Sara hatte gesehen, dass ihre Augen feucht geworden waren. Nora zog ein Taschentuch aus der Jackentasche und schnäuzte sich.

»Entschuldigung«, murmelte sie.

»Das klingt furchtbar«, sagte Sara.

»Es ist nicht so leicht, eine Ehe aufrechtzuerhalten. In schweren Zeiten muss man sich gegenseitig trösten können. Muss füreinander da sein.«

Noras Stimme versagte. Für einen Moment hatte Sara den Eindruck, dass sie nicht nur über Thomas' Tragödie sprach.

»Ich sollte nicht hier stehen und darüber reden«, sagte Nora. »Das ist wirklich kein Thema für einen Silvestertag.«

»Kein Problem.«

Sara rieb sich die Hände und nickte in Richtung Dorf.

»Ich muss dann auch mal weiter«, sagte sie. »Kommt gut rein ins neue Jahr. Grüß Henrik und die Jungs von mir.«

Sara meinte zu sehen, dass Nora zusammenzuckte, als sie Henriks Namen erwähnte. Bevor sie noch etwas sagen konnte, hatte Nora ihr zugewinkt und war weitergegangen.

Zehn Minuten später erreichte Sara den Hafen und wurde von der falunroten Fassade des Seglerhotels begrüßt. Es war schön geschmückt und strahlte schon von Weitem Weihnachtsstimmung aus. Lichterketten säumten die Dachrinnen, und große Adventssterne waren aufgehängt worden. Fröhliche Mittagsgäste saßen hinter den Fenstern des Seglerrestaurants.

Bei dem Anblick fühlte Sara sich noch einsamer und verlassener. Sie wünschte, Nora hätte ihr nichts von Thomas' Verlust erzählt. Sie wollte sich keine Gedanken darüber machen, was einem Säugling passieren konnte, und auch nichts vom Kummer und Schicksal anderer Leute wissen. Sie ertrank schon in ihren eigenen Tränen.

Der Wind hatte zugenommen und blies jetzt von Nord. Sara zog die Kapuze fester ums Gesicht und ging die Strandpromenade entlang, an der hochgezogene Boote mit schneebedeckten Planen lagen. Sie beschloss, in Sandhamns Värdshus einzukehren. Eine Tasse heiße Schokolade würde vielleicht ihre Hände auftauen, bevor sie sich auf den Heimweg machte.

Als Sara in den belebten Pub kam, waren die langen Tische schon gut besetzt. Es duftete nach Pfefferkuchen und Glögg. Mitten auf der Theke thronte ein lachender Weihnachtswichtel.

Sara wollte die Stimmung genießen, konnte es aber nicht.

Sie drängte sich zum Tresen durch und bestellte sich eine große Tasse heiße Schokolade mit Schlagsahne. Während sie wartete, lauschte sie auf das übliche Stimmengewirr, dass an- und abschwoll. Viele kamen wegen der gemütlichen Stimmung hierher, es war leicht, sich willkommen zu fühlen.

Jetzt müsste Niklas hier sein.

Sie fühlte sich noch einsamer, nahm aber ihre Schokolade entgegen und machte sich auf die Suche nach einem Sitzplatz. An einem der Langtische entdeckte sie ein paar Freunde aus ihrer Kinderzeit, Linda Arnold und ihren Bruder Hannes. Sie hatten ein Haus in Trouville.

Linda hatte sie gesehen.

»Hallo, Sara!« Sie musste rufen, um das Stimmengewirr zu übertönen. »Komm, setz dich zu uns!«

Hannes erhob sich halb von der Bank, auf der sie mit ein paar Freunden saßen.

»Wir rücken zusammen«, rief er.

Sara zögerte, sie wollte sich eigentlich mit niemandem unterhalten, aber das Lokal war voll. Also ging sie mit ihrer Tasse zu Hannes und Linda. Die beiden stellten sie rasch ihren anderen Freunden vor, zwei Pärchen im selben Alter, die überaus verliebt zu sein schienen: Linn und Charles, Sussi und Gustav.

Sara setzte sich und nippte an ihrer Schokolade.

»Kam mir doch gleich so vor, als hätte ich dich gestern auf der Fähre gesehen«, sagte Hannes. »Bist du mit deinen Eltern hier?«

Seine Stirn glänzte, aber trotz der Wärme behielt er seine Mütze auf. An seiner Nasenwurzel leuchtete ein kleiner Pickel.

»Nein.«

Sie schüttelte den Kopf und zwängte sich aus ihrer Daunenjacke, um nicht ins Schwitzen zu geraten.

»Feierst du mit eigenen Gästen?«

»Auch nicht.«

Sara versuchte, sich nichts anmerken zu lassen; sie beugte sich über ihre Tasse, damit niemand sah, dass ihre Augen feucht wurden.

Warum musste er so viel fragen?

Die Gruppe hinter ihnen brach in brüllendes Gelächter aus. Jemand hob sein Glas Glühwein, und der Duft von Zimt und Rotwein wehte zu ihr herüber.

»Willst du ganz alleine feiern?«

»Das hatte ich vor«, murmelte sie.

»Na, das wäre ja noch schöner.«

Hannes runzelte die Stirn und nahm seine Mütze ab. Das aschblonde Haar war verstrubbelt.

»Du kommst rüber und feierst mit uns«, sagte er. »Du kannst doch nicht Silvester allein zu Hause sitzen.«

Er wandte sich an seine Schwester.

»Oder was meinst du, Linda?«

Sara versuchte zu protestieren.

»Ich hab keine Partyklamotten dabei«, sagte sie. »Ich wollte es mir vor dem Fernseher gemütlich machen.«

Hannes lachte und zeigte auf seine verschlissene Jeans und den unförmigen blauen Pullover.

»Eleganter als das wird's nicht.«

Als Sara zurück zum Sommerhaus kam, wurde es bereits dunkel. Die Bäume warfen lange Schatten, und die Temperatur war gefallen, inzwischen waren es bestimmt zehn Grad minus.

Es war schummerig, als sie das letzte Stück durch den Schnee stapfte, aber noch hell genug, um die Fußspuren zu sehen, die auf die Haustür zuliefen.

Hatte sie diesen Weg übers Grundstück genommen, als sie gestern von der Fähre gekommen war? Oder waren einfach ein paar Spaziergänger vorbeigelaufen? Sie fröstelte, blieb aber trotzdem stehen und versuchte sich zu erinnern, wo sie gestern gegangen war.

Es mussten ihre eigenen Spuren sein.

Mit einem letzten Blick zurück schloss sie die Haustür auf und ging hinein ins Warme.

Sara stand vor dem Spiegel. Sie hatte noch eine langärmlige weiße Bluse im Kleiderschrank gefunden, aber Partystimmung wollte nicht aufkommen. Das Gesicht im Spiegel war das einer traurigen Fremden. Sie hatte Ringe unter den Augen und eingesunkene Wangen.

Es war bestimmt besser, Silvester in Trouville zu feiern, als zu Hause zu hocken und um Niklas zu weinen, versuchte sie sich einzureden, aber sie wünschte jetzt schon, sie hätte die Einladung nicht angenommen.

Ihr Zorn war verflogen, aber der Kummer, der seinen Platz eingenommen hatte, war schlimmer. Wütend zu sein war leichter gewesen. In den ersten Tagen hatte die Wut in ihr gebrannt und den Schmerz ferngehalten. Jetzt, da ihr die Realität bewusst wurde, tat es körperlich weh. Ihr Körper sehnte sich gegen ihren

Willen, sie wachte mit nassen Wangen und geschwollenen Augen auf. Manchmal fiel ihr vor Sehnsucht das Atmen schwer.

Sie hatte geglaubt, dass sie ihr Leben lang zusammenbleiben würden, dass sie den Richtigen gefunden hatte. Ohne Niklas tat alles so weh.

Sie war völlig kaputt, wie sollte sie jemals wieder heil werden können?

Sara versuchte, tief durchzuatmen und eine Ruhe zu finden, die nicht da war. Es war Zeit zu gehen, sie würde mindestens zwanzig Minuten bis zum Haus von Linda und Hannes brauchen. Sie wohnten nicht weit von Alexanderudden, direkt gegenüber von Korsö.

Draußen war es stockdunkel. Sie musste eine Taschenlampe mitnehmen, damit sie sich im Wald nicht verirrte. Außerhalb des Dorfes gab es keine Straßenlaternen, und im Dunkeln waren alle Proportionen verzerrt.

Sie zog sich mit langsamen Bewegungen ihre Stiefel an. Sie musste versuchen, sich ein bisschen zu amüsieren, so unmöglich es ihr jetzt auch vorkam.

Es waren nur noch weniger Minuten bis Mitternacht, als Hannes vom Esstisch aufstand und Saras Hand nahm.

»Komm mit.«

Sein Gesicht war gerötet, er hatte beim Essen ganz schön getrunken. So wie alle außer Sara, obwohl sie versucht hatte, es so gut wie möglich zu überspielen. Die anderen Paare waren bereits dabei, ihre Jacken und Mützen anzuziehen. Linn und Charles knutschten an der Tür.

»Es ist gleich zwölf«, sagte Hannes. »Zeit, nach draußen zu gehen.«

Sara zog ihre Daunenjacke an und folgte ihm hinunter zum Strand. Es war sternenklar und eisig kalt, und über dem Horizont stand eine elfenbeinweiße Mondsichel.

Der Schnee knirschte unter den Sohlen. Bei jedem Ausatmen bildeten sich kleine Dampfwolken.

»Zehn, neun, acht …«

Mit lauten Stimmen zählten sie gemeinsam die Sekunden herunter. Charles hielt eine Flasche hoch und schenkte in die Gläser ein. Ein Stück entfernt stand eine andere Gruppe ausgelassener Silvestergäste.

Alle wirkten so fröhlich.

Sara wünschte, sie wäre zu Hause geblieben. Es war ein Fehler gewesen, die Einladung von Hannes und Linda anzunehmen. Jedes Wort während des Essens hatte sie Überwindung gekostet. Sie hatte die Minuten bis Mitternacht gezählt, bis es vorbei sein würde.

Der Himmel explodierte, als das Seglerhotel sein Feuerwerk zündete. Lila, rosa und goldene Kaskaden leuchteten vor dem tiefblauen Firmament.

»Skål, Sara.«

Hannes hob sein Glas mit breitem Lächeln und trank ihr zu.

Sara erwiderte die Geste und versuchte, ein freundliches Gesicht zu machen. Nur noch eine halbe Stunde, dann konnte sie sich verabschieden, ohne unhöflich zu sein.

Hannes kam einen Schritt näher.

»Kriege ich keinen Neujahrskuss?«

Sein Atem roch nach Essen und Alkohol, und Sara wich ein paar Schritte Richtung Wasserkante zurück.

Hannes kam noch näher. Hinter ihm küssten sich die anderen Paare. Linda war nirgends zu sehen.

»Komm, lass uns ein bisschen Spaß haben. Es ist schließlich Silvester.«

Sara machte noch ein paar Schritte zurück, sodass sie dem Wasser gefährlich nahe kam. Auf dieser Seite der Insel hatte sich noch kein Eis gebildet, es zischte, wenn die dunkelgrauen Wellen auf den Strand schlugen.

»Frohes neues Jahr«, sagte sie rasch und gab ihm einen flüchtigen Kuss auf die Wange.

»Ich meinte einen richtigen Kuss.«

Hannes nuschelte jetzt noch mehr. Er packte ihren Arm und zog sie zu sich heran.

Sara sträubte sich.

»Lass mich.«

»Komm schon«, sagte er. »Warum bist du hier, wenn du keinen Spaß willst? Jetzt stell dich nicht so an.«

Die anderen waren schon wieder im Haus verschwunden. Hannes und sie waren die Einzigen am Strand.

Er legte beide Arme um sie und presste seine Lippen so hart auf ihren Mund, dass sie keine Luft mehr bekam.

Panik überfiel sie.

Sie versuchte sich loszureißen, aber Hannes hielt sie eisern fest und versuchte, seine Zunge zwischen ihre Lippen zu zwingen. Sie konnte nicht einmal schreien. Mit einem verzweifelten Ruck bekam sie den rechten Arm frei und boxte ihm so hart ins Gesicht, wie sie konnte.

»Begreifst du nicht, was ich sage? Lass mich in Ruhe!«

Hannes schwankte.

»Hör auf!«

Sie schlug blindlings auf ihn ein, und plötzlich ließ er sie los. Er verlor das Gleichgewicht und fiel in den Schnee. Sara lief zurück ins Haus. Sie riss ihre Tasche an sich und lief davon, ohne sich noch einmal umzusehen.

Sara ging, so schnell sie konnte. Sie konnte nicht mehr laufen. Sie war tief im Wald und hoffte, dass Hannes ihr nicht gefolgt war. Nur noch ein kleines Stück, gleich würde sie das Haus vor sich sehen. Es war eisig kalt, und sie fror so sehr, dass ihre Zähne aufeinanderschlugen.

Das Licht der Taschenlampe wurde trüber und flackerte. Oh

nein, hoffentlich waren die Batterien nicht leer. Sara schüttelte die Lampe, aber das Licht wurde immer schwächer. Als sie noch einmal schüttelte, ging die Lampe ganz aus.

Die Dunkelheit verschluckte sie.

Obwohl sie die Umgebung kannte wie ihre eigene Westentasche, wurde sie unsicher. In welcher Richtung lag das Haus? Alles sah so gleich aus. Das Meer rauschte in der Ferne, aber sie konnte nicht ausmachen, aus welcher Richtung das Geräusch kam.

Die Baumstämme knackten.

Sara versuchte, sich zu orientieren. Wenn sie in dieselbe Richtung weiterging, müsste sie bald die Außenlampe am Haus sehen. Weit konnte es nicht mehr sein. Durfte es nicht. Die Temperatur war noch weiter gefallen, und bis die Sonne aufging, würde es noch viele Stunden dauern. Die Tränen auf ihrem Gesicht waren wie Eisklumpen, und ihre Finger spürte sie auch schon nicht mehr.

Sie konnte die Tränen nicht zurückhalten, aber wenn sie sie mit den Fausthandschuhen abwischte, fühlten sich die Wangen noch eisiger an.

Langsam setzte sie einen Fuß vor den anderen, um die Richtung nicht zu verlieren. Man durfte nur nicht im Kreis gehen, das hatte sie irgendwo gelesen.

Das Handy! Es hatte auch eine Taschenlampe. Viel Licht gab es nicht, aber wenigstens konnte sie den Weg vor ihren Füßen erkennen.

Endlich sah sie den Schein der Außenlampe am Haus.

Sara lief auf die Haustür zu. Im selben Moment, als die Tür hinter ihr ins Schloss fiel, begannen die Tränen zu fließen. Welche Signale hatte sie Hannes gegeben? Hatte er angenommen, sie sei so verzweifelt?

Es gab nur einen einzigen Menschen, mit dem sie zusammen sein wollte, aber er wollte ihr gemeinsames Kind nicht. Er wollte sie auch nicht, das hatte sie an seiner Reaktion gemerkt, als sie ihm von der Schwangerschaft erzählt hatte.

Sara sank in der dunklen Diele zu Boden und weinte, obwohl sie schon so viel geweint hatte, dass sie keine Tränen mehr haben dürfte.

Es tat so weh.

Das Haus vibrierte. Das war keine Einbildung, die schweren Schritte draußen waren wirklich da.

Sara erstarrte. War das Hannes, der ihr gefolgt war?

Sie schlang die Arme um den Oberkörper und lauschte. Jede Sekunde kam ihr wie eine Ewigkeit vor.

Ein Schatten fiel durchs Fenster herein, aber sie wagte kaum aufzublicken. Der Mensch draußen schien zu zögern. Es war unmöglich zu sagen, ob es Hannes war oder nicht.

Aber vielleicht war er es gar nicht. Vielleicht war es ein Fremder. Ein Einbrecher.

Sie sah wieder die Spuren im Schnee vor sich, die auf der Veranda. Waren sie von jemandem, der ihr etwas antun wollte?

Sara schluchzte auf und tastete nach ihrem Handy. Sollte sie Nora anrufen? Es war mitten in der Nacht, und bis sie hier war, würde es mindestens eine Viertelstunde dauern. Das würde ihr nicht helfen, sie würde nie so lange durchhalten, falls der Fremde ein Fenster einschlug und sie angriff.

Das Haus bebte wieder.

Sara hielt den Atem an. Würde er weggehen, oder würde er versuchen, hereinzukommen? Ein paar Sekunden vergingen, dann wieder dieses Vibrieren.

Die Küchenmesser. Konnte sie es rechtzeitig in die Küche schaffen?

So leise wie möglich versuchte sie, in die Küche zu kriechen. Sie brauchte eine Waffe für den Fall, dass er ins Haus eindrang. Die Werkzeuge waren alle im Holzschuppen, sie hatte nichts, um sich zu verteidigen.

Sie war erst wenige Meter weit gekommen, als ein neues Geräusch ihr Angsttränen in die Augen trieb.

Die Außentreppe knarrte. Sie hatte die Haustür nicht abgeschlossen. Hatte sie einfach hinter sich zugezogen, bevor sie auf dem Dielenboden zusammengesunken war.

Auf allen vieren kroch sie in die hinterste Ecke und presste den Rücken an die Wand. Wie hypnotisiert beobachtete sie, wie die Klinke langsam heruntergedrückt wurde. Die Haustür ging auf, und eine dunkle Gestalt stand auf der Schwelle.

Sara presste die Knöchel auf den Mund, um nicht laut aufzuschreien.

»Sara«, sagte eine Stimme. »Bist du da?«

Die Deckenlampe ging an. Sara starrte auf Niklas, der die Tür hinter sich schloss. Sie musste in dem plötzlichen Licht blinzeln, konnte sich aber immer noch nicht rühren.

Niklas entdeckte sie zusammengekauert auf dem Fußboden.

»Ich dachte, du würdest mich überfallen«, flüsterte sie.

»Mein Wölkchen.«

Niklas fiel auf die Knie und schloss sie in die Arme. Behutsam wiegte er ihren steifen Körper hin und her.

»Entschuldigung«, murmelte er in ihr Haar. »Entschuldigung, dass ich dich erschreckt habe. Entschuldigung für alles.«

Niklas zog sie hoch, brachte sie vorsichtig zum Sofa und deckte sie mit einer Wolldecke zu. Dann nahm er ihre Hand in seine.

»Ich habe mich wie Idiot benommen«, sagte er heiser. »Bitte gib mir noch eine Chance.«

Sara versuchte zu verstehen.

»Was machst du hier?«, fragte sie. »Mitten in der Nacht.«

Niklas streichelte ihre Finger.

»Ich habe deiner Mutter keine Ruhe gelassen, bis sie mir gesagt hat, wo du bist. Dann habe ich mir ein Zimmer im Seglerhotel erbettelt. Ich bin unzählige Male hierhergegangen, weil du meine Anrufe immer weggedrückt hast. Aber du warst nie da. Am Ende bin ich jede Stunde hier gewesen. Ich habe dich schon von Weitem gesehen, als du gekommen bist. Als du ins Haus gingst und kein Licht gemacht hast, dachte ich, da stimmt was nicht, und bin gleich auf die Veranda gegangen.«

Er führte ihre Hand an seine Lippen und liebkoste sie.

»Ich will dich und unser Kind nicht verlieren«, flüsterte er. »Ich liebe dich so sehr.«

Seine Lippen zuckten, als müsste auch er gegen die Tränen kämpfen. Er brauchte nicht mehr zu sagen, es genügte, dass er hier war.

»Ich liebe dich auch«, erwiderte sie leise und zog ihn an sich.

Es würde wohl doch noch ein gutes neues Jahr werden … trotz allem.

2008

Wem kann man trauen?

Mein Entschluss steht fest, es soll an diesem Wochenende passieren.

Alles ist vorbereitet.

Die Einkäufe habe ich über ganz Stockholm verteilt, keine der Kassiererinnen wird sich an mich erinnern. Alles bar bezahlt.

Diesmal werde ich kein Risiko eingehen. Ich habe sogar danach gegoogelt, welches die üblichsten Fallen sind, und mir alles genau durchgelesen. Jetzt weiß ich, welche Fehler man machen kann und wie man sie vermeidet.

Wie man seine Spuren verwischt.

Gestern Abend konnte ich nicht einschlafen. Normalerweise fällt mir das nicht schwer, ich habe Übung darin, mühelos einzuschlafen, aber diesmal ging es nicht. Stattdessen lag ich wach, starrte an die Decke und grübelte darüber nach, ob ich die Hütte auch nächstes Jahr wieder mieten sollte. Aber es ist ein unnötiges Risiko. Das ist es nicht wert.

Es ist spät, höchste Zeit, ins Bett zu gehen. Heute Nacht muss ich schlafen, damit ich ausgeruht bin, wenn es so weit ist.

Bald werden wir zusammen sein. Es dauert nicht mehr lange.

Samstag

Nora drehte den Kopf zum Radiowecker auf dem grauen Nachttisch. Es war erst sieben, eigentlich zu früh, um aufzustehen, aber zu spät, um wieder einzuschlafen.

Im nächsten Moment war durch das offene Fenster das Schreien eines Babys zu hören, und sie begriff, warum sie aufgewacht war. Das Geräusch erinnerte Nora an die eigenen Säuglingsjahre, die zum Glück weit zurücklagen. Adam war fast zwölf, und Simon wurde acht, es war lange her, dass ihre Söhne sie im Morgengrauen mit wütendem Geschrei geweckt hatten.

Es war still in der großen Kaufmannsvilla auf dem Kvarnberget, die Jungs schliefen noch in ihrem Zimmer, das nach Osten hinaus lag. Ihr eigenes Schlafzimmer lag nach Norden. Als sie schließlich in die Brand'sche Villa gezogen waren, hatte sie bewusst ein anderes Zimmer gewählt als Signes altes Schlafzimmer, das jetzt das Gästezimmer war.

Die Erinnerung an Signes Selbstmord quälte sie noch immer. Dass Signe sie in ihrem Testament als Erbin ihres geliebten Hauses eingesetzt hatte, war ein richtiger Schock gewesen.

Draußen ertönte das hohle Tuten der ersten Morgenfähre. Drei Mal, was bedeutete, dass sie gleich vom Kai zurücksetzen und an den Landungsbrücken vorbei Kurs aufs Festland nehmen würde. Mit der Fähre um elf sollte Jonas kommen, zusammen mit Wilma.

Jonas.

Schon bei dem Gedanken an ihn reagierte ihr Körper. Nora strich sich mit den Fingerspitzen über die Lippen. Sie hatten sich eine ganze Woche nicht gesehen, zuerst war er auf Dienstreise in Malmö gewesen und danach hatte er einen Langstreckenflug nach Asien gehabt. Jetzt hatte er fünf Tage frei, einer der Vorteile, wenn man Pilot bei der SAS war.

Sie sehnte sich wirklich nach einem langen Wochenende mit ihm. Es würde so schön sein, den Nationalfeiertag mit ihm auf Sandhamn zu begehen. Nicht zuletzt, weil ihre Freundin Eva vierzig wurde. Heute Abend waren sie zur Geburtstagsfeier bei Eva und ihrem Mann Micke eingeladen.

Nora hoffte, dass es eine gute Gelegenheit für ihre neue Großfamilie sein würde, sich besser kennenzulernen.

Sie wünschte sich so sehr, dass es mit den Kindern klappte. Jonas war lange ein alleinerziehender Vater gewesen. Es war

Wilma nicht leichtgefallen, seine Beziehung mit Nora zu akzeptieren. Dass sie vierzehn war und mitten in der Pubertät, machte die Sache nicht einfacher.

Nora gähnte, aber sie wusste, dass sie jetzt nicht noch mal einschlafen durfte. Besser, sie stand gleich auf. Sie schlug die Bettdecke zurück, setzte die Füße auf den alten geschrubbten Holzfußboden und ging zum Fenster, um das Rollo hochzuziehen.

Die Aussicht war hinreißend. Ein paar Möwen kreisten über dem Anleger, und vor ihren Augen breitete sich der Schärengarten aus. Die Konturen der Inseln waren so scharf, dass sie auf der glitzernden Wasseroberfläche zu schwimmen schienen.

Wenn es so schön begann, würde es bestimmt ein herrlicher Sommer werden.

Eva winkte, als Nora sich in die lange Schlange vor der Sandhamnsbäckerei einreihte.

»Nora«, rief sie halblaut. »Komm zu mir, dann können wir ein bisschen schwatzen.«

»Herzlichen Glückwunsch zum Geburtstag«, sagte Nora und umarmte die Freundin fest.

Sie nickte Evas Tochter zu.

»Hallo, Elsa. Hast du deiner Mama heute Morgen Frühstück gemacht?«

Elsa nickte ernst.

»Ich habe ihr Torte ans Bett gebracht. Papa hat Kaffee auf die Bettdecke gekleckert.«

Die Schlange rückte langsam vor, während sie plauderten. Der Duft von frischem Brot lag in der Luft. An den kleinen Cafétischen saßen Touristen und frühstückten in der Sonne.

»Sag Bescheid, wenn ich dir bei den Vorbereitungen für heute Abend helfen soll«, sagte Nora.

Eva strich sich das blonde Kraushaar zurück. Sie hatte den gleichen wilden Lockenkopf wie Töchterchen Elsa.

»Alles unter Kontrolle, aber trotzdem danke.«

Sie waren jetzt fast an der Kasse des hübschen, altmodisch eingerichteten Ladens angekommen. Verlockende Plunderstücke, Zimt- und Kardamomschnecken waren in der langen Glastheke ausgelegt. Auf den Regalen drängten sich Roggenbrote und frisch gebackene Sandhamnslaibe.

Elsa zupfte Eva am Arm.

»Ich will ein Seglerbrötchen, Mama. Kaufst du mir eins? Bitte …«

Sie sah ihre Mutter bettelnd an. Mit ihren großen blauen Augen und dem lockigen, weißblonden Haar sah sie aus wie eine Porzellanpuppe, vielleicht ein bisschen gebräunter und mit mehr Sommersprossen.

»Sie ist wirklich zuckersüß«, sagte Nora.

Elsa gab keine Ruhe.

»Ich will ein Seglerbrötchen. Bitte, Mama, bitte-bitte-bitte.«

Einer der Bäcker, ein junger Mann um die fünfundzwanzig mit leuchtend blauen Augen und dunkelbraunem Haar, in weißer Arbeitshose und mehlbestäubter Schürze, trug ein Blech mit frischen Seglerbrötchen herein.

Der Duft von Kardamom und Rosinen war unwiderstehlich.

Eva konnte den Blick nicht von der großen Tätowierung in Rot und Grün abwenden, die den rechten Arm des Bäckers vom Ellbogen bis zum Handrücken bedeckte. Für ihre Generation wäre so etwas undenkbar gewesen.

Bei dem Gedanken fühlte sie sich alt. Andererseits wurde sie ja heute tatsächlich vierzig.

Elsa dagegen liebte Tattoos.

»Das sind ja tolle Farben«, hauchte sie bewundernd und starrte auf die warmen Seglerbrötchen.

»Möchtest du eins?«, fragte der Bäcker und lächelte sie an.

Sie nickte mit großen Augen.

»Dann such dir eins aus«, sagte er und hielt ihr das Blech hin, sodass sie die äußerste Reihe erreichen konnte.

Elsa streckte eifrig die Hand aus und griff sich eins der warmen Hefebrötchen, von dem sie sofort ein großes Stück abbiss.

Nora und Eva mussten beide laut lachen, als sie das glückliche kleine Gesicht sahen.

»Sie können es nachher mit den anderen Sachen bezahlen«, sagte der Bäcker zu Eva und verschwand.

»Ach übrigens«, sagte Eva zu Nora. »Wie läuft's mit deinem neuen Nachbarn?«

Nora hatte in diesem Sommer einen neuen Nachbarn bekommen. Der Besitzer des kleinen Hauses unterhalb ihres eigenen auf dem Kvarnberget war im Winter verstorben. Bis zur Klärung der Erbschaftsangelegenheiten hatte man das Haus an einen Rentner vermietet, einen grauhaarigen Mann, der zu Ostern eingezogen war.

»Ich habe ihn bisher kaum zu Gesicht bekommen«, sagte Nora. »Er bleibt meist für sich.«

»Hat er keine Familie?«

»Nicht, dass ich wüsste. Vielleicht hat er erwachsene Kinder, aber gesehen habe ich niemanden. Er scheint kein großes Interesse an nachbarschaftlichem Kontakt zu haben.«

»Wie heißt er denn?«

»Lönnberg, glaube ich.« Nora musste überlegen. »Reinhold Lönnberg, wenn mich nicht alles täuscht.«

»Ich hoffe, er hält seinen Hund an der Leine«, sagte Eva. »Der wirkt nicht besonders freundlich.«

Sie hatte den großen, muskulösen Schäferhund mit dem kräftigen Gebiss bemerkt, der manchmal auf der Außentreppe lag. Der Hund folgte jedem, der vorbeiging, mit wachsamen Augen und gefletschten Zähnen.

»Er sieht aus, als würde er einen am liebsten zum Frühstück verspeisen«, sagte sie und schüttelte sich demonstrativ. »Da sind mir die kleinen süßen Schoßhunde lieber, die keiner Fliege etwas zuleide tun.«

Als sie mit Tüten voller frischem Brot aus der Bäckerei kamen, war die Schlange noch genauso lang.

Ein mittelalter Mann in verschlissenem Overall voller Farbflecken kam ihnen an der Pforte entgegen. Er trug einen Werkzeuggürtel um die Hüfte.

Eva nickte ihm zu.

Nora kannte den Mann nicht von der Insel.

»Wer war das?«, fragte sie neugierig, als der Mann vorbeigegangen war.

Eva wirkte verlegen.

»Er heißt Janek, kommt aus Polen, glaube ich. Er hilft uns, das Gästehaus neu zu streichen. Er hat das ganze Frühjahr bei den Hanssons gebaut, du weißt, diese Familie auf Västerudd.«

Sie machte eine entschuldigende Handbewegung.

»Ich weiß, dass Schwarzarbeit verboten ist, aber sonst wird es so teuer.«

Nora blickte ihm nach.

»Hast du Referenzen eingeholt?«

Eva schüttelte den Kopf.

»Nicht direkt. Aber Hanssons waren mit seiner Arbeit zufrieden, also denke ich, das ist okay.«

Sie griff in eine der Tüten, zog ein Seglerbrötchen heraus und teilte es in zwei Hälften. Es war so frisch, dass ihr Daumenabdruck zurückblieb.

»Das müssen wir jetzt auch probieren«, sagte sie und reichte Nora eine Hälfte.

Der Dampfschiffkai war voller Leute, als Nora und Simon ankamen. Die große weiße Waxholmfähre hatte gerade angelegt, und die Passagiere strömten die Gangway hinunter. Eine Familie nach der anderen ging an Land, und die Eltern hatten alle Hände voll zu tun, ihre Kinder in dem Gewimmel aus Menschen und Trolleys beisammenzuhalten.

»Kannst du sie sehen?«, fragte Nora ihren Sohn, der die grüne Karre, die sie für das Gepäck mitgebracht hatten, krampfhaft festhielt.

»Nö.«

Nora reckte den Hals, um besser sehen zu können. Da. Sie entdeckte Jonas' Gesicht, halb verdeckt hinter einer schwarzen Sonnenbrille. Er trug eine große Reisetasche in der einen Hand und eine schwere Einkaufstüte in der anderen. Hinter ihm kam Wilma in einem kurzen, rosa Sommerkleid, mit weißen Kopfhörern in den Ohren und einem Rucksack über der Schulter.

»Da sind sie«, sagte Nora und lächelte erwartungsvoll.

Schon bei Jonas' Anblick stand ihr Körper in Flammen. Sie hob den Arm, damit er sie sehen sollte.

»Hallo, ihr zwei.«

Nora strahlte übers ganze Gesicht, als Jonas auf sie zukam. Obwohl sie sich danach sehnte, in seinen Armen zu bleiben, begnügte sie sich mit einer kurzen Umarmung. Sie wollte Wilma und Simon nicht in Verlegenheit bringen. Nicht zuletzt, weil Simon immer noch hoffte, sie und Henrik würden wieder zueinanderfinden, obwohl Henrik nach der Trennung sofort mit Marie zusammengezogen war.

Dieselbe Marie, die während seiner Ehe mit Nora seine Geliebte gewesen war.

»Willkommen«, sagte sie und blickte neugierig auf die volle Einkaufstüte, die Jonas mitgebracht hatte.

Hatte er noch etwas anderes gekauft als Fleisch und Erdbeeren? War das eine Flasche Champagner, die da herausschaute? Und feine belgische Schokolade?

»Hast du lauter Erdbeeren und Steaks da drin?«, musste sie fragen.

Jonas machte ein listiges Gesicht.

»Die eine oder andere Kleinigkeit ist auch noch dabei.«

Er nahm ihre Hand und drückte die Handfläche an seine Lippen.

»Ich habe auch noch ein paar Sachen im Tax-free eingekauft. Weil doch Evas Geburtstag ist.«

Sie machten sich auf den Weg zur Brand'schen Villa, mit Simon und Wilma im Schlepptau. Wilma schien vor allem der Musik aus ihren Kopfhörern zu lauschen, während Simon munter drauflosredete, ohne sich an ihren einsilbigen Antworten zu stören.

Es waren so viele Leute unterwegs, dass sie auf dem schmalen Weg ständig irgendwelchen Fahrrädern und Kinderwagen ausweichen mussten. Die Sonne brannte herab, obwohl es das erste Wochenende im Juni war, und der Gästehafen war voller Boote.

Endlich war Jonas auf Sandhamn. Nora drückte seine Hand und küsste ihn verstohlen auf die Wange.

»Brauchst du noch lange?«

Nora klopfte an die verschlossene Badezimmertür. Es war gleich sechs, sie mussten bald zu Eva und Micke rübergehen.

Was machte Jonas dadrinnen, Männer brauchten doch wohl keine Ewigkeit unter der Dusche?

Sie ging zurück ins Schlafzimmer, um ihr Kleid herauszuhängen.

Endlich ging die Tür auf, und Jonas erschien auf der Schwelle, eine weißes Handtuch um die Hüften. Er hatte schon eine leichte Sonnenbräune.

»Ich brauche auch noch ein paar Minuten im Bad«, sagte Nora und nickte zu ihrem neuen rosa Sommerkleid, das sie sich extra für diesen Abend gekauft hatte. »Wenn ich mich für dich hübsch machen soll.«

Er lächelte flirtend.

»Du bist schon wunderhübsch. So eilig wird es nicht sein«, murmelte er. »Auf ein paar Minuten mehr oder weniger kommt es ja wohl nicht an.«

Er zog sie an sich und küsste sie, zuerst zärtlich, dann immer drängender.

Er roch nach Shampoo und Seife. Ihr Körper reagierte sofort, das Blut pulsierte in den Adern und pochte im Unterleib.

Ich führe mich auf wie ein Teenager, dachte sie, drehte sich aber so, dass er besser rankam. Seine Finger glitten unter ihren Pullover und tasteten sich zum BH vor. Er nestelte am Verschluss, während Nora heftiger atmete.

Jetzt brannte sie vor Lust, eifrig zog sie den Reißverschluss ihrer Shorts auf und versuchte, sie über die Hüften zu streifen.

Sein Handtuch fiel zu Boden.

»Papa?« Wilmas Stimme aus dem Erdgeschoss unterbrach sie. »Wann müssen wir gehen?«

Jonas ließ sie los.

»Gleich, mein Schatz«, rief er zurück. »Wir müssen uns nur noch fertig machen.«

Nora wich einen Schritt zurück und versuchte, sich zu sammeln.

Großer Gott, was machten sie hier? Die Tür war nicht einmal abgeschlossen und das Haus voller Kinder. Was, wenn Adam oder Simon die Treppe heraufgekommen wären und sie überrascht hätten … Sie mochte gar nicht daran denken.

»Ich gehe ins Bad«, murmelte sie heiser und huschte davon.

Sie schloss die Tür hinter sich ab und blickte in den Spiegel. Ihre Wangen waren gerötet, und die Augen glänzten, das rotblonde Haar war zerzaust. Es war nicht mehr viel übrig von der vierzigjährigen verantwortungsvollen Bankjuristin, aber es war herrlich, frisch verliebt zu sein.

Durch das offene Fenster sah sie, wie die Tür des kleinen Hauses am Hang aufging, in dem der neue Nachbar wohnte. Reinhold Lönnberg kam auf die Treppe heraus, in der Hand eine graue Tasche. Er blickte sich aufmerksam um, ehe er sorgfältig die Tür hinter sich abschloss.

Der schwarzbraune Schäferhund folgte ihm auf den Fersen, ohne Leine. Die Schnauze war halb geöffnet, die Augen wachsam.

Lönnberg hob den Kopf und blickte in Noras Richtung, als würde er spüren, dass sie hinter dem Badezimmerfenster stand und ihn anstarrte. Der Schäferhund knurrte.

Nora trat rasch einen Schritt zurück, damit er nicht sah, dass sie ihn heimlich beobachtet hatte.

Ich weiß, dass sie auf mich wartet. Ich sehe es an ihrem Blick.

Letztes Wochenende kam sie mit einem Eis in der Hand an. Gerade als sie sich mir näherte, fiel es ihr zu Boden.

Der Mund zitterte, die Augen wurden feucht.

Ich war nahe dran, hervorzutreten und sie zu trösten, aber in dem Moment rief jemand ihren Namen. Ich wagte es nicht. Stattdessen bog ich in die schmale Gasse ein, wo niemand mich sehen konnte. Durch das Laub konnte ich die blonden Locken sehen, die im Wind wehten, die weichen Wangen, auf denen Tränen glitzerten.

Ich wusste, dass sie meine Nähe ahnte.

Keine Angst, kleiner Liebling, wollte ich flüstern. Ich werde nicht verschwinden. Wir gehören zusammen, du und ich. Bald ist es so weit.

Ich habe alles eingekauft, was sie brauchen könnte, es soll ihr an nichts fehlen. Eine dicke Decke, ein weiches Kissen, schöne Kleider. Mehrere Sorten Süßigkeiten, damit sie auswählen kann, und Brause natürlich, Coca-Cola und Fanta.

Das Bett ist bereit. Ich kann sie schon darin liegen sehen, eine Hand unter der Wange. Rein und unschuldig.

Sie soll alles bekommen, was sie sich nur wünscht. Ich weiß, dass sie auf das hier genauso lange gewartet hat wie ich.

Dann werde ich sie lehren, wie man es macht. Vorsichtig, damit sie keine Angst bekommt. Ich will sie nicht erschrecken, nur glücklich machen.

Wir werden es wunderbar zusammen haben.

Die Pforte knarrte. Die ersten Gäste kamen, bestimmt Nora und Jonas. Nora war einer der pünktlichsten Menschen, die Eva kannte. Das musste die Juristin sein, die in ihr spukte. Als Kind war sie immer unpünktlich gewesen, hatte Nora ihr erzählt, sogar zum Konfirmandenunterricht war sie zu spät gekommen.

»Micke«, rief Eva. »Die Gäste kommen jetzt.«

Sie nahm zwei Schüsseln mit Kartoffelsalat und ging damit zum Steg, wo die lange Tafel mit rosa Tischdecke und Servietten gedeckt war. Eine Vase mit weißen Margeriten stand in der Mitte, und auf einem langen hölzernen Schneidbrett lagen frische Baguettestangen.

»Willkommen«, sagte sie und lächelte Jonas, den sie erst ein paarmal gesehen hatte, besonders herzlich an.

Die Wärme in seinen Augen, wenn er Nora betrachtete, freute sie.

Die Beziehung von Henrik und Nora war ein Jahr vor der Scheidung zerbrochen. Trotzdem war Nora danach tief verzweifelt gewesen. Sie hatte sich die Schuld am Scheitern der Ehe gegeben, obwohl es nach Evas Meinung Henrik war, der mit seiner Untreue die größte Schuld trug. Er und seine schreckliche Mutter Monica, die sich immer in alles einmischen musste.

Noras Ex-Schwiegermutter war eine richtige Schreckschraube. Ständig hatte sie auf Nora herumgehackt, die ihrer Meinung nach nicht gut genug für den vergötterten Sohn war.

Eva gönnte es Nora von Herzen, dass sie über ihren Ex-Mann hinweggekommen war und jemand Neues kennengelernt hatte. Sie wusste genau, wie es war, in einer unglücklichen Ehe zu leben. Vor ein paar Jahren waren sie und Micke ganz kurz davor gewesen, getrennte Wege zu gehen. Erst als sie ihm ein Ultimatum gestellt hatte – entweder die Familie oder der Alkohol –, war er zur Besinnung gekommen und hatte professionelle Hilfe gesucht.

Jonas überreichte ihr eine Flasche rosa Champagner mit einer eleganten Silberrosette um den Flaschenhals.

»Für das Geburtstagskind«, sagte er und sah sich um. Der weiße und lila Flieder war gerade aufgegangen, alles blühte. »Wie schön ihr es habt.«

»Herzlichen Dank«, sagte Eva und streckte dem hübschen Teenagermädchen, das mit Schmollmiene neben seinem Vater stand, die Hand entgegen.

»Und du bist sicher Wilma?«

Das Mädchen hatte weiße Kopfhörer in den Ohren und starrte zu Boden.

»Mhm.«

»Thomas hat übrigens vorhin angerufen und abgesagt«, sagte Eva zu Nora. »Elin hat sich übergeben, sie wollen lieber bei ihr auf Harö bleiben, solange es ihr nicht gut geht.«

Nora sah enttäuscht aus, aber Eva wusste, dass sie Verständnis dafür hatte. Dass Thomas und Pernilla wieder zusammengefunden und sogar eine kleine Tochter bekommen hatten, grenzte an ein Wunder. Da wollten sie natürlich kein Risiko eingehen. Elin war jetzt drei Monate alt, genauso alt wie Emily gewesen war, als sie am plötzlichen Kindstod starb.

Eva konnte nicht verhindern, dass ihr ein Frösteln durch den Körper lief.

Die Pforte knarrte wieder, als weitere Gäste mit Geschenken in den Händen in den Garten kamen.

»Aber wir trinken jetzt erst einmal ein Glas Sekt vor dem Essen«, sagte sie.

Als sie das erste Schnapslied anstimmten, warf Eva automatisch einen Blick zu Mickes Glas. Er hielt sich an Bier und verzichtete auf den Schnaps. Alte Gewohnheiten waren schwer abzulegen, jedes Mal, wenn sie Gäste hatten, musste sie kontrollieren, wie viel er trank. Sie konnte sich immer noch nicht richtig entspannen.

Die Kinder sangen ebenso falsch wie fröhlich, und Eva musste unwillkürlich lachen, als ihre Töchter mit Lust und Hingabe in die Gesänge einstimmten. Elsa war blond und Agnes dunkelhaarig. Agnes war drei Jahre älter und viel robuster. Elsa, sieben Wochen zu früh auf die Welt gekommen, war immer schwächlich gewesen und sah jünger aus, als sie war.

Eva wusste, dass sie ihre jüngere Tochter überbehütete. Aber die Angst, die sie empfunden hatte, als das Frühchen wie ein Vogelküken im Brutkasten lag, saß noch in ihr. Wenn es um Elsa ging, war sie immer ängstlich. Sie wurde ihre Unruhe nicht los, obwohl ihr bewusst war, dass sie übertrieb.

Hinter Elsa flog eine Hummel aus der Fliederhecke auf, drehte eine Runde über ihrem Kopf und nahm Kurs auf neue Weidegründe.

Micke stand auf und schlug an sein Glas.

»Ich finde, wir sollten jetzt *Ja må hon leva* für unser hübsches Geburtstagskind singen«, rief er.

Nora legte die Kuchengabel beiseite. Evas Geburtstagskuchen, eine luftige Baisertorte mit Vanillesoße und frischen Himbeeren, hatte wie üblich köstlich geschmeckt. Aber wenn sie noch einen Bissen aß, würde sie platzen.

Sie hob ihr Weinglas und trank Jonas zu, der einige Plätze weiter unten am Tisch saß. Er beantwortete ihren Toast mit einem Luftkuss, und ihre Wangen liefen rot an, als sie daran dachte, wie kurz sie eben noch davor gewesen waren, von seiner Tochter erwischt zu werden.

Sie blickte unauffällig zu Wilma hinüber, die inzwischen bessere Laune zu haben schien. Sie unterhielt sich mit Adam und hatte endlich ihre Kopfhörer rausgenommen, die den ganzen Tag wie festgeklebt in den Ohren gesteckt hatten. Nach dem, was Nora von dem Gespräch zwischen Jonas und seiner Tochter aufgeschnappt hatte, sollten am nächsten Tag einige von Wilmas Freundinnen auf die Insel kommen. Vielleicht war sie deshalb jetzt etwas munterer.

Nora hoffte, dass es noch lange dauerte, bis Adam Lust bekam, auszugehen und zu feiern, und dass Wilma sich in diesem Sommer ebenso vernünftig verhielt.

»Du bist ja so still.«

Jonas hatte seinen Platz verlassen und war zu Nora gegangen. Er begann, ihre Schultern zu massieren, und sie genoss die Berührung.

»Ich dachte nur gerade an Teenager und Partys.«

Sie beugte den Kopf leicht in Wilmas Richtung. Normalerweise hütete sie sich davor, Jonas dafür zu kritisieren, wie er seine Tochter erzog, aber insgeheim fand sie, dass er öfter mal eine Grenze ziehen sollte.

Wilma wickelte ihren Vater fast immer um den Finger.

»Darüber brauchen wir uns heute Abend keine Gedanken zu machen«, lächelte Jonas.

Aus einiger Entfernung war wütendes Gebell zu hören.

»Ich wette, das ist dieser Köter«, sagte Eva mit einem Nicken zu Nora. »Der von deinem neuen Nachbarn, meine ich.«

Das Bellen wurde lauter. Dann verstummte es urplötzlich.

Wilma stand auf.

»Wo willst du hin?«, fragte Jonas.

Sie zeigte zum Kvarnberget.

»Ich will mir nur mal die Aussicht ansehen. Ich bin bald zurück.«

Wilma zeigte auf ihren Teller.

»Ich habe aufgegessen.«

»Okay, aber bleib in der Nähe, dass du uns nicht verloren gehst.«

Ich denke oft daran, wie ich sie das erste Mal gesehen habe. Es war Abend, ich ging an ihrem Haus vorbei und das Fenster war erleuchtet.

Sie war auf dem Sofa eingeschlafen. Außer ihr war niemand im Wohnzimmer.

Ich schlich mich in den Garten, um besser sehen zu können. Es war riskant, aber ich konnte nicht anders. Sie lag auf der Seite, ihre Haare waren über dem Ohr verwuschelt. Sie hatte die Knie im Schlaf angezogen und lag unter einer Wolldecke.

Ich stand im Schutz der Fliederhecke und schaute ins Zimmer. Es war Anfang Mai und kalt draußen. Der Abendtau fiel, aber ich blieb im Schatten. Ich konnte mich nicht von dem Anblick losreißen, obwohl es mehr als gewagt war, stehen zu bleiben.

Sie war so rein, so unberührt, wie sie da lag, mit einer Hand unter der rosa Wange. Plötzlich erwachte sie, setzte sich auf und gähnte. Sie drehte das Gesicht in meine Richtung und blickte schläfrig zum Fenster.

Ich trat schnell einen Schritt zurück, damit sie mich nicht sah. Es war zu früh, aber ich wusste, dass es ein Zeichen war.

Sie brauchte mich.

Sonntag

Nora hatte den ganzen Nachmittag im Liegestuhl gesessen und gefaulenzt. Gestern Abend war es richtig spät geworden. Es war eine halbe Ewigkeit her, dass sie es auf einem Fest so lange ausgehalten hatte. Am Morgen war sie mit leichten Kopfschmerzen aufgewacht und hatte einen mordsmäßigen Durst gehabt.

Ein Schatten schob sich vor die heiße Sonne. Als sie die Augen öffnete, beugte sich Jonas über sie.

»Wir wollen uns im Hafen ein Eis holen«, sagte er und zeigte zu Wilma, die ein Stück abseits stand und mit gelangweilter Miene Kaugummi kaute. »Hast du Lust mitzukommen?«

Nora streckte sich wie eine Katze. Am liebsten wäre sie liegen geblieben und hätte weiter gefaulenzt, aber sie griff nach ihrem Strandkleid.

»Ich komme.«

Jonas versuchte, sie am Bauch zu kitzeln, aber Nora wich geschickt aus und zog sich das Kleid über den Kopf.

Gerade als sie durchs Gartentor gingen, kam Eva mit einer Flasche Mineralwasser in der Hand vorbei. Offenbar war Nora nicht die Einzige, die Nachdurst hatte.

»Hallo, Eva«, sagte Nora. »Wo hast du Micke gelassen?«

»Er kauft noch Grillkohle, bevor der Laden schließt. Was wir haben, reicht nicht für heute Abend.«

»Wir haben eine Menge Steaks, die wir heute Abend grillen wollen«, sagte Jonas. »Wollt ihr nicht lieber zu uns kommen? Als Revanche für gestern Abend?«

Nora liebte Jonas' Großzügigkeit, seine natürliche Art, mit den Leuten umzugehen. Er hatte sich problemlos in ihren Freundeskreis integriert, und Thomas hatte ihn vom ersten Moment an gemocht.

So sollte es sein.

Mit Henrik war Thomas nie richtig warm geworden. Sie hatte es die ganze Zeit gewusst, obwohl sie immer die Augen davor verschlossen hatte, in der Hoffnung, es würde sich irgendwann ändern. Ein »Ich habe es dir gleich gesagt« hatte sie von Thomas nie gehört, selbst damals nicht, als Henrik sie geschlagen hatte und alles ein Chaos war. Er hatte ihr während der ganzen Scheidungssache beigestanden und geduldig zugehört.

»Natürlich esst ihr heute Abend mit uns«, drängte sie. »Es gibt nichts Großartiges, nur ein paar Stücke Fleisch und Backkartoffeln.«

Eva schien nicht abgeneigt.

»Warum eigentlich nicht. Ich kann den Kuchen mitbringen, der übrig geblieben ist. Es ist noch jede Menge da.«

Sie nahm einen Schluck aus der Wasserflasche.

»Wollt ihr irgendwohin?«

»Zum Kiosk, Eis kaufen«, lächelte Jonas.

Als sie beim Kiosk am Dampfschiffkai ankamen, standen Fabian und Simon schon mit ihren großen Eistüten da. Sie unterhielten sich mit Agnes und Elsa, die auch jede an einem Eis schleckten.

Nora winkte den Kindern zu, aber sie sahen sie nicht, als sie sich in die Schlange einreihte. Der Mann vor ihr kam ihr vage bekannt vor, aber sie wusste nicht recht, woher. Erst als er sich umdrehte und sie die Farbflecken auf seinem Overall sah, fiel es ihr wieder ein. Das war Evas polnischer Maler.

Sie kaufte drei Eistüten und gab jeweils eine an Jonas und Wilma weiter.

»Lecker«, sagte Jonas, als er seins probierte.

Ehe sie etwas sagen konnte, kam Micke auf sie zu. Er wirkte verärgert.

»Was machst du denn für ein Gesicht«, sagte Nora.

»Ich wollte Grillkohle besorgen, aber die ist überall ausverkauft. Ich hätte eher daran denken müssen, aber du weißt ja, wie das ist, wenn der Urlaub anfängt. Tausend Sachen, die erledigt werden müssen.«

Er wischte sich über die Stirn. Sein Haar lichtete sich bereits, und er war ein bisschen rundlich, genau wie seine Frau.

»Kein Problem«, sagte Nora. »Wir haben gerade mit Eva beschlossen, dass ihr heute Abend bei uns esst.«

Mickes Gesicht hellte sich auf.

»Dauernd wird auf dieser Insel gegessen und getrunken. Ich habe nichts dagegen.«

Elsa stand am Strand hinter dem Kiosk und kickte gegen einen großen Stein.

Am Dampfschiffkai wimmelte es von Leuten, aber Agnes und die Jungs waren einfach abgehauen, ohne zu fragen, ob Elsa mitgehen wollte.

Blöde Agnes. Sie hatte nur noch Augen für Adam. Kaum war er in der Nähe, tat Agnes so, als gäbe es ihre Schwester nicht. Dann war Elsa ein kleines Kind, das für sich bleiben sollte.

Elsa war nur gut genug, wenn Adam nicht da war. Kaum tauchte er auf, war es immer dasselbe. Agnes verschwand mit Adam, Fabian spielte mit Simon, und Elsa blieb übrig.

Der Stein bekam wieder einen Tritt. Sie stieß sich den großen Zeh, und die Tränen schossen ihr in die Augen. Außerdem hatte sie einen großen Eisfleck auf dem neuen Sommerkleid, Mama würde böse sein, wenn sie ihn entdeckte.

Elsa trat noch einmal zu, obwohl der Zeh bereits richtig wehtat. Blöde Agnes und blöder Fabian.

»Hallo, Elsa.«

Elsa drehte den Kopf, als sie die Stimme hinter sich hörte. Sie kam ihr bekannt vor, sie hatte den Mann mit der dunklen Sonnenbrille schon mal irgendwo gesehen. Er hatte eine schicke Schirmmütze auf, in Blau und Weiß, ihren Lieblingsfarben.

»Hallo«, antwortete sie zögernd.

»Isst du Eis?«

»Mhm. Aber es schmeckt nicht gut.«

»Wieso nicht?«

»Das ist Piggelin. Ich mag das nicht, aber Agnes hat es trotzdem gekauft.«

»Möchtest du lieber ein anderes? Ich geb eins aus.«

Elsa wurde unsicher. Sie begann an ihrem Zeigefinger zu knabbern.

Mama hatte ihr eingeschärft, dass man von Fremden nichts annehmen durfte. Aber das hier war Sandhamn. Die Leute auf der Insel waren nett, das hatte Mama oft gesagt.

Außerdem erkannte sie den Mann wieder.

»Vielleicht ein großes Softeis?«, fragte der Mann. »Magst du so was? Mit Schokoladensoße und Streusel?«

Das war Elsas Lieblingseis, aber Agnes hatte gesagt, dass es zu teuer war, wenn das Geld für alle reichen sollte.

Sie fühlte sich schon besser.

»Ich mag Vanilleeis«, sagte sie erwartungsvoll.

»Komm mit, dann sollst du das haben«, sagte der nette Mann.

Ich habe versucht zu widerstehen. Aber der Drang ist zu stark. Ich kann es nicht lassen, selbst wenn ich wollte.

Als ich jünger war, habe ich versucht, ein anderer zu sein, einer, der genauso liebt wie alle anderen. Warum gerade ich?, dachte ich damals, ohne eine Antwort zu erhalten.

Nach einer Weile begriff ich, dass ich nicht der Einzige bin. Im Internet fand ich neue Freunde, die es mir erklärt haben. Sie machten mir klar, dass ich mich nicht dafür zu schämen brauche.

Wir sind viele, die die wahre Liebe suchen, die unverdorbene und reine.

Manche Leute finden uns abscheulich, sie sagen, wir seien pervers und müssten eingesperrt werden. Aber sie haben keine Ahnung. Wenn sie wüssten, wie es wirklich ist, würden sie verstehen, dass wir uns für nichts schämen müssen.

Die Liebe ist schön, sie ist nicht schlecht oder widerwärtig.

Wie kann es schlecht sein, jemanden zu lieben, der so wunderbar, so jung und unverdorben ist?

Nachts male ich mir aus, dass wir zusammen sind. Dass ich zärtlich ihre Wangen streichle, den kurzen, schmalen Hals, die weichen Arme. Die kleine Halsgrube, die darum bettelt, geküsst zu werden.

Es ist einfach nur wunderbar und keine Schande.

Warum sollte ich mich dafür schämen?

Es war kurz vor sechs und langsam Zeit, zu Nora und Jonas hinüberzugehen. Aber das Haus war leer, die Kinder waren draußen.

Wo mochten sie sein?

Eva schaute durchs Küchenfenster hinaus. Micke stand im Garten über den Grill gebeugt und hatte einen Metallschaber in der Hand.

Von den Kindern war weit und breit nichts zu sehen.

Eva öffnete das Fenster und rief: »Weißt du, wo die Kinder sind? Wir sollen in zehn Minuten bei Nora sein.«

Micke richtete sich auf, er hatte einen Rußfleck auf der Stirn.

»Nein, ich habe sie schon eine ganze Weile nicht mehr gesehen.«

»Ich gehe sie suchen«, sagte Eva. »Bestimmt sind sie unten am Nordsteg und angeln, da könnte ich wetten.«

Hinunter zum Anleger zu gehen war schnell gemacht, und tatsächlich saßen drei Jungs am Ende der Nock und angelten.

Neben ihnen lag Agnes auf die Ellbogen gestützt, auch sie hatte eine Angelrute vor sich. Wilma sonnte sich in der Mitte des Anlegers auf einem Handtuch.

Es war immer noch brütend heiß, der Sommer fing gut an.

Fabian stand auf, als er sie kommen sah, und zeigte eifrig auf einen Blecheimer.

»Guck mal, Mama«, rief er. »Ich habe zwei große Forellen gefangen.«

»Wie schön«, sagte Eva und beugte sich über den Eimer, um den Fang zu bewundern. »Wo habt ihr Elsa gelassen?«

Agnes und Fabian wandten den Blick ab, als hätten sie ein schlechtes Gewissen.

Eva runzelte die Stirn und ging vor Agnes in die Hocke.

»Wo ist deine kleine Schwester?«

Agnes blinzelte.

»Weiß nicht. Ich dachte, sie wäre bei dir und Papa.«

»Sie war nicht die ganze Zeit bei euch?«

Agnes schüttelte den Kopf.

Eva ging zu Wilma, die mit geschlossenen Augen dalag und Musik hörte. Sie berührte sie am Arm. Wilma blickte hoch und nahm die Kopfhörer aus den Ohren.

»Ich kann Elsa nicht finden«, sagte Eva. »Weißt du noch, wann du sie zuletzt gesehen hast?«

Wilma strich sich die Haare aus der Stirn.

»Nicht genau.«

»Vielleicht am Eiskiosk?«

»Ich glaube schon.«

»Weißt du, wo sie danach hingegangen ist?«

»Keine Ahnung.«

Eva versuchte, Ruhe zu bewahren, obwohl das Angstgefühl in ihrem Bauch immer stärker wurde. Hier auf der Insel gab es weder Autos noch Motorräder, und die Kinder liefen überall frei herum. Wahrscheinlich war sie zu einer Spielkameradin gegangen und hatte die Zeit vergessen.

Aber einfach zu verschwinden, sah ihr überhaupt nicht ähnlich.

Eva suchte in ihrer Tasche nach dem Handy, bis ihr einfiel, dass es im Haus lag.

»Ich muss mein Handy holen«, sagte sie zu den Kindern. »Falls ihr Elsa seht, sagt ihr, dass sie sofort nach Hause kommen soll.«

Sie ging ein paar Schritte und drehte sich um.

»Übrigens«, fügte sie hinzu, »könntet ihr bitte zu den Nachbarn gehen und fragen, ob jemand von denen Elsa gesehen hat, nur sicherheitshalber? Ihr müsst sowieso mit dem Angeln aufhören, wir wollen gleich zum Abendessen zu Nora gehen.«

Während Eva zurück zum Haus ging, versuchte sie sich einzureden, dass alles in Ordnung war. Trotzdem merkte sie, wie ihre Angst immer stärker wurde.

Sie zwang sich, normal zu atmen. Durch die Nase, ein und aus, tiefe Atemzüge. Trotzdem musste sie die letzten Schritte in die Küche laufen, wo Micke sich gerade die Hände wusch.

»Elsa ist verschwunden«, rief sie.

»Was?«

»Seit die Kinder sich am Kiosk Eis gekauft haben, hat sie keiner mehr gesehen. Das ist jetzt mehrere Stunden her.«

Panik mischte sich in ihre Stimme.

»Oh Gott, hoffentlich ist sie nicht ins Wasser gefallen. Sie kann doch noch nicht gut schwimmen.«

Micke zog sie an sich.

»Immer mit der Ruhe. Wir finden sie. Bestimmt sitzt sie irgendwo und spielt. Wenn du mit dem Rad suchst, gehe ich zum Seglerhotel und schaue im Hafen nach.«

Eva nickte, obwohl ihr Herz vor Angst raste.

»Ich habe die Kinder gebeten, bei den Nachbarn herumzufragen«, sagte sie.

Micke tätschelte ihre Wange.

»Mach dir keine Sorgen, wir finden sie bald.«

Als Elsa aufwachte, fühlte sie sich merkwürdig, so als sei sie krank geworden und hätte hohes Fieber bekommen. Ihr Körper war so schwer, sie konnte kaum die Augen aufschlagen. Die Arme wollten nicht richtig gehorchen und schienen gar nicht zum Körper zu gehören.

Obwohl sie so matt war, wusste sie, dass sie nicht in ihrem eigenen Bett lag. Sie lag in etwas, das sich bewegte. Es schwankte und ruckelte, und bei jedem Ruckeln stieß ihr Nacken gegen etwas Hartes.

Elsa öffnete mühsam die Augen und versuchte gleichzeitig, den Kopf in dem engen Raum zu heben.

Wo war sie?

Es dauerte eine Weile, bis sie begriff, dass sie in einer Karre lag. War das Mamas alter Fahrradanhänger, den sie benutzt hatte, bevor Elsa Rad fahren konnte?

Aber Elsa hatte schon letzten Sommer ein eigenes Rad bekommen. Warum hatte Mama sie in die Karre gesperrt? Und auch noch den Reißverschluss zugezogen, sodass sie kaum Platz hatte, sich zu bewegen? Sie war doch schon viel zu groß für den Fahrradanhänger.

Elsa versuchte, es zu verstehen. Irgendwas stimmte nicht.

Die Karre hüpfte wieder, als würde sie über eine dicke Baumwurzel auf dem Weg gezogen. Waren sie im Wald? Sie schienen ziemlich schnell zu fahren, denn sie wurde hin und her geworfen und konnte sich nicht einmal mit den Armen abstützen.

Sie versuchte sich zu erinnern, was passiert war. Sie hatte von dem Mann ein großes Eis bekommen, und die Streusel obendrauf hatten irgendwie komisch geschmeckt. Das war das Letzte, woran sie sich erinnerte, danach wusste sie nichts mehr.

Es fiel ihr schwer, sich zu konzentrieren, aber langsam begriff sie, dass dies nicht der Familienanhänger war. Ihrer war blau, und dieser hier war innen gelb.

Es roch auch komisch hier drinnen, ein schrecklicher Geruch, von dem ihr schlecht wurde. Fast wie zu Hause im Holzschuppen, wo all die Farbtöpfe standen.

Elsa begann zu weinen. Sie wollte nicht hier sein, aber sie wusste nicht, wie sie denjenigen, der auf dem Rad saß, dazu bringen sollte, sie rauszulassen.

Die Übelkeit schnürte ihr den Hals zu.

»Mama«, schluchzte sie. »Ich will nach Hause.«

Dann konnte sie die Augen nicht mehr offen halten. Sie machte sie zu, und alles wurde wieder schwarz.

Agnes klopfte an die Tür, und als Antwort kam sofort lautes Gebell. Sie ging rasch die Treppe wieder hinunter und wollte gerade durchs Gartentor schlüpfen, als die Tür aufgerissen wurde.

»Was willst du?«

Als sie die barsche Stimme hörte, wäre sie am liebsten weggelaufen. Sie wagte kaum, sich umzudrehen, geschweige denn etwas zu sagen.

»Warst du das, die geklopft hat?«

Das kam jetzt etwas freundlicher, und Agnes schielte unter ihrem Pony zu dem älteren Mann in der Tür.

»Ja«, gab sie zu.

»Warum hast du geklopft?«

Agnes nahm allen Mut zusammen.

»Meine kleine Schwester ist verschwunden«, sagte sie. »Ich wollte fragen, ob Sie sie gesehen haben. Sie heißt Elsa.«

Der Mann rieb sich das Kinn. Hinter ihm hatte sich der große Hund auf die Fußmatte gelegt, aber er wirkte immer noch bedrohlich mit seinen zurückgelegten Ohren.

Agnes wünschte, sie wäre nie durch diese Gartenpforte gegangen.

»Komm rein«, sagte der Mann.

Eva raste wie eine Verrückte durchs Dorf, aber Elsa war nirgends zu sehen. Als sie zum Strand von Fläskberget kam, lagen dort die Touristen und sonnten sich. Keiner hatte ein siebenjähriges Mädchen mit hellblondem Lockenkopf gesehen.

Sie machte kehrt, war aber kaum hundert Meter geradelt, als sie keine Luft mehr bekam. Sie umklammerte den Lenker, um die Kontrolle zu behalten, doch der Sauerstoff in ihrer Lunge wurde immer weniger. Als vor ihren Augen kleine schwarze Punkte tanzten, musste sie absteigen, um nicht zu stürzen.

Sie nahm ihre Umgebung nicht mehr wahr. Stattdessen drängte sich ein anderes Bild auf: Elsa, die am Rand eines Bootsstegs balancierte. Elsa, die das Gleichgewicht verlor und ins Wasser fiel. Die Wellen, die über ihr zusammenschlugen.

Es dauerte lange, bis Eva wieder normal atmen konnte.

Als die Punkte vor den Augen verschwunden waren, stieg sie wieder aufs Rad und fuhr dieselben Wege noch mal, die sie bereits abgesucht hatte. Doch sie konnte Elsa nicht finden, wie sehr sie auch Ausschau hielt.

Nirgends eine Spur von ihrer Tochter.

Nach einer halben Stunde gab sie es auf und radelte nach Hause. Vielleicht war Elsa inzwischen zurückgekommen? Vielleicht hatte sie sich ganz umsonst Sorgen gemacht? Aber das Hämmern ihres Herzens sagte etwas anderes.

»Bitte lass sie inzwischen zu Hause sein«, murmelte sie vor sich hin.

Eva lehnte das Rad gegen den Gartenzaun und öffnete die Pforte. Sie hatte solche Angst davor, ins Haus zu gehen und zu entdecken, dass Elsa immer noch nicht da war.

Sie konnte sich nicht überwinden, die Haustür zu öffnen. Das Weinen saß ihr im Hals, als sie auf die Treppenstufen sank.

Hundert Meter weiter sah sie Noras neuen Nachbarn kommen. Sie blinzelte gegen die starke Abendsonne, er schien etwas zu tragen. Ein ertrunkenes Kind?

Ihr wurde schwindlig vor Angst. Oh Gott, was, wenn das Elsa war?

Neben dem Mann entdeckte sie Fabian und die anderen Kinder, der schwarze Schäferhund trottete einige Meter hinter ihnen.

Eva rannte auf die kleine Gruppe zu, während ihr die Tränen übers Gesicht strömten.

»Ich habe sie in der alten Militärbaracke auf der anderen Seite der Insel gefunden«, erklärte Reinhold Lönnberg.

Sie hatten sich am Gartentisch niedergelassen, und Micke

hatte Eva und Lönnberg einen ordentlichen Whisky eingegossen. Er selbst verzichtete.

Eva hatte ihre Tochter ins Bett gebracht. Elsa schlief fest, mit dem Teddy im Arm.

»Woher wussten Sie, wo Sie suchen müssen?«, stotterte Eva, immer noch bleich von dem Schock. Sie drückte Mickes Hand und warf Lönnberg einen dankbaren Blick zu.

Er beugte sich hinunter und tätschelte seinen Hund, der zu seinen Füßen lag, ohne einen Laut von sich zu geben.

Bisher hatte Eva ihn beängstigend gefunden, jetzt war er der wunderbarste Hund, den sie je gesehen hatte.

»Ajax und ich sind erst vor ein paar Monaten in Rente gegangen. Er war einer der besten Spürhunde der Polizei.«

»Ich verstehe es immer noch nicht«, sagte Micke leise.

»Als Ihre älteste Tochter erzählte, dass Elsa verschwunden war, ließ ich Ajax an einem Pullover, der ihr gehörte, Witterung aufnehmen. Danach dauerte es nicht mehr lange, bis wir sie fanden. Sie lag in der alten Bruchbude am Strand auf einer Matratze und schlief.«

»Was in Gottes Namen hatte sie dort zu suchen?«, sagte Micke. »Und dann noch draußen auf Oxudden?«

»Wir werden sie morgen fragen«, sagte Eva. »Vorher wacht sie sowieso nicht auf. Sie ist völlig erschöpft, die Ärmste, ich habe sie nicht wach bekommen.«

Sie stieß ein zitterndes Lachen aus.

»Fast so, als stünde sie unter Drogen.«

Das Knarren der Gartenpforte unterbrach sie.

»Hallo«, kam es von der anderen Seite des Hauses. Schnelle Schritte über den Kies waren zu hören, dann erschien Nora im Garten.

»Wo bleibt ihr denn? Wir wollten vor einer Stunde essen.«

Reinhold Lönnberg schloss die Haustür hinter sich und tätschelte Ajax.

»Braver Hund«, sagte er. »Das hast du gut gemacht heute.«

Er sah Elsa vor sich. Sie hatte tief geschlafen, zugedeckt mit einer hellblauen Wolldecke. Wie ein kleines Dornröschen in ihrem Dornenschloss.

Hätte er den Eltern sagen sollen, dass die Barackentür von außen verriegelt gewesen war? Nein, das konnte er auch morgen noch tun, wenn sie sich erholt hatten. Sie waren schon aufgeregt genug.

Es war nicht gesagt, dass jemand das Mädchen eingesperrt hatte. Der Riegel konnte von selbst heruntergefallen sein. Oder es war ein Jungenstreich, ein unbedachter Schabernack.

Aber er hatte ein ungutes Gefühl, das er nicht loswurde. Irgendetwas rumorte in ihm auf dieselbe Weise wie früher beim Anblick eines Tatorts.

Morgen würde er noch einmal zu der Baracke gehen und sich genauer umsehen. Dann würde er überlegen, ob er die Polizei einschalten sollte.

Ich habe geweint wie ein Kind, als ich entdeckte, dass sie weg war. Jemand musste sie in der Baracke gefunden haben, wo ich sie vor ein paar Stunden zurückließ. Ich hatte den Riegel vorgelegt, sie konnte sich nicht selbst befreit haben.

Warum nur wollte ich bis zur Dämmerung warten, um die Insel zu verlassen? Wir hätten sofort abhauen sollen, so wie ich es eigentlich vorgehabt hatte, anstatt darauf zu warten, dass es dunkel wurde.

Alles war so genau geplant, und trotzdem ist es schiefgegangen.

Ich stand auf der Schwelle mit meiner Tasche in der Hand, darin all die schönen Kleider, die Süßigkeiten und Spielsachen, die ich gesammelt hatte.

Für nichts.

Die ganze Nacht lag ich auf der Matratze, auf der sie gelegen hatte, und versuchte, ihren Duft einzuatmen. Erst in den frühen Morgenstunden gelang es mir, mich aufzuraffen und meine Tränen zu trocknen. Ich ging nach draußen und setzte mich auf eine Klippe, um mir alles noch einmal durch den Kopf gehen zu lassen.

Der Himmel war schon rosarot, als ich meinen Entschluss fasste. Es ist nicht zu spät, es ist immer noch Zeit.

Sie hat mein Tattoo so bewundert. Ich muss ihr die anderen, noch schöneren zeigen. Die, die unter meinen Kleidern sind.

Ich werde den ganzen Sommer in der Bäckerei arbeiten.

2013

Freiheit ohne Verantwortung

Samstag, drei Wochen vor Ostern

Nora saß mit der Morgenzeitung und einer Tasse Kaffee am Küchentisch, als Adam in die Küche kam.

Es nieselte draußen, ein feiner Schneeregen, typisch tristes Märzwetter. Julia und Jonas waren losgefahren, um den Großeinkauf zu machen, das war ihre Wochenendroutine, und ehrlich gesagt war Nora froh, nicht in den Supermarkt zu müssen.

Sie lächelte ihren großen Sohn an und verspürte einen Hauch von Nostalgie. Gerade noch war er ein Dreikäsehoch gewesen, und jetzt war er ein hoch aufgeschossener, gut aussehender Teenager, der nächstes Jahr Abitur machen würde. Ein Glück, dass sie die dreijährige Julia hatte, mit der sie schmusen konnte. Und dabei hatte sie gedacht, sie hätte die Kleinkindzeit längst hinter sich.

»Guten Morgen, Liebling«, sagte sie. »Willst du Kaffee?«

Adam ging zur Kaffeemaschine und drückte auf den Knopf. Ein Surren erfüllte die Küche, als die Kaffeekapsel sich in duftend frischen Kaffee verwandelte.

»Ivar fragt, ob ich in den Osterferien zum Skilaufen in die Alpen mitfahre«, sagte er in einem Atemzug. »Darf ich?«

Nora zuckte zusammen.

Bis Ostern waren es nur noch ein paar Wochen, und diesmal war sie an der Reihe, die Jungs bei sich zu haben. Weihnachten hatten sie bei Henrik verbracht. Obwohl sie es nicht gezeigt hatte, war es schmerzhaft für sie gewesen, sie erst Silvester wiederzusehen.

»Wir fahren doch über Ostern immer nach Sandhamn«, sagte sie vorsichtig.

Adam stand immer noch mit dem Rücken zu ihr an der Anrichte und rührte in seinem Kaffee.

»Darf ich mit Ivar fahren?«

»Wer ist Ivar?«

Nora wusste ziemlich gut über Adams Freundeskreis Bescheid, aber von einem Ivar hatte sie bisher noch nie etwas gehört.

»Er geht in meine Klasse. Ist im Herbst auf unsere Schule gekommen.«

»Aha.« Sie zögerte. »Aber du hast ihn noch nie mitgebracht.«

Adam seufzte.

»Er ist nett. Bisschen verrückt, aber echt okay. Muss ich dir jeden Kumpel vorstellen?«

»Jetzt werde nicht gleich sauer, ich frage ja nur.«

Nora versuchte, sich ihre Enttäuschung nicht anmerken zu lassen, dass Adam die Osterferien im Ausland verbringen wollte. Aber er war jetzt groß. Die meisten Jugendlichen in seinem Alter waren nicht besonders scharf darauf, ihre Freizeit mit den Eltern zu verbringen. Was hatte sie erwartet? Dass er bis in alle Ewigkeit mit ihnen in den Schärengarten fuhr?

»Und wo würdet ihr wohnen?«, erkundigte sie sich vorsichtig.

Adam nahm seine Tasse und setzte sich ihr gegenüber an den Tisch. Der heiße Kaffee dampfte.

»Ivars Vater hat 'ne geile Hütte in Chamonix. Ein eigenes Chalet, kannst du dir das vorstellen?«

»Ein eigenes Chalet«, echote Nora.

Adam klang so begeistert, dass Nora sich fragte, ob sie überhaupt noch eine Chance hatte.

»Wir brauchen nur den Flug und die Liftkarte zu bezahlen«, sagte er zufrieden. »Ivars Alter kommt für den Rest auf.«

»Wir kennen weder Ivar noch seine Familie. Sie sind mir noch nie begegnet.«

»Ich glaub's ja nicht.«

Adam schmollte.

»Was brauchst du, damit ich fahren darf? Die Geburtsurkunden seiner ganzen Familie?«

Nora versuchte, Zeit zu gewinnen.

»Lass mich wenigstens darüber nachdenken«, sagte sie.

»Papa hätte es mir sofort erlaubt«, sagte Adam und erhob sich.

Samstag

»Wollt ihr was trinken, Jungs?«

Adam zuckte zusammen, als Ivars Vater, Richard Hammarsten, über den Flugzeuggang zu ihnen herüberrief. Richard nickte der Stewardess zu, die gerade zwei Gläser Champagner für ihn und seine hübsche Freundin Grete einschenkte.

»Klar«, sagte Ivar und grinste breit. »Am liebsten Bier. Oder, Adam?«

Adam warf einen Blick auf den Servierwagen, der direkt neben seiner Armlehne stand.

Mama hätte nie erlaubt, dass er im Flugzeug Alkohol trank, sie war so überkorrekt. Eine Anklägerin der Behörde zur Verfolgung von Wirtschaftskriminalität musste sich an die Gesetze halten, das sagte sie oft. Aber Ivars Vater schien es ganz normal zu finden, seinen Sohn mitten am Tag auf einen Drink einzuladen.

Ivar hatte einen echt coolen Vater.

»Ja, gern«, sagte er und hörte, dass er viel zu wohlerzogen klang, wie ein kleiner Boyscout. »Danke.«

Ivar nahm die Dose Bier entgegen und prostete Adam zu.

»Geil, oder?«

Er trank einen großen Schluck Bier und dann noch einen und schnalzte mit der Zunge.

»Alter, wir werden die Woche so dermaßen krass feiern.«

Adam nickte und probierte sein Bier.

Der Flieger nach Genf war voll, viele Stockholmer wollten über Ostern zum Skifahren in die Alpen. Als Ivar ihn gefragt hatte, ob er mitkommen wollte, war er echt überrascht gewesen. Sie kannten sich nicht sehr gut und hingen auch nicht besonders oft zusammen ab. Ivar hatte den Ruf, ziemlich viel zu saufen, und er schwänzte ganz schön oft, zur ersten Stunde am Montagmorgen tauchte er nur selten auf.

Aber das Angebot war zu verlockend, um es abzulehnen.

Adam hatte mehrere Kumpel, die auch in den Ferien nach Chamonix wollten. Der Ort war bekannt für seine guten Pisten und sein Nachtleben. Wesentlich amüsanter als Sandhamn.

Mama war natürlich nicht happy gewesen. Aber er hatte nicht lockergelassen, und am Ende hatte sie eingewilligt. Adam hatte ein bisschen ein schlechtes Gewissen, weil er sie so unter Druck gesetzt hatte. Er hatte sogar behauptet, dass Papa sich nicht so angestellt hätte.

Er wollte wirklich gerne nach Chamonix.

Außerdem fuhren ja Simon und Julia mit nach Sandhamn, es war also nicht so, als wären Mama und Jonas ganz allein.

Adam trank einen großen Schluck Bier und lehnte sich in seinem Sessel zurück.

Das hier würde so super werden.

»Was sagst du?«

Ivar schlug die Tür zum Schlafzimmer auf, in dem Adam wohnen sollte. Es war größer als sein Zimmer zu Hause in Saltsjöbaden, viel größer.

»Fett.«

Sein Blick fiel auf ein breites Doppelbett mit einer braunen Pelzdecke am Fußende. An einer Wand hing ein großer Fernseher, und in einer Ecke stand ein Sessel mit einem Bezug aus schwarzweißem Kuhfell.

»Da ist das Badezimmer«, sagte Ivar und zeigte auf eine Tür. »Alle Schlafzimmer haben ein eigenes Bad.«

Adam war beeindruckt, er konnte nicht anders.

Ivars Chalet musste doppelt so groß sein wie die Wohnung zu Hause. Alles war teuer und exklusiv. Das Wohnzimmer war gigantisch, mit offenem Kamin und vier Meter Deckenhöhe. Außerdem gab es noch eine breite Terrasse mit Gartenmöbeln und Aussicht auf verschneite Berggipfel.

Hier sollte er eine ganze Woche wohnen, ohne dass es ihn eine Öre kostete.

»Vom Feinsten«, sagte er und warf einen Blick in das dunkelgrau geflieste Bad, wo dicke Frotteehandtücher neben einem weißen Bademantel hingen.

»Dad hat es nach der Scheidung behalten. Meine Mutter wollte lieber das Haus.«

Ivar setzte sich auf die Bettkante.

»Ihr neuer Lover hat auch ein Chalet, aber das ist in Verbier. Sie macht da mit meiner kleinen Schwester Sporturlaub.«

Er schnitt eine Grimasse, grinste aber dann.

»Ich wollte lieber in Dads bescheidene Hütte. Hier kann man tun und lassen, was man will.«

Nora nahm das Schinkengratin aus dem Ofen und stellte es auf die Anrichte. Das Essen war fertig, sie brauchte nur noch Jonas und die Kinder zu rufen.

Unwillkürlich fragte sie sich, was Adam wohl gerade zu Abend aß.

Sie sollten mittlerweile in Chamonix angekommen sein, die Maschine war am Vormittag abgeflogen, und er hatte erzählt, dass sie vom Flugplatz abgeholt werden würden.

War es klug gewesen, ihn mit diesem Schulfreund wegfahren zu lassen, obwohl sie weder ihn noch seine Eltern je gesehen hatte?

Henrik hatte keine Einwände gehabt. Lass den Jungen ruhig mitfliegen, hatte er gesagt, als sie sich mit ihm abstimmen wollte. Adam ist jetzt erwachsen, spiel nicht die Glucke.

Sie war froh, dass sie inzwischen in der Lage war, mit Henrik über solche Sachen zu reden, aber besorgt war sie trotzdem.

Ein eigenes Chalet in den Alpen. Was machte diese Art von Reichtum mit Menschen?

Nora trug das Gratin ins Esszimmer und stellte die Schüssel auf einen Korkuntersetzer. Adam konnte auf sich selbst aufpassen, sie musste aufhören zu grübeln.

Sonntag

Ivars Vater weckte sie schon um acht. Ivar hatte Adam vorgewarnt, dass er das immer tat. Nach Richards Prinzipien durften die Jungs ruhig die Nächte durchfeiern, solange sie am nächsten Morgen zu einer anständigen Zeit aus dem Bett kamen.

Spätestens um zehn sollten sie auf der Piste sein.

»Skifahren kommt zuerst« lautete die Hausregel, und Adam hatte kein Problem damit. Er fuhr gerne Ski und war nicht der Typ, der nächtelang um die Häuser zog, auch wenn es cool sein würde, auszugehen und ein paar Bier zu trinken.

»Dad hat uns einen Guide besorgt, mit dem wir heute fahren sollen«, erzählte Ivar unterwegs, als sie fast an dem Gebäude angekommen waren, von dem der erste Lift hinauf zum Grands Montets ging. »Er hat ihn für die ganze Woche gebucht, aber heute haben wir ihn, weil du neu in Chamonix bist.«

»Okay.«

Adam versuchte, cool zu klingen. Er wollte Ivar gegenüber nicht zugeben, dass er noch nie mit einem privaten Skiguide gefahren war. Er hatte lediglich die Skischule in Sälen besucht, bis er alt genug war, die Pisten allein hinunterzufahren.

»Da ist er«, rief Ivar und zeigte auf einen sonnenverbrannten Mann mit dunklem Bart.

Eine Zigarette hing ihm lässig im Mundwinkel, und er trug eine dunkle, verspiegelte Sonnenbrille.

»Jean-Pierre«, sagte er mit breitem Lächeln und trat die Zigarette aus, bevor er Adam die Hand entgegenstreckte. »Nice to meet you.«

Offenbar kannte er Ivar bereits.

»Let's go.«

Ohne eine Antwort abzuwarten, nahm er seine Skier und ging auf die Sperren zu. Adam und Ivar beeilten sich, ihm zu folgen.

Eine Unmenge von Leuten drängte sich vor dem Lift, aber Jean-Pierre lotste sie durch einen besonderen Eingang, sodass sie nicht wie alle anderen Schlange stehen mussten. Schon wenige Minuten später saßen sie in einer Gondel auf dem Weg zum Gipfel.

Die Aussicht war atemberaubend.

Die Berge reihten sich vor Adams Augen auf wie Zuckerhüte, glitzernd weiß vor klarblauem Himmel. In weiter Ferne segelten leichte Wolken zwischen den Bergmassiven. Ein Flugzeug, das gerade über sie hinwegflog, malte einen weißen Kondensstreifen über ihre Köpfe.

»Das Wetter war die letzten Wochen fantastisch«, sagte Jean-Pierre auf Englisch mit starkem französischem Akzent. »Eigentlich zu gut, wenn ihr mich fragt. Zu viel Sonne und Schnee auf einmal ist nie eine gute Kombination.«

»Warum nicht?«, fragte Adam und nahm den Helm ab.

Er schwitzte bereits im Nacken und merkte, wie die Funktionsunterwäsche an seinem Rücken klebte.

»Lawinengefahr«, antwortete Jean-Pierre und zog einen Handschuh aus, um sich an der Stirn zu kratzen. »Wenn es abwechselnd schneit und taut, wird der Schnee instabil. Das ist, als würde man auf Champagnergläsern fahren, fällt eins, dann fallen alle.«

»Wie meinst du das?«

Adam beugte sich vor. Der Guide lächelte so breit, dass auf seinen Wangen zwei tiefe Lachgrübchen erschienen.

»Stell dir vor, du baust eine Menge Champagnergläser auf und deckst sie mit einer Glasscheibe ab«, sagte er. »Darauf stellst du noch eine Lage Gläser und legst wieder eine Scheibe drauf, und so weiter. Wenn du die oberste Schicht betrachtest, sieht es völlig okay aus, aber wenn du an einem der unteren Gläser rüttelst, bricht alles zusammen. Genauso arbeitet der Schnee, wenn das Wetter wechselt, so wie es das in der letzten Zeit getan hat. Wenn der Untergrund sich bewegt, beginnt der Schnee zu rutschen, und schon hast du eine Lawine. Voilà!«

»Verstehe«, sagte Adam.

»Im Moment haben wir Gefahrenstufe drei, was bedeutet, dass man außerhalb der Pisten sehr vorsichtig sein muss.«

»Aber *du* weißt doch bestimmt, wo es sicher ist?«

Die Frage war Adam einfach so herausgerutscht.

Jean-Pierre lächelte breit.

»Es ist mein Job, das zu wissen, deshalb habt ihr mich ja.«

Er zog sich den Handschuh wieder an.

»Als Faustregel gilt, dass man drei Dinge beachten soll«, sagte er und hielt drei Finger hoch. »Meide Hänge, die steiler sind als dreißig Grad. Sei äußerst vorsichtig, wenn die Lawinenwarnstufe drei oder höher ist. Und befahre keine Nordhänge.«

Die Gondel näherte sich dem Gipfel. Jean-Pierre griff in seinen Rucksack und holte zwei Geräte heraus, die an kleine Walkie-Talkies erinnerten.

»Die hier leihe ich euch für diese Woche. Das sind Lawinensender, steckt sie euch in die Jacke. Die kann man gut gebrauchen, wenn man abseits der Pisten läuft.«

Er stand auf.

»Eine Sache noch. Falls tatsächlich mal etwas passiert, bleibt auf jeden Fall dort, wo ihr seid. Sonst könntet ihr noch eine Lawine auslösen und selbst mitgerissen werden.«

Richard stellte sein Weinglas auf dem Esstisch ab und zog sein Portemonnaie hervor. Er nahm ein paar blaue Zwanziger und einen grünen Hunderteuroschein heraus und gab sie Ivar.

»Hier, für euch«, sagte er. »Grete und ich wollen heute Abend mit ein paar Freunden zusammen essen. Aber ihr könnt euch sicher auch allein vergnügen, was, Jungs?«

Er zwinkerte Ivar und Adam zu.

Seine Stimme war nicht mehr ganz fest. In einem Mundwinkel hatte er einen Rotweinfleck.

Grete kam aus ihrem gemeinsamen Schlafzimmer, dem größten im Haus, mit einem eigenen Jacuzzi. Sie trug ein kurzes enges Kleid mit Glitzereffekt und hohe schwarze Wildlederstiefel.

Adam konnte nicht anders, als auf ihre üppigen Brüste zu starren, die sich deutlich unter dem anschmiegsamen Stoff abzeichneten.

Grete stellte sich neben Richard und begann mit ihm zu turteln, ohne sich daran zu stören, dass die Jungs dabei waren.

Richard legte seine Hand auf ihren Hintern und drückte ihn liebevoll.

Grete kicherte leise.

»Komm, wir hauen ab«, murrte Ivar.

Er griff nach seiner Jacke und ging zur Haustür. Es hallte im Treppenhaus, als er sie zuknallte.

Es herrschte bereits Hochstimmung, als Adam und Ivar am Klub in der Hauptstraße ankamen. Ivar hatte unterwegs nicht viel gesagt, und Adam fragte sich, ob er sauer auf seinen Vater war. Aber er wirkte jetzt schon besser gelaunt und öffnete eifrig die Eingangstür des Lokals, von dem er auf dem Flug hierher erzählt hatte.

Sie mussten sich durch die Menschenmassen drängen, um an die Bar zu kommen. Adam entdeckte sofort ein paar Mädchen aus seinem Gymnasium auf der vollen Tanzfläche. Hier schien es von Stockholmern zu wimmeln, in der Schlange am Lift war dauernd Schwedisch zu hören gewesen.

Sie bestellten sich jeder ein Bier und eine Schale Pommes und fanden eine Ecke mit Blick auf die Tanzfläche.

Das Skifahren war echt super, dachte Adam, strahlender Sonnenschein und perfekter Schnee. Sie waren den ganzen Tag mit Jean-Pierre Off-Piste gefahren.

»Meinst du, hier kann man was kaufen?«, fragte Ivar.

Er musste schreien, um die Musik zu übertönen, die durch den Klub wummerte.

Adam zögerte. Sie hatten kaum ihr Bier angetrunken. Was wollte er denn noch?

Ivar musterte die Menge und schien etwas zu suchen. Überall standen Leute mit einem Glas in der Hand. Manche hatten immer noch ihr Skisachen an, während andere, so wie sie selbst, sich zu Hause umgezogen hatten.

Ein Typ im dunkelblauen T-Shirt erregte seine Aufmerksamkeit.

Der Typ zog die Augenbrauen hoch und machte eine flüchtige Bewegung mit dem Zeigefinger zur Nase. Ivar hatte ihn auch bemerkt, er stieß Adam an und nickte in Richtung des Mannes.

Der bewegte sich auf sie zu und war nach wenigen Minuten bei ihnen. Er roch schwach nach süßlichem Parfüm.

»Hi guys. Are you having fun tonight?«

Ivar nickte.

»Do you want to have more fun? I can help you.«

»What do you mean?«, fragte Adam.

»You know what I mean«, sagte der Typ.

Ivar formte begeistert ein Wort mit den Lippen:

»Coke?«

Der Typ nickte.

»Sure. But I have something better.«

Er griff in die Jackentasche und zeigte ihnen die Hand im Schutz der Jacke. Darin lagen ein paar weiße Pillen.

»It's not expensive. Twenty euros each.«

Die Musik war jetzt noch lauter. Harte, kräftige House-Rhythmen, die den Boden vibrieren ließen.

Adam sah die beiden anderen an. Sicher, hin und wieder betrank er sich, aber Drogen hatte er noch nie probiert. Seine Mutter würde durchdrehen, wenn sie die Sache hier rausbekäme.

Er betrachtete die kleinen weißen Pillen, die der Mann in seiner hohlen Hand hielt.

»Is it okay stuff?«, fragte Ivar.

»Yes, yes. Don't worry, this is good shit. You'll just … have fun.«

»Was meinst du?«, sagte Ivar auf Schwedisch zu Adam, der sein Bierglas zum Mund führte, um nicht antworten zu müssen.

Ivar stellte sein Glas ab und zog einen der Scheine aus der Tasche, die Richard ihm gegeben hatte, hundert Euro.

»Man lebt nur einmal«, sagte er mit einem Schulterzucken. »Wäre doch fett mit 'ner guten Party.«

Ivar hielt dem Mann diskret den Geldschein hin.

»But I want some coke, too«, fügte er hinzu.

Der Mann kontrollierte ein letztes Mal die Umgebung, dann nahm er das Geld entgegen und steckte Ivar gleichzeitig die Pillen und ein Tütchen mit weißem Inhalt zu. Ivar stopfte das Zeug rasch in seine Hosentasche, behielt aber zwei Pillen in der Hand.

»Willst du eine?«, grinste er Adam an.

»Jetzt noch nicht.«

»Hast du Schiss, oder was?«

Adam schluckte. Würde Ivar ihn für kindisch halten, wenn er keine nahm?

Ivar grinste. Dann spülte er die Pille mit dem letzten Schluck Bier hinunter.

Die Luft war warm und feucht. Der Fußboden vibrierte von der Musik. Eins der Mädchen aus seiner Schule winkte ihnen zu, dass ihr kurzer Pullover den Bauch freilegte. Sanna hieß sie. Adam glaubte, dass sie im ersten Jahr war, gesellschaftswissenschaftlicher Zweig.

Ivar musterte ihn, als fragte er sich, ob Adam gut genug war.

Adam stellte sein Bierglas hin und streckte die Hand aus. Die Pille schmeckte nach nichts, als er sie schluckte.

»Hallo.«

Das Mädchen, das Sanna hieß, war zu ihnen gekommen.

»Was macht ihr?«

Sie lächelte und warf ihre blonden Haare zurück. Man konnte kaum verstehen, was sie sagte. Oder vielleicht stimmte auch etwas mit seinem Gehör nicht. Alles klang irgendwie so weit weg, und doch wieder nah.

»Ist irgendwas angesagt?«, fragte Ivar und wischte sich den Mund mit dem Handrücken ab.

Sanna lächelte.

»Ich bin mit ein paar Leuten hier, und wir wollten jetzt zu uns. Wir haben eine Wohnung ganz in der Nähe.«

Adam blinzelte ein paarmal. War das Licht intensiver geworden? Die Musik klang auch lauter. Aber er lächelte Sanna an, als sie seine Hand nahm.

»Kommt doch mit«, sagte sie lachend. »Wir machen Party.«

Montag

»Raus aus den Federn, Junge. Du kannst nicht den ganzen Tag verschlafen. Die Sonne scheint!«

Der Knall, mit dem Richard die Tür zuschlug, war die reinste Folter.

Adam versuchte, die Augen zu öffnen, aber es war viel zu hell im Schlafzimmer. Hinter seinen Schläfen pochte es dumpf.

Verschwommen stiegen Bilder aus seiner Erinnerung auf.

Das Durcheinander in der Wohnung des Mädchens, die Flaschen, die auf dem Fußboden hin und her rollten, all die Leute, die auf dem Balkon rauchten. Er hatte das vage Gefühl, dass er die ganze Nacht durchgetanzt hatte. Sein Körper war steif, und die Fußsohlen taten weh. Er hatte keine Ahnung, wie sie zurück ins Chalet gekommen waren, er wusste nur, dass es ihm beschissen ging.

Stöhnend tastete er nach seiner Unterwäsche und zog sich an.

Richard lachte nur, als Adam hereinkam. Er sparte sich jeden Kommentar, so als wüsste er genau, was sie getrieben hatten. Adam wusste, dass seine Mutter ausgerastet wäre, wenn sie ihn so gesehen hätte.

Die Tür zu Ivars Zimmer ging auf. Mit grünbleichem Gesicht schlurfte Ivar zum Esstisch, wo Grete bereits in einem kurzen seidenen Morgenrock saß, der kaum die nackten Schenkel bedeckte.

Richard stellte die Kaffeetasse ab und ging zu Grete, die ihn verführerisch anlächelte. Er liebkoste ihre Schulter, sodass der Morgenrock herunterrutschte und das halb durchsichtige Nachthemd zum Vorschein kam.

Ivars Gesicht verfinsterte sich, als die beiden sich leidenschaftlich küssten.

Demonstrativ setzte er sich so weit von Grete weg, wie es nur ging, schüttete sich Frühstücksflocken ein und goss Milch darüber, ohne sich darum zu kümmern, dass es auf den Tisch spritzte.

Adam nahm auch Flocken, obwohl er nicht wusste, ob er überhaupt etwas herunterbekam.

Kaum war Ivar fertig, stand er auf und ging. Adam folgte ihm eilig. Nur eine Viertelstunde später verließen sie das Haus, aber da war die Tür zu Richards und Gretes Schlafzimmertür schon wieder geschlossen.

Dienstag

Adam streckte sich im Liftsessel, der langsam Richtung Gipfel glitt. Am Vormittag hatten sie ein paar richtig geile Abfahrten gemacht. Er war zwar nicht so gut wie Ivar, aber doch ein recht geübter Skifahrer. Er wusste, wie er die Stöcke einsetzen musste, um den schnellsten Weg durch den Schnee zu finden.

Gleich würden sie sich mit Sanna und ihren Freunden in einem der angesagten Mittagsrestaurants in Flégére treffen. Gestern hatten sie zusammen zu Abend gegessen, und danach war wieder Party gewesen. Allerdings hatte Ivar es ruhiger angehen lassen als am ersten Abend.

Das Leben war nice.

Der Liftsessel schaukelte, dann kam er langsam zum Stehen.

»Scheiße, Mann«, stöhnte Ivar. »Und ich muss so dringend pissen.«

Die Minuten vergingen. Sie waren zu weit oben, um sehen zu können, was passiert war. Adam betrachtete die Landschaft. Die Sonne lugte durch diesige Wolken. Zu beiden Seiten des Lifts stand dichter Nadelwald. Hier und da waren die Spuren von Läufern zu sehen, die unter dem Lift abwärtsgefahren waren. Das war verboten, aber es schien niemanden zu kümmern.

»Sicher wieder irgendein Blödmann, der nicht gerafft hat, wie man oben aussteigt«, sagte Ivar. »Das ist meistens der Grund, wenn sie den Lift anhalten.«

Sein Handy piepste. Eine SMS.

»Von Dad«, sagte er. »Wir sind ausgesperrt. Grete erwartet Gäste zum Cocktail, und er will, dass wir nicht vor halb neun nach Hause kommen.«

Der Lift rührte sich immer noch nicht. Adam zog einen Handschuh aus und holte sein Handy hervor, um die Uhrzeit zu checken. Fünf vor eins, er bekam langsam Hunger.

Wieso ging es nicht weiter?

Ivar drehte sich um und schaute nach unten, sank aber rasch wieder zurück auf den Sitz.

»Nichts zu sehen«, sagte er. »Was für ein Scheißlift, dass der einfach anhält.«

Ohne Vorwarnung schlug er die Hand mit voller Kraft auf den Sitz.

»Verdammte Kacke.«

Ohne Erklärung starrte er vor sich hin.

»Weißt du, wie alt sie ist?«, fragte er nach einer Weile.

»Wer?«

»Grete natürlich. Wie alt ist sie, was glaubst du?«

»Keine Ahnung.«

Adam steckte das Handy zurück in die Innentasche. Er hatte kein Wi-Fi, und Roaming war zu teuer.

»Dreiundzwanzig. Sie ist nur fünf Jahre älter als wir. Wer hätte dem Alten das zugetraut, dass er es schafft, sich eine Freundin in unserem Alter anzulachen.«

»Sind sie schon länger zusammen?«, fragte Adam.

»Ein paar Monate, glaube ich.«

Ivar starrte immer noch in die Luft.

»Direkt nach der Scheidung hatte er eine andere, aber die habe ich nie kennengelernt. Er hatte bestimmt auch Mädchen, während er mit Mama verheiratet war.«

Er wischte sich mit dem Handrücken über den Mund.

»Ist mir egal. Meinetwegen kann er zusammen sein, mit wem er will. Obwohl natürlich jeder Idiot begreift, worauf Grete aus ist.«

»Wie meinst du das?«

»Sie ist scharf auf seine Kohle, ist doch logisch. Glaubst du, die würde sich mit meinem Vater abgeben, wenn er kein Geld hätte?«

Der Lift ruckte kurz und setzte sich wieder in Bewegung.

»Mama findet, dass Dad sich zum Affen macht«, fuhr Ivar fort. »Aber was kann sie schon sagen? Sie hat auch einen neuen Freund, und der ist uralt, also ist sie auf eine Art wie Grete. Das ist richtig creepy, Albert ist über siebzig, aber stinkreich.«

Er fuhr sich mit dem Zeigefinger unter der Nase entlang, um seine Verachtung auszudrücken.

»Er hält sich lieber in Verbier auf, wo die ganzen anderen Geldsäcke sind.«

»Warum bist dann mit deinem Vater hierhergeflogen?«, fragte Adam vorsichtig. »Wusstest du nicht, dass Grete auch mitkommt?«

Ivar grinste kurz.

»Was glaubst du? Bei meiner Mutter darf ich überhaupt nichts, bei Dad kann man jedenfalls Spaß haben. Außerdem mag er mich nicht, also ihr neuer Typ, meine ich. Er findet mich verantwortungslos.«

Er zuckte mit den Schultern, aber auf seinem Gesicht erschien ein harter Zug.

»Ich kann ihn genauso wenig leiden. Er ist ein fetter aufgeblasener Wichtigtuer.«

»Aber deine Schwester ist dort?«

»Sofia ist erst elf. Sie ist lieb und artig und tut, was Mama sagt. Mit ihr hat Albert keine Probleme.«

Sie waren fast oben, gleich würde der Liftsessel um die Kurve fahren, sodass sie aussteigen konnten. Der metallene Schutzbügel hob sich über ihre Köpfe.

Adam nahm in jede Hand einen Skistock und machte sich bereit, die Skier auf den Boden zu setzen.

Die Sonne verkroch sich hinter den Wolken, und es wurde unerwartet dunkel.

Hinter sich hörte er Ivar murmeln:

»Ich wünschte nur, Dad würde aufhören, mit ihr rumzumachen, wenn wir im Zimmer sind. Das ist so widerlich.«

Adam erwachte von lauten Stimmen.

Am Abend hatten sie sich Pizza gekauft, als das Haus wieder leer war, und vor dem riesigen Fernseher abgehangen. Sie hatten sich *Der Herr der Ringe* reingezogen, Director's Cut, obwohl er den mindestens schon ein Dutzend Mal gesehen hatte.

Danach hatte Adam keine Lust mehr gehabt, noch irgendwohin zu gehen, obwohl Ivar gedrängt hatte. Stattdessen war er auf dem Sofa eingeschlafen und nur aufgewacht, um in sein Zimmer zu gehen und sofort weiterzuschlafen.

»Warum, zum Teufel, musst du mit ihr rummachen, wenn ich dabei bin, und vor meinem Freund?«

Ivar schrie so laut, dass es im ganzen Haus zu hören war.

Adam setzte sich im Bett auf. Im Schlafzimmer war es dunkel, er rieb sich die Augen, konnte aber immer noch nichts sehen.

»Du bist ihr scheißegal, begreifst du nicht, worauf sie aus ist?«

»Reiß dich zusammen!«

Richard klang genauso wütend.

»Warum sollte ich?«, brüllte Ivar. »Was hab ich davon? Du hast doch noch nie Rücksicht darauf genommen, was ich denke oder fühle. Oder irgendjemand sonst, um genau zu sein. Auf Mamas Gefühle jedenfalls nicht. Du hast sie behandelt wie ein Stück Scheiße, glaubst du, ich habe das nicht gemerkt? Kein Wunder, dass sie dich verlassen hat.«

Adam lauschte gespannt.

Ivars Aussprache war undeutlich, war er voll? Oder high?

Er hatte keine Ahnung, ob sie neulich Abend alles von dem Zeug aufgebraucht hatten, aber Ivar hatte ziemlich viel von dem Typen gekauft. Oder vielleicht hatte er inzwischen auch Nachschub besorgt.

»Du bist so eine Lachnummer, merkst du das nicht?«, schrie Ivar. »Du machst dich zum Affen. Du bist doppelt so alt wie sie, glaubst du im Ernst, sie ist in dich verliebt?«

»Jetzt halt den Mund!«, brüllte Richard.

»Du machst dir mehr aus diesem verdammten Flittchen als aus deinen eigenen Kindern!«

Ein Stuhl fiel krachend um.

»Ein alter Bock, das bist du. Widerlich!«

Das Geräusch einer heftigen Ohrfeige war nicht zu überhören.

Adams Herz klopfte. Was sollte er tun?

»Jetzt hörst du mir mal zu, aber ganz genau!«, brüllte Richard so laut, dass die Wände zitterten. »Ich habe deine Teenagerzickereien so was von satt. Du bekommst alles, worauf du mit dem Finger zeigst, und trotzdem besitzt du die Frechheit, dich zu beschweren. Du bist ein verzogener Bengel, weißt du das?«

»Halt die Schnauze«, schrie Ivar zurück.

Richards Stimme war messerscharf, als er weitersprach.

»Du bist ein armseliges Würstchen, Ivar. Ein wertloses Stück Scheiße, das nichts auf die Reihe bringt. Du hast erbärmliche Zeugnisse und vertrödelst dein Leben. Ich schäme mich, dass du mein Sohn bist.«

Richard wirkte beherrschter, klang aber aggressiver, als wenn er schrie.

»Das hier ist mein Haus, und ich mache, was ich will«, sagte er. »Wenn dir das nicht passt, kannst du mit deinem Kumpel morgen früh abreisen. Ich sorge dafür, dass du schneller in einem Flieger zurück nach Schweden sitzt, als du blinzeln kannst. Dann kannst du darüber nachdenken, ob deine Mutter bereit ist, dich bei sich aufzunehmen, denn bei mir bist du nicht mehr willkommen!«

Adam saß vornübergebeugt im Bett und lauschte.

Was machte Ivars Vater da? Sein eigener Vater konnte auch schon mal wütend werden, aber er hatte noch nie so geredet wie Richard, so als ob er seinen Sohn hasste.

Er hielt den Atem an, als Richard mit leiserer Stimme weitersprach, aber nicht so leise, dass Adam es nicht gehört hätte.

»Du bist so eine Enttäuschung. Für mich und für deine Mutter. Wir sind uns nicht oft einig, aber was das betrifft, kannst du dich darauf verlassen.«

Weinte Ivar? Das war schwer zu sagen. Aber solche erstickten Laute, wie sie aus dem Wohnzimmer kamen, kannte er nicht von ihm.

»Bei mir kannst du nur bleiben, wenn du dich am Riemen reißt. Haben wir uns verstanden?«

Ein Stuhl wurde unter den Esstisch geschoben, die Beine schrammten übers Parkett.

Dann wurde die Tür zu einem der Schlafzimmer geschlossen, und alles war still.

Mittwoch

Adam schlug die Augen auf und tastete nach seinem Handy. Schon nach neun, er hätte längst auf sein müssen.

Hatte er den Streit in der Nacht geträumt, oder war das wirklich passiert?

Das Unbehagen lag ihm wie ein Stein im Bauch. Sie sollten erst Samstag nach Hause fliegen, aber in diesem Moment wünschte er, sie wären schon auf dem Heimweg nach Stockholm.

Was für einen schrecklichen Vater Ivar hatte. Er kam ihm vor wie ein ganz anderer Mensch als der coole und entspannte Typ, der er Anfang der Woche gewesen war.

Als Adam aus seinem Zimmer kam, saß Ivar am Esstisch mit einem Teller Cornflakes vor sich. Richard und Grete waren nicht zu sehen, aber ihre Schlafzimmertür war zu.

»Morgen«, sagte Adam. »Alles klar?«

Ivar nickte nur.

Erst als er aufstand, um mehr Kaffee zu holen, sah Adam den großen blauen Fleck auf seiner linken Wange.

Sollte er so tun, als hätte er ihn nicht bemerkt? Noch ehe er sich entscheiden konnte, kam Ivar ihm zuvor.

»Bin gestern Abend hingeknallt«, murmelte er und fasste sich an die Wange. »Nachdem du schlafen gegangen warst. Verdammt ungeschickt.«

Adam nickte.

»Tut's weh?«, fragte er.

»Das geht vorbei.«

Die Tür ging auf, und Richard kam im Morgenmantel aus dem Schlafzimmer. Er goss sich einen Kaffee ein und machte sich ein Käsebrot.

»Was habt ihr heute vor, Jungs?«, fragte er und lächelte Adam an. »Welchen Hang habt ihr euch ausgesucht?«

Adam wartete darauf, dass Ivar antwortete. Aber der starrte nur stur auf seinen Teller.

»Mal sehen«, murmelte Adam, als die Stille unbehaglich wurde.

»Ihr könnt Jean-Pierre heute haben, wenn ihr wollt«, bot Richard an. »Grete und ich wollen heute Vormittag mal ein bisschen faulenzen.«

»Wir kommen schon klar«, sagte Ivar kaum hörbar.

Nora saß im Wintergarten. Das war ihr Lieblingsplatz in der Brand'schen Villa, ganz gleich, zu welcher Jahreszeit. Das Meer war ruhig, mit dem kalten, blassblauen Farbton, der verriet, dass der Sommer noch ein ganzes Stück entfernt war.

Sie strich mit dem Finger über ihr Handy.

Ob Adam fand, dass sie klettete, wenn sie ihn anrief? Heute war Mittwoch, und er hatte sich die ganze Woche noch nicht gemeldet.

Hieß das, es ging ihm gut oder es ging ihm schlecht? Oder war er einfach nur zu beschäftigt, um mit seiner Mutter zu telefonieren?

Die Sonne schien, aber es war ziemlich kühl draußen, nicht mehr als acht Grad. Hier und dort lagen immer noch Schneereste. Typisches Schärengartenwetter Ende März.

Vielleicht sollte sie mit Julia einen Spaziergang machen, um auf andere Gedanken zu kommen? Sie war normalerweise nicht so schnell besorgt, aber sie wurde das Gefühl nicht los, dass Adam sich hätte melden müssen.

Jonas kam in den Wintergarten.

»Du machst ja ein düsteres Gesicht«, sagte er und strich ihr über die Wange.

»Ich mache mir Sorgen wegen Adam.«

»Brauchst du nicht.«

Er nahm das Fernglas von der Wand und richtete es auf ein tarnfarbenes Militärboot, das auf dem Weg nach Sandhamn war. Er beobachtete das Boot ein paar Minuten, dann hängte er das Fernglas zurück an seinen Haken.

»Adam ist achtzehn und fährt mit einem Kumpel Ski«, sagte er. »Wahrscheinlich feiern sie jeden Abend, bis der Schädel platzt.«

Er strich ihr übers Haar.

»Kinder machen das in dem Alter.«

Das trug nicht dazu bei, dass Nora sich besser fühlte.

»Ich werde ihm auf jeden Fall eine SMS schicken«, sagte sie.

Adam war zwar erwachsen, aber so erwachsen auch wieder nicht.

Es war schon nach halb elf, als Adam vor sich die Gipfel von Grands Montets auftauchen sah. Alles hatte länger gedauert als sonst, der Skibus hatte Verspätung gehabt, und die Schlange an der ersten Seilbahn war ungewöhnlich lang gewesen.

Ivar hatte unterwegs kaum etwas gesagt, und Adam hatte ihn in Ruhe gelassen. Der blaue Fleck leuchtete in der grellen Spätwintersonne.

Die Tür der Seilbahn glitt auf, und Adam machte sich bereit. Es war herrliches Wetter und nur wenige Grad unter null, als sie an der Gipfelstation ausstiegen.

»Wollen wir nicht zuerst was essen?«, fragte Ivar und zeigte auf das Restaurant gegenüber.

Adam zuckte mit den Schultern. Er hatte keinen großen Hunger, aber wenn Ivar jetzt schon Mittag essen wollte, war das auch okay. Sie hatten beide kaum gefrühstückt.

Im Speisesaal war noch wenig los, als sie eintraten, die meisten Leute aßen später, wie in Frankreich üblich. Hier war Selbstbedienung. Ivar nahm ein Tablett, holte sich eine Portion Pommes frites mit Bratwurst und ließ sich ein großes Bier geben, das er neben den Teller stellte.

Adam nahm dasselbe, begnügte sich aber mit einer Cola.

Er langte ordentlich zu, anscheinend war er doch hungriger gewesen als gedacht. Ivar schien es auch zu schmecken, sie aßen schweigend. Kaum war sein Bierglas leer, stand er auf.

»Soll ich dir was zu trinken mitbringen?«

Adam zeigte auf sein halb volles Glas.

»Ich hab noch.«

Ivar kam mit einem weiteren großen Bier und zwei Fläschchen Jägermeister zurück. Er hielt Adam eins hin, aber der schüttelte den Kopf. Er mochte das Zeug nicht, es erinnerte ihn an Hustensaft.

»Alles okay bei dir?«, fragte Adam nach einer Weile.

Er war sich nicht sicher, ob Ivar über die Sache reden wollte, aber es war ein komisches Gefühl, so zu tun, als sei nichts passiert.

»Mhm«, machte Ivar nur und trank eins der Portionsfläschchen aus. Der blaue Fleck wirkte jetzt größer.

Dann grinste er, öffnete den zweiten Jägermeister und kippte auch den herunter.

»Und jetzt ab auf die Piste. Der alte Sack macht mir meine Skiwoche nicht kaputt, das schwör ich dir.«

Als sie aus dem Restaurant kamen, war es noch wärmer geworden. Es tropfte von der Holzveranda rund ums Haus. Die Skiständer waren fast voll, die Leute versammelten sich zum Mittagessen.

Adams Handy piepste. Eine SMS von Mama.

Geht's dir gut?

Adam zögerte. Er hatte sich davor gedrückt, zu Hause anzurufen, weil sie an seiner Stimme hören würde, dass der Skiurlaub nicht so war, wie er ihn sich vorgestellt hatte.

Mama hatte ein Talent, Menschen zu durchschauen. Sie hörte auch das, was nicht ausgesprochen wurde. Nachdem er so darum gebettelt hatte, nach Chamonix fahren zu dürfen, konnte er ihr gegenüber nicht zugeben, wie es wirklich war.

Sollte er irgendwas Neutrales zurückschreiben, oder es einfach sein lassen?

Ivar war vorausgegangen. Er warf seine Skier auf den Boden, dass es knallte, ließ die Skistiefel in die Bindung einrasten und griff nach seinen Skistöcken.

»Es geht los!«, rief er, ohne sich zu überzeugen, ob Adam so weit war. »Jetzt wird Stoff gegeben!«

Einen Moment später war er weg.

Adam steckte das Handy zurück in die Jackentasche. Er würde ihr später antworten. Er rückte seine Skibrille zurecht und folgte seinem Kumpel.

Ivar kümmerte sich nicht um die orangefarbenen Pistenmarkierungen, er steuerte auf den unberührten Tiefschnee zu, obwohl sie Jean-Pierre heute nicht dabeihatten. Er fuhr schneller als gewöhnlich, Adam musste sich anstrengen, um den Anschluss nicht zu verlieren.

Nach einer Weile kamen sie an eine tiefe Senke, die von steilen Hängen umgeben war. Ivars Skier schnitten die weiße Decke auf. Sein Oberkörper pendelte rhythmisch von einer Seite zur anderen, und jedem neuen Schwung folgten Kaskaden von Pulverschnee.

Adam fuhr etwa zwanzig Meter hinter ihm.

Er war im Tiefschnee nicht so geschickt wie Ivar und musste mehr arbeiten, um die Skier unter Kontrolle zu halten. Er konnte die Kraft der Schwünge nicht so effektiv ausnutzen.

Der Schnee leuchtete blendend weiß in der Sonne. Sie waren ganz allein.

Er spürte die Milchsäure in seinen Muskeln. Als sie mit Jean-Pierre zusammen gefahren waren, hatte der Guide darauf geachtet, hin und wieder Pausen einzulegen, damit sie wieder zu Atem kamen. Am liebsten hätte Adam angehalten, um sich ein paar Minuten lang auszuruhen, aber Ivar hatte anscheinend nicht vor, das Tempo rauszunehmen. Dass er mehrere Bier getrunken hatte, schien ihn nicht zu hindern, er fuhr eher noch waghalsiger als sonst. Adam musste sich ordentlich ins Zeug legen, um ihn nicht aus den Augen zu verlieren, und seine Muskeln schrien vor Anstrengung.

Ein unerwartetes Geräusch brachte ihn aus dem Takt.

Es war ein leises, dumpfes Grummeln, das wie eine Welle durch die Senke lief. Adam hätte nicht sagen können, aus welcher Richtung es kam, er wusste nur, dass er so etwas noch nie gehört hatte.

Plötzlich öffnete sich ein Riss; im letzten Moment gelang es Adam, einer gähnenden Schlucht auszuweichen, die vom Schnee verdeckt worden war. Als er vorbeisauste, sah er Eiszapfen im Abgrund hängen.

Wenn er sie nicht rechtzeitig gesehen hätte, wäre er hineingestürzt.

Die Erkenntnis ließ sein Herz rasen. Im Kopf hörte er Jean-Pierres Worte und hielt mit einer abrupten Kehre an. Er war so aus der Puste, dass er durch den offenen Mund atmen musste.

»Ivar!«, rief er. »Warte auf mich!«

Der Abstand zwischen ihnen hatte sich vergrößert. Ivar war ihm weit voraus und schien nicht zu merken, dass Adam zurückgeblieben war. Vielmehr wedelte er in rasender Fahrt den Berg hinunter und pflügte tiefe Spuren in den Schnee.

Sie waren immer noch völlig allein.

»Ivar!«, brüllte Adam wieder.

Man hatte sie davor gewarnt, ohne Guide abseits der Pisten zu fahren. Es hatte in den letzten Wochen abwechselnd geschneit und getaut. Aber Ivar schien sich nicht um die Warnungen zu kümmern. Er fuhr rasant weiter, bald würde er außer Sicht sein, und Adam hatte keine Ahnung, wo sie waren.

Bisher hatte Jean-Pierre erklärt, wo sie fahren durften, und die Richtung angegeben. Jetzt war Adam völlig hilflos. Er musste Ivar folgen, um den Lift wiederzufinden.

Da war wieder dieses merkwürdige Geräusch.

Jean-Pierre hatte gesagt, dass die Nordhänge gefährlich seien. Adam blickte sich um. Welches waren die Nordhänge? Alles, was er sehen konnte, waren verkrüppelte Nadelbäume, die aus dem Schnee ragten, und weiter entfernt ein paar Waldgebiete vor den Bergen. Er konnte die Himmelsrichtung nicht bestimmen.

Ivar war inzwischen mehrere Hundert Meter voraus, gerade fuhr er zwischen zwei großen Felsblöcken unterhalb eines Steilhangs hindurch. Er verschwand außer Sicht, kam zurück und geriet plötzlich ins Taumeln.

Er stürzte und verschwand in einer Wolke aus Schnee.

Gleichzeitig setzte sich der Schnee in Bewegung.

Adam stand wie erstarrt.

Eine Flut von Schnee brach plötzlich aus dem Nichts hervor. Ein weißer Tsunami, der immer mehr anwuchs und alles auf seinem Weg unter sich begrub.

»Ivar!«, brüllte Adam. »Da kommt eine Lawine! Pass auf!«

Ivar wedelte wild mit den Armen, um sich aufrecht zu halten, aber der Schnee war überall, weiße Wellen, die stiegen und sanken und es unmöglich machten, etwas zu erkennen.

»Ivar!«

Adam versuchte, ihn nicht aus den Augen zu verlieren, aber in dem dichten Schneenebel war das unmöglich. Das Schneebrett donnerte talwärts.

Adam starrte, bis seine Augen brannten, konnte aber kein Lebenszeichen entdecken.

Nur Weiß überall.

Ivar war verschwunden.

Mit zitternden Fingern zog Adam sein Handy hervor. Er konnte ein Schluchzen nicht unterdrücken, während er den Code eintippte.

Was war die Notrufnummer in Frankreich? Auch 112?

Die Hilflosigkeit pochte in seinem Körper. Er hatte nicht einmal Richards Telefonnummer.

Er gab die Ziffern ein und wartete. Sein Mund war trocken.

»Allô?«

Die französische Stimme klang dienstlich. War er an der richtigen Stelle?

Mit zitternder Stimme versuchte Adam auf Englisch zu erklären, was passiert war.

»Wo sind Sie?«, fragte die Frau am anderen Ende.

»Ich weiß nicht.«

»Sehen Sie etwas, ein Schild oder eine Markierung? Irgendetwas, das einen Hinweis geben könnte, wo Sie sind?«

»Nein.«

Adam versuchte sich zu zwingen, nicht mehr zu weinen.

»Wir waren im Gipfelrestaurant von Grands Montets, bevor wir abwärtsgefahren sind«, stotterte er. »Ich glaube, wir sind links von der Seilbahn gefahren.«

Er versuchte, eine Markierung in dem endlosen Weiß vor seinen Augen zu finden. Aber außer den verschneiten Bäumen und den Alpengipfeln in weiter Ferne war nichts Besonderes zu sehen, weder Häuser noch Gebäude, die einen Hinweis auf seinen Standort hätten geben können.

Auch keine anderen Skifahrer.

Etwas blinkte in der Sonne. Ein Stahlgerüst erregte seine Aufmerksamkeit.

»Dahinten steht ein Mast«, flüsterte er. »Er sieht aus wie eine Art Sendemast, er verdeckt die Sonne, also muss dort Süden sein.«

»Très bien.«

Die Frau murmelte etwas auf Französisch, was er nicht verstand.

»Bleiben Sie, wo Sie sind«, sagte sie dann. »Ich glaube, ich weiß, wo wir Sie finden. Verstehen Sie, was ich sage? Rühren Sie sich nicht von der Stelle. Wir kommen gleich und helfen Ihnen.«

Adam fror so sehr, dass er zitterte, obwohl die Sonne noch genauso warm schien wie vorhin. Seit dem Telefonat waren exakt sechzehn Minuten vergangen.

Er blickte immer wieder auf sein Handy. Er hätte gern seine Mutter angerufen, traute sich aber nicht; es konnte ja sein, dass der Rettungsdienst ihn zu erreichen versuchte.

Mama hätte gewusst, was er tun musste. Wenn er nur nach Sandhamn mitgefahren wäre. Oder Ivar gesagt hätte, dass er nicht so rasen sollte. Oder in der Nacht aufgestanden wäre und mit Richard geredet hätte, bevor der Streit eskalierte.

Warum kam denn keiner?

Müsste er nicht versuchen, Ivar auszugraben? Aber er hatte keine Ausrüstung, keinen Spaten, nur seine Hände. Er wusste nicht einmal, an welcher Stelle er suchen sollte.

Wie schon Jean-Pierre hatte auch die Frau von der Rettungsstelle gesagt, dass er bleiben sollte, wo er war.

Adam schaute wieder aufs Handy.

Achtzehn Minuten. Wie lange konnte man unter dem Schnee überleben? War Ivar lebendig begraben, oder war es schon zu spät?

Er erinnerte sich vage daran, dass Jean-Pierre gesagt hatte, neun von zehn Lawinenopfern überlebten die ersten fünfzehn Minuten, aber nur einer von vier eine Dreiviertelstunde.

Jetzt waren zwanzig Minuten vergangen, gleich einundzwanzig.

Endlich hörte er das Geräusch eines Helikopters.

Als der rote Hubschrauber hoch über den Baumwipfeln auftauchte, kamen ihm die Tränen.

»Hier drüben«, schrie er und winkte mit den Armen hoch über dem Kopf.

Der Hubschrauber schien in die falsche Richtung zu fliegen. Hatten sie ihn nicht gesehen?

»Hallo!«, schrie er und schwenkte die Skistöcke, um besser wahrgenommen zu werden.

Sie durften ihn nicht übersehen.

Jetzt mussten sie ihn bemerkt haben, denn der Hubschrauber steuerte direkt auf ihn zu. Es dröhnte in den Ohren, als die Maschine ein Stück entfernt landete. Die Tür ging auf, und drei Männer in schwarz-gelben Overalls mit großen Rucksäcken sprangen heraus. Sofort hob der Helikopter wieder ab und verschwand.

Einer der Männer, mit einer schwarzen Pudelmütze auf dem Kopf, eilte auf Adam zu.

»Ich bin Alain«, rief er auf Englisch, noch ehe er ihn erreicht hatte. »Von der Bergwacht. Wo ist dein Freund gefahren? Kannst du uns die Stelle zeigen?«

»Da drüben. Er war genau hinter den beiden Felsen, als der Schnee kam.«

Das Weinen saß ihm im Hals, seine Stimme drohte zu versagen.

»Er ist einfach verschwunden«, presste er hervor. »Da kam so viel Schnee.«

»Wie heißt dein Freund? Weißt du, ob er einen Transceiver bei sich hat?«

Adam war so durcheinander, dass er nicht verstand, wonach der Mann fragte.

»Einen was?«

»Einen Lawinensender, der uns sagt, wo er ist.«

Jetzt begriff Adam. Die kleinen Sender, die Jean-Pierre ihnen gegeben hatte. In der Panik hatte er sie ganz vergessen.

»Ja«, sagte er und nickte. »Er heißt Ivar, und er hat einen Sender, wir haben sie von unserem Guide bekommen. Er steckt in seiner Jackentasche, glaube ich.«

Alain klopfte ihm auf die Schulter.

»Sehr gut. Wir werden versuchen, deinen Freund zu finden. Keine Angst.«

Er zog eine zusammenklappbare Metallsonde aus seinem Rucksack und klappte sie auf. In der anderen Hand hielt er eine Art Dose, wohl ein Peilgerät, um Ivars Signal zu orten, nahm Adam an.

Die beiden anderen Männer hatten Skier angelegt, und Alain tat jetzt dasselbe.

»Du bleibst hier«, sagte er zu Adam und fuhr los.

Die Männer bewegten sich rasch auf die Stelle zu, die Adam ihnen gezeigt hatte. Sie fuhren in engen S-Kurven über den Hang, während sie Ivars Namen riefen. Alain hielt den Empfänger in der ausgestreckten Hand vor sich.

Adam hielt es nicht länger an seinem Platz.

Vorsichtig folgte er ihnen in ihrer Skispur, bis er in Hörweite kam. Wo noch vor Kurzem eine unberührte Schneedecke gelegen hatte, war jetzt alles aufgewühlt. Es sah aus wie nach einem Erdbeben.

Alains Peilgerät begann zu piepsen.

»Un signal«, rief er auf Französisch.

Das Piepsen wurde schneller. Es erinnerte an die Warnsignale einer Einparkhilfe im Auto.

Alain rief wieder etwas auf Französisch.

Adam begann zu schreien:

»Ivar, Ivar, hörst du mich? Ivar!«

Jetzt war aus dem Piepsen ein Dauerton geworden.

Einer der Bergretter steckte seine Sonde in den Schnee, wo das Signal am lautesten war. Dann nahm er seine Schaufel und begann zu graben. Der zweite Mann tat dasselbe ein Stück weiter den Hang hinunter.

Adam starrte auf den Schnee.

Was vorhin zu Beginn ihrer Abfahrt noch leicht und locker gewesen war, war jetzt fest zusammengepresst und hart wie Beton. Wie wollten sie Ivar aus diesen Massen ausgraben? Adam begriff nicht, wie das gehen sollte.

Plötzlich war ein Stöhnen zu hören. Es klang wie das Winseln eines Tieres. Worte waren nicht zu verstehen, aber Adam erkannte die Stimme.

Das war Ivar. Er lebte noch!

Die Männer gruben jetzt noch intensiver, die Spaten ächzten, wenn sie sie in den Schnee rammten und so viel beiseiteschaufelten, wie sie konnten.

»Wir kommen«, rief Alain auf Englisch. »Ivar, kannst du mich hören?«

»Sag was, Ivar«, rief Adam. »Antworte, bitte!«

Die Männer gruben mit aller Kraft. Sie waren schon einen Meter tief gekommen, ohne dass etwas zu sehen war.

Das Stöhnen war verstummt.

»Ivar«, schrie Adam. »Kannst du antworten? Wir sind gleich bei dir. Versuch dir Platz zu schaffen, um zu atmen.«

Wieder war ein schwaches Stöhnen zu hören.

Aber Adam meinte, dass es leiser war als vorhin.

»Ich sehe etwas«, rief Alain. »Da.«

Er zeigte auf etwas Dunkles, das aus dem Schnee ragte, war das ein Skihandschuh?

Die anderen Männer gruben Seite an Seite.

»Vorsichtig«, kommandierte Alain. »Achtet auf das Gesicht.«

Er warf den Spaten weg und begann, mit beiden Händen zu graben.

»Ivar, hörst du mich? Wir sind da. Wir holen dich raus.«

Nora war gerade zur Tür hereingekommen, als es in ihrer Tasche klingelte. Sie holte das Handy aus der Jacke, die sie noch nicht ausgezogen hatte.

Es war Adams Nummer. Ihr Herz hüpfte vor Freude.

»Mama.«

Seine Stimme war ganz belegt.

»Liebling. Was ist passiert?«

Adam weinte so heftig, dass nicht zu verstehen war, was er sagte.

Ihr wurde innerlich eiskalt. Sie ballte die linke Faust, versuchte Ruhe zu bewahren.

»Adam. Tief durchatmen. Erzähl mir, was passiert ist. Hast du dir wehgetan? Ist was gebrochen?«

»Da war eine Lawine.«

»Eine Lawine?«

Nora sank auf einen Stuhl. Das Bild eines riesigen Schneebretts, das alles unter sich begrub, kam ihr in den Sinn.

Waren sie trotz aller Warnungen abseits der Pisten gefahren? Davor hatte sie sich die ganze Zeit gefürchtet.

»Bist du okay?«, stieß sie hervor. »Wie geht es dir?«

»Mir geht's gut, aber Ivar nicht.«

Adams Stimme zitterte wieder, aber diesmal schaffte er es, die Kontrolle zu behalten.

»Sie mussten ihn ausgraben, Mama. Er war vollkommen weggetreten, als sie ihn rausgeholt haben. Er hatte Schnee in den Ohren und in der Nase, er konnte nicht atmen. Er wäre beinahe gestorben.«

»Aber dir geht es gut? Du bist nicht verletzt?«

Ihre Stimme versagte bei den letzten Worten.

Geliebter Adam, Hauptsache, dir ist nichts passiert, dachte sie und schämte sich sofort für den egoistischen Gedanken.

»Ich bin okay.«

Noras Augen füllten sich mit Tränen.

»Wo bist du jetzt?«, fragte sie mit unsicherer Stimme.

»Im Krankenhaus in Chamonix.«

»Aber doch nicht allein?«

»Ivars Vater und dessen Freundin sind auch hier.«

Nora stützte den Kopf auf die Hand. Sie hätte ihn niemals allein wegfahren lassen dürfen.

»Mein kleiner Liebling«, flüsterte sie.

»Die Lawine war plötzlich einfach da. Ich konnte nichts machen.«

Adam schluchzte laut. Jemand sagte etwas im Hintergrund, Nora hörte, wie Adam schluckte und versuchte, sich zu beherrschen.

»Ivars Vater will mit dir reden«, sagte er nach ein paar Sekunden.

»Okay.«

Nora wartete, dann hörte sie Adam wieder:

»Ich gebe ihm jetzt das Telefon.«

»Hallo?«, sagte eine Männerstimme. »Spreche ich mit Adams Mutter?«

»Ja.«

Er klang wie jemand, der gerade aus einem Kriegsgebiet zurückgekommen war. Betäubt.

»Ich bin Richard«, murmelte er heiser. »Ich denke, es ist das Beste, wenn wir Ihren Sohn so schnell wie möglich nach Hause schicken. Wir können nicht wie geplant am Samstag zusammen zurückfliegen.«

Er atmete schwer und mühsam. Die Worte kamen einzeln, als kostete es ihn Überwindung, sie auszusprechen.

»Natürlich«, stotterte Nora. »Selbstverständlich. Ich buche sofort einen Flug.«

Es rauschte im Hörer, etwas, das wie ein Alarm klang, heulte im Hintergrund. Sie meinte schnelle Schritte zu hören, die durch einen Korridor klapperten.

»Was ist mit Ivar?«, musste Nora fragen, obwohl sie sich vor der Antwort fürchtete.

Richard schluchzte auf.

»Er …«

Nora wartete mit klopfendem Herzen auf die Fortsetzung.

»Er war fast eine halbe Stunde unter dem Schnee begraben, bevor sie ihn gefunden haben. Ohne ausreichend Sauerstoff.«

»Wie furchtbar.«

»Das ist alles meine Schuld«, murmelte Richard so leise, dass Nora sich anstrengen musste, um ihn zu verstehen. »Wir haben uns gestern Abend gestritten, und ich habe schreckliche Sachen zu ihm gesagt. Ich dachte nicht, dass er das so ernst nimmt. Er hat nicht zugehört, also habe ich mich in Rage geredet und jedes Maß verloren. Ich hätte damit rechnen müssen, dass er nach einer solchen Abreibung eine Dummheit begeht.«

Nora überlegte verzweifelt, was sie Tröstendes sagen könnte, aber die Worte ließen sie im Stich. Sie presste die Knöchel auf den Mund, um nicht laut zu schluchzen.

»Er ist erst achtzehn«, sagte Richard. »Noch ein Kind.«

Seine Stimme brach.

»Sie sagen, dass sein Gehirn geschädigt ist«, fuhr er fort. »Er wird nie mehr er selbst sein.«

Im Hintergrund sagte jemand etwas auf Englisch.

»Ich muss gehen«, sagte Richard. »Hier kommt Adam wieder.«

Nora wartete ein paar Sekunden.

»Mama«, sagte Adam. »Kannst du kommen und mich holen? Ich will nicht allein zurückfliegen.«

2015

Ein wunderbarer Segelurlaub

Donnerstag

Lisen hörte das Tropfen in dem Moment, in dem sie aufwachte. Es regnete, auch heute. Genau wie an den ersten zehn Tagen dieses Urlaubs.

Der Ärger flammte auf, noch ehe sie überhaupt die Augen aufgeschlagen hatte. Sie zog sich das Kissen über den Kopf, um das monotone Geräusch nicht mehr hören zu müssen. Ach, wie hatte sie dieses Wetter satt.

Es war Oves Idee gewesen, das Segelboot zu mieten, eine Arcona 36, und er hatte es trotz ihrer Proteste getan. Lisen hatte nach Mallorca oder Kreta gewollt, so wie jeden Urlaub. Das war der Höhepunkt des Jahres, diese Wochen, die sie in einem Hotel mit all-inclusive verbringen konnten und sich um nichts zu kümmern brauchten. Vierzehn herrliche Tage mit Dauersonne und lauen Nächten, Sommerkleidern und abends nur einem Tuch um die Schultern. Einmal zwei Wochen lang nicht putzen und hinter den Kindern herräumen müssen. Abends gingen sie essen, sie brauchte weder zu kochen noch sich das Genörgel der Kinder anzuhören, dass es nicht schmeckte.

Aber diesen Sommer hatte Ove darauf bestanden, dass sie ein Segelboot mieteten, und wie üblich hatte er seinen Willen durchgesetzt. Wann kümmerte er sich jemals darum, was Lisen wollte?

»Für Mia und Kalle wird es toll werden«, hatte er gesagt. »Sie sollen auch mal Schweden und den Schärengarten erleben. Wir müssen an die Kinder denken.«

Er hatte ein idyllisches Bild mit schönen Sonnenuntergängen und gemütlichen Abenden in den Schären gemalt.

»Kalle und ich können die Angelruten mitnehmen und Heringe fürs Abendessen fangen«, sagte er. »Und du und Mia könnt auf dem Vorschiff liegen und euch sonnen, wenn wir in einer Bucht ankern.«

Am Ende hatte sie sich überreden lassen. Sie hatte keine Lust, mit ihm zu streiten. Nicht auch noch über dieses Thema.

Sie wollte nur ein bisschen Ruhe und Frieden im Urlaub.

Es hatte angefangen zu regnen, bevor sie vom Gästehafen, wo sie das Boot übernommen hatten, in See stachen. Es hatte geregnet, als sie nach Utö kamen, als sie Möja anliefen und als sie Nora auf Sandhamn besuchten. Jetzt waren sie nach Stora Nassa gesegelt, weit draußen im äußeren Schärengarten.

In strömendem Regen.

Ove hatte versucht, enthusiastisch zu klingen, als er auf eine einsame Bucht zeigte, in der sie vor Anker gehen würden.

»Du wirst sehen, morgen wird es besser«, hatte er gesagt. »Dann können wir die schöne Natur genießen. Die Wettervorhersage ist richtig gut.«

Lisen schloss die Augen. Wenn sie wenigstens in Sandhamn geblieben wären, dann hätte Mia mit ihrer Kindergartenfreundin Julia spielen können. Nora hatte ihnen angeboten, für ein paar Tage an ihrem Steg festzumachen. Aber Ove wollte natürlich weitersegeln.

Alles an Bord war feucht. Nichts trocknete richtig, obwohl sie den Gasofen angemacht hatten. Die Kinder zankten sich die ganze Zeit, es war unbegreiflich, dass eine Fünfjährige und ein Siebenjähriger sich so ausdauernd streiten konnten. Sie hatten längst alle Filme, die sie zu Hause heruntergeladen hatten, rauf und runter geguckt, und jetzt beschwerten sie sich lautstark, dass es auf dem Boot keinen Internetanschluss gab.

Aber Ove tat, als ginge ihn das alles nichts an, wie immer,

wenn Lisen versuchte, Frieden zwischen den Kindern zu stiften.

»Mama.«

Mias Stimme holte Lisen aus ihren Gedanken.

»Mhm.«

Lisen hatte weder Lust zu antworten noch zu zeigen, dass sie wach war; sie merkte schon, wie sich der Kopfschmerz leise hinter den Augen anschlich. Gleich musste sie aufstehen und Frühstück machen.

Die Tür zur Vorpiek ging auf, und Mia schaute herein. Ihr blondes Haar war verwuschelt, sie hatte ihren rosa Schlafanzug mit den Giraffen an.

»Da ist ein anderes Boot gekommen«, erklärte sie feierlich, als hätte sie eine wichtige Nachricht zu verkünden.

»Was?«

Lisen hob den Kopf und schaute durch das schmale Fenster. Nur ein paar Meter weiter sah sie einen weißen Bootsrumpf, der wesentlich größer zu sein schien als ihr eigener.

Mia kletterte zu ihr in die Koje. Ove schlief immer noch tief auf der anderen Seite, ohne sich zu rühren. Er lag auf dem Rücken, den Mund halb geöffnet.

Lisen hasste es, wenn er so dalag, es sah lächerlich aus. Wie ein alter Opa.

»Papa schnarcht«, stellte Mia fest und drückte ihren Teddy unter dem Arm.

Lisen antwortete nicht. Sie war damit beschäftigt, das andere Boot zu mustern. Der ganze Schärengarten lag um die Ecke, dreißigtausend Inseln. Wieso mussten die sich so dicht neben sie legen?

Aber es war zweifellos ein elegantes Boot, bestimmt fünfundvierzig Fuß lang.

»Ich hab Hunger«, quengelte Mia.

Lisen zog sie an sich. Die Wange des Mädchens war weich,

und Lisen bohrte die Nase in ihren Nacken, sog den Duft von Schlaf und Kinderhaut ein.

»Was macht Kalle?«, fragte sie leise.

»Der spielt natürlich.«

Mia rutschte aus der Koje, den Teddy immer noch fest im Arm.

»Wann fahren wir nach Hause?«, fragte sie.

»Übermorgen.«

Endlich.

Gegen Mittag begann es aufzuklaren. Die Wolkendecke riss auf, und die Sonne kam heraus, zum ersten Mal seit einer halben Ewigkeit.

Die Ruhelosigkeit zerrte an ihr, sie musste sich unbedingt eine Weile in die Sonne legen. Musste spüren, wie die Wärme durch die Haut drang und die ewige Feuchtigkeit vertrieb, sonst würde sie noch verrückt werden.

»Was haltet ihr davon, wenn wir heute draußen Mittag essen?«, fragte sie die Kinder.

Kalle und Mia saßen auf dem Sofa und spielten mit ihren Handys. Ohne eine Antwort abzuwarten, nahm sie Eier und Bacon und eine Bratpfanne heraus und begann, das Essen zuzubereiten.

Während sie Teller und Besteck auf dem kleinen Tisch im Cockpit verteilte, blickte sie unauffällig zu dem anderen Segelboot hinüber. Durch das Fenster in der Vorpiek hatte es ganz nah gewirkt, aber jetzt sah sie, dass es doch einige Meter entfernt lag.

Das Boot war groß, es musste eine Menge gekostet haben. Aber an Bord war niemand zu sehen, alles war still und die Tür zur Kajüte geschlossen.

Als sie die Milch aus dem Kühlschrank nahm, fiel ihr Blick auf ihr Spiegelbild in dem kleinen runden Messingspiegel an der Wand. Automatisch hob sie die Hand und ordnete ihr Haar. Sie sah blass und müde aus, teigig. Bestimmt hatte sie im Urlaub ein paar Kilo zugenommen, sie machten ja kaum etwas anderes als essen und trinken. Wo sie es doch so hasste, zu viel zu wiegen, sie hatte ihr Leben lang mit ihrem Gewicht gekämpft.

In den letzten Wochen hatte sie immer nur mit einem Buch in der Kajüte gesessen. Und sie hatte keine Lust, sich im Urlaub zurückzuhalten, man musste sich auch mal ein bisschen was gönnen. Besonders, wenn das Wetter so schlecht war.

Lisen musterte die Falten um die Augen. In zwei Monaten wurde sie vierzig, und das war nichts, worauf sie sich freute. Ove hatte gefragt, wie sie ihren Geburtstag feiern wollte, aber Lisen hatte keine Lust auf eine Party. Warum sollte sie herumposaunen, dass sie alt wurde?

Mit einem Seufzer drehte sie sich zum Herd um. Das Essen war fast fertig, der Bacon war knusprig und dunkelbraun und die Spiegeleier gerade richtig. Es roch wirklich lecker.

Lisen schnitt ein paar Scheiben Gurke ab und streute schwarzen Pfeffer über die Eier, bevor sie Ove zum Essen rief.

»Soll ich Kaffee machen?«, fragte Lisen, als alle fertig gegessen hatten.

Ove antwortete nicht, er schien in Gedanken versunken zu sein. Sein Haar musste dringend geschnitten werden. Es war inzwischen mehr grau als braun, und ein paar einzelne Haare wuchsen ihm aus den Ohren.

»Ove«, sagte Lisen, lauter diesmal. »Willst du Kaffee?«

»Gerne.«

Ein klein wenig schuldbewusst fügte er hinzu:

»Soll ich ihn machen?«

Sie schüttelte den Kopf und wollte gerade wieder unter Deck verschwinden, als sie auf dem anderen Boot eine Bewegung wahrnahm. Die Luke der Kajüte ging auf und ein Mann in ihrem Alter zeigte sich am Heck.

»Hallo da drüben«, rief er ihnen zu.

Lisen hob grüßend die Hand. Ihr fiel auf, wie durchtrainiert und braun gebrannt er war. Das blonde Haar war von der Sonne ausgebleicht, und er trug dunkelblaue Shorts, die bestimmt teuer gewesen waren.

Plötzlich wünschte Lisen, sie hätte sich am Morgen die Haare gewaschen und die Wimpern getuscht.

»Geht's euch gut in der Sonne?«, fragte der Mann mit breitem Lächeln. »Schön, dass der Regen endlich aufgehört hat, nicht?«

Seine Stimme war kräftig und melodisch.

Ove setzte sich aufrecht hin.

»Danke, alles bestens«, rief er.

Der braun gebrannte Mann beugte sich über die Reling.

»Entschuldigt, dass ich frage«, sagte er, »aber ihr habt nicht zufällig ein bisschen Propangas übrig? Unser Gaskocher hat gestern den Geist aufgegeben, und wir wollten eigentlich noch ein paar Tage hierbleiben.«

Bevor Ove etwas sagen konnte, antwortete Lisen schnell.

»Haben wir. Komm rüber, dann regeln wir das.«

»Oh, prima.«

Der Mann holte eine Kartusche und ging zum Bug, um auf ihr Boot umzusteigen.

»Warum hast du das angeboten?«, sagte Ove leise zu Lisen. »Wir haben kein Gas übrig.«

»Ein bisschen können wir ihm doch abgeben. Man muss auch auf See gute Nachbarschaft pflegen.«

Ihr neuer Nachbar kletterte geschmeidig an Bord der Arcona. Als er zum Cockpit kam, wo Lisen und Ove saßen, streckte er die Hand aus und stellte sich vor.

»Robert Ekhammar«, sagte er. »Das ist wirklich nett von euch. Die nächste Insel mit Verkaufsstelle ist ein ganzes Stück entfernt. Der Platz hier ist wirklich weit draußen, schon halb in der finnischen Bucht.«

Er zeigte auf sein Handy, das aus der Gesäßtasche hervorschaute.

»Hier gibt es nicht mal Netz.«

Lisen lächelte.

»Ich bin Lisen, das ist mein Mann Ove.«

Sie zeigte auf die Kinder, die schon wieder mit ihren Handys beschäftigt waren.

»Und das sind Mia und Kalle.«

Lisen nickte zu seinem Boot.

»Segelst du allein?«

Er schüttelte den Kopf.

»Mein Frau hat sich hingelegt. Sie hat Kopfschmerzen. Wir sind gestern Abend spät angekommen, deshalb war ich richtig erleichtert, als ich euer Boot gesehen habe und klar war, dass es hier tief genug ist, um anzulegen. Ich hoffe, wir sind euch nicht zu dicht auf den Pelz gerückt?«

»Das ist überhaupt kein Problem«, sagte Lisen rasch.

Ove stand auf.

»Komm mit, dann erledigen wir das mit dem Gas«, sagte er.

Die Männer verschwanden hinunter in die Kajüte, während Lisen in der Sonne wartete. Unwillkürlich fiel ihr Blick auf ihre Beine, sie hatte sie seit mehreren Tagen nicht rasiert. Die Haare waren kaum nachgewachsen, das war nicht das Problem, aber ihre Haut war wirklich schneeweiß gegen die blaue Shorts. Sonne tanken war in den letzten Wochen ja nicht möglich gewesen.

Sie runzelte die Stirn und wünschte, sie hätte sie mit Selbstbräunungscreme eingerieben. Und was anderes angezogen als ihre verwaschenste Shorts.

Ove und Robert tauchten wieder auf.

»Möchtest du vielleicht einen Kaffee?«, fragte sie. »Ich wollte gerade Wasser aufsetzen.«

Robert schien zu zögern.

»Es macht wirklich keine Umstände«, sagte Lisen hastig und nickte zu dem anderen Segelboot. »Wir sind ja Nachbarn.«

Er lächelte mit schönen weißen Zähnen. Als er die Sonnenbrille abnahm, sah sie, dass er ungewöhnlich hellbraune Augen hatte, haselnussfarben mit einem Hauch von Gold.

»Es fällt mir schwer, Nein zu sagen«, gab er zu. »Ich bin einer von denen, die Tag und Nacht Kaffee trinken.«

Lisen betrachtete Robert hinter ihrer Sonnenbrille. Er erinnerte ein bisschen an den dänischen Schauspieler Mads Mikkelsen mit seinen hohen Wangenknochen und dem wohlgeformten Mund. Am Handgelenk trug er eine exklusive Taucheruhr einer Schweizer Marke, die Lisen von Anzeigen in Modemagazinen wiedererkannte.

Ove saß wie ein Sack Kartoffeln neben dem Gast. In der grellen Sonne war deutlich zu sehen, dass er Kaffeeflecken auf dem T-Shirt hatte und seine Hose schmuddelig war. Der Bauch hing ihm über den Hosenbund, auch er hatte im Urlaub ganz schön zugelegt.

Lisen dachte an den Besuch bei Nora und Jonas auf Sandhamn. Sie lächelten sich die ganze Zeit an und konnten kaum die Finger voneinander lassen, obwohl Julia schon fünf war. Sie hatten letzten Sommer geheiratet, und Nora wirkte immer noch frisch verliebt.

Lisen konnte sich weder erinnern, wann sie zuletzt für Ove so empfunden hatte, noch verstehen, dass sie es je getan hatte.

»Was machst du beruflich?«, fragte sie den Gast und rührte in ihrer Kaffeetasse.

»Ich bin in der Werbebranche«, antwortete er.

»Werbebranche«, wiederholte Lisen. »Das hört sich interessant an. Was genau?«

»Ich mache Werbespots, das heißt, ich bin Filmproduzent. Wenn du im Fernsehen Werbung siehst, die dich dazu bringen will, ein bestimmtes Shampoo oder ein neues Deo zu kaufen, dann bin ich es, der das verbrochen hat.«

Robert lächelte sie entwaffnend an.

»Gerade habe ich einen Spot für eine große Warenhauskette abgedreht.«

»Wie spannend«, sagte Lisen und versuchte, sich nicht anmerken zu lassen, dass sie jedes Wort begierig aufsog.

»Das klingt sicher spannender, als es in Wirklichkeit ist. Aber ich kann mich nicht beklagen. Ich habe relativ viele Freiheiten und werde gut bezahlt.«

Robert trank einen Schluck Kaffee und sah ihr in die Augen.

»Sind wir uns nicht schon mal begegnet?«, fragte er. »Irgendwie kommst du mir bekannt vor.«

Lisen schüttelte den Kopf, merkte aber, dass sie rot wurde.

»Ich glaube nicht. Daran würde ich mich bestimmt erinnern.«

»Und was machst du so?«, fragte Robert und wandte sich an Ove.

»Ich arbeite bei der Kommune.«

»Im IT-Bereich«, schob Lisen rasch hinterher, damit es sich nicht ganz so langweilig anhörte. »Und ich bin bei Arla Foods, als Ernährungsberaterin. Also beruflich sind wir uns wohl nicht über den Weg gelaufen.«

Es war inzwischen richtig warm geworden. Lisen zog ihren Sweater aus und legte ihn neben sich aufs Sitzpolster. Sie hoffte, dass ihre Oberarme in dem ärmellosen Top nicht zu schlaff aussahen.

Robert wollte anscheinend noch nicht von dem Thema lassen.

»Wo wohnt ihr?«, fragte er. »Vielleicht sind wir Nachbarn in Stockholm, ohne es zu wissen?«

Das war unwahrscheinlich, dachte Lisen, antwortete aber mit einer Gegenfrage:

»Wo wohnt ihr denn?«

»In Djursholm.«

Natürlich wohnte er dort, in einem der teuersten Vororte Stockholms. Bestimmt hatte er auch eine große Villa. Zwar wohnten sie und Ove in Saltsjöbaden, aber nur in einer Mietwohnung.

»Ach, wie schön«, sagte sie. »Schon länger?«

»Seit ein paar Jahren.«

»Habt ihr Kinder?«

»Nein, das hat sich leider nicht ergeben.«

Es wurde still. Lisen versuchte, ein interessantes Gesprächsthema zu finden, um die Unterhaltung nicht einschlafen zu lassen, aber ihr fiel nichts ein. Sie wollte, dass er blieb, er sollte noch nicht gehen. Ove war wie üblich keine große Hilfe. Er trank seinen Kaffee und sagte kein Wort. Ein paar Tropfen liefen ihm übers Kinn, und Lisen unterdrückte ein Seufzen.

Robert blickte auf seine Uhr.

»Tja, also ich muss dann wieder. Ich sollte wohl mal nachsehen, wie es meiner besseren Hälfte geht.«

»Noch einen Schluck auf den Weg?«, fragte Lisen mit einem Blick zur Thermoskanne.

»Nein, vielen Dank.«

Er griff nach der Gaskartusche und stand auf.

»Danke noch mal für die Hilfe«, sagte er und stieg aus dem Cockpit.

Lisen sah ihm nach, wie er zurück zu seinem Boot ging. Er bewegte sich mit einer Selbstsicherheit, wie Ove sie nie besessen hatte.

Auf einmal fühlte sie sich lebendig und voller Energie, die Mutlosigkeit vom Morgen war wie weggeblasen.

Lisen trank den letzten Rest Kaffee aus. Etwas schwarzer Kaffeesatz hatte sich am Boden der Tasse gesammelt und hinterließ einen bitteren Nachgeschmack.

Ove griff nach der Seekarte, die in einer Ecke des Sofas lag.

»Wird Zeit, dass wir weiterfahren«, sagte er. »Was meinst du, wo wollen wir heute hin?«

Lisen stellte die Tasse hin.

»Können wir nicht bis morgen hierbleiben? Es ist schon ziemlich spät.«

Ove runzelte die Stirn.

»Du mochtest diesen Platz doch nicht«, sagte er. »Ich dachte, du wolltest irgendwohin, wo es einen Laden und ein Restaurant gibt, damit du wieder unter Menschen kommst.«

»Wir haben genug Vorräte bis morgen«, sagte sie. »Kann doch auch schön sein, still irgendwo zu liegen und einfach zu entspannen, jetzt wo die Sonne endlich scheint.«

Ove zuckte mit den Schultern.

»Meinetwegen. Aber gib mir nicht die Schuld, wenn zum Abendessen was fehlt.«

Lisen wischte ein paar Krümel vom Tisch.

»Wir könnten Robert und seine Frau fragen, ob sie heute Abend mit uns essen wollen«, sagte sie. »Ein bisschen Gesellschaft wäre mal eine schöne Abwechslung.«

Ove legte die Seekarte weg.

»Wir kennen sie nicht.«

»Das ist doch egal. Er schien sehr nett zu sein. Seine Frau ist bestimmt auch okay.«

Sie stand auf und griff nach den benutzten Kaffeebechern.

»Ich gehe nachher mal hin und frage.«

Am Niedergang zur Kajüte blieb sie stehen.

»Eigentlich kannst du auch rübergehen, während ich abwasche.«

Als Ove zurückkam, hatte Lisen alles Geschirr gespült und abgetrocknet. Sie war gerade dabei, die letzten Teller in den Schrank zu stellen, als er den Kopf zur Tür hereinsteckte.

»Seine Frau habe ich nicht gesehen, aber Robert sagt, sie kommen um sieben.«

Er klang unglaublich mürrisch, aber Lisen kümmerte sich nicht darum.

»Wie schön«, sagte sie und war in Gedanken schon bei der Planung fürs Abendessen.

Viel Auswahl gab es nicht. Aber sie hatte Schweinefilet im Kühlschrank, das würde wohl reichen. Zumindest, wenn die Kinder Hackbällchen und Makkaroni aßen. Kartoffeln waren auch noch da, sie könnte Kartoffelspalten mit Thymian und Knoblauch machen. Das letzte Päckchen Schokoladenpudding würde einen passablen Nachtisch abgeben, wenn sie ihn mit Bananenscheiben dekorierte.

Lisen begann vor sich hin zu summen. Es konnte kein Zufall sein, dass Robert letzte Nacht ausgerechnet neben ihnen angelegt hatte. Das war Schicksal. Jemand da oben meinte, dass sie es verdient hatte.

Als es auf sieben Uhr zuging, war das meiste geschafft. Lisen hatte eine Weile in der Sonne gelegen und genug Zeit gehabt, das Abendessen vorzubereiten. Ove und die Kinder waren angeln gegangen, wie sie es schon seit Wochen vorgehabt hatten.

Beide Kinder waren ausnahmsweise gut gelaunt und hatten bereits gegessen.

Lisen war mit den letzten Vorbereitungen beschäftigt, während Ove Gläser und eine Schüssel Kartoffelchips hinstellte.

»Hatten wir nicht irgendwo noch Cashewkerne?«, fragte er und schloss die Tür des Vorratsschranks.

Lisen schüttelte den Kopf.

»Ich glaube, die haben wir gegessen, als wir auf Möja waren.«

Sie hatte gerade den Salat geschnitten, als das Boot schaukelte.

Vom Vordeck war Roberts Stimme zu hören:

»Hallo?«

Lisen strich sich rasch übers Haar und kontrollierte, ob ihr Lippenstift saß. Sie hatte ihr Haar frisch gewaschen, die Wimpern getuscht und etwas Puder aufgelegt.

»Sie sind da«, sagte Ove und ging hinauf ins Cockpit, um die Gäste zu begrüßen.

Robert erwartete ihn in einem schönen Hemd und mit einer Flasche Rotwein in der Hand. Hinter ihm sah Lisen eine Frau in einem leuchtend roten Kleid mit dünnen Trägern. Ihr dickes, dunkles Haar war schulterlang und glänzte in der Abendsonne, um den Hals trug sie eine schlichte Silberkette. Sie war auffallend schön.

Lisen fuhr sich mit der Zunge über die Lippen. Ihre weiße Jeans und das türkisfarbene Top kamen ihr plötzlich gewöhnlich vor.

Was hatte sie erwartet? Ein Mann wie Robert hatte natürlich die perfekte Ehefrau.

»Willkommen«, sagte sie und versuchte, nicht zu zeigen, dass sie sich wie die Cousine vom Land fühlte.

Roberts Frau streckte die Hand aus und lächelte strahlend.

»Ich bin Catherine. Schön, euch kennenzulernen.«

Lisen zeigte aufs Sofa.

»Möchtest du dich nicht setzen?«, fragte sie.

»Gern.«

Catherine feuerte ein so blendendes Lächeln ab, dass Ove leuchtete wie die Sonne.

Das rote Kleid auf dem weißen Lederpolster sah aus wie gemalt. Lisen fragte sich unwillkürlich, ob Roberts Frau als Fotomodell gearbeitet hatte. Sie war so schmal und elegant.

»Es war wirklich nett von euch, uns mit dem Gas auszuhelfen«, sagte Catherine. »Und uns zum Essen einzuladen.«

Ove wirkte plötzlich wesentlich munterer.

»Das war ja wohl das Mindeste, was wir tun konnten«, sagte er und lächelte übers ganze Gesicht. »Jemanden in Seenot im Stich lassen, das geht doch nicht.«

Er lachte viel zu laut über seinen eigenen Scherz und konnte nicht aufhören, Catherine anzustarren.

Lisen hielt ihr die Schüssel mit den Chips hin. Catherine streckte die Hand danach aus.

»Ach, übrigens«, sagte sie und hielt inne. »Robert ist allergisch gegen Erdnüsse. Ich wollte es nur erwähnen, falls ihr welche an Bord habt. Er vergisst immer, es zu sagen.«

Sie drohte ihm scherzhaft mit erhobenem Zeigefinger.

Lisen schüttelte den Kopf. Im Essen, das sie zubereitet hatte, waren keine Erdnüsse.

»Keine Sorge«, sagte sie. »Wir haben keine Nüsse mehr auf dem Boot.«

»Wir haben gerade vorhin darüber gesprochen, als wir die Chips aufgemacht haben«, fügte Ove hinzu.

Sein Blick klebte immer noch an Catherine.

Lisen knuffte ihn in die Seite.

»Möchtest du unseren Gästen nichts zu trinken anbieten?«

Ein paar Stunden später war das Essen vorbei.

»Das war wirklich lecker«, sagte Catherine, lehnte sich zurück und rieb sich den Bauch. »Ich würde nie ein so gutes Essen auf einem Boot hinbekommen.«

Sie wirkte gut gelaunt und ausgelassen, ihre Wangen waren ein wenig gerötet.

»Du bist mit einer Meisterköchin verheiratet«, sagte Robert bewundernd zu Ove. »Du Glückspilz.«

Catherine lachte auf.

»Robert weiß, dass ich nicht kochen kann. Das konnte ich noch nie, nicht wahr, Liebling?«

Lisen freute sich.

Das gegrillte Schweinefilet hatte richtig gut geschmeckt, und die Flasche Wein war längst ausgetrunken. Ove hatte einen Karton Rotwein hingestellt und die Gläser schon mehrmals gefüllt. Robert hatte sich während des gesamten Essens anerkennend über die Speisen geäußert. Er hatte auch schon leicht glänzende Augen.

Lisen genoss das Lob und begann, die Teller zusammenzustellen.

»Wer möchte Kaffee und Kognak?«, fragte sie.

»Ich nehme gern einen klitzekleinen Kognak«, rief Catherine.

Sie nuschelte etwas bei dem letzten Wort, aber Lisen tat, als hätte sie es nicht bemerkt. Stattdessen ging sie hinunter in die Kajüte, um Kaffee zu machen. Als sie im engen Vorratsschrank nach dem Kaffeepulver griff, fiel ihr die Dose herunter. Klonk, machte es auf dem Fußboden.

»Kommst du klar da unten?«

Das war Oves Stimme.

»Alles bestens«, rief Lisen zurück und setzte Kaffeewasser auf.

Sie nahm die Kognakflasche und ein paar Gläser und reichte alles durch die Öffnung hinauf zu Ove.

»Schenk du schon mal ein, ich bin gleich so weit.«

Als sie wenig später mit Tassen und Tellern nach oben kam, hatten Ove und Catherine schon jeweils ihren Kognak ausgetrunken und saßen vor leeren Gläsern.

»Hoppla«, sagte Lisen. »Ihr seid ja schnell.«

Catherine lachte. Einer ihrer roten Schulterträger war heruntergerutscht, aber sie schien es nicht zu bemerken. Stattdessen beugte sie sich mit verschwörerischer Miene zu Ove hinüber.

»Vielleicht solltest du uns noch einen Kleinen eingießen, damit wir mit unseren besseren Hälften anstoßen können.«

Ove schenkte nach, während Lisen den Kaffee servierte.

»Das ist arabischer Kaffee«, erklärte sie. »Mit Kardamom. Ich habe ihn letztes Jahr gekauft, als wir im Ausland waren. Hoffentlich ist er nicht zu stark.«

Catherine probierte.

»Der ist wahnsinnig gut«, sagte sie. »Vor allem der Kardamom. Der Kaffee schmeckt ganz anders als sonst.«

Sie wandte sich an ihren Mann.

»Oder, Robert?«

Er trank einen großen Schluck und nickte.

»Sehr gut.«

Lisen setzte sich neben Robert und hob ihr Glas.

»Also dann, skål«, sagte sie und nickte Catherine und Ove freundlich zu. »Wie nett, so weit draußen auf dem Meer Gesellschaft zu haben. Und was für ein schöner Abend es geworden ist.«

Hinter ihnen ging die Sonne wie ein roter Ball am Horizont unter. Die Abendbrise hatte sich gelegt, eine Entenmutter schwamm mit ihren Küken im Schlepptau vorbei. Die Kleinen paddelten so schnell sie konnten, um dicht bei ihrer Mama zu bleiben, aber ein einsamer kleiner Kerl verlor trotzdem den Anschluss, ohne dass sie sich darum zu kümmern schien. Er schwamm außerhalb des Schwarms.

Beide Kinder schliefen längst in ihren Kojen, als Catherine eine lange Geschichte über einen missglückten Restaurantbesuch in Italien erzählte. Sie und Ove brüllten vor Lachen, als die Pointe kam.

Robert lächelte schwach.

»Möchtest du noch?«, fragte Lisen und hob die halb leere Kognakflasche hoch.

Er nickte.

»Einen vielleicht, zum Schluss.«

In der letzten Stunde hatte Robert nicht viel gesagt, er hatte meist zugehört, während seine Frau wie ein Wasserfall redete, zunehmend lauter und kichernder. Aber auch er hatte einiges getrunken.

Lisen schenkte Robert ein und hielt die Flasche in Catherines Richtung.

»Ich sollte eigentlich nicht mehr«, sagte Catherine, hielt aber trotzdem ihr Glas hin. »Na gut, einen ganz kleinen.«

Sie hickste, und Robert wand sich unbehaglich. War er blasser geworden?

»Es wird langsam Zeit, schlafen zu gehen«, sagte er und sah seine Frau an. »Was meinst du? Wollen wir uns verabschieden?«

Catherine hob ihr Glas.

»Sei nicht so langweilig, Liebling. Es ist erst elf Uhr.«

Robert sah aus, als wollte er etwas sagen, aber stattdessen verzog er missbilligend das Gesicht, lehnte sich zurück und kippte seinen Kongnak hinunter.

»Ach komm!«, rief Catherine aus. »Lass uns ein bisschen Spaß haben.«

Sie trank mit einem Schluck ihr halbes Glas leer und wandte sich an Ove.

»Mein Mann wird auf Partys immer zum Spießer«, sagte sie und legte eine Hand auf Oves Knie. »Jetzt wird es doch erst richtig lustig. Die Nacht ist noch jung! Was für ein Glück, dass wir euch getroffen haben. Sonst hätte ich den ganzen Abend allein mit diesem Sauertopf verbringen müssen.«

Sie kicherte.

»Danke, dass ihr mich gerettet habt!«

Ove war entzückt, aber Lisen sah, wie Roberts Kiefermuskeln arbeiteten.

Sie biss sich auf die Unterlippe. Ihr fiel ein, dass Catherine sich nicht wohlgefühlt hatte, als Robert am Mittag zu ihnen aufs Boot gekommen war, um sich Gas zu borgen. War sie krank gewesen, oder hatte sie einen Kater gehabt? Das hier konnte nicht das erste Mal sein, dass sie zu viel trank oder ihren Mann bloßstellte.

Er musste seine Frau richtig satthaben. Was kein Nachteil war.

»Skål alle zusammen!«, rief Catherine und schwenkte das Glas so heftig, dass sie ein paar Tropfen auf Robert verschüttete.

Robert stand auf. Er schwankte ein wenig und fasste sich an den Hals, und für einen Moment sah es so aus, als wollte er seine

Frau scharf zurechtweisen. Aber dann hielt er sich nur an der Reling fest.

»Du findest allein zurück, oder?«, sagte er zu Catherine, ohne auf Antwort zu warten.

Er wandte sich an Lisen.

»Danke für den netten Abend. Es war alles perfekt. Gute Nacht zusammen.«

Lisen wäre am liebsten auch aufgestanden und gegangen, blieb aber sitzen.

Das Boot schaukelte, als Robert an Land sprang und direkt danach auf sein eigenes Boot kletterte. Ohne einen Ton verschwand er hinunter in die Kajüte und schloss die Luke hinter sich.

Lisen blickte ihm nach.

Vielleicht konnte sie sich später hinüberschleichen und nachsehen, wie es ihm ging? Sie musste vorsichtig sein, um keinen Verdacht zu erregen.

Aber wenn Ove und Catherine in diesem Tempo weitertranken, würden sie bald hackedicht sein, sie hatten jetzt schon Mühe mit dem Sprechen.

Sie selbst hatte den Wein kaum angerührt, nur hin und wieder genippt, damit nicht auffiel, wie wenig sie trank.

Lisen hob ihr Glas und gab sich alle Mühe, Catherine freundlich anzulächeln.

»Wie schön, dass du noch bleibst.«

Freitag

Als Lisen aufwachte, lag Ove voll angezogen in der Kajüte auf dem Sofa und schnarchte laut. Es war erst fünf Uhr, es war hell draußen, aber noch viel zu früh, um aufzustehen. Die Kinder schliefen wie kleine Engel in ihren Kojen.

Lisen streckte sich zufrieden lächelnd. Eigentlich hätte sie kaputt sein müssen, weil sie kaum ein paar Stunden geschlafen hatte, aber sie fühlte sich wach und energiegeladen. Die Befriedigung lag wie ein warmer Ball in ihrer Brust.

Sie hatte sorgfältig darauf geachtet, die Gläser wieder zu füllen, kaum dass sie leer waren. Catherine und Ove waren genauso voll gewesen, wie sie gehofft hatte, und nur eine Stunde nach Roberts Abgang in Tiefschlaf gefallen. Lisen hatte das Cockpit vorsichtig verlassen und sich davongeschlichen. Alles war nach Plan gelaufen. Niemand hatte gemerkt, dass sie das Boot verlassen hatte.

Leise schlüpfte sie in ihren Morgenmantel und band den Gürtel zu. Dann ging sie auf Zehenspitzen die Treppe hinauf ins Cockpit.

Catherine lag noch genauso auf den Polstern, wie sie umgefallen war. Ihr rotes Kleid hatte Weinflecke, und auf dem Tisch stand die leere Kognakflasche neben einer genauso leeren Weißweinflasche, die Lisen gegen Mitternacht geöffnet hatte.

Sie rüttelte Catherine leicht an der Schulter.

»Lass mich«, murmelte Catherine.

»Willst du nicht auf dein eigenes Boot gehen und dort weiterschlafen?«, fragte Lisen.

Sie sprach so leise sie konnte, um die Kinder nicht zu wecken.

Schließlich öffnete Catherine die Augen und sah sie verwirrt an.

»Wo bin ich?«, nuschelte sie kaum verständlich, und Lisen begriff, dass sie immer noch voll war.

»Du bist gestern Abend hier eingeschlafen. Vielleicht solltest du rübergehen. Es ist fünf Uhr morgens.«

Catherine runzelte die Stirn. Ihre Haare waren zerzaust, und die Wimperntusche hatte schwarze Ränder unter den Augen hinterlassen.

Lisen half ihr aufzustehen.

»Geh zu Bett«, sagte sie und führte sie zum Bug, damit sie an Land gehen konnte.

Sie beobachtete, wie Catherine schwankend auf ihr eigenes Boot stieg und sich dort auf die Sitzpolster fallen ließ. Sie hatte nicht einmal die Kraft, in die Kajüte zu gehen, sondern schlief direkt im Cockpit weiter.

Robert war nirgends zu sehen.

Lisen ging zurück und legte sich wieder in ihre Koje. Die Kinder schliefen tief und fest, und Ove schnarchte immer noch auf dem Sofa.

***

Sie konnte sie schon von Weitem sehen, während sie auf den Strand zuging. Die ganze Klasse hatte sich versammelt, um den Schulabschluss zu feiern.

Ihr Herz klopfte mit jedem Schritt stärker. Sie konnte kaum glauben, dass sie eingeladen worden war. Es grenzte an ein Wunder, dass die Gruppe sie akzeptiert hatte, nach all den Jahren des Mobbings und der Ausgrenzung.

Das neue weiße Kleid schwang um die Hüften. Das Kleid, das sie sich erbettelt hatte, obwohl ihre Mutter gesagt hatte, es sei viel zu teuer.

Ihre Erwartung stieg, als sie das Lagerfeuer am Strand sah. Es hob sich deutlich vor dem dunkler werdenden Abendhimmel ab, die Flammen loderten hoch. Mehrere der Jungs saßen schon im Kreis um das Feuer, mit Bierdosen in den Händen. Die coolsten Mädchen der Klasse hatten sich auch bei ihnen niedergelassen.

Sie zögerte, sollte sie sich wirklich dorthin wagen?

Noch bevor sie sich entscheiden konnte, hatte *er* sie entdeckt. Ein warmes Lächeln erschien auf seinem Gesicht, und er winkte ihr zu, sich neben ihn zu setzen. Seine haselnussbraunen Augen leuchteten. Lisen entspannte sich. Vielleicht wurde ja doch noch alles gut?

Er öffnete eine Bierdose und reichte sie ihr. Das Bier schmeckte bitter, aber sie wollte nicht zeigen, dass sie zum ersten Mal Alkohol trank.

Sie bekam noch ein Bier und trank es aus. Ihr wurde schwindlig, und obwohl er merkte, dass sie betrunken war, gab er ihr eine dritte Dose. Sie traute sich nicht, zu protestieren, als er sie drängte, alles auszutrinken.

Die Stunden vergingen. Es war spät geworden, das Feuer brannte nicht mehr so stark, die Schatten waren länger geworden.

Benebelt sah sie, dass viele gegangen waren. Sie war das einzige Mädchen, das noch da war. Wie spät war es? Sie hatte keine Ahnung.

Alles drehte sich, und ihr war schlecht.

»Ich muss jetzt nach Hause«, murmelte sie.

»Warum denn?«

Sein Lächeln war nicht mehr so warm.

Lisen versuchte aufzustehen, aber ihr war viel zu schwindlig.

»Wollen wir nicht erst noch ein bisschen Spaß haben?«

Sein Tonfall hatte sich verändert. Er klang jetzt wieder wie in der Klasse oder auf dem Schulhof, wenn er eine gemeine Bemerkung nach der anderen über sie machte. Wenn er alle dazu brachte, sie auszulachen.

Er grinste und stieß seinen besten Kumpel an. Jetzt waren sie die Letzten am Feuer.

Wieder versuchte sie aufzustehen, aber er versetzte ihr einen Stoß, sodass sie nach hinten fiel. Sie lag auf dem Rücken im Sand, und das Einzige, was sie sehen konnte, waren die Jungs aus der Klasse, die sich um sie versammelt hatten.

Jemand packte mit groben Händen ihr neues Kleid und riss es vom Hals bis zur Taille auf.

Mama wird schimpfen, fuhr es ihr durch den Kopf. Das Kleid war so teuer gewesen.

Ein anderer zerrte ihr den BH herunter, und ihre enormen

Brüste quollen aus dem zerrissenen Stoff. Sie spürte die kühle Nachtluft auf der verschwitzten Haut und schloss die Augen, um die Blicke nicht sehen zu müssen.

Er war jetzt so nah, dass sie seinen Atem an ihrer Wange spürte, aber plötzlich wich er zurück.

Überrascht schlug sie die Augen auf.

»Seht euch die fette Kuh an«, rief er mit angewiderter Miene. »Was für riesige, hässliche Titten die hat.«

Er kniff ihr so fest in eine Brustwarze, dass ihr die Tränen in die Augen schossen.

»Igitt«, sagte er und wandte sich ab. »So was Fettes und Ekliges.«

Lisen machte die Augen zu und versuchte, alles um sich herum auszublenden.

Als sie die Augen wieder öffnete, war es still. Alle waren weg, sie war allein am Strand. Es dauerte lange, bis sie sich bewegen konnte.

Irgendwann kam sie schließlich auf die Füße und ging durch den Wald nach Hause. Die Tränen strömten ihr übers Gesicht, während sie versuchte, ihr zerfetztes Kleid so gut es ging zusammenzuhalten. Niemand durfte sie so sehen.

Die Worte hallten in ihren Ohren. Sie war so eklig, dass er sie nicht einmal vergewaltigen wollte.

***

»Mama, du musst aufwachen.«

Kalle rüttelte an ihrer Schulter, immer wieder.

»Die Frau ist da. Die von dem anderen Boot. Sie ist ganz traurig.«

Lisen setzte sich in der Koje auf. Die Tränen lagen immer noch auf der Lauer, und ihr Hals war trocken.

Der Traum war so real gewesen. Alles war zurückgekommen,

als wäre es letzte Nacht passiert und nicht vor fünfundzwanzig Jahren.

Die Tür zur Vorpiek stand einen Spalt offen. Durch die Öffnung sah sie Ove zusammen mit Catherine. Sie hatte immer noch das rote Kleid an und wedelte wild mit ihrem Handy.

»Ich habe versucht, den Rettungsdienst anzurufen«, schrie sie, »aber ich habe kein Netz. Robert wacht nicht auf. Er wacht nicht auf! Ich habe mehrmals versucht, ihn zu wecken, aber es geht nicht.«

Sie starrte Ove an.

»Ich glaube, er atmet nicht mehr, er ist ganz blau im Gesicht.«

Lisen sank zurück in die Kissen und schloss die Augen.

»Ich komme gleich«, murmelte sie. »Mach bitte die Tür zu, damit ich mich anziehen kann.«

Sie bohrte das Gesicht ins Kissen, damit Kalle ihren Gesichtsausdruck nicht sah.

Robert Ekhammar, der hübscheste Junge der Klasse, würde nie wieder atmen. Er, der sie in der Schule so hemmungslos gemobbt hatte, und dabei hatte sie ihm nie etwas getan.

Sie erinnerte sich noch genau an jeden gemeinen Kommentar über ihr Gewicht, an all die Abende, die sie sich in den Schlaf geweint hatte. An die Demütigung, wenn alle über sie lachten.

»Das neue Klassenlicht«, hatte Robert halblaut geflüstert, als sie eine schwere Frage richtig beantwortet hatte. »Rund wie eine Stumpenkerze.«

Der Spottname hatte sie jahrelang verfolgt, bis sie auf ein Gymnasium in der Stadt gewechselt war.

Lisen überlief es kalt, als die Bilder aus dem Traum zurückkamen.

Alles war so real gewesen. Sie war zurückgeworfen worden zu dem schrecklichen Abend nach dem Schulabgang, als er den letzten Rest ihres Selbstwertgefühls vernichtet hatte.

Robert Ekhammar hatte ihr fast die gesamte Schulzeit über

das Leben zur Hölle gemacht. Trotzdem hatte er sie fünfundzwanzig Jahre später nicht wiedererkannt.

Aber sie erinnerte sich noch an alles, an jedes abscheuliche Detail. Sie erinnerte sich an das Versprechen, das sie sich damals selbst gegeben hatte.

Niemals zu vergessen oder zu vergeben.

An all die Male, die ihr Klassenlehrer darauf hingewiesen hatte, dass niemand Erdnüsse in den Klassenraum mitbringen durfte.

Nach dem Kaffee gestern Abend musste er begonnen haben, sich unwohl zu fühlen, aber vermutlich hatte er nicht geahnt, wieso. Vielleicht war er zu Bett gegangen und hatte gehofft, es würde vorbeigehen. Er hatte eine ganze Menge getrunken, wenn auch weniger als Catherine. Der Alkohol musste ihn träge gemacht haben.

Als die Atemwege zuzuschwellen begannen, war es bereits zu spät; die allergische Reaktion ließ sich nicht stoppen, wenn sie erst eingesetzt hatte.

Als Ernährungsberaterin wusste sie, dass Cashewkerne die gleiche schwere Reaktion hervorriefen wie Erdnüsse, nur dass es länger dauerte. Der Geschmack war so neutral, dass man ihn kaum wahrnahm.

Es war ein Kinderspiel gewesen, die letzten Kerne aus der Tüte zu nehmen, sie fein zu zermahlen und unter den arabischen Kaffee zu mischen. Die Maskierung mit Kardamom überdeckte alles. Es war, als ob das Schicksal es gut mit ihr meinte.

Catherines Schluchzen drang bis in ihre Koje, aber Lisen konnte sich nicht dazu durchringen, Mitleid mit der Frau zu haben.

Catherine hatte sich nichts aus ihrem Mann gemacht, als er noch lebte. Vielmehr hatte sie ihn offen vor seinen neuen Freunden verhöhnt und sich volllaufen lassen, anstatt Rücksicht auf ihn zu nehmen.

Die beiden hatten einander verdient, sie waren aus demselben

Holz geschnitzt. Attraktive, rücksichtslose Egoisten, die glaubten, die Welt drehe sich nur um sie.

Lisen streckte sich ein wenig und stieß die Tür mit dem Fuß zu. Es war ein richtig guter Segelurlaub geworden, trotz allem. Heute würde sie vorschlagen, dass sie zurück nach Sandhamn segelten. Sie wollte ihren Urlaub mit einem guten Abendessen im Värdshuset ausklingen lassen.

Das hatte sie sich verdient.

Nachwort oder Vorwort

Wie haben sich Nora und Thomas kennengelernt? Warum sind sie kein Paar geworden? Wann ist Thomas zur Wasserschutzpolizei gegangen?

Im Laufe der Jahre habe ich viele Fragen zu den Hauptpersonen der Sandhamn-Reihe erhalten, für deren Beantwortung die Form des Kriminalromans keinen Raum bot. Als die Idee zu einem Erzählband aufkam, war das eine unwiderstehliche Möglichkeit, die Charaktere noch besser kennenzulernen, in ihr Universum einzutauchen und darüber nachzudenken, was früher war und was später daraus wurde. Dieses »Hinter die Kulissen«-Schauen gab mir die Chance, in abgeschlossenen Geschichten über Haupt- und Nebenpersonen zu berichten. Viele sind neu und die übrigen stark bearbeitete Fassungen früherer Veröffentlichungen in Schweden. Bei allen war es ein echtes Vergnügen, sie zu schreiben, und ich hoffe, dass die Fans der Sandhamn-Reihe mein Erlebnis teilen.

Wie üblich haben viel mehr als die nachstehend Genannten zu diesem Buch beigetragen:

Ich möchte meinen großen Dank richten an Karin Linge Nordh, meine fantastische Verlegerin, John Häggblom, meinen wunderbaren Lektor, sowie Sara Lindegren und alle anderen im Forum Verlag.

Gunilla Pettersson – niemand prüft Manuskripte mit solchen Schärengartenaugen wie du. Tausend Dank.

Anna Frankl und das Team der Nordin Agency, Annika und Sissel von Micael Bindefeld AB – herzlichen Dank für euer Engagement und all die Zeit, die ihr für meine Bücher aufwendet.

Lennart, Camilla, Alexander und Leo – danke, meine Liebsten, dass es euch in meinem Leben gibt.

Sandhamn, den 11. September 2017 *Viveca Sten*

»Viveca Sten macht süchtig und Lust auf mehr.« *Hannoversche Allgemeine*

Leseproben und mehr unter www.kiwi-verlag.de